Sherlock
Holmes

셜록 홈즈의 사건

셜록 홈즈 전집8

셜록 홈즈의 사건

아서 코난 도일 지음
정태원 옮김

발 행 일 초판 1쇄 2013년 9월 28일
　　　　　초판 2쇄 2014년 1월 13일
발 행 처 시간과공간사
발 행 인 최석두

등록번호 제1-765호 / 등록일 1988년 7월 6일
주　　소 서울시 마포구 서교동 480-9 에이스빌딩 3층
전화번호 (02)325-8144(代) FAX (02)325-8143
이 메 일 pyongdan@hanmail.net
I S B N 978-89-7142-254-0 14840
I S B N 978-89-7142-246-5 (세트)

SHERLOCK HOLMES

최신 완역본

8

아서 코난 도일 지음 │ 정태원 옮김

셜록 홈즈의 사건

The Case Book of
Sherlock Holmes

시간과공간사

Contents

셜록 홈즈의 사건

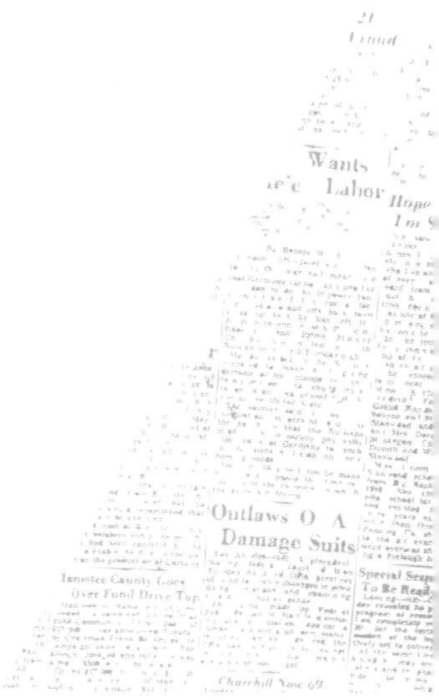
Wants
Labor
Outlaws O A
Damage Suits

Sherlock
Holmes

마자랭의 보석

The Mazarin Stone

1903년 어느 여름날

왓슨 의사는 베이커 가에 있는 이 어수선한 2층 방을 다시 찾길 참 잘했다고 생각했다. 이 방은 왓슨과 홈즈가 이제까지 수많은 모험을 겪기 전에 출발점이 된 추억이 어린 장소였다. 주위를 둘러보니 벽에는 여러 종류의 과학 도표가 붙어 있었다. 산에 얼룩진 약품 탁자와 구석에 비스듬히 세워진 바이올린 케이스, 파이프와 담배를 담아 두는 통이 보였다. 왓슨은 생기 있고 싱그러운 표정을 짓는 빌리(여기에 나오는 빌리는 1888년 작 《공포의 계곡》에 나오는 빌리와 같은 인물이 아니다.)를 바라보았다. 홈즈를 돕는 빌리는 나이는 어리지만 재치가 넘치는 총명한 아이로, 홈즈의 외로움을 덜어 주는 고마운 소년이다.

　"빌리, 모든 게 그대로야. 너도 변한 게 없구나. 홈즈도 예전 그대로였으면 좋겠는데."

　빌리는 닫힌 침실 문을 걱정스럽게 쳐다봤다.

"지금은 주무시고 계실 거예요."

화창한 여름날 저녁 7시에 잠을 자다니. 왓슨은 홈즈의 생활이 어떤지 잘 알기에 별로 놀라지 않았다.

"새로운 사건이 생겼구나."

"네. 조금 전까지도 매우 바빴어요. 그런데 요즘 홈즈 씨의 건강이 말이 아니에요. 점점 안색이 창백해지고 마르시는 것 같아요. 그런 데다 아무것도 안 드신다니까요. 허드슨 부인이 '홈즈 씨, 저녁 식사는 언제 하시겠어요?'라고 물어보면, '7시 30분이오, 아니 모레요.'라고 대답하거든요. 홈즈 씨가 사건에 몰두하시면 어떤지 왓슨 선생님이 더 잘 아시죠?"

"물론이지."

"홈즈 씨는 어떤 사람을 미행하고 있어요. 어제는 일거리를 찾는 일꾼 차림으로 외출하셨고, 오늘은 중년 부인의 모습으로 나가셨지요. 저도 몰라볼 정도로 변장이 감쪽같았어요. 이제야 알 것 같네요."

빌리는 싱긋 웃으며 구석에 세워 놓은 후줄근한 파라솔을 가리켰다.

"저 파라솔은 부인 차림을 하고 나설 때 쓰셨던 거죠."

"빌리, 도대체 무슨 사건이지?"

빌리는 국가 기밀을 논의하는 사람처럼 목소리를 낮춰서 말했다. "선생님께만 말씀드릴게요. 다른 데로 새어 나가서는 안 돼요. 왕관의 다이아몬드와 관련된 사건이에요."

"그 10만 파운드짜리 다이아몬드 도난 사건?"

"그래요. 그 다이아몬드를 찾는 사건이죠. 저 소파에 총리와 내무장관이 앉아 계셨어요. 홈즈 씨가 두 분을 정중하게 모셨지요. 홈즈 씨는 두 분을 진정시키며 최선을 다하겠다고 약속하셨어요. 그리고 캔틀미어 경이 그 자리에 계셨고요.”

“아!”

“선생님도 제 말이 무슨 뜻인지 아실 거예요. 말하자면 캔틀미어 경은 꽉 막힌 사람이에요. 그래도 총리는 말이 통하는 분이더군요. 공손하고 친절할 것 같은 내무장관에게도 사실 유감은 없지만 귀족 특유의 거만함이 역겨워요. 홈즈 씨도 저와 같은 생각이시죠. 캔틀미어 경은 홈즈 씨를 믿지 못하고 이번 사건을 맡기는 것도 반대했어요. 그분 혼자서는 사건을 제대로 해결하지 못할 텐데 말이에요.”

“홈즈도 그 사실을 알고 있니?”

“홈즈 씨는 알아야 할 일은 놓치시는 법이 없잖아요.”

“캔틀미어 경이 사건을 해결해야 할 텐데. 아마 경은 당황해서 어쩔 줄 모를 거야. 그런데 창문 맞은편에 있는 저 커튼은 뭐지?”

“홈즈 씨가 사흘 전에 다셨어요. 커튼 뒤에 어떤 물건을 놔두셨죠.”

빌리가 앞으로 나아가 내닫이창이 달린, 골방을 가린 커튼을 젖혔다. 그 순간, 왓슨은 깜짝 놀라 소리쳤다. 거기에는 가운을 걸친 홈즈를 쏙 빼닮은 마네킹이 고개를 숙이고 얼굴을 4분의 3쯤 창으로 돌린 채 놓여 있었다. 그 마네킹은 안락의자에 파묻혀 책을 읽는 자세를 하고 있었다. 빌리가 마네킹의 머리를 떼어 내 들어 올렸다.

“진짜 사람처럼 보이려고 머리를 여러 각도로 바꿔 놓고 있어요. 창을 가리는 블라인드를 내릴 때만 마네킹을 손보죠. 블라인드를 올리면 길에서 마네킹이 보일 거예요.”

“전에도 비슷한 것을 사용한 적이 있었어.”

"그것은 제가 없을 때였죠."

빌리는 창의 커튼을 열고 거리를 내다보았다.

"맞은편에서 우리를 지켜보는 사람들이 있군요. 창가에서 보니 한 사람이 보이네요. 한번 보세요."

침실 문이 열려 왓슨이 그쪽으로 가 보니, 키 크고 야윈 홈즈가 나타났다. 얼굴은 창백하고 일그러졌지만 걸음걸이와 행동은 전과 마찬가지로 활기찼다. 홈즈는 한걸음에 성큼 창가로 다가가 블라인드를 한 번 더 젖혔다.

"빌리, 됐어. 목숨이 위험해. 네가 없다면 나는 아무 일도 할 수 없을 거야. 어, 왓슨, 우리의 추억이 어린 이 방에서 자네를 다시 보니 반갑군. 결정적인 순간에 아주 잘 왔네." 홈즈가 말했다.

"그래. 그런 순간에 온 것 같군."

"빌리, 나가도 좋아. 왓슨, 저 아이 때문에 걱정이야. 저 아이를 이런 위험한 일에 끌어들인 게 옳은 일 같지 않아서 말이야."

"홈즈, 위험이라니 어떤 위험인가?"

"갑자기 죽는 것. 오늘 저녁에 사건이 일어날 거야."

"무슨 일이 일어날 것 같은가?"

"살인."

"홈즈, 그리 유쾌한 농담은 아니군."

"농담할 생각이라면, 아무리 농담이 서툰 나라도 더 그럴듯하게 했을 거야. 그러나 잠시 마음 편하게 있을 수는 있지. 알코올은 어때? 탄산수 제조기도 시가도 예전 그 장소에 놓아두었네. 안락의자에 앉은 자네 모습을 다시 한 번 보고 싶군. 내가 파이프와 담배에 빠졌다고 비웃지 않았으면 좋겠어. 그게 요즘 내 식사야."

"왜 식사를 하지 않지?"

"우리 탐정들은 단식을 하면 추리 능력이 향상되네. 왓슨, 의사인 자네도 알다시피 소화시키는 데는 혈액이 필요하고, 그만큼 뇌가 사용할 혈액이 줄어들지. 나는 머리를 쓰는 사람이고 다른 부분은 액세서리일 뿐이야. 나한테는 머리가 가장 중요하지."

"이번 사건이 그렇게 위험한가?"

"그래. 일이 잘못될지 모르니 자네가 살인자의 이름과 주소를 알아 두었으면 좋겠어. 자, 이름과 주소를 잘 듣고 경찰에 알려 주게. 이름은 실비어스. 니그레토 실비어스 백작이야. 적어 둬. 적어 두란 말일세. 주소는 북서구 무어사이드 가든 136번지. 알았지?"

이 말을 들은 왓슨은 걱정스러워 얼굴을 실룩거렸다. 홈즈에게 닥친 위험이 얼마나 심각하며 그가 사태를 과장하는 게 아니라 오히려 축소해서 말하고 있다는 사실을 왓슨은 알고 있다. 행동하길 좋아하는 왓슨이 마침내 기회를 잡은 것이다.

"나도 그 사건에 참여해도 좋을까? 하루나 이틀은 할 일이 없어."

"자네의 도덕관념은 여전하군, 왓슨. 이번에는 거짓말까지 하는군. 끊임없이 전화가 오는 바쁜 의사라는 사실을 내가 모를 줄 아나?"

"이틀 정도는 시간이 있어. 그런데 실비어스 백작을 체포하지그래?"

"물론 가능하지. 실비어스도 체포될까 봐 겁내고 있어."

"그런데 왜 체포하지 않지?"

"다이아몬드의 소재를 모르니까."

"아, 그렇군. 빌리가 도난당한 왕관의 보석에 대해 말했네."

"그래. 그 커다란 황금빛 마자랭(이 보석의 이름은 줄 마자랭 추기경에서 유래한 것으로, 그는 1642년부터 1661년에 사망할 때까지 프랑스의 재상으로 어린 루이 14세를 보좌했다.)의 보석이야. 지금 그물을 쳐 놓고 그

안에 들어온 물고기를 지켜보고 있지. 그러나 정작 보석은 내 손에 없으니 물고기를 잡는 게 무슨 소용이 있겠나. 악인을 감옥에 보내는 게 세상을 살기 좋게 만드는 일이지만 지금 내 목표는 아니야. 내가 원하는 건 보석일세."

"실비어스 백작이 자네가 친 그물에 걸린 물고기란 말이지?"

"그래. 백작은 보통 물고기가 아니라 상어야. 아무나 물어뜯지. 또 한 사람은 권투선수 샘 머튼이야. 샘은 악질은 아닌데, 실비어스의 손에 놀아나고 있어. 샘은 상어라기보다 몸집이 크고 고집이 센 얼간이지. 샘은 지금 내가 친 그물에서 퍼덕거리는 중이야."

"실비어스 백작은 어디에 있나?"

"아침마다 아주 가까이에서 그를 지켜본다네. 자네도 나이 든 부인으로 변장한 내 모습을 본 적 있지? 며칠 동안 관찰하니 그가 범인이라는 확신이 서더군. 한번은 실비어스가 내 파라솔을 집어 준 일도 있었어. 그는 '실례지만, 마담.' 하고 말을 건넸지. 이탈리아 억양이 절반쯤 섞였더군. 그 친구는 기분이 좋으면 남쪽의 세련된 매너를 보이다가도 그렇지 않을 땐 악마의 화신처럼 행동해. 살다 보니 참 별난 일도 많아."

"비극적인 결말이 되겠군."

"아마 그럴 거야. 그의 뒤를 밟아 미노리즈 가에 있는 스트라우벤지의 공장까지 따라가 봤네. 스트라우벤지는 공기총을 만드는 솜씨가 뛰어나지. 지금쯤 그가 만든 공기총이 건너편 창문에서 나를 겨냥하고 있을 거야. 빌리가 보여 준 마네킹 말이야. 자네도 알지? 어쩌면 마네킹 머리에 총알구멍이 날지도 모르네. 빌리, 무슨 일이야?"

빌리가 카드를 놓은 쟁반을 가지고 들어와 있었다. 홈즈는 눈썹을 치켜 올리고 흥미로운 미소를 지으면서 빌리를 바라보았다.

"드디어 실비어스 백작이 나타났군. 이런 일이 일어날 것이라고는 예상하지 못했는데. 왓슨, 범인의 신경을 건드리라는 말을 아나? 맹수 사냥꾼의 소문은 들었겠지? 그가 나타난 건 내가 바싹 뒤따르는 걸 알아차렸다는 증거야. 만약 나를 잡으면 실비어스는 멋진 신기록을 추가하는 셈이지."

"경찰을 부르는 게 어때?"

"그럴 계획이지만 지금은 아니야. 창밖을 잘 살펴봐. 거리를 서성이는 사람이 보이나?"

왓슨은 창가에서 조심스럽게 밖을 내다보았다.

"문 가까이에 험상궂은 친구가 서 있어."

"분명히 샘 머튼일 거야. 충실하지만 머리가 좀 모자란 친구지. 빌리, 그 신사는 어디에 있지?"

"대기실에서 기다리고 있습니다."

"벨을 울리면 위로 올려 보내."

"알겠습니다."

"내가 방에 없어도 평소와 똑같이 실비어스를 안내해라."

"네."

문이 닫히자 왓슨은 홈즈 쪽으로 고개를 돌렸다.

"이봐, 홈즈. 이러면 안 돼. 상대는 세상에 아무 미련이 없는 자포자기한 인간이야. 자넬 죽이러 왔는지도 몰라."

"놀랄 일도 아닌데 뭘그래."

"내가 같이 있어야 해."

"자네는 방해만 될 뿐이야."

"실비어스에게 말인가?"

"아냐, 왓슨. 나한테 방해가 되네."

"도저히 자네를 놔두고 갈 수 없어."

"왓슨, 자네는 빨리 여기를 떠나는 게 좋아. 지금까지 자네는 사리에 맞게 사건을 해결해 왔잖은가. 자네는 끝까지 그렇게 할 사람이야. 실비어스도 나름대로 목적을 갖고 날 찾아온 거야. 실제로는 내 문제를 해결해 주러 나타난 셈이지."

홈즈는 수첩을 꺼내 몇 줄 휘갈겨 썼다.

"마차를 타고 스코틀랜드 야드로 가서 범죄수사과의 요갈에게 전해 주게. 경찰을 데리고 여기로 오라고. 그럼 실비어스를 체포할 수 있을 거야."

"그렇게 하지."

"자네가 돌아오기 전까지 보석의 소재를 알 수 있을 거야." 홈즈는 말하고 나서 벨을 울렸다.

"자네는 침실을 통해 밖으로 나가야 해. 출구가 또 하나 있다는 것이 아주 쓸모가 있군. 나는 실비어스가 처음에는 나를 보지 않길 바라거든. 나중에 알겠지만 내가 좋은 방법을 생각해 냈네."

잠시 후에 빌리가 실비어스 백작을 데려왔을 때 방은 텅 비어 있었다. 실비어스 백작은 사격의 명수, 스포츠맨, 사교가로 체격이 크고 가무잡잡한 피부에 잔인한 인상이었다. 얄팍한 입술을 가리려고 콧수염을 길렀는데, 코는 독수리의 부리처럼 길고 휘어 있었다. 옷차림은 단정했지만 넥타이, 핀, 반지 등 액세서리가 요란했다. 문이 닫혔을 때 백작은 덫을 찾는 사람처럼 강렬하고 조심스러운 눈초리로 주위를 둘러봤다. 그러다 창가 안락의자에 가운을 입고 말없이 앉아 있는 사람의 머리와 옷깃을 발견하곤 재빨리 다가섰다. 처음에는 재미있다는 표정을 짓다가 뭔가 끔찍한 생각을 했는지 시커멓고 무시무시하게 생긴 눈을 번득거렸다.

백작은 주변에 사람이 없나 다시 살핀 후, 굵은 지팡이를 반쯤 들어 올리고 살금살금 조용히 앉아 있는 사람에게 다가갔다. 이어 점프해서 일격을 가하려고 몸을 잔뜩 웅크릴 때 침실 문이 열리며 싸늘하고 빈정대는 목소리가 흘러나왔다.

"백작, 그걸 부수면 안 됩니다."

그러자 백작은 깜짝 놀라 얼굴에 경련을 일으키며 엉거주춤 물러섰다. 그러다가 납을 넣은 지팡이를 다시 절반 정도 치켜든 채 여차하면 마네킹 대신 홈즈를 칠 자세를 취했다. 그러나 차분하게 그를 지켜보는 홈즈의 조롱 어린 회색 눈을 마주 대하곤 손을 내렸다.

"잘 만들었지요?" 홈즈가 마네킹 쪽으로 다가서며 말했다. "태버니어라는 프랑스인 모형 기술자가 만든 것이오. 당신 친구 스트라우벤지가 공기총을 잘 만들 듯이 태버니어는 밀랍 작업 솜씨가 뛰어납니다."

"공기총이라니, 무슨 소리요?"

"모자와 지팡이는 테이블에 놓아두는 게 어떻소? 고맙소. 권총도 꺼내 놓으면 좋겠는데요. 자, 앉아도 좋소. 마침 잘 왔소. 당신을 만나 꼭 할 이야기가 있소."

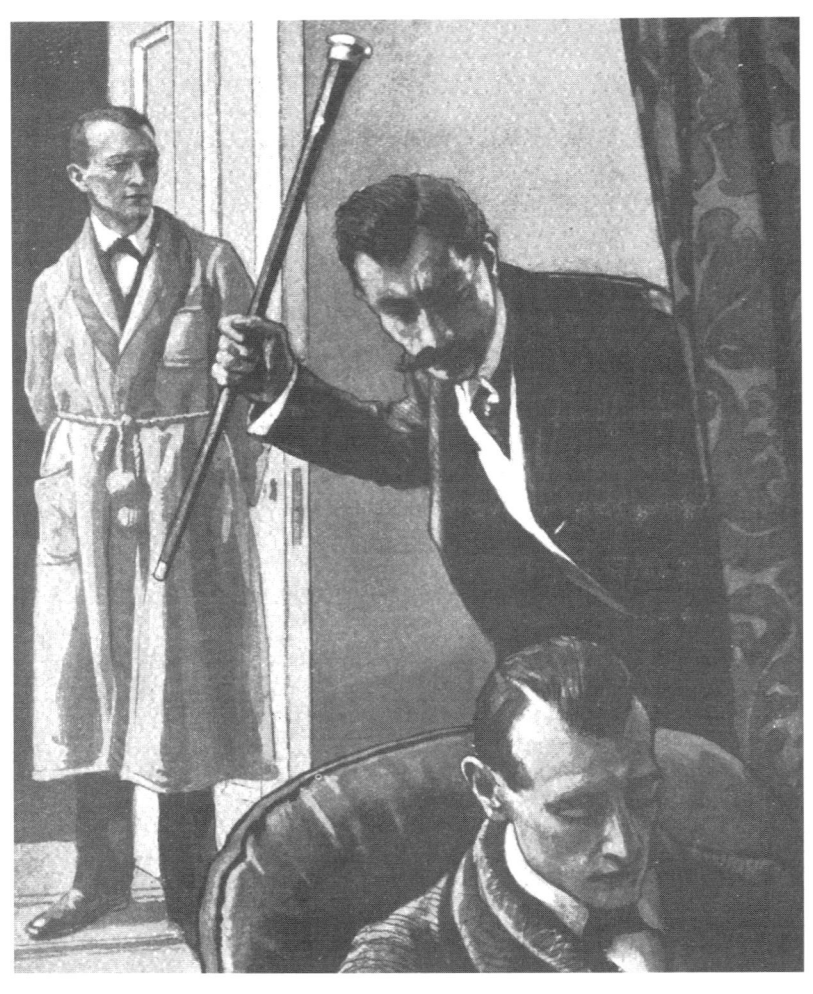

　백작은 진하고 험악하게 생긴 눈썹을 치켜 올리며 홈즈를 매섭게 처다봤다.

　"홈즈, 나도 할 이야기가 있어 왔소. 아까는 당신을 죽이려고 했지만.”

홈즈는 테이블 가장자리에서 다리를 흔들었다.

“백작, 당신이 무얼 생각하는지 알 것 같소. 왜 나에게 관심을 갖는 거요?”

“당신이 내 화를 돋우기 때문이지. 내가 가는 곳마다 사람을 풀어놨더군.”

“사람을 풀다니, 안 그랬소.”

“말도 안 되는 소리 하지 마시오. 난 그냥 내 뒤를 밟게 그대로 놔뒀지. 두 사람이 내 뒤를 따라오더군.”

“백작, 별거 아닌 줄 알지만 나한테 말할 때 경칭을 써 주시오. 당신도 알겠지만 나는 직업상 범죄인 초상화집에 실린 거물들과 친하게 지내는 편이오. 다른 범죄자들처럼 날 깍듯하게 대해 주시오.”

“그럼, 홈즈 씨라고 합시다.”

“그랬어야지! 당신은 내가 사람을 붙였을 거라고 착각한 듯하군.”

실비어스 백작은 빈정대며 웃었다.

“당신만 관찰력이 뛰어난 게 아니오. 어제는 늙은 스포츠 애호가가, 오늘은 늙은 여자가 내 뒤를 따라다닌 걸 아시오? 두 사람이 하루 종일 나를 감시하더군.”

“정말 그렇게 생각하시오? 그렇다면 내 솜씨가 뛰어난 걸 인정하는 셈이오. 다우슨 남작이 교수형당하기 전날 밤에 나에 대해서, 법이 얻은 것만큼 연극계는 손해를 보았다고 말했지. 내 분장에 대해 이토록 칭찬을 해 주다니 말이오.”

“그 두 사람이 바로 당신이었소?”

홈즈는 어깨를 으쓱했다.

"저 구석을 보시오. 미노리즈 가에서 당신이 나에게 친절하게 집어 준 파라솔이 있잖소."

"내가 알았더라면 그렇게 할 리가 없—"

"이 집을 둘러보면 내가 변장하고 당신 뒤를 밟았다는 걸 알 거요. 우리는 서로 아쉬워할 기회가 많았는데 말이오. 당신은 그런 일이 있는지조차 몰랐소. 여기서 우린 다시 만난 거요!"

백작의 여러 갈래로 갈라진 눈썹이 더 축 늘어졌다.

"당신 이야기는 사태만 악화시킬 뿐이오. 문제는 당신 부하가 아니라 참견하기 좋아하는 당신이오. 당신이 날 몰아붙인 걸 인정하오? 대체 왜 그러는 거요?"

"백작, 진정해요. 당신은 알제리에서 사자 사냥을 많이 했지요?"

"그렇소."

"왜 사냥을 했소?"

"왜라니? 사냥은 스포츠고, 흥분되고 스릴 있는 일이오."

"그렇겠군. 알제리의 페스트를 없애려고 그런 것 아니오?"

"그렇기도 하오!"

"내 이유도 아주 간단합니다."

이 말을 들은 백작은 벌떡 일어나 자신도 모르게 바지 뒷주머니에 손을 갖다 댔다.

"앉아요. 앉으란 말이오! 내겐 현실적인 이유가 있소. 난 황금빛 다이아몬드를 원하오!"

그러자 백작은 불길한 미소를 지으며 의자에 몸을 기댔다.

"이걸 어쩌나!" 백작이 말했다.

"내가 당신을 쫓는 것도 그것 때문이라는 것을 알 게요. 오늘 밤 여기에 온 것도 내가 얼마나 아는지 알아보기 위해, 또 나를 꼭 없애야 할지 판단하기 위해서일 거요. 당신 생각대로라면 난 없어져야 하오. 당신이 알려 줄 한 가지 사실만 빼고 나는 모든 걸 알고 있소."

"오, 그렇소! 그럼 뭘 모른다는 거요?"

"왕관의 다이아몬드의 소재요."

백작은 홈즈를 날카롭게 노려보았다.

"그걸 알고 싶은 거군. 순순히 다이아몬드가 어디에 있다고 말할 것 같소?"

"물론이오. 반드시 말하게 될 거요."

"이런!"

"백작, 허풍 떨지 마시오."

이때 홈즈의 눈은 광채가 났고, 날카로운 강철 눈금처럼 가늘어졌다.

"백작, 당신은 속을 알 수 없는 두꺼운 판유리요. 내가 당신의 속마음을 살펴보지."

"그렇게 해 보시오. 그럼 다이아몬드가 어디에 있는지 알겠군!"

그러자 홈즈는 재미있는 듯 손뼉을 치면서 비웃듯이 손가락질했다.

"그렇게 말하는 걸 보니 아는 게 있군. 안다는 사실을 고백한 거요."

"나는 아무것도 인정하지 않았소."

"백작, 잘 생각하면 서로가 좋을 텐데 뭘 그러시오. 그렇지 않으면 다칠 거요."

백작은 천장을 올려다봤다.

"허풍 떨지 마시오."

그러자 홈즈는 마지막 수를 고심하는 체스의 달인처럼 잠시 실비어스를 지켜보았다. 그런 다음 테이블 서랍을 열고 작은 수첩을 꺼냈다.

"이 수첩에 무엇이 적혀 있는지 아시오?"

"모르겠소."

"바로 당신 이야기요!"

"내 이야기라니!"

"그렇소. 당신에 대한 모든 것이 적혀 있소. 당신이 저지른 끔찍하고 파렴치한 범행 말이오."

"젠장."

백작의 눈이 새빨개졌다.

"백작, 여기 모든 게 낱낱이 적혀 있소. 당신에게 블라이머의 부동산을 유산으로 남긴 해롤드 여사가 어떻게 죽었는지 진짜 이유가 여기에 적혀 있지. 당신이 노름으로 순식간에 말아먹은 부동산 말이오."

"헛소리하지 마시오!"

"미니 워렌더 양에 관한 모든 게 여기에 나와 있소."

"쯧! 그래 봐야 아무 소용도 없소!"

"백작, 그뿐만이 아니오. 1892년 2월 13일, 리비에라행 특급열차 강도 사건도 기록되어 있지. 같은 해 크레이디 리오네 은행이 지급하는 조건으로 작성된 위조 수표도 보이는군."

"다 엉터리요."

"이 모든 건 다 사실이오. 백작, 당신도 카드를 치는 사람이니 잘 알 거요. 상대가 패를 모두 가지고 있을 때 손을 털기가 훨씬 쉽다는 걸 말이오."

"이런 사실이 보석과 무슨 상관이 있단 말이오?"

"진정하시오, 백작. 단도직입적으로 본론을 말하겠소. 내 얘기가 재미없겠지만 잘 들어요. 나는 당신에게 불리한 증거를 수집해 놓았소. 특히 왕관의 다이아몬드 사건에서 당신과 당신의 프로 복서의 범행은 결정적이었소."

"이런!"

"당신을 화이트홀로 데려다 준 마부도, 태우고 돌아온 마부도 알아 두었소. 사건 현장 근처에서 당신을 본 수위도 알아 놓았고. 다이아몬드를 쪼개길 거부한 아이키 샌더즈도 증인으로 확보해 놓았지. 그가 이미 다 털어놓았소. 모든 게 들통 났단 말이오."

이 말을 들은 백작의 이마에서 혈관이 툭 불거져 나왔다. 그는 감정을 억제하느라 시커먼 털투성이 손을 꼭 움켜쥐고 뭔가 말하려고 했지만, 끝내 아무 말도 하지 못했다.

"카드를 치는 내 손을 보시오. 테이블 위에 카드를 다 올려놓았는데 다이아몬드 킹만 빠져 있소. 보석의 소재만 모른단 말이오." 홈즈가 말했다.

"앞으로도 모를 거요."

"백작, 잘 생각해서 현재 상황을 파악하시오. 당신은 20년 동안 감옥살이를 하게 될 거요. 샘 머튼도 같은 신세가 되겠지. 다이아몬드를 움켜쥐고 있어 봐야 무슨 소용이 있겠소? 아무 소용이 없소. 당신이 다이아몬드를 나에게 넘긴다면 중죄를 면하게 해 주겠소. 내가 원하는 건 당신과 샘이 아니라 보석이오. 보석을 넘기는 게 신상에 좋소. 앞으로 얌전하게 행동하기만 하면 자유롭게 살 수 있을 거요. 이번 한 번만 위기를 면하면 다시는 도망칠 일이 없을 거요. 내가 원하는 건 당신이 아니라 다이아몬드요."

"거절한다면?"

"당신은 분명히 보석을 내놓을 거요."

잠시 후 빌리가 벨 소리를 듣고 나타났다.

"백작, 당신 친구 샘도 여기로 데려오는 게 좋겠소. 샘의 의견도 들어 봐야 하니까 말이오. 빌리, 밖에 나가면 체격이 크고 험악하게 생긴 신사가 현관 앞에 서 있을 거야. 그에게 올라오라고 해."

"만약 안 올라오면 어떡하죠?"

"무례하게 굴지 마. 샘에게 실비어스 백작이 만나자고 한다고 말하면 올라올 거야."

빌리가 사라지자 백작이 말했다. "뭘 하려는 거요?"

"조금 전까지 내 친구 왓슨이 여기에 있었소. 왓슨에게 상어 한 마리와 얼뜨기 하나가 내 그물에 걸려들었다고 말해 두었소. 이제 그물을 끌어 올려 잡을 때가 된 것 같소."

그러자 백작은 의자에서 일어나 손을 허리 뒤로 가져갔다. 그러자 홈즈도 주머니에서 권총을 꺼내 살짝 앞으로 내밀었다.

"홈즈, 당신은 침대에서 편안히 눈을 감지 못할 인간이야."

"나도 종종 그렇게 생각하오. 그게 그렇게 중요한가? 어쨌든 당신

이 빠져나갈 길은 하나뿐이야. 이런 생각을 하면 정말 끔찍한 기분이 겠지. 왜 지금 누리는 자유를 만끽하지 않는 거요?"

백작의 검고 위협적인 눈에 갑자기 야수 같은 빛이 감돌았다. 홈즈 도 긴장하면서 만약의 사태에 대비하자 체격이 커진 것처럼 보였다.

"방아쇠를 당기려 해 봐야 아무 소용 없소." 홈즈가 조용히 말했다.

"잘 알다시피 내가 허점을 보여도 당신은 방아쇠를 당길 수 없는 상황이오. 권총을 사용하는 건 비열하고 시끄럽잖소. 백작, 차라리 공기총을 사용하는 게 낫소. 아! 믿음 직한 당신 친구의 발소리가 들리는군. 머튼 씨, 좋은 날이오. 거리에서는 풀이 죽었던데, 맞소?"

훌륭한 권투선수이며 몸이 다부진 샘은 길쭉한 얼굴에 고집이 세 보였다. 샘은 당황한 표정으로 홈즈를 보며 문가에 엉거주춤 서 있었다. 홈즈의 말에는 뼈가 있지만 그토록 정중한 대접은 처음이어서 샘은 어떻게 처신해야 할지 몰라 당황했다. 그래서 샘은 자신보다 머리가 좋은 백작에게 도움을 청하기 위해 고개를 돌렸다.

"백작, 어떻게 된 겁니까? 저 녀석이 원하는 게 뭐지요? 무슨 일입니까?" 샘은 착 가라앉고 쉰 목소리를 냈다.

백작은 어깨를 으쓱했다. 정작 대답을 한 사람은 홈즈였다.

"머튼 씨, 간단히 말하자면 모든 게 밝혀졌소."

샘은 여전히 백작의 대답을 재촉했다.

"왜 저 녀석이 까부는 겁니까? 난 기분이 안 좋아요."

"물론 기분이 안 좋겠지. 밤이 가까워지면 당신 기분이 더 엉망이 될 거라고 장담하오. 이봐요, 실비어스 백작. 난 시간이 없소. 이제 침실로 갈 테니 내가 없는 동안 마음 편히 있으시오. 내가 없을 때 샘에게 상황이 어떻게 돌아가는지 설명해요. 그동안 나는 바이올린으로 호프만의 '곤돌라의 뱃노래'를 연주할 작정이오. 5분 후에 당신의 대답을 듣기 위해 여기로 돌아오겠소. 당신은 두 가지 중 선택할 수 있소. 감옥에 가든지 보석을 넘기든지 둘 중 하나지." 홈즈가 말했다.

홈즈는 구석에 있는 바이올린을 들고 물러났다. 조금 있다가 사람의 마음을 잡아끄는, 길게 늘어지고 구슬픈 선율(프랑스의 작곡가 오펜바흐의 '호프만 이야기' 중 뱃노래를 설명하는 말로 '구슬픈'이라는 단어만큼 어울리지 않는 것은 없다고 벤저민 그로스베인이 《셜록 홈즈―음악가》에서 쓰고 있다.)이 문이 닫힌 침실에서 희미하게 흘러나왔다.

"어떻게 된 겁니까? 홈즈가 보석 이야기를 알아낸 거요?" 머튼은 백작에게 걱정스럽게 물어보았다.

"너무 많이 알고 있어. 모두 다 알고 있는지도 몰라."

"이런!"

샘의 흙빛 얼굴이 하얗게 변했다.

"아이키 샌더스가 우리 일을 털어놓았어."

"그랬단 말입니까? 그놈 때문에 교수형을 당한다면 그전에 내가 놈을 해치우고 말겠어요."

"그건 도움이 되지 않아. 지금 당장 뭘 해야 할지 결정해야 한단 말이야."

"잠깐." 샘은 의심스러운 표정으로 침실 문을 쳐다보며 말했다. "저 녀석이 우리가 뭘 하는지 지켜볼지 모르잖소. 우리 이야기를 듣지 않겠소?"

"음악을 연주하면서 어떻게 듣는단 말이야?"

"하긴 그렇군요. 하지만 저 커튼 뒤에 누가 숨어 있는 것 같습니다. 이 방에 커튼이 왜 이렇게 많아."

샘은 주위를 둘러보다가 창가에 있는 인형을 발견하곤 눈을 부릅뜬 채 말을 멈췄다.

"쯧! 저건 인형이야." 백작이 말했다.

"가짜라고요? 홈즈인 줄 알았네! 인형을 사람과 똑같이 만든다는 마담 타소(유명한 밀랍 인형 박물관은 베이커 가에서 매릴본 로드로 옮겨 갔다. 이 건물은 화재로 불탔고, 술집 '버펄로 헤드'와 왼쪽에 있는 옛집들은 제1차 세계대전 직전에 철거되었으며, 메트로폴리탄 철도 베이커 가 역이 세워졌다.)도 이렇게 실감 나게 만들 수는 없을걸. 마치 홈즈가 가운을 입고 앉아 있는 것 같군. 백작, 저 놈의 커튼 때문에 착각했습니다."

"저놈의 커튼이 골치야! 시간 낭비하지 말자고. 시간이 별로 없어. 보석 때문에 홈즈가 생각할 시간을 준 거야."

"저 염병할 녀석은 그러고도 남을 놈이오!"

"하지만 우리가 훔친 물건의 소재를 밝힌다면 우리를 놔줄 거야."

"무슨 소리요! 보석을 포기하잔 말입니까? 10만 파운드짜리를?"

"둘 중 하나를 선택해야 해."

머튼은 짧게 친 머리를 긁적거렸다.

"어차피 홈즈는 혼자입니다. 여기로 끌어들여 해치우면 두려울 일이 없잖습니까?"

백작은 고개를 저었다.

"홈즈는 무장한 데다 유사시에 대비해 충분한 준비를 해 놓았어. 우리가 홈즈를 쏴 죽이면 이 방에서 도망칠 수 없어. 경찰이 홈즈가 확보한 증거를 찾아낼 가능성도 높아. 이봐! 저게 무슨 소리야?"

창문 쪽에서 소리가 났다. 둘은 벌떡 일어나 주위를 살폈지만 조용했다. 의자에 누군가 앉는 듯한 소리를 제외하곤 방은 매우 조용했다.

"길에서 난 소리였어요. 두목, 두목은 머리가 좋잖습니까. 빠져나갈 방법을 짜내 봐요. 흠씬 두들겨 패는 게 내 전문이고, 머리 쓰는 건 두

목이 할 일이잖아요." 머튼이 말했다.

"사기 치는 데는 내가 홈즈보다 한 수 위야. 보석은 여기 내 비밀 주머니에 있어. 보석을 따로 놔둘 기회가 없었어. 보석은 오늘 밤 영국에서 사라질 거야. 네 조각으로 쪼개져 일요일이 되기 전에 암스테르담에 가 있겠지. 홈즈는 밴 세다가 누군지 몰라." 백작이 말했다.

"밴 세다는 다음 주에 출발한다고 생각하고 있어요."

"그랬지. 그러나 이제는 서둘러 배를 타고 가야 할 것 같아. 우리 중한 명이 보석을 갖고 빠져나가 라임 가(석탄 제조업자의 이름에서 유래됨. 가까운 콜맨 가, 시콜 레인의 이름도 석탄 제조업자 이름에서 유래되었다. 라임 가는 리든홀 가 남쪽에 있고, 18세기 말까지는 시티의 부유한 상인의 주택이 있었다. 현재는 보험 회사 로이드의 본사가 있다.)에 가서 그에게 이야기해야 해."

"이중 바닥도 아직 설치하지 못했을 텐데."

"그래. 감춰 가지고 나갈 수 없으니 운에 맡길 수밖에. 시간이 없어."

그때 다시 무슨 소리가 들리는 듯했다. 스포츠맨의 직감으로 위기를 감지한 백작은 멈춰 서서 주위를 둘러보았다.

"그렇군. 조금 전의 소리는 길에서 난 것이었군. 홈즈를 속이는 건식은 죽 먹기야. 그가 보석을 챙기면 우릴 놔주겠지. 일단 보석을 넘긴다고 약속하자고. 보석의 소재를 거짓으로 말하는 거야. 홈즈가 속았다고 느꼈을 때는 보석은 이미 네덜란드에 가 있을 테니까. 우리도이 나라를 이미 빠져나갔을 거고."

"기발한 생각입니다!" 샘은 히죽거리며 소리쳤다.

"너는 빨리 가서 그 네덜란드 사람에게 움직이라고 해. 나는 이 풋내기 홈즈한테 거짓말을 할 테니까. 보석은 리버풀에 있다고 말이야. 저 칭얼대는 음악은 정말 못 참겠어. 아주 신경을 박박 긁는군. 홈즈가 리버풀에 보석이 없다는 걸 알았을 땐 보석은 네 개로 나누어져 있을 거야. 우리도 배를 타고 이 나라를 빠져나갈 테고 말이야. 열쇠 구멍으로 홈즈를 살피는 일은 그만두고 어서 이리 와. 보석은 여기에 있어."

"그럼, 보석을 계속 가지고 다녔습니까?"

"여기보다 더 안전한 장소가 어디 있어? 우리가 화이트홀에서 보석을 훔쳤듯이 남들도 내 하숙집에서 보석을 훔칠 수 있어."

"보석 좀 봅시다."

실비어스 백작은 샘을 빤히 쳐다보며 앞으로 내민 그의 더러운 손을 무시했다.

"내가 빼앗을까 봐 그러는 겁니까? 이봐요, 두목. 당신이 이러는 데는 이제 신물이 나요."

"샘, 내가 그럴 리 있겠나. 우리는 싸울 여유가 없어. 보려면 창가로 와. 보석을 쥐고 불빛에 한번 비쳐 봐. 자 여기 있어."

"고마워요!"

그때 홈즈가 마네킹이 앉았던 의자에서 벌떡 일어나 펄쩍 뛰더니 단번에 보석을 낚아챘다. 홈즈는 한 손에 보석을 들고 다른 손에 든 권총을 백작의 머리에 갖다 댔다. 그러자 두 악당은 깜짝 놀라 주춤 물러섰다. 그들이 정신을 차리기 전에 홈즈는 벨을 눌렀다.

"여러분, 함부로 행동하지 않는 게 좋을 거요. 여러분은 이제 빠져

나갈 수 없소. 경찰이 아래에서 대기하고 있소."

백작은 화가 나거나 무섭기보다는 당황해서 제정신이 아니었다.

"저놈이 어떻게?" 백작은 헐떡이며 내뱉었다.

"당연히 놀랐을 거요. 침실에 다른 문이 있고, 거기서 저 커튼 뒤로 나올 수 있는 것을 몰랐을 테니. 저 인형을 움직일 때 소리가 났을 거라고 생각했지. 하지만 운이 좋았소. 내 앞에서는 털어놓지 않은 이야기를 들을 수 있는 절호의 기회를 주었으니 말이오."

백작은 두 손 다 들었다는 시늉을 했다.

"우리도 최선을 다했어. 당신은 악마야."

"그럴지도 모르겠소." 홈즈는 미소를 지으며 대답했다.

얼간이 샘도 점차 사태를 파악했다. 계단을 밟고 올라오는 묵직한 발소리가 들려오자 샘은 침묵을 깨고 말했다.

"결국 잡힌 거로군! 저 바이올린 소리는 어떻게 된 거야? 아직도 소리가 들리니."

"쯧쯧! 바로 그거야. 다시 연주해 볼까. 축음기는 정말 대단한 발명품이군."(앤서니 바우처는 이때 사용한 레코드가 12인치 싱글 레코드라고 추리하고, '뱃노래'의 무반주 바이올린 연주라는 점에서, 이렇게 편곡한 레코드를 발매한 회사가 없으므로 홈즈가 직접 만든 레코드일 것이라고 했다.) 홈즈가 대답했다.

이윽고 경찰이 들이닥쳐 두 사람에게 수갑을 채우고 대기 중인 차에 태웠다. 잠시 후 정색을 하고 명함 접시를 가지고 들어온 빌리 덕에 분위기가 바뀌었다.

"캔틀미어 경이 오셨습니다."

"빌리, 경을 안내해. 캔틀미어 경은 이 사건에 가장 관심이 많은 유명 인사야. 능력도 있고 충실한 사람이지만 구식이지. 경의 꼬장꼬장한 성질을 바꾸어 보면 어떻겠나? 장난을 쳐 보는 게 어때? 경은 우리가 사건을 해결한 줄 모를 거야." 홈즈가 말했다.

문이 열리자 날카로운 인상의 얼굴과 홀쭉한 몸매에 진지한 표정을 한 남자가 들어왔다. 그 남자는 둥그런 어깨, 힘없는 걸음걸이와 전혀 어울리지 않게 윤기가 나고 새까만 수염을 길렀다. 홈즈는 공손하게 앞으로 나가 냉담한 손에 악수했다.

"캔틀미어 경, 안녕하세요? 싸늘한 날씨지만 방 안은 따뜻합니다. 코트를 받아 드릴까요?"

"고맙지만 괜찮소. 그대로 입고 있겠소."

홈즈는 옷소매에 신경질적으로 손을 갖다 댔다.

"벗으시죠! 내 친구 왓슨 의사가 기온 변화가 얼마나 위험한지 알려 드릴 겁니다."

캔틀미어 경은 조바심이 생긴 듯 몸을 흔들었다.

"나는 괜찮소. 오래 머무를 필요가 없을 것 같으니. 당신이 자청해서 맡은 일이 어떻게 진행되나 살펴보러 온 거요."

"어렵습니다. 아주 힘들어요."

"그럴 거라고 생각했소."

늙은 귀족의 말과 태도에는 누구라도 분명히 느낄 수 있을 만큼 노골적인 비아냥거림이 배어 있었다.

"홈즈 씨, 사람은 자신의 한계를 알아야 하오. 한계를 알면 자기만족과 같은 약점을 고칠 수 있을 게요."

"그렇습니다. 뭘 해야 좋을지 모르겠습니다."

"당연하오."

"경이 이번 문제를 도와주시겠습니까?"

"이제 와서 내 충고를 원한다니 너무 늦은 감이 있구려. 당신은 그동안 자신이 최고라고 착각해 왔소. 하지만 기꺼이 당신을 돕겠소."

"캔틀미어 경. 어떤 사람이 도둑에 해당되는지 구성 요건을 정해야 하겠습니다."

"당신이 사람을 붙잡았을 때 말이오?"

"바로 그렇습니다. 문제는 보석을 소지한 사람을 기소하느냐의 여부입니다."

"너무 성급하지 않소?"

"미리 준비하는 게 좋습니다. 경은 보석을 갖고 있는 것이 절도범이라는 결정적 증거라고 보십니까?"

"보석을 갖고 있는 상태를 말하는 거로군."

"경은 보석을 가진 사람을 현행범으로 체포하시겠습니까?"

"당연하지."

홈즈는 좀처럼 웃는 법이 없지만 왓슨이 기억하기로는 이번에는 확실히 웃었던 것 같다.

"그렇다면 어쩔 수 없이 경을 체포한다는 말을 해야겠습니다."

이 말을 들은 캔틀미어 경은 화가 나 두 볼이 새파랗게 질린 채 실룩거렸다.

"너무 까부는군. 홈즈 씨, 50년 동안의 공직 생활 중 이런 일을 겪은 건 처음이오. 난 중요한 문제 때문에 당신과 시시껄렁한 농담을 할 시간이 없소. 솔직히 나는 당신의 능력을 믿지 않았고 경찰에 사건을 맡기는 게 훨씬 낫다고 생각했소. 당신의 이런 행동을 보니 내 생각이 맞는 것 같소. 좋은 저녁 보내시오. 그럼 안녕히 계시오."

그러자 홈즈는 재빨리 몸을 움직여 캔틀미어 경이 나가지 못하게 문을 막았다.

"잠깐. 마자랭의 보석을 갖고 사라지는 게 잠깐 갖고 있는 것보다 죄질이 더 나쁩니다." 홈즈가 말했다.

"홈즈 씨, 이 무슨 무례한 짓이오! 나가야겠소."

"경의 오버코트 오른쪽 주머니에 손을 넣어 보세요."

"무슨 말을 하는 거요?"

"제가 말한 대로 해 보십시오."

잠시 후 캔틀미어 경은 부들부들 떨며 커다란 황금빛 보석을 손바닥에 올려놓은 채 넋이 나가 말까지 더듬으며 그 자리에 얼어붙었다.

"이게 무슨! 대체 이게 무슨 짓이오! 홈즈 씨, 어떻게 된 거요?"

"캔틀미어 경, 정말 유감입니다." 홈즈가 소리쳤다. "내 친구 왓슨이 나중에 경에게 제가 짓궂은 장난을 치는 못된 버릇이 있다고 말씀드릴 겁니다. 어쩔 수 없는 제 장난기가 발동했습니다. 너무 지나쳤어요. 아까 대화를 시작할 때 제가 몰래 경의 주머니에 보석을 넣어 두었습니다."

캔틀미어 경은 보석에서 눈을 떼고 앞에서 미소 짓고 있는 홈즈를 노려보았다.

"홈즈 씨, 아주 당황했소. 이건 진짜 마자랭의 보석이군요. 정말 큰 신세를 졌소. 그러나 선생의 유머는 너무 지나쳤고 시기도 안 좋았소. 다만 내가 당신의 능력에 대해 오판했음을 인정하오. 그런데 어떻게……."

"사건 처리가 다 끝난 게 아닙니다. 절반 정도 끝난 셈입니다. 자세한 내막은 나중에 말씀드리겠습니다. 돌아가셔서 각료분들 앞에서 사건을 잘 매듭지었다고 말씀하시면 경의 화가 풀리실 겁니다. 빌리, 경을 문밖까지 안내해 드려. 그리고 허드슨 부인에게 최대한 빨리 저녁 식사 2인분을 가져다 달라고 해라."

역주 ─

   이 작품만큼 셜로키언 사이에서 논란의 대상이 된 작품도 없다. 이 작품을 쓴 사람으로 왓슨 부인, 홈즈의 먼 친척으로 켄싱턴에 있는 왓슨의 병원을 산 베너, G 레스트레이드, 빌리, 코난 도일이 거론되었다.

소어 다리

The Problem of Thor Bridge

1900년 10월 4일(목) ~ 10월 5일(금)

채링크로스에 있는 콕스 은행의 금고 어딘가에 여행으로 닳고 허름하며 해진 양철 상자가 있다. 그리고 뚜껑에는 '전 인도군 소속 닥터 존 H. 왓슨'이라고 내 이름이 쓰여 있다. 그 상자에는 서류가 가득 들어 있는데, 대부분이 홈즈가 여러 번 조사한 기이한 사건에 대한 기록이다.

　그중에는 전혀 해결되지 않은 아주 흥미로운 사건도 꽤 있다. 하지만 그런 사건들에 대해서는 명확하게 설명할 수 없으므로 기록하지 않겠다. 학생들은 해답 없는 문제에 흥미를 갖겠지만 일반 독자들은 짜증이 날 것이다. 이렇게 해결되지 않은 사건 중에는 제임스 필리모어 사건이 있다. 그는 우산을 가지러 집으로 돌아가서는 흔적도 없이 영영 사라져 버렸다. 어느 봄날 작은 안개 속으로 들어간 뒤 배와 선원의 소리가 완전히 사라지고 그 모습도 다시는 볼 수 없게 되었다는 작은 범선 '앨리시아' 사건도 매우 흥미롭다.

세 번째로는 유명한 저널리스트이자 연설가 이사도라 페르사노의 사건을 들 수 있다. 그는 알몸으로 발견되었는데, 앞에 놓인 성냥갑을 뚫어지게 바라보고 있었다. 성냥갑에는 과학적으로 알려진 바가 없다는 이상한 벌레가 담겨 있었다. 이처럼 이해할 수 없는 사건들 이외에도 신문지상에 발표되면 상류 사회에 큰 충격을 줄 명문가의 사적인 비밀과 관련된 사건들도 있다. 물론 비밀이 탄로 나는 일은 없을 것이다. 홈즈가 이런 일에 신경을 쓸 시간이 생긴다면 이 기록들을 없앨 것이기 때문이다. 이런 일 외에도 상당히 흥미로운 사건들이 남아 있다. 내가 그 사건들을 모두 책으로 내지 않은 건 세상에서 가장 존경하는 홈즈를 위해서다. 사람들이 내 글을 너무 많이 읽어 싫증이 나면 홈즈의 명성에도 영향을 미칠 수 있으니 말이다. 내가 직접 관여한 사건들은 목격자로서 생생하게 얘기할 수 있지만, 내가 참여하지 않았거나 아주 작은 역할을 한 사건들에 대해서는 제삼자로서 이야기할 수 있을 뿐이다. 다음 이야기는 내가 직접 경험한 일이다.

바람이 강하게 부는 10월의 아침이었다. 나는 옷을 입으면서 뒤뜰에 홀로 서 있는 플라타너스에서 낙엽이 떨어지는 것을 보았다. 위대한 예술가들이 대개 그러하듯이 홈즈는 환경에 쉽게 영향을 받았다. 그래서 나는 홈즈가 침울해하고 있을 거라고 생각하며 아침을 먹으러 아래층으로 내려갔다. 그러나 예상과 달리 홈즈는 아침을 거의 다 먹은 뒤였고, 유난히 즐겁고 명랑해 보였다. 홈즈는 사건이 생기면 늘 활기를 되찾았다.

"홈즈, 사건이라도 생겼나?" 내가 말했다.

"왓슨, 자네가 내 비밀을 알아내다니, 추리력은 확실히 전염성이 있어. 맞아. 사건이 하나 생겼네. 한 달 동안 시시한 일들뿐이었는데 드디어 다시 일을 시작하게 되었지."

"어떤 사건인데?"

"아쉽지만 지금은 할 얘기가 별로 없어. 일단 우리의 새 요리사가 삶은 이 퍽퍽한 달걀 두 개를 먹게. 그리고 사건 얘기를 하지. 내가 어제 현관에서 본 〈패밀리 헤럴드〉지에 실린 기사 때문에 달걀이 이 모양이 된 것 같아. 달걀을 삶는 것처럼 사소한 일에도 주의가 필요하지. 저 잡지에 실린 연애 사건에 정신이 팔려서 달걀을 불에 올려놓고 까맣게 잊어서는 안 된다네."

15분 후 식탁을 치웠고, 우리는 마주 앉았다. 홈즈는 주머니에서 편지를 꺼냈다.

"금광왕 닐 깁슨을 아나?"

"미국 상원의원?"

"서부 어느 주에서 상원의원을 지낸 적이 있지. 하지만 세계 최고의 금광 부호로 더 잘 알려져 있어."

"얘기는 들었어. 영국에서 산 적이 있지? 이름을 들은 적이 있어."

"맞아, 5년 전에 햄프셔의 부동산을 많이 매입했어. 닐 깁슨 부인의 비극적인 사건도 이미 들었겠지?"

"물론. 이제야 기억나네. 그래서 닐 깁슨이란 이름이 낯설지 않았군. 하지만 사건의 자세한 내막은 모르네."

홈즈는 의자에 놓인 종이를 가리켰다.

"내가 그 사건을 맡게 될 줄은 몰랐어. 그랬다면 기사를 따로 모아 놨을 거야. 아주 충격적인 사건이지만 범인이 쉽게 밝혀졌지. 피고는 착한 사람이라고 평판이 나 있지만 증거가 아주 명백하다더군. 검시 재판의 배심단도 경찰 재판소의 심리도 그렇게 판결했어. 지금은 윈체스터에 있는 순회 재판에 회부되었네. 쓸데없는 일일 수도 있지. 왓슨, 나는 사실을 알아낼 뿐이야. 그걸 변경할 수는 없어. 아주 새롭고 예상치 못한 사실이 밝혀진다면 모를까, 내 의뢰인이 뭘 기대하는지 모르겠네."

"자네 의뢰인이라니?"

"아, 얘기하지 않았군. 거슬러 올라가면서 이야기하는 자네를 닮아 가나 봐. 이걸 먼저 읽어 보게."

홈즈가 나에게 건넨 편지에는 굵고 훌륭한 필체로 다음과 같이 쓰여 있었다.

홈즈 씨에게

이 세상에서 가장 훌륭한 여인이 파멸해 가는 것을 이대로 그냥 보고만 있을 수는 없소. 그녀를 구할 수 있다면 뭐든 하겠소. 설명할 수는 없지만 던바 양이 무죄라는 것을 나는 확실히 알고 있소. 이 사건에 대해 들었을 거요. 누군들 모르겠소? 어딜 가나 이 이야기뿐이오. 그런데 던바 양을 옹호하는 사람이 한 명도 없다니! 이렇게 불공평할 수 있소? 나는 미칠 것 같소. 던바 양은 파리 한 마리도 죽이지 못하는 사람이오. 어쨌든 내일 11시에 찾아가겠소. 당신이 이 난관을 극복할 수 있게 도와주시오. 내가 아는 사실이 사건을 해결하는 데 도움이 될 수 있을지 모르겠소. 그러나 당신이 던바 양을 구해 주기만 한다면 내가 아는 모든 사실과 재산, 그리고 명예를 모두 당신에게 드리겠소. 당신이 정말 뛰어난 사람이라면 이 사건도 해결해 주시오.

클레리지스 호텔, 10월 3일
— J. 닐 깁슨

"이제 자네도 알겠지." 홈즈는 담뱃재를 털고는 다시 파이프에 담배를 채우면서 말했다. "내가 기다리는 사람이 닐 깁슨 씨야. 자네가 이 서류를 모두 읽기에는 시간이 별로 없군. 이 사건에 대해 알고 싶다면 아주 간단히 얘기하지. 닐 깁슨 씨는 세계에서 제일가는 경제계 거물이야. 그리고 내가 들은 바에 의하면, 폭력적이고 무서운 성격을 지녔다는군. 이 사건의 피해자인 그의 부인에 대해서는 아는 게 별로 없어. 나이가 들면서 아름다움이 시들었다는 것과 불행하게도 아주 매력적인 여자 가정교사가 두 아이의 교육을 맡았다는 것이 전부야. 세 사람이 관련되어 있고 무대는 역사적인 영국의 대농장 중앙에 있는 크고 오래된 영주 저택이지.

다음은 사건에 대한 얘기야. 늦은 저녁에 집에서 반 마일쯤 떨어진 곳에서 부인이 발견되었어. 디너 드레스를 입고 어깨에 숄을 걸친 채 머리에 총알을 맞은 흔적이 있었어. 부인 주위에 총은 없었고 살인 사건이라 할 만한 단서도 없었지. 왓슨, 부인 주위에 총이 없었다는 것을 기억해. 범죄는 밤늦게 일어났고 11시쯤에 사냥터 관리인이 시체를 발견했어. 그 즉시 경관과 의사가 검사를 하고 시체를 집으로 옮겼지. 너무 간단히 얘기했나? 충분히 이해가 되었나?"

"모든 게 아주 명확해. 그런데 왜 여자 가정교사를 의심하지?"

"음, 우선 아주 직접적인 증거 때문이야. 총알 하나가 발사된 권총이 그녀의 옷장 바닥에서 발견되었거든. 시체에 있는 총알의 직경과도 일치했지."

홈즈는 초점 없는 눈으로 천천히 말을 되풀이했다. "그녀……의 ……옷장 ……바닥……에서."

그러고나서 홈즈는 입을 다물었다.

나는 그가 깊은 생각에 잠겼다는 사실을 알았기 때문에 섣불리 끼어들 수 없었다. 홈즈는 갑자기 깜짝 놀라더니 다시 말을 이었다.

"그래, 왓슨. 총을 발견했어. 정말 치명적이지? 배심원 두 명은 그렇게 판단했어. 또 피해자가 손에 쪽지를 쥐고 있었는데 그 쪽지는 던바 양이 쓴 것이었어. 바로 그 장소에서 만나자는 내용이었지. 어때? 깁슨 의원은 매력적인 사람이지. 그의 부인이 죽는다면 깁슨 씨에게 이미 깊은 관심을 받고 있는 던바 양 말고 누가 부인이 되겠나? 사랑, 재산, 권력, 모든 것이 한 중년 여자의 목숨에 달려 있지. 추하군, 왓슨, 정말 추해!"

"정말 그렇군, 홈즈."

"던바 양은 알리바이도 증명할 수 없었어. 오히려 그 시간에 사건 현장인 소어 다리 근처에 갔다는 사실을 인정했지. 부인할 수 없었을 거야. 그곳을 지나가던 이웃들이 던바 양을 목격했으니까."

"정말 결정적이군."

"왓슨, 게다가 소어 다리는 갈대가 가득한 길고 깊은 저수지의 가장 좁은 부분 위에 걸려 있어. 다리는 아주 좁고 옆에는 기둥 난간이 있지. 소어 호수라고 불리는 곳이야. 그 다리 입구에 부인의 시체가 누워 있었어. 이게 사건의 주된 내용이야. 이런, 내가 틀린 게 아니라면 우리 의뢰인이 왔군. 약속 시간보다 상당히 일찍 왔는걸."

빌리가 문을 열었지만 그가 알린 이름은 우리가 기다리는 사람의 이름이 아니었다. 말로 베이츠는 홈즈도, 나도 처음 듣는 이름이었다. 그는 마른 체구에 신경질적으로 보였으며, 놀란 눈으로 당황하며 몸을 떨었다. 의사인 내가 보기에 베이츠는 극단적인 신경쇠약이었다.

"흥분한 것 같군요, 베이츠 씨. 앉으시죠. 제가 11시에 약속이 있어 당신과 얘기할 수 있는 시간이 별로 없습니다." 홈즈가 말했다.

"알고 있습니다." 베이츠는 숨이 가쁜 사람처럼 짧게 말을 내뱉으면서 헐떡거렸다. "깁슨 씨가 오고 있습니다. 깁슨 씨는 저의 주인이고 저는 그의 부동산 관리인입니다. 홈즈 씨, 그는 악당입니다. 아주 악독한 사람입니다."

"말이 너무 심하군요. 베이츠 씨."

"시간이 별로 없으니 단도직입적으로 얘기하겠습니다. 저는 여기서 깁슨 씨를 만나면 절대로 안 됩니다. 깁슨 씨가 도착할 시간이 다 되었군요. 그러나 저는 더 일찍 올 수 없었습니다. 깁슨 씨의 비서 퍼거슨이 오늘 아침에서야 깁슨 씨가 당신과 약속했다는 사실을 알려 주었습니다."

"당신은 깁슨 씨의 관리인입니까?"

"깁슨 씨에게 통보했습니다. 2주 후에 이 더러운 일을 그만둘 것입니다. 그는 정말 냉혹한 인간입니다. 자선사업은 자신의 부정을 감추기 위한 수단입니다. 그의 부인이 가장 큰 희생양입니다. 깁슨 씨는 부인에게 잔인하게 대했습니다. 그렇습니다. 아주 짐승 같았죠! 부인이 어떻게 죽었는지 저는 모릅니다. 하지만 깁슨 씨가 부인의 인생을 불행하게 만든 건 사실입니다. 부인은 브라질 태생으로 열대지방 사람입니다. 아시죠?"

"몰랐습니다."

"더운 지방에서 태어났고 성격도 열정적이었습니다. 태양과 정열의 화신이었죠. 정열적으로 깁슨 씨를 사랑했습니다. 그러나 부인이 나이가 들면서 점점 아름다움이 사라지자 부인에 대한 깁슨 씨의 사랑은 식었습니다. 한때는 무척 아름다웠다고 합니다. 우리 모두 부인을 좋아했고 가엾게 여겨서 깁슨 씨가 부인을 대하는 태도를 증오했습니다. 그는 말솜씨가 좋은 교활한 사람입니다. 이게 제가 말씀드리고 싶은 전부입니다. 그의 말을 곧이곧대로 믿지 마세요. 진실이 아닙니다. 저는 이제 가겠습니다. 안 됩니다. 저를 붙잡지 마세요! 깁슨 씨가 올 시간이 다 되었습니다."

베이츠는 놀란 눈으로 시계를 보더니 문으로 뛰어나갔다.

"그래, 그래!" 잠시 후 홈즈가 말했다. "깁슨 씨는 아주 충성스러운 하인을 둔 것 같군. 하지만 경고는 참고할 만해. 이제 깁슨 씨가 나타나기만 기다리면 되겠지."

11시 정각이 되자 무겁게 계단을 오르는 소리가 들리고, 그 유명한 백만장자가 방으로 들어섰다. 깁슨 씨를 보자 베이츠의 두려움이나 혐오, 그리고 수많은 사업 경쟁자가 그에게 퍼부은 저주의 말이 이해가 갔다. 내가 조각가이고 사업에 성공한 대담하고 뻔뻔스러운 사람을 작품으로 만들 계획이라면 닐 깁슨을 모델로 선택할 것이다. 그는 키가 크고 말랐으며 뼈마디가 굵었는데, 매우 탐욕스러워 보였다. 외모는 검소한 생활을 추구한 링컨 대통령과 조금 비슷하게 생겼다. 그의 얼굴은 화강암으로 조각한 것처럼 딱딱하고 울퉁불퉁했으며 차가워 보였다. 그리고 깊은 주름과 수많은 흉터가 있었다. 짙은 눈썹 아래의 차가운 회색 눈은 우리를 번갈아 가며 매섭게 훑어보았다. 홈즈가 내 이름을 말하자 깁슨은 형식적으로 고개를 끄덕인 후 주인 같은 태도로 의자를 홈즈 쪽으로 가져가 앙상한 그의 무릎이 홈즈에게 닿을 만큼 가까이 앉았다.

"여기서 말하겠소, 홈즈 씨. 이 사건에서 돈은 중요하지 않소. 진실을 밝히는 데 도움이 된다면 당신이 돈을 불태워도 좋소. 던바 양은 아무 죄가 없소. 그녀가 무죄임을 밝혀야 하오. 그건 모두 당신에게 달려 있소. 얼마면 되겠소?" 깁슨이 말했다.

"의뢰 비용은 일정 기준(일정 기준이란 어디에 기준을 둔 것일까? 찾은 재산의 금액에 따른 것일까? '해군 조약'과 '고대 영국의 왕관' 사건 이외에 재산에 관계된 사건은 그다지 없다. 그러면 수사에 걸린 시간일까? 그렇다면 보스콤 계곡까지 열차로 가는 데 걸린 네 시간 반과 스톡 모런에서 밤을 새운 네 시간 반은 같다고 보아야 할 것인가? 이 기준에 대해 분명한 것은 그것이 결코 일정한 기준이 없다는 것뿐이다.)에 따릅니다. 돈을 받지 않을 때 말고는 요금은 달라지지 않습니다." 홈즈가 차갑게 말했다.

"좋소. 돈에 관심이 없다면 명예를 생각해 보시오. 당신이 이 사건을 해결한다면 영국과 미국의 언론이 당신에 대해 대서특필할 거요. 그러면 당신은 두 대륙에서 화제가 될 테지요."

"고맙습니다, 깁슨 씨. 하지만 요란하게 신문에 나고 싶은 생각은 전혀 없습니다. 오히려 저는 익명으로 일하는 것을 더 좋아하며 제가 관심이 있는 것은 사건 자체입니다. 이런 얘기를 하는 건 시간 낭비일 뿐입니다. 어서 사건에 대한 이야기를 하시지요."

"주요 사실은 신문 기사를 보면 모두 알 수 있을 것이오. 당신에게 도움이 될 만한 게 더 있는지 모르겠소. 그러나 당신이 더 명확히 알고 싶은 것이 있다면 말해 주겠소."

"네, 딱 하나 있습니다."

"뭐요?"

"깁슨 씨와 던바 양은 정확히 어떤 관계였습니까?"

깁슨은 깜짝 놀라 의자에서 일어났다. 그렇지만 곧 당당함과 침착함을 되찾았다.

"일을 맡았으니 당신이 그런 질문을 할 권리가 있다고 생각하오, 홈즈 씨."

"그렇다고 생각합니다." 홈즈가 대답했다.

"던바 양이 아이들과 함께 있을 때 이외에는 나는 그녀와 얘기를 하거나 만난 적이 없소. 단지 주인과 젊은 가정교사의 관계일 뿐이오."

홈즈가 의자에서 일어났다.

"저도 바쁜 사람입니다, 깁슨 씨. 쓸데없는 이야기에 허비할 시간이 없습니다. 그럼, 안녕히 가십시오."

깁슨도 일어났다. 키가 큰 깁슨이 홈즈 앞을 가로막았다. 짙은 눈썹 아래에는 분노로 찬 눈이 번뜩였고 창백했던 볼이 붉어졌다.

"홈즈 씨, 도대체 그게 무슨 뜻이오? 내 사건을 포기하는 거요?"

"글쎄요, 깁슨 씨. 적어도 당신을 거부하는 겁니다. 내 질문은 간단했다고 생각하는데요."

"아주 간단했소. 하지만 숨은 뜻이 뭐요? 가격을 올려 달라는 거요? 아니면 사건을 맡기가 두려운 거요? 아니면 뭐요? 나는 간단하게 대답할 권리가 있소."

"네, 아마도 그러시겠죠. 하나 더 말하겠습니다. 거짓 정보로 사건을 어렵게 만들지 않아도 이 사건은 이미 아주 복잡합니다."

"내가 거짓말을 했다는 의미군."

"글쎄요. 저는 최대한 완곡하게 표현하려고 했는데 깁슨 씨가 거짓말이라는 단어를 고집하신다면 저도 굳이 부인하지는 않겠습니다."

순간 깁슨의 얼굴이 아주 험악해지더니 커다랗고 마디가 굵은 주먹을 치켜들었다. 놀란 나는 벌떡 일어섰다. 하지만 홈즈는 무심하게 웃으며 파이프를 집기 위해 손을 뻗었다.

"소란 피우지 마세요, 깁슨 씨. 아침을 먹은 후에는 사소한 말다툼도 거북한 법입니다. 아침 공기를 마시며 산책하면서 조용히 생각하는 게 당신에게 도움이 될 듯싶군요."

깁슨은 애써 자신의 분노를 억제했다. 불같이 화를 내던 그가 순식간에 냉담하고 무심해진 것을 보니 그저 존경스러울 뿐이었다.

"좋소, 당신이 선택한 거요. 일을 처리하는 자신만의 방식이 있겠지. 당신에게 강제로 사건을 조사하게 할 수는 없소. 하지만 오늘 아침 당신은 큰 실수를 한 거요. 나는 당신보다 더 강한 사람들도 무릎을 꿇게 만들었소. 여태 나를 방해한 사람치고 잘된 사람이 없소."

"많은 사람이 그렇게 얘기하더군요. 하지만 전 다릅니다. 그럼 안녕

히 가세요, 깁슨 씨. 당신은 아직 배울 게 많은 것 같군요." 홈즈가 웃으며 말했다.

깁슨은 요란스럽게 밖으로 나갔지만, 홈즈는 침착하게 아무 말 없이 멍하게 천장을 보며 담배를 피웠다.

"어떻게 생각하나, 왓슨?" 마침내 그가 물었다.

"글쎄, 깁슨 씨는 자신에게 방해되는 것을 확실히 없앨 만한 사람 같군. 베이츠가 말하기를 그의 부인은 장애물이고 혐오의 대상이라고 했지 않나."

"정확해. 내 생각도 그래."

"그런데 가정교사와는 어떤 관계였으며, 자네는 그걸 어떻게 알았지?"

"속임수야, 왓슨, 속임수! 깁슨의 편지는 열정적이었고 사무적이지 않은 말투였어. 그건 말수가 적은 그의 태도나 모습과는 상반되지. 피해자보다는 기소된 여자에게 깊은 감정이 있는 게 분명하네. 진실을 알기 위해서는 이 세 사람의 관계를 정확히 알아야 해. 내가 그에게 정면 공격하는 걸 봤지? 그가 얼마나 침착하게 받아 내던가. 나는 아주 확실한 척하면서 허세를 부렸지만 사실은 추측일 뿐이었어."

"깁슨이 다시 올까?"

"그는 분명히 돌아와. 사건을 그대로 둘 수는 없을 거야. 아! 벨 소리 아닌가? 그렇지, 그의 발소리가 들리는군. 네, 깁슨 씨, 지금 막 왓슨 의사에게 당신이 좀 늦는다고 얘기하던 참이었습니다."

깁슨의 태도는 나갈 때보다 부드러워졌다. 그렇지만 자존심이 상한 듯 눈빛은 아직 분노에 차 있었다. 그러나 목적을 이루기 위해서라면 모든 걸 얘기하겠다고 생각하는 듯했다.

"홈즈 씨, 그 일에 대해 생각해 보았소. 내가 당신의 말을 오해한 것 같소. 어떤 사실이든 당신은 따져 볼 자격이 있어요. 그 이상도 가능하다고 생각하오. 그러나 맹세컨대 정말 던바 양과 나는 이 사건과 아무런 관계가 없소."

"판단은 제가 합니다. 그렇지 않습니까?"

"그렇소. 당신은 진단을 내리기 전에 모든 증상을 말해 보라고 요구하는 의사 같군."

"맞습니다. 표현 그대로입니다. 사건의 진실을 숨기려는 사람은 의사에게 증상을 숨기려는 환자와 같습니다."

"그럴 수도 있겠지. 하지만 한 여성과 어떤 관계냐는 단도직입적인 질문을 받았을 때 정말로 진지한 감정을 가지고 있다면 어떤 남자든 약간은 겁을 낼 것이오. 어떤 남자든 마음 한구석에 다른 사람들에게는 밝히고 싶지 않은 개인적인 비밀을 간직하고 있다고 생각하오. 그런데 당신이 갑자기 그걸 건드렸소. 하지만 던바 양을 구하기 위해서라면 당신을 용서하겠소. 자, 자물쇠는 풀리고 보관함은 열렸소. 이제 당신이 원하는 무엇이든 물어볼 수 있소. 당신이 원하는 게 뭐요?"

"진실입니다."

깁슨은 생각을 정리하는 듯 잠시 말이 없었다. 사납고 주름진 얼굴이 점점 슬픈 표정으로 변했다.

"아주 짧게 말하겠소, 홈즈 씨." 마침내 그가 입을 열었다. "말하기도 어렵고 고통스러운 일들이 좀 있소. 필요 이상으로 깊게 얘기하지 않겠소. 브라질에서 금광을 발굴할 때 아내를 만났소. 아내인 마리아

핀토는 마나오스 정부 관리의 딸이었고, 매우 아름다웠소. 그 시절에 나는 젊고 열정적이었소. 하지만 지금도 냉정하게 되돌아보면 마리아는 보기 드문 미인이었고, 아주 감성이 풍부했소. 내가 아는 미국 여자들과는 달리 열정적이고 성실하며 극단적이었지. 짧게 말하면 나는 그녀를 사랑했고 그녀와 결혼했소. 몇 년간 지속된 사랑이 식고 나서야 우리에겐 공통점이 없다는 것을 알았지요. 나의 사랑은 식었소. 그녀 역시 그랬다면 모든 일이 더 쉬웠을 거요. 하지만 어떻게 해도 그녀의 사랑은 변하지 않았소. 마리아의 사랑이 식거나 증오로 바뀐다면 우리 둘 모두에게 좋을 거라고 생각해서 나는 그녀에게 가혹하게 대했소. 다른 사람들의 말처럼 잔인하기까지 했지. 하지만 마리아는 전혀 변하지 않았소. 마리아는 20년 전에 아마존 강가에서 나를 사랑했던 것처럼 이 영국의 숲에서도 나를 사랑했소. 내가 어떤 짓을 해도 마리아는 변함없이 충실했소.

그 무렵 그레이스 던바가 나타났소. 그녀는 우리가 낸 광고를 보고 연락했고, 두 아이의 가정교사가 되었소. 아마 신문에 난 던바 양의 사진을 보았을 거요. 그녀는 매우 아름다운 여성이오. 나는 다른 사람들보다 더 교양 있는 척 행동하지 않겠소. 같은 집에서 살고 매일 그녀와 만나면서 그녀에게 열정을 느꼈소. 나를 비난하는 거요, 홈즈 씨?"

"열정을 느꼈다는 점에 대해서는 당신을 비난하지 않습니다. 그러나 이 젊은 여성은 당신의 보호를 받고 있었다고 할 수 있습니다. 그러니 당신이 그 감정을 표현했다면 잘못된 거라고 생각합니다."

"글쎄, 그럴 수도 있지." 깁슨은 인정했지만, 곧 그 비난에 화가 난 듯 말했다. "나는 더 괜찮은 사람처럼 보이기 위해 거짓으로 꾸미지 않소. 평생 내가 원하는 거라면 뭐든지 얻을 수 있는 사람이었소. 던바 양의 사랑을 얻는 것보다 더 갈망한 것이 없소. 나는 그녀에게 그렇게 말했소."

"아, 정말 그렇게 말했습니까?"

홈즈는 깜짝 놀라며 얼굴을 심하게 찡그렸다.

"할 수만 있다면 던바 양과 결혼하겠지만, 그건 불가능한 일이라고 말했소. 돈은 중요하지 않고 그녀를 행복하고 편안하게 해 줄 수 있는 것이라면 무엇이든 하겠다고 했소."

"인심이 아주 후하군요." 홈즈가 비웃었다.

"이보시오, 홈즈 씨. 나는 사건을 해결하려고 당신을 찾아온 것이지, 도덕적인 문제로 온 게 아니오. 당신의 비난 따위는 필요 없소."

"내가 당신의 사건에 관여하는 건 오직 던바 양을 위해서입니다. 던바 양이 저지른 범죄가 당신이 한 일보다 더 나쁜 건지 모르겠습니다. 당신은 자신의 보호를 받는 연약한 여자를 타락시키려고 했어요. 돈을 쏟아붓는다고 해서 세상이 당신의 죄를 용서해 주지는 않는다는 사실을 당신같이 돈 많은 사람들은 알아야 합니다." 홈즈가 단호하게 말했다.

놀랍게도 깁슨은 비난을 침착하게 받아들였다.

"나도 그렇게 생각하오. 그녀가 내 생각대로 따르지 않은 것을 신에게 감사하오. 던바 양은 아무것도 받지 않고 즉시 집을 떠나려 했소."

"그런데 왜 떠나지 않았습니까?"

"우선은 부양해야 할 가족 때문이었소. 가정교사 일을 포기하고 가족들을 저버린다는 게 그녀로서는 쉽지 않은 일이었소. 내가 다시는 귀찮게 하지 않을 거라고 맹세하자 던바 양은 그냥 남아 있기로 했소. 그 후 나는 약속대로 다시는 그녀를 괴롭히지 않았소. 하지만 그녀가 떠나지 않은 또 다른 이유가 있었소. 던바 양은 자신이 나에게 가장 큰 영향을 미칠 수 있는 사람이라는 사실 알았기 때문에 그걸 좋은 일에 이용하고 싶어 했소."

"어떻게 말입니까?"

"던바 양은 내 사업에 대해 조금 알고 있었소. 홈즈 씨, 내 사업은 보통 사람들은 상상할 수도 없을 만큼 거대하오. 나는 무언가를 창조할 수도 있고 파괴할 수도 있소. 하지만 대부분이 파괴지. 개인만이 아니오. 단체, 도시, 심지어 국가도 그렇소. 사업이란 치열한 싸움이어서 약자는 밀려나게 되어 있소. 나는 승산이 있는 일만 했소. 나는 고통스러워한 적도 없고 다른 사람들의 고통에도 전혀 신경 쓰지 않았소. 하지만 던바 양은 다르게 생각했소. 그녀가 옳았소. 그녀는 생계가 막막하고 어려운 사람들이 수도 없이 많은데, 한 사람이 필요 이상으로 부를 축적해서는 안 된다고 생각했소. 나는 던바 양의 생각대로 가치 있는 일에 돈을 쓰리라 다짐했소. 던바 양은 내가 그녀의 말을 따르자 자신이 내 행동에 영향을 줌으로써 세상에 봉사하고 있다고 생각했소. 그래서 던바 양은 계속 머물러 있었고, 끝내 이번 사건이 일어난 것이오."

"사건에 대해 더 자세히 이야기해 주실 수 있습니까?"

깁슨은 잠시 말을 멈추더니 머리를 손으로 감싸고 깊은 생각에 빠졌다.

"사건은 그녀에게 아주 불리하오. 나는 부정할 수 없소. 겉만 봐서는 알 수 없지만 배후에 남자가 있을 수도 있소. 처음에는 나도 너무 당황하고 놀라 던바 양이 자신의 성격을 속인 것이 아닌가 하고 의심할 뻔했소. 홈즈 씨, 도움이 될 것 같으니 내 생각을 말하겠소. 내 아내는 질투가 아주 강해요. 외모에 대한 질투뿐 아니라 감정에 대한 질투도 대단했소. 아내도 알고 있었겠지만 외모에 대해서는 질투할 게 없었소. 그런데 던바 양이 내 마음과 행동에 영향을 미치고 있다는 것을 알게 되었소. 아내로서는 해 본 적이 없는 일이었지. 좋은 일을 하기 위한 것이었지만 그렇다고 사실이 달라지는 건 아니었소. 아내는 증오심으로 미쳐 갔소. 그녀의 피 속에는 항상 아마존의 열기가 흐르고 있었소. 아내가 던바 양을 죽이려고 했을 수도 있소. 아니면 던바 양에게 총으로 위협하며 떠나라고 겁을 주었을 수도 있소. 그래서 난투극이 벌어지고 총이 발사되었는데, 그걸 들고 있던 아내가 총에 맞았을 수도 있소."

"저도 그런 가능성에 대해 이미 생각해 봤습니다. 사실, 살인이 아니었음을 주장할 수 있는 유일한 설명이죠. 하지만 던바 양은 그 사실을 완전히 부인했습니다." 홈즈가 말했다.

"하지만 그게 결정적이지는 아니지 않소? 그런 끔찍한 상황에 처한 여자가 당황해 권총을 그대로 든 채 황급히 집으로 돌아왔을 수도 있는 일이잖소. 엉겁결에 권총을 옷장에 던져 놓았고, 총이 발견되자 설명을 해도 믿지 않을까 봐 전부 부인하며 거짓말을 하려고 했을 수도 있소. 이러한 가정에 반박할 만한 증거가 있소?"

"던바 양 자신입니다."

"그렇군."

홈즈는 그의 시계를 보았다.

"오늘 아침에 필요한 허가를 받아 저녁까지 윈체스터에 도착할 수 있을 것 같군요. 던바 양을 만나 봐야 제가 이 사건에 도움을 줄 수 있을지 알 수 있습니다. 결론이 깁슨 씨가 원하는 것과 같을지는 약속드릴 수 없습니다."

허가 절차가 지연되는 바람에 그날 우리는 윈체스터에 가지 못했다. 대신 깁슨이 소유한 햄프셔의 소어 저택으로 갔다. 깁슨은 우리와 같이 가지 않고 처음 그 사건을 조사한 코벤트리 경사를 소개해 주었다. 코벤트리 경사는 키가 크고 마른 체격에 얼굴이 창백했다. 비밀스럽고 수상한 태도로 보아 뭔가 중요한 사실을 알고 있으나 섣불리 입 밖에 내지 못하는 듯했다. 코벤트리 경사는 아주 중대한 사항을 이야기하는 듯이 목소리를 갑자기 낮추곤 했는데, 들어 보면 대개 평범한 내용이었다. 그러나 우리는 곧 그가 예의 바르고 정직하다는 사실을 알았다. 그는 이 사건은 자신의 능력 밖의 일이며 도움을 기꺼이 환영한다고 말할 만큼 솔직했다.

"어쨌든 저는 스코틀랜드 야드보다는 당신을 택하겠어요, 홈즈 씨. 스코틀랜드 야드가 이 사건을 맡으면 사건이 해결되더라도 지방 경찰이 신용을 잃거나 비난을 받을 수도 있거든요. 당신은 정직하게 행동한다고 들었습니다." 코벤트리 경사가 말했다.

"사건 전면에 나서지 않아도 좋습니다."

홈즈의 말에 풀이 죽은 경사는 크게 안도하는 것 같았다.

"내가 사건을 해결하더라도 내 이름을 알릴 필요는 없으니까요."

"홈즈 씨, 당신은 정말 멋진 분이군요. 왓슨 선생도 믿을 수 있는 분이라는 것을 압니다. 그럼, 홈즈 씨, 그 장소로 가시죠. 그런데 여쭤보고 싶은 게 하나 있습니다. 당신 말고는 아무에게도 말하지 않았습니다."

경사는 말하기가 두려운 듯 주위를 둘러보았다.

"깁슨 씨가 범인이라고 생각하지 않나요?"

"그 점에 대해서 생각하고 있소."

"아직 던바 양을 못 만나셨죠? 그녀는 여러모로 아주 훌륭하고 괜찮은 여성입니다. 깁슨 씨가 부인을 없애고 싶어 한 것도 당연합니다. 미국 사람들은 우리 영국 사람들보다 총을 더 많이 지니고 있나 봅니다. 홈즈 씨도 아시겠지만 그 총은 깁슨 씨 것이었어요."

"확실한가요?"

"물론이죠. 깁슨 씨가 갖고 있는 한 쌍의 총 중 하나입니다."

"한 쌍의 총이라니오? 그럼 다른 하나는 어디 있나요?"

"글쎄요, 깁슨 씨가 갖고 있는 총의 종류가 워낙 많습니다. 그 총과 똑같은 총을 찾을 수 없었어요. 하지만 상자는 두 개를 보관하도록 되어 있었습니다."

"한 쌍이라면 당연히 짝을 찾을 수 있을 텐데요?"

"글쎄요. 총을 조사해 보고 싶으시다면 집에 있는 총을 모두 보여드리겠습니다."

"그건 나중에 보고, 우선 같이 가서 사건 현장을 둘러봤으면 좋겠군요."

우리는 코벤트리 경사의 오두막에 있는 작은 앞방에서 대화를 나누었다. 그곳은 지구대로 사용되고 있었다. 시들어 가는 누런 풀들이 가득한 황량한 벌판을 지나 반 마일쯤 걸어가자 소어 저택으로 들어가는 옆문에 도착했다. 꿩 보호 지역을 지나자 개간지가 나타났고, 언덕 꼭대기에 옆으로 넓게 퍼진 나무 골조의 저택이 보였다. 튜더 왕조와 조지 왕조의 스타일이 어우러진 집이었다. 우리 옆에는 갈대가 많은 긴 저수지가 있었다. 중앙의 좁은 부분에서 주된 물살이 돌다리를 통과해 양쪽에 있는 작은 연못으로 흘러들어갔다. 경사는 이 다리 입구에서 멈추더니 바닥을 가리켰다.

"저기가 깁슨 부인의 시체가 있던 곳입니다. 제가 돌로 표시해 놓았습니다."

"시신을 옮기기 전에 이곳에 도착했다고 했지요?"

"네, 그들이 저를 즉시 불렀습니다."

"누가 불렀나요?"

"깁슨 씨가 직접 불렀습니다. 그는 보고를 받자마자 다른 사람들과 함께 집에서 급하게 뛰어나왔습니다. 경찰이 오기 전에 아무것도 옮기지 않았다고 깁슨 씨가 말했습니다."

"잘했소. 신문 기사를 보니 권총은 가까운 거리에서 발사된 거라더군요."

"그렇습니다. 홈즈 씨, 아주 가까운 거리입니다."

"오른쪽 관자놀이 가까이?"

"바로 밑입니다."

"시체는 어떻게 누워 있었나요?"

　"등을 바닥에 대고 있었습니다. 저항한 흔적은 없었습니다. 상처도 없었고 총도 없었습니다. 왼쪽 손으로는 던바 양이 쓴 짧은 쪽지를 꽉 쥐고 있었습니다."

　"꽉 쥐고 있었다고 했나요?"

　"그렇습니다. 손가락을 펼 수가 없었습니다."

　"그거 아주 중요한 사실이군요. 부인이 사망한 후에 거짓 단서로 사건을 은폐하기 위해 누군가 그곳에 쪽지를 가져다 놓은 건 아니라는 얘기야. 이런! 기억나는군. 그 쪽지 내용은 아주 짧았지. '소어 다리에서 9시에 뵙겠습니다. G. 던바.' 그런 내용 아니었소?"

　"맞습니다."

"던바 양이 자신이 썼다는 사실을 인정했나요?"

"그렇습니다."

"던바 양은 뭐라고 설명하던가요?"

"던바 양의 답변서는 순회재판소에 보관되어 있습니다. 그녀는 아무 말도 안 했을 겁니다."

"이거 아주 흥미롭군요. 쪽지가 뭔가 석연치 않아. 안 그런가요?"

"그렇습니다. 건방진 말일 수도 있지만 이 사건을 통틀어 진짜 유일하게 의문이 가는 부분입니다." 경사가 말했다.

홈즈는 머리를 끄덕였다.

"편지가 진짜이고 실제로 쓰인 것이라고 해도 분명히 이전에 받았어요. 말하자면 한두 시간 전에 말이오. 그런데 왜 깁슨 부인은 왼손에 그대로 움켜쥐고 있었을까요? 왜 그렇게 소중하게 지니고 있어야만 했을까요? 던바 양과 만날 때 쪽지를 가지고 있을 필요는 없었소. 이상하지 않소?"

"그렇습니다. 홈즈 씨의 설명대로 이상하군요."

"잠시 조용히 앉아서 잘 생각해 봐야겠군."

홈즈는 다리의 돌난간에 앉았다. 회색 눈을 굴리며 의심스러운 눈초리로 사방을 살펴보았다. 그러다 갑자기 벌떡 일어나더니 반대쪽 난간으로 달려가 주머니에서 돋보기를 꺼내 난간을 조사했다.

"이거 이상하군."

"그렇습니다. 난간에 홈이 있는 걸 보았습니다. 지나가는 사람들의 짓이라고 생각합니다."

다리는 회색이었으나 이 부분만은 6펜스 은화 크기로 하얗게 변해

있었다. 가까이에서 살펴보면 날카로운 타격으로 표면에 흠집이 생겼
다는 것을 알 수 있었다.

"어떤 힘이 가해져서 저렇게 된 게 분명해." 홈즈가 생각에 잠겨 말
했다. 그리고 나서 지팡이로 난간을 몇 차례 때렸으나, 흔적이 남지

않았다. "그래, 아주 강한 힘으로 때렸어. 게다가 의문스러운 위치요. 난간의 아랫부분에 흠이 있는 걸 보니 위가 아니라 아래쪽에서 충격을 가했군요."

"하지만 시체에서 적어도 15피트는 되는데요."

"그래요, 시체에서 15피트 떨어져 있소. 사건과 관련이 없을 수도 있소. 하지만 주목할 만한 문제요. 여기서는 더 이상 얻을 만한 게 없는 것 같군요. 발자국은 없었다고 했지요?"

"바닥은 딱딱합니다. 아무런 흔적도 없었어요."

"그럼 이제 집에 가서 말했던 그 무기들을 검토해야겠소. 그런 다음에 윈체스터로 출발할 거요. 사건을 더 깊이 조사하기 전에 던바 양을 만나고 싶군요."

깁슨 씨는 아직 마을에서 돌아오지 않았고, 집에는 아침에 우리를 방문한 신경과민증 환자 베이츠가 있었다. 베이츠는 불길한 기색으로 다양한 종류와 크기의 수많은 총기를 보여 주었다. 험한 삶을 산 깁슨이 수집한 것들이었다.

"깁슨 씨와 그의 사업에 대해 아는 사람들이라면 누구나 아는 것처럼 깁슨 씨는 적이 많습니다. 깁슨 씨는 침대 옆 서랍에 장전된 총을 넣고 잡니다. 과격한 사람입니다. 우리 모두 그를 두려할 때가 많습니다. 돌아가신 불쌍한 부인도 자주 놀라곤 했습니다."

"깁슨 씨가 부인에게 직접 폭행하는 장면을 목격한 적이 있습니까?"

"아닙니다. 그렇다고 말할 수는 없습니다. 하지만 하인들 앞인데도 아주 심한 말로 냉정하게 비꼬며 모욕을 주곤 했습니다.”

"우리의 백만장자는 개인적인 삶이 밝지는 않았던 것 같군." 역으로 가면서 홈즈가 말했다. "왓슨, 아주 많은 사실을 알게 되었어. 새로운 사실도 있지. 하지만 아직 결론을 내리기에는 이른 것 같아. 베이츠 씨는 주인을 아주 혐오하지만 그의 말을 들어 보니 사건이 일어났을 때 깁슨 씨가 자신의 서재에 있었다는 것은 분명하네. 저녁 식사는 8시 30분에 끝났고 그때까지 모든 것은 정상이었어. 밤늦게 사건이 알려졌다는 건 사실이야. 사건은 쪽지에 쓰여 있는 시간에 발생했어. 깁슨 씨가 5시에 마을에서 돌아온 이후에 밖에 나갔다는 증거는 전혀 없지. 반대로 던바 양은 깁슨 부인과 그 다리에서 만나기로 약속했다는 사실을 인정했어. 그녀의 변호사가 방어하기 위해 그렇게 말하라고 했겠지. 이 사실 이외에 던바 양은 아무 얘기도 하지 않았을 거야. 던바 양에게 물어볼 중요한 질문이 몇 개 있네. 그녀를 만나 봐야 정리가 좀 될 듯하군. 솔직히 한 가지 사실이 아니었다면 나도 던바 양이 범인이라고 생각했을 거야."

"그게 뭔데, 홈즈?"

"던바 양의 옷장에서 권총이 발견되었다는 것."

"맙소사, 홈즈! 내 생각으로는 그 사실이 무엇보다 가장 확실한 증거 같은데." 내가 소리쳤다.

"그렇지 않아, 왓슨. 나는 처음 기사를 대충 읽을 때도 그 점이 아주 이상하다고 생각했어. 사건을 더 깊이 조사해 보니 그 점이 희망을 걸 수 있는 유일한 근거야. 모든 일에는 일관성이 있어야 하네. 일관성이 부족하면 속임수가 있나 의심해야지."

"무슨 말을 하는지 모르겠어."

"왓슨, 한번 가정해 보게. 자네는 냉정하고 계획적인 여자인데, 적을 제거하려고 해. 계획을 짰어. 편지를 썼지. 상대가 왔어. 자네는 총을 갖고 있어. 범죄를 저질렀어. 능숙하고 완전한 범죄였지. 그렇게 솜씨 좋게 범죄를 저지른 후 영원히 무기를 숨기기에 안성맞춤인 갈대밭에 총을 던지는 것을 잊어버릴 것 같겠나? 그리고 소중히 무기를 집으로 가져와 가장 먼저 조사받게 될 장소인 자신의 옷장에 넣어 두겠나? 왓슨, 자네라면 그렇게 하겠나? 나는 그런 바보 같은 일을 하리라고 상상할 수 없어."

"그 순간 흥분해서—"

"아니. 아니야, 왓슨. 불가능해. 범죄를 냉정하게 계획할 때는 그걸 은폐하는 방법에 대해서도 미리 생각해 두기 마련이야. 그러므로 지금 우리는 심각한 혼란에 빠져 있네."

"하지만 설명할 길은 많아."

"그래, 우리가 그것을 설명할 거야. 생각을 바꿔 보면 아주 확정적인 바로 그 사실이 진실을 위한 단서가 되지. 예를 들면 이 권총이 있어. 던바 양은 이 권총을 전혀 모른다고 했지. 우리 이론대로라면 던바 양의 말은 진실이야. 그렇다면 누군가 권총을 그녀의 옷장에 놓아둔 거야. 누가 거기에 권총을 가져다 놓았을까? 그녀에게 죄를 뒤집어씌우려는 사람이겠지. 그 사람이 진짜 범인이 아닐까? 이게 나의 추론일세."

수속이 끝나지 않아서 우리는 윈체스터에서 밤을 보내야 했다. 다음 날 아침 한창 주가가 오르고 있는 피고 측 변호사 조이스 커밍스 씨와 함께 던바 양의 방에서 그녀를 면담했다. 지금까지 들은 바로 아름다운 여성을 만나리라 예상하고 있었지만, 던바 양을 본 순간 받은 강렬한 인상은 잊을 수 없다. 건방진 백만장자라도 그녀 앞에서는 무력해질 만했다. 강하고 윤곽이 뚜렷하며 섬세한 그녀의 얼굴을 보면 비록 충동적으로 범죄를 저질렀다고 해도, 타고난 고귀한 성품 때문에 항상 누군가를 선한 쪽으로 이끌었을 거라고 생각할 것이다. 던바 양은 갈색 머리에 키가 컸으며 우아하고 위풍당당한 풍채였으나 그녀의 갈색 눈동자에는 올가미에 걸려 빠져나오지 못하는 짐승의 애처롭고 무력한 표정이 어려 있었다. 그러나 유명한 내 친구가 도움을 주기 위해 찾아왔다는 것을 알자 창백한 볼이 약간 붉어졌고, 우리를 쳐다보는 눈에는 희망의 빛이 어렴풋이 나타났다.

"깁슨 씨가 당신에게 우리 사이에 있었던 일을 얘기했겠죠?" 던바 양은 낮고 떨리는 목소리로 물었다.

"그렇습니다." 홈즈가 대답했다. "굳이 그 이야기를 되풀이할 필요는 없습니다. 당신을 보니 당신이 깁슨 씨에게 영향을 미쳤으며 깁슨 씨와 당신의 관계가 결백하다는 그의 말을 이해할 수 있군요. 그런데 왜 법정에서 모든 상황을 밝히지 않았습니까?"

"살인죄가 인정되리라고는 생각지 못했어요. 기다리면 고통스러운 가정생활을 자세히 밝히지 않고도 모든 일이 명확히 밝혀지리라고 생각했어요. 그런데 밝혀지기는커녕 점점 더 심각해지고 있다는 것을 알았습니다."

"맙소사." 홈즈가 진심으로 소리쳤다. "현실을 냉정하게 보기 바랍니다. 현재 모든 정황이 우리에게 불리하다는 건 여기 계신 커밍스 변호사도 잘 알 겁니다. 그리고 분명하게 사실을 밝힐 수만 있다면 가능한 모든 일을 해야 합니다. 당신이 지금 큰 위험에 처해 있다는 걸 숨긴다는 건 아주 비열한 짓입니다. 최대한 저를 도와주세요. 그리고 진실을 밝힙시다."

"아무것도 숨기지 않겠어요."

"그렇다면 깁슨 부인과 당신의 관계를 솔직히 말씀해 주세요."

"깁슨 부인은 저를 증오했어요. 부인은 저를 끔찍이 미워했지요. 부인은 뭐든 대충 넘어가는 성격이 아니었어요. 남편을 사랑하는 만큼 저를 미워했어요. 우리의 관계를 오해한 것이 분명해요. 부인에 대해 나쁜 말을 할 생각은 없지만, 그 사람의 애정은 너무나 육체적인 것이어서 깁슨 씨가 저에게 가지는 정신적이라고 할까, 영적인 유대를 전혀 이해하지 못했어요. 혹은 그 집에 있는 이유, 그를 감화해 그 힘을 좋은 데 사용하려는 마음을 전혀 모를 겁니다. 지금 생각해 보면 제가 틀린 것 같아요. 어떤 이유로도 제가 불행의 원인이 되는 곳에 남아 있었다는 사실을 정당화할 수 없어요. 그러나 제가 그 집을 떠났더라도 불행은 멈추지 않았을 겁니다."

"던바 양, 그날 밤에 있었던 일에 대해 정확히 말씀해 주세요."

"홈즈 씨, 제가 아는 한 진실을 말하지요. 하지만 저는 아무것도 증명할 수 없는 처지입니다. 가장 중요한 문제는 어떻게 된 일인지 알 수 없고 설명도 할 수 없어요."

"당신이 사실을 밝힌다면 아마 다른 사람들이 해결할 것입니다."

"그럼 그날 저녁 제가 소어 다리에 갔던 일에 대해 말씀드리지요. 그날 아침에 깁슨 부인에게서 쪽지를 받았어요. 공부방 책상에 놓여 있었는데 부인이 직접 놓고 간 것 같았죠. 거기엔 저녁 식사 후에 긴히 할 말이 있으니 만나자고 적혀 있었고, 우리의 약속을 아무에게도 알리고 싶지 않으니 답장을 정원에 있는 해시계에 남겨 달라고 적혀 있었어요. 비밀을 지켜야 할 이유는 없다고 생각했지만 약속을 받아들여 부인이 시키는 대로 했어요. 그리고 부인은 자신의 쪽지를 없애 달라고 했어요. 그래서 저는 공부방에 있는 벽난로에 던져 넣었지요. 부인은 자신을 거칠게 다루는 남편을 몹시 무서워했고, 저는 그 일로 여러 번 깁슨 씨를 책망했어요. 그래서 우리가 만나는 것을 남편에게 알리기 싫어 그렇게 행동했다고만 생각했어요."

"하지만 깁슨 부인은 당신의 답장을 아주 소중히 간직하고 있었어요."

"네. 저도 부인이 죽었을 때 손에 제 답장을 꼭 쥐고 있었다는 소리를 듣고 놀랐어요."

"그다음은 어떻게 되었습니까?"

"저는 약속한 시간에 그곳으로 갔어요. 다리에 도착하니 깁슨 부인이 저를 기다리고 있었지요. 그때까지 저는 부인이 저를 어느 정도 증오하는지 전혀 몰랐어요. 정말 부인은 미친 사람 같았어요. 평소에는 멀쩡한 척하는 약간 미친 사람이라고 생각해요. 그렇게 저를 증오하면서 어떻게 매일같이 저를 태연히 만날 수 있었겠어요? 부인이 한 말을 차마 입에 담을 수 없어요. 부인은 맹렬한 분노를 모두 끔찍한 말로 퍼부었어요. 저는 대답조차 하지 않았어요. 아니, 할 수 없었지요. 부인을 보는 것조차 끔찍했어요. 손으로 귀를 가리고 달렸지요. 제가 그곳을 떠난 뒤에도 부인은 다리 입구에서 저를 향해 저주를 퍼

부으며 그대로 서 있었
어요."

"나중에 깁
슨 부인은 어
디에서 발견
되었습니까?"

"부인이 서
있던 자리 근처
입니다."

"그럼, 당신이
떠난 후 곧 부인이
죽었다고 생각되는데 당
신은 총소리를 들었나요?"

"아무 소리도 듣지 못했어요. 홈즈 씨, 사
실 저는 끔찍한 일을 당해 너무 흥분하고 두려워서
제 방으로 달려왔어요. 그래서 무슨 일이 있어났는지
몰랐어요."

"당신의 방으로 돌아왔다고 했는데 다음 날 아침까지 방을 나간 적
이 있습니까?"

"네, 부인이 죽었다는 사실을 알았을 때 다른 사람들과 함께 뛰어나
갔어요."

"깁슨 씨를 보았습니까?"

"네, 깁슨 씨가 그 다리에서 방금 돌아온 때였어요. 깁슨 씨는 의사

와 경찰을 불렀지요."

"깁슨 씨는 많이 당황하던가요?"

"깁슨 씨는 강하고 자제력이 있는 사람이에요. 그가 감정을 드러내리라고 생각지 않았어요. 하지만 그를 잘 알고 있는 저로서는 그가 크게 충격을 받았다는 것을 알았어요."

"다음은 아주 중요한 부분입니다. 당신의 방에서 발견된 총을 본 적이 있습니까?"

"아니요. 맹세합니다."

"언제 발견되었습니까?"

"다음 날 아침 경찰들이 수색할 때요."

"당신의 옷 사이에서?"

"네, 제 옷장의 드레스 아래에서요."

"총이 언제부터 그곳에 있었는지 알 수 있습니까?"

"그 전날 아침에는 옷장에 없었어요."

"그걸 어떻게 알지요?"

"옷장을 정리

했거든요.”

“그게 결정적입니다. 그럼 누군가 당신의 방에 들어와 당신에게 죄를 덮어씌우기 위해 그곳에 총을 가져다 놓았군요.”

“그런 것 같아요.”

“그렇다면 언제일까요?”

“식사 때이거나 제가 아이들과 공부방에 함께 있을 때일 거예요.”

“당신이 쪽지를 받았다는 그 방입니까?”

“네, 그 후 아침 내내 그곳에 있었어요.”

“고맙습니다. 던바 양. 이외에 조사하는 데 도움이 될 만한 게 또 있습니까?”

“더 이상은 없어요.”

“시체가 있던 맞은편 다리 난간에 충격을 가한 흔적이 있어요. 분명히 최근에 생긴 겁니다. 그 이유가 뭐라고 생각합니까?”

“그냥 단순한 우연일 겁니다.”

“던바 양, 이상하군요. 아주 이상해요. 사건이 일어난 바로 그 시간에 바로 그 장소에 흠이 생겼을까요?”

“하지만 무엇이 그렇게 했겠어요? 아주 강력한 충격만 그런 흠집을 낼 수 있어요.”

홈즈는 대답하지 않았다. 그의 창백한 얼굴이 갑자기 긴장된 표정으로 바뀌었다. 추리를 하는 게 분명했다. 그가 너무 열중해서 변호사와 피고인 그리고 나는 아무 말도 하지 못하고 그를 보며 앉아 있었다. 갑자기 홈즈가 의자에서 벌떡 일어났다.

“왓슨, 가세!” 홈즈가 소리쳤다.

"무슨 일인가요, 홈즈 씨?"

"걱정하지 마세요, 던바 양. 커밍스 씨, 곧 연락 드리겠습니다. 영국을 깜짝 놀라게 할 소식을 알려 주지요. 던바 양, 내일쯤이면 알게 될 겁니다. 그동안 나를 믿으세요. 구름이 걷히고 진실의 빛이 서서히 모습을 드러내고 있습니다."

원체스터에서 소어 다리까지는 그다지 먼 거리가 아니었다. 그러나 무슨 일인지 빨리 알고 싶은 나로서는 길게 느껴졌다. 홈즈가 흥분해서 가만히 앉아 있지 못하고 객차 안을 걸어 다니거나 길고 예민한 손가락으로 옆에 있는 쿠션을 두드리는 걸 보니 그도 끝없이 길다고 느끼는 듯했다. 그러나 목적지가 가까워지자 홈즈는 갑자기 맞은편으로 옮겨 앉았다. 일등칸에는 우리 둘뿐이었다. 홈즈는 손을 내 무릎에 하나씩 올리고 묘하게 장난스러운 눈빛으로 내 눈을 보았다. 장난기가 발동한 듯한 표정이었다.

"왓슨, 자네는 우리가 조사를 할 때 총을 갖고 가지?"

한번 문제에 마음을 빼앗기면 자신의 안전은 신경 쓰지 않는 그를 위해 준비한 총이었다. 그 총이 유용하게 쓰인 적이 꽤 있었다. 나는 그 사실을 그에게 말했다.

"맞아, 난 그런 일에 대해서는 별로 생각하지 않아. 그런데 지금 총 가지고 있나?"

나는 바지 뒷주머니에서 작고 간편하지만 아주 쓸모 있는 총(이는 현재 일반적으로 사용되지 않는, 공이쇠가 없는 웨블리 320이다. 보통 32리볼버는 약실이 다섯 개인데, 이것은 여섯 개다. 친숙한 엄지 레버가 없고, 엽총 타입의 안전장치가 있다.)을 꺼냈다. 홈즈는 안전장치를 풀고 탄약을 흔들어 뺀 다음 주의 깊게 살펴보았다.

"무거워. 아주 무거워."

"그래. 꽤 튼튼하지."

홈즈는 잠시 총을 유심히 살펴보았다.

"왓슨, 자네 총이 우리가 조사하는 이 사건과 아주 밀접한 관계가 있을 거라고 믿어."

"홈즈, 농담하나?"

"아니, 왓슨. 난 아주 심각해. 실험을 하나 할 거야. 실험이 성공하면 모든 게 분명해지지. 그 실험은 이 작은 무기가 하는 일에 달려 있어. 총알을 하나 뺄 거야. 자 나머지 다섯 개를 다시 넣고 안전장치를 채웠어. 이런! 더 무거워져서 훨씬 실감 나게 재현할 수 있겠는걸."

나는 홈즈가 무슨 생각을 하는지, 또 무슨 말을 하는지 감을 잡을 수 없었다. 하지만 햄프셔의 작은 역에 도착할 때까지 생각에 잠겨 앉아 있었다. 우리는 흔들거리는 이륜마차를 타고 15분 후에 우리의 믿음직스러운 친구인 코벤트리 경사의 집에 도착했다.

"단서라고요, 홈즈 씨? 그게 뭡니까?"

"왓슨의 총에 모든 것이 달려 있어요. 여기 있지요. 코벤트리 경사, 끈 10야드가 필요합니다."

경사는 마을 가게에서 단단하게 꼰 실 한 타래를 샀다.

"이거면 모든 게 다 준비됐군." 홈즈가 말했다.

"이제 우리 여행의 마지막 무대가 될 곳으로 출발할까요?"

해가 저물면서 기복이 있는 햄프셔의 벌판이 아름다운 가을 풍경으로 바뀌었다. 코벤트리 경사는 비판적이고 의심스러운 눈초리로 우리 옆에서 비틀거리며 걸었다. 내 동료가 제정신인지 의심하는 것 같았다. 범죄 현장에 가까워지자 홈즈는 보통 때와 같이 침착한 척했지만 사실은 아주 불안해하고 있다는 것을 알 수 있었다.

"자……." 내 생각에 대답하듯이 홈즈가 말했다. "왓슨, 자네는 내가 전에 실패하는 것을 본 적이 있지? 추리에 재능이 있지만 때로는 잘못 생각하기도 하네. 처음 윈체스터의 그 방에 갔을 때는 확실한 듯했어. 하지만 지금 우리의 직감이 틀린 것이고, 다르게 설명할 수도 있지 않나 하는 부정적인 생각이 들어. 하지만…… 하지만……. 자, 왓슨 시도해 보는 수밖에 없겠지?"

홈즈는 걸으면서 끈의 한쪽 끝을 총 손잡이에 묶었다. 사건 현장에 도착한 뒤 홈즈는 아주 조심스럽게 경사의 말을 참조해 시체가 누워 있던 정확한 장소를 표시했다. 그리고 잡초를 헤치며 커다란 돌을 찾아왔다. 그 돌을 끈의 다른 쪽 끝에 묶은 후, 돌을 다리의 난간 위로 넘겨 수면 가까이 내려뜨렸다. 그리고 다리 난간에서 조금 떨어진 운명의 장소에 서서 손에 내 총을 들고 반대편에 있는 무거운 돌에 연결된 끈을 팽팽하게 당겼다.

"자, 가네!"

그 말과 함께 홈즈는 총을 머리 위로 들었다가 바로 놓아 버렸다. 그 순간 돌의 무게 때문에 총은 휙 사라졌고, 난간에 날카로운 소리를 내며 부딪쳤다가 옆으로 사라져 물속에 빠졌다. 총이 사라지자 홈즈는 난간 옆에 무릎을 꿇고 그가 원하던 것을 얻었다는 듯 즐겁게 소리쳤다.

"더 정확한 설명이 있겠나? 왓슨, 자네 총이 문제를 해결했어." 홈즈가 소리치면서 다리 난간 아래 가장자리에 있는 첫 번째 흠집과 크

기와 모양이 같은 두 번째 흠집을 가리켰다.

　"오늘 밤은 여관에서 보내야겠어요. 갈고랑쇠를 가져오면 내 친구
의 총을 쉽게 찾을 수 있을 겁니다. 그리고 돌이 달린 끈과 총을 하나

더 발견할 수 있을 겁니다. 원한을 품은 부인이 던바 양의 범죄로 가장하고 무고한 피해자에게 살인죄를 뒤집어씌우기 위해 사용한 것입니다. 깁슨 씨에게 아침에 뵙겠다고 전하세요. 그때쯤이면 던바 양의 혐의를 풀 수 있을 겁니다." 홈즈는 일어서서는 놀란 경사를 보면서 말했다.

　그날 저녁 늦게 마을 여관에서 우리는 함께 담배를 피우며 앉아 있었다. 홈즈는 사건의 전말에 대해 간단하게 정리해 주었다.
　"왓슨, 소어 다리 사건을 자네 이야기로 쓰면 자네의 명성에 누가 될까 봐 걱정이네. 내가 생각이 모자랐어. 사실을 바탕으로 추리하는 능력이 부족했지. 그게 내 추리의 기본인데 말이야. 다리 난간에 난 흠집은 진정한 결론을 제시하기에 충분한 단서였어. 좀 더 일찍 그걸 알아차리지 못한 내 자신이 부끄러워.
　이 사건은 불쌍한 깁슨 부인이 아주 치밀하게 짠 계획 아래 일어났네. 그래서 그녀의 계획을 알아내기가 그리 쉽지 않았어. 이 사건은 그릇된 사랑이 불러온 아주 끔찍한 비극이지. 던바 양과 깁슨 씨의 관계가 아무리 정신적인 것이라 해도 깁슨 부인은 용서할 수 없었던 것 같아. 부인은 남편이 자신의 맹목적인 사랑이 식기를 바라고, 거칠게 대하고 불친절하게 말한 게 모두 무고한 던바 양 때문이라고 생각했을 거야. 첫째 목적은 자살하려는 것이었고, 둘째는 던바 양을 갑작스러운 죽음보다 훨씬 나쁜 운명에 빠뜨리려고 그런 방식으로 자살하기로 결심했지.
　그 각 단계를 아주 명확하게 알 수 있어. 아주 치밀했지. 현명하게도 던바 양에게 편지를 쓰게 만들어 던바 양이 범행 장소를 선택한 것처럼 보이게 했어. 편지가 발견되어야 한다는 조바심에 깁슨 부인은 다소 지나치게 행동했지. 끝까지 손에 편지를 쥐고 있었던 거야. 이것만으로도 내가 좀 더 일찍 의심했어야 했지.

그러고는 남편의 총 가운데서 하나를 골랐어. 자네도 보았듯이 집에는 무기 전시실이 있어. 그리고 하나는 자신이 쓰기 위해 갖고 있었지. 비슷한 총을 그날 아침 총알 하나를 빼 던바 양의 옷장에 숨겼어. 숲에서 다른 사람들의 눈에 띄지 않고 쉽게 일을 끝냈을 거야. 그리고 다리로 가서 총을 제거하기 위한 교묘한 방법을 연구했지. 던바 양이 나타나자 마지막 힘을 다해 증오의 말을 퍼붓고는 그녀가 멀리 사라지자 끔찍한 계획을 실행했어. 이제야 모든 실마리가 풀리는군. 신문에서는 왜 처음부터 호수의 물밑을 훑지 않았냐고 물을 수도 있어. 하지만 일이 밝혀진 뒤에는 말하기 쉽지. 어쨌든 찾는 것이 정확히 무엇이고 어디에 있는지 모르는 상태에서 갈대 가득한 넓은 호수 밑을 훑는 것은 쉬운 일이 아니지. 왓슨, 우리가 뛰어난 여성과 대단한 사람을 도왔어. 앞으로 그들이 힘을 합친다면—그럴 것 같지는 않지만—깁슨 씨가 이 비극적인 사건을 통해 많은 걸 배웠다는 사실을 사람들도 알게 될 거야."

역주 —
  이 작품의 원고는 애이드리언 M. 코난 도일이 소장하고 있다.

Sherlock
Holmes

기어 다니는 사람

The Creeping Man

1903년 9월 6일(일), 9월 14일(월), 9월 22일(화)

프레스버리 교수가 관련된 이 특이한 사건을 발표하는 문제에 있어 홈즈의 주장은 변함이 없었다. 20년 전쯤에 한 대학 도시를 시끄럽게 만들었고, 런던의 지식인들 사이에까지 퍼졌던 추문을 해명하기 위해서는 발표해야 한다는 것이었다. 하지만 실제로 사건을 발표하는 데 이런저런 장애가 생겨 이 기묘한 사건은 홈즈가 맡았던 사건 기록들을 보관해 놓은 양철 상자 속에 묻혀 있었다. 그러다 지금에 와서야 홈즈가 탐정 일을 그만 둘 때쯤 맡았던 이 사건을 발표해도 된다는 허가가 떨어졌다. 물론 지금도 독자들에게 이 사건을 털어놓는 데 조심해야 할 부분이 있기는 하지만 말이다.

내가 홈즈에게서 짧은 전보를 받은 건 1903년 9월, 일요일 아침의 일이었다.

괜찮다면 당장 우리 집으로 좀 오게. 아니, 괜찮지 않더라도 당장 와야겠
네.

— S. H.

　요즈음 홈즈와 나의 관계는 유별났다. 홈즈에게는 많진 않지만 꼭
지키는 습관들이 있었고, 항상 그 습관에 따라 생활했다. 그런데 내가
그 습관들 중의 하나가 돼 버린 것이다. 나는 홈즈의 바이올린이나 섀
그 담배, 오래된 검은색 파이프, 홈즈가 정리해 둔 자료집, 그리고 그
외의 더 중요한 물건들과 같은 존재였다. 활동적인 조사가 필요한 사
건이라든가 믿을 수 있는 친구가 필요한 경우에 내 역할은 더욱 분명
해졌다. 나는 그의 정신을 더 날카롭게 갈아 주는 숫돌같은 존재였다.
나는 그를 자극했다. 그는 내 앞에서 자기 생각을 말하는 걸 좋아했
다. 물론 홈즈가 꼭 나 들으라고 하는 말 같지는 않았지만 말이다. 대
부분의 경우에는 침대에게 이야기하고 있다는 게 맞는 표현이었다.
그럼에도 불구하고 내 앞에서 사건에 대해 말하는 홈즈의 습관 덕분
에 나는 사건에 대한 정보를 받아들이고, 그에 대한 내 의견을 말할
수 있었다. 내 머리가 둔해 홈즈를 짜증나게 한다 해도, 그 짜증은 홈
즈에게 자신의 직관과 느낌이 더 선명하고 신속하게 떠오르도록 도와
주는 역할을 했다. 이 정도가 홈즈와 나의 관계에서 내가 하는 보잘것
없는 역할이었다.(이 말은 〈창백한 군인〉에서 홈즈가 왓슨과의 관계에 대해
서 말한 "내 오랜 친구이자 전기 작가인 왓슨"과 비교해 보면 재미있다.)
　내가 베이커 가에 도착했을 때 홈즈는 깊은 생각에 잠긴 듯 이마에
깊은 주름이 패어 있었다. 파이프를 물고 무릎을 몸 쪽으로 당겨 의자

에 쭈그리고 앉아 있는 모양이 골치 아픈 문제 때문에 고민하고 있는 것이 분명했다. 홈즈는 손을 흔들어 내게 의자에 앉으라는 신호를 보냈는데, 그게 전부였다. 그 뒤 30분 동안 홈즈는 내가 거기 있다는 사실을 까맣게 잊은 것처럼 보였다. 그러고 나서 홈즈는 생각에서 빠져 나온 듯 그 특유의 종잡을 수 없는 미소를 지어 보이더니 한때 같이 살았던 이 방에 다시 온 나를 반갑게 맞아 주었다.

"왓슨, 내 생각에만 빠져 있어서 미안하네. 어제 어떤 특이한 사건이 내게 맡겨졌거든. 그런데 그 사건 때문에 더 종합적인 문제에 대해 생각해 봐야 했어. 뭐냐 하면 말이지…… 탐정 일을 할 때 개가 어떤 용도로 쓰일 수 있는지에 대한 짧은 논문을 써 볼까 심각하게 고려중이라네."

"그거라면 이미 연구하지 않았나? 후각이 예민한 블러드하운드, 스루쓰하운드(블러드하운드와 비슷한 종으로 경찰견이나 탐색견으로 많이 이용됨)."

"왓슨, 아니, 그런 게 아닐세. 개의 종류에 따른 특색을 파악하는 거야 쉬운 일이지. 좀 더 섬세한 문제를 다루자는 거야. 그 사건 기억하나? 자네는 아마 너도밤나무와 연관시켜 기억하고 있을 것 같네만…… 내가 그 사건에서 어린아이의 마음을 읽어 냄으로써 자부심으로 똘똘 뭉친 점잖아 보이는 아버지의 범죄 행각을 추리해 낼 수 있지 않았나."

"그랬지. 똑똑히 기억하고 있어."

"개에 대해 내가 생각하는 측면도 그것과 비슷하네. 개는 가족생활을 반영하는 동물이거든. 잘 까부는 개가 우울한 가정에서 나올 리 없고, 반대로 우울한 개가 행복한 가정에서 나올 리 없어. 서로 고함치며 사는 사람들은 으르렁거리는 개를 갖고 있고, 위험한 사람들은 위험한 개를 갖고 있게 마련이지. 개가 갑자기 변했을 때는 다른 사람의 변화를 반영하고 있다고 봐야 하네."

나는 고개를 가로저었다.

"홈즈, 좀 억지 같다는 생각이 드는데."

홈즈는 내 말을 무시한 채 파이프에 담배를 다시 채우고 자리에 앉았다.

"방금 내가 말한 걸 실제적으로 적용해 보면, 지금 내가 조사하는 사건과 비슷해지네. 이 사건은 실타래처럼 뒤엉켜 있는데, 나는 그 실타래에서 매어 있지 않은 한쪽 끝을 찾으려고 하고 있어. 그 한쪽 끝이 다음과 같은 질문이 될 가능성이 있지. 프레스버리 교수의 충실한 울프하운드(몸집이 큰 늑대 사냥용 개) 로이가 어째서 자기 주인을 물려고 했을까?"

나는 좀 실망하여 의자에 다시 기대앉았다. 홈즈가 지금까지 나에게 제시해 왔던 질문들을 생각해 볼 때 그 질문은 너무 하찮아 보였기 때문이다.

"이봐, 왓슨, 자네는 변하지 않는군. 가장 중대한 문제가 가장 사소하게 보이는 것들에 달려 있다는 사실을 아직도 모르나? 그건 제쳐 놓더라도, 나이를 꽤 먹은 점잖은 철학자가 자신의 헌신적인 친구였던 울프하운드에게 두 차례나 공격을 당했다는 게 이상하지 않나? 자네도 들어봤을 거야. 생리학자로 유명한 캠포드 대학의 프레스버리 교수 말일세. 이 일에 대한 자네의 의견을 한번 말해 보게."

"개가 아픈 거겠지."

"그것도 고려해야 할 사항이긴 하지. 하지만 그 개는 다른 사람을 공격하지 않을뿐더러, 주인 프레스버리도 특별한 경우를 빼고는 괴롭히지 않아. 이상한 일 아닌가? 왓슨, 정말 이상한 일이야. 벨 소리가 들리는군. 베넷 씨가 온 모양이야. 그가 오기 전에 자네와 더 많은 이야기를 나누려 했네만⋯⋯."

계단에서 빠른 발소리가 들리고 누군가 문을 두드리는 소리가 들리더니 곧 우리의 새로운 의뢰인이 나타났다. 그는 큰 키에 잘생긴 젊은 이로, 나이는 30대 초반으로 보였고, 말쑥한 옷차림에 점잖은 인상을 풍겼다. 그러나 그의 태도에서는 성인 남자가 가지는 침착함보다는 학생들에게서 볼 수 있는 수줍음이 묻어났다. 그는 홈즈와 악수를 하고 나서 놀라는 표정으로 나를 쳐다보았다.

"홈즈 씨, 이 사건은 매우 민감한 사안입니다. 저와 프레스버리 교수님이 맺고 있는 사적인 관계와 공적인 관계를 생각해 보십시오. 제가 이 사건을 제삼자 앞에서 이야기하는 건 옳지 않다고 생각합니다."

"베넷 씨, 걱정하지 않아도 됩니다. 왓슨 의사는 아주 신중한 사람입니다. 게다가 이 사건을 해결하려면 저를 도울 친구가 꼭 필요할 듯합니다."

"그렇다면 홈즈 씨가 원하시는 대로 하세요. 하지만 제가 이 문제에 대해서 최대한 말을 조심하고 있다는 걸 알아주시리라 믿습니다."

"왓슨, 여기 계신 트레버 베넷 씨가 프레스버리 교수를 보좌하고 있고, 교수의 외동딸과 약혼한 상태라는 걸 알면 자네도 베넷 씨의 입장을 충분히 이해할 수 있을 걸세. 프레스버리 교수가 베넷 씨의 신의와

헌신을 요구할 자격이 있다는 사실에 동의할 거야. 하지만 이 이상한 사건을 해결하기 위해 필요한 모든 조치를 하는 것이 아마도 그 신의와 헌신을 가장 잘 보여 주는 일이 되겠지."

"저도 그렇게 되기를 바랍니다. 홈즈 씨, 그게 제가 여기에 찾아 온 목적이기도 하고요. 왓슨 선생님도 상황을 알고 계십니까?"

"미처 설명할 시간이 없었습니다."

"그럼 새로 발견된 사실을 말하기 전에 기본적인 사실부터 다시 살펴봐야겠군요."

홈즈가 끼어들었다. "제가 이미 알고 있는 사실들을 순서에 맞게 정리해 보겠습니다. 왓슨, 프레스버리 교수는 전 유럽에 이름을 떨치고 계신 분이지. 교수는 지금까지 학구적인 삶을 살아왔다네. 당연히 스캔들 같은 건 없었어. 부인은 돌아가시고 딸 이디스와 살고 있었다네. 내가 들은 바로는 프레스버리 교수는 아주 남자답고 적극적인 성격이라는데, 호전적이라고 표현하는 사람도 있더군. 그런데 몇 달 전에 문제가 생겼네. 지금까지의 그의 생활이 완전히 변해 버린 거야. 프레스버리 교수의 나이가 예순한 살인데 그의 동료 교수이자 비교해부학의 권위자인 모피 교수의 딸과 약혼을 했네, 그런데 나이 지긋한 학자에게 어울리는 구애가 아니라 젊은이한테서나 볼 수 있는 미친 듯한 열정이었던 듯싶네. 아무도 그렇게 헌신적인 애인을 본 적이 없었다고 하니 말일세. 교수와 약혼한 앨리스 모피는 지성적으로나 외모로 보나 아주 완벽한 여성이라네. 프레스버리 교수가 완전히 반할 만도 하지. 그렇지만 프레스버리 교수의 가족들은 그와 앨리스 양의 결혼을 별로 탐탁지 않게 생각하지."

"우린 도가 좀 지나친 게 아닌가라는 생각을 했습니다." 베넷이 끼어들었다.

"말씀하신 대로입니다. 완전히 도를 넘어선 비정상적인 일이죠. 프레스버리 교수가 부자이다 보니 앨리스 양의 아버지는 이 결혼에 대해 반대하지 않았던 모양이야. 하지만 앨리스 양의 입장은 달랐지. 그녀에게 결혼하자고 한 사람들이 이미 몇몇 있었는데, 물론 프레스버리 교수와 비교해 봤을 땐 돈이나 명예는 뒤질지 모르지만 나이라는 문제에서는 훨씬 나은 조건이었지. 하지만 교수의 비정상적인 행동에도 불구하고 앨리스 양도 교수를 좋아하는 것 같네. 단지 문제가 되는 건 교수가 너무 나이가 많다는 점뿐이지.

일이 그렇게 돌아가고 있을 즈음해서 프레스버리 교수의 일상생활에 이상한 일이 생기기 시작했네. 교수가 전에는 전혀 하지 않던 행동을 보이기 시작한 거야. 어디 간다는 말도 없이 집을 나가서는 2주쯤 지나 여행에 지친 모습으로 돌아왔네. 돌아온 후에도 어디에 다녀왔는지에 대해선 아무 말도 하지 않았지. 언제나 모든 일들을 숨김없이 털어놓는 성격이었는데 말이야. 그러다 여기 계신 베넷 씨가 우연히 프라하에 사는 친구에게 편지를 받았는데, 그 편지에 말은 건네지 못했지만 자기가 프라하에서 프레스버리 교수를 뵙게 돼서 기뻤다는 내용이 적혀 있었네. 그래서 교수가 어디에 가 있었는지 집안 식구들이 알게 됐지.

자, 이제부터가 중요한 부분일세. 그때부터 교수에게 이상한 변화가 일어나기 시작했어. 교수가 남의 이목을 꺼리고 뭔가 숨기는 것 같았지. 그의 주변 사람들은 자신들이 이전에 알고 있던 교수가 아니라,

그의 품성을 흐리게 하는 뭔가에 씌워 있다는 느낌을 받았다는군. 하지만 지적 능력에는 전혀 이상이 없었어. 그의 강연은 어느 때보다도 훌륭했다는군. 뭔지는 정확히 알 수 없지만 지금까지와는 다른 뭔가 불길한 조짐이 보였나봐. 아버지에게 헌신적인 그의 딸은 이전의 관계를 회복하기 위해 아버지에게 씌워져 있는 것 같은 그 가면을 벗겨내 보려고 애를 썼지. 자네가 그 상황에 처했더라도 똑같이 했을 거야. 하지만 그런 노력도 모두 헛수고였네. 자, 베넷 씨, 이젠 베넷 씨가 직접 그 편지들에 대해 말씀해 주시지요."

"왓슨 선생님, 먼저 교수님은 저에게 숨기는 것이 하나도 없었다는 점을 아셔야 합니다. 제가 교수님의 아들이나 동생이었더라도 지금보다 더 교수님의 신뢰를 받지는 못했을 겁니다. 제가 교수님의 비서 역할도 하고 있어서 교수님께 온 모든 편지를 관리하죠. 편지를 다 뜯어보고 내용에 따라 분류합니다. 그런데 교수님이 어디론가 사라졌다 돌아오신 다음부터 모든 것이 바뀌었습니다. 교수님께서는 우표 밑에 십자 표시를 해 둔 편지가 런던에서 올 거라고 말씀하셨습니다. 그리고 그 편지들은 당신만 보실 테니 따로 챙겨 두라고 하셨죠. 그 편지들 중 몇 개를 제가 따로 모아 두었다가 교수님께 전해 드렸는데, 런던의 동부 중앙우체국 소인이 찍혀 있었고, 글자를 제대로 익히지 못한 사람이 쓴 필적이었습니다. 교수님께서 답장을 하셨는지는 모르겠지만, 하셨더라도 제 손을 거치거나 집안의 우편물과 함께 보내지는 않으셨습니다."

"그 상자에 대해서도 말씀해 주시죠." 홈즈가 말했다.

"아, 그 상자에 대해서도 말씀 드리죠. 교수님이 여행에서 돌아오실 때 작은 나무 상자를 가지고 오셨습니다. 그 상자를 봐서는 외국에 다녀오신 것 같았죠. 특이한 조각이 되어 있는 상자였는데 어쩐지 독일을 연상시켰습니다. 교수님은 그 상자를 기구들을 보관해 두는 벽장에 넣어 두셨죠. 그런데 어느 날, 제가 캐뉼러(환부에 꽂아 액을 빼거나 약을 주입하는 데 사용)를 찾다가 그 상자를 보고 집어 들었습니다. 그런데 교수님이 얼마나 화를 내시는지 저는 놀라지 않을 수 없었습니다. 단순한 호기심에서 그런 것임에도 교수님은 아주 심하게 혼을 내셨습니다. 교수님이 제게 그렇게 화를 내시는 건 처음 있는 일이라 저는 마음이 무척 상했습니다. 저는 아무 생각 없이 우연히 그 상자를 만진 것이라고 설명드렸지만, 교수님은 그날 저녁 내내 절 나무라는 듯한 눈빛으로 보셨습니다. 그래서 제가 아직도 그 사건을 생생하게 기억하는 겁니다."

베넷은 주머니에서 작은 다이어리를 꺼냈다.

"그 일이 있었던 날이 7월 2일입니다."

홈즈가 말을 꺼냈다. "당신은 증인으로서의 자질이 충분하군요. 날짜가 필요하게 될지 어떻게 알고……."

"교수님께 배운 연구방법 중 하나죠. 교수님의 행동이 이상해졌다는 걸 알아챈 후부터 저는 교수님의 상태를 연구하는 게 제 의무라고 생각했습니다. 그래서 다이어리에 다 기록해 둔 거죠. 서재에서 나와 홀로 들어가시던 교수님을 로이가 공격한 것도 같은 날, 그러니까 7월 2일입니다. 7월 11일에도 비슷한 일이 있었고, 그다음에 7월 20일에도 로이가 교수님을 공격했다는 기록이 있군요. 그러고 나서는 로이를 마구간으로 쫓아냈습니다. 우리를 아주 잘 따르는 사랑스러운 개인데.

제가 하는 말이 지루한 건 아닌지 모르겠습니다."

베넷은 나무라는 듯한 어조로 말했는데, 홈즈가 그의 말을 듣고 있지 않았기 때문이다. 홈즈는 굳은 표정으로 천장을 멍하니 바라보고 있다가 간신히 정신을 차린 것 같았다.

"참, 특이한 일이군. 정말 이상해!" 홈즈가 중얼거렸다. "그런 자세한 부분까지는 저도 몰랐습니다. 이제 대충 전에 알고 있던 사실들은 정리가 된 듯싶군요. 그럼 새로 발견된 사실들을 말씀해 주시죠."

뭔가 기분 나쁜 일이 기억났는지 베넷의 밝고 솔직해 보이는 얼굴이 어두워지기 시작했다.

"제가 말씀드릴 사건은 그저께 밤에 일어났던 일입니다. 저는 새벽 2시 정도까지 잠들지 못하고 침대에 누워 있었습니다. 그런데 그때 복도에서 소리를 내지 않으려고 조심하는 듯한 발소리가 들렸습니다. 그래서 저는 방문을 열고 살짝 밖을 내다보았습니다. 아닙니다. 교수님이 복도 끝 방에서 주무신다는 것부터 설명을 드려야─"

"그날이 며칠이지요?" 홈즈가 물었다.

베넷은 홈즈가 말하는 도중에 아무 때나 끼어들어 확실히 화가 난 듯했다.

"홈즈 씨, 제가 이미 말하지 않았습니까? 그저께 밤이라고 했으니까 9월 4일이지요."

"그럼 계속하세요."

"교수님께서는 복도 끝 방에서 주무시기 때문에 계단으로 가기 위해선 제 방을 지나가야 했을 겁니다. 홈즈 씨, 정말 끔찍한 경험이었습니다. 저도 웬만한 사람들만큼은 강한 심장을 갖고 있다고 생각하는데, 그 모습을 보고 저는 완전히 혼이 나갔습니다. 복도는 어두웠습니다. 복도 중간에 있는 창문으로 희미하게 빛이 들어오긴 했지만 말입니다. 저는 뭔가 웅크리고 있는 듯한 물체가 복도를 지나가는 걸 보았습니다. 그러고 나서 그 물체가 창문으로 들어오는 불빛에 모습을 드러냈죠. 그였습니다. 프레스버리 교수님 말입니다. 교수님이 기어가고 있었습니다. 홈즈 씨, 네발로 기어갔단 말입니다! 손과 무릎을 땅에 대고 기어가는 정도가 아니었죠. 정확히 표현하자면 팔 사이로 고개를 숙이고 손과 팔로 기어가고 있었습니다. 그런데도 아주 자연스럽게 움직이고 있었죠. 그 광경을 본 저는 온몸에서 힘이 빠져 나가는 것 같았습니다. 교수님이 제 방 앞에 이르고 나서야 가까스로 정신을 추스르고 앞으로 다가가 도움이 필요하시냐고 물어볼 수 있었죠. 그런데 그 대답이 괴상했죠. 교수님이 저에게 심한 말을 퍼부으셨습니다. 그러고는 서둘러 저를 지나쳐 계단으로 내려갔습니다. 제가 한 시간 동안 기다렸지만 교수님은 돌아오시지 않았습니다. 날이 샌 후에야 돌아오신 것이 확실합니다."

"왓슨, 자네는 이 일을 어떻게 생각하나?" 홈즈는 병리학자가 희귀한 표본을 제시하는 듯한 태도로 물었다.

"요통을 앓고 있는 거겠지. 요통이 심한 사람은 손과 다리로 기어 다닐 수밖에 없지. 요통보다 사람을 더 괴롭히는 건 없다고들 하지 않나."

"좋아, 왓슨. 자네는 항상 우리가 취해야 할 입장을 확고히 해 주거든. 하지만 요통 때문이라는 의견은 받아들일 수 없네. 잠시 후에는 교수가 일어서지 않았나."

"교수님의 건강에 대해 말씀 드리자면 지금보다 더 좋았던 때는 없었던 것 같습니다. 사실 제가 교수님을 알고 지낸 여러 해 동안에 지금이 가장 힘이 세신 것 같은 걸요. 홈즈 씨, 여기까지가 제가 알고 있는 전부입니다. 경찰에게 도움을 청할 수 있는 사건도 아니고, 지금까지는 뭘 해야 할지 전혀 몰랐죠. 그저 우리도 모르는 사이에 큰 불행이 다가오고 있다고 막연히 느끼면서 불안해하고 있었습니다. 이디스도 저와 비슷했죠. 하지만 이제는 더 이상 앉아서 보고 있을 수만은 없다고 생각했습니다."

"확실히 많은 걸 생각하게 하는 이상한 사건이군요. 왓슨, 자네 의견은 어떤가?"

"의사로서 말하자면 정신과 의사가 필요한 사건인 것 같군. 나이도 많은 교수가 사랑 문제로 인해 대뇌 기능에 이상이 생긴 거 아닐까? 그리고 외국으로 여행을 간 건 그런 사랑의 열정에서 벗어나 보고자 하는 시도였겠지. 그의 편지들과 상자는 뭔가 다른 사람에게는 알리고 싶지 않은 거래와 관련이 있을 거야. 돈을 빌렸다거나 아니면 증권을 사서 상자에 넣어 둔 거겠지."

"금전상의 거래를 했다고 주인을 공격하는 개는 없네. 아닐세. 왓슨, 그게 아니야. 이 사건에는 자네가 설명한 것 이상의 뭔가가 있네. 지금 내가 말할 수 있는 건……."

홈즈가 사건에 대해 말하려고 했던 건 결국 들을 수 없었다. 바로 그때 방문이 열리고 어떤 젊은 여자가 방으로 안내되어 들어왔기 때문이다. 여자가 나타나자 베넷은 소리를 지르며 자리에서 벌떡 일어났다. 그러고는 그 숙녀가 내민 손을 잡으려는지 손을 앞으로 뻗은 채 달려갔다.

"이디스, 무슨 문제가 생긴 건 아니겠지?"

"오, 잭!(베넷의 이름이 놀랍게도 트레버에서 잭으로 바뀌었다) 당신을 뒤쫓아 와야 할 것 같았어요. 저는 정말 너무 무서워요! 집에 혼자 있는 게 끔찍해요."

"홈즈 씨, 이 사람이 제가 말했던 이디스입니다. 제 약혼녀죠."

"그럴 거라고 예상하고 있었습니다. 그렇지 않나, 왓슨?" 홈즈가 웃으면서 대답했다. "프레스버리 양, 뭔가 새로운 사실을 발견했나요? 그래서 저희에게 그 사실을 알려 주러 오신 거 같은데……."

영국 여성 스타일의 생기 있고 아름다운 프레스버리 양은 베넷 옆 자리에 앉으면서 홈즈를 보고 미소 지었다.

"베넷이 호텔에 없는 것을 알고 홈즈 씨를 찾아갔을 거라고 생각했어요. 베넷이 당신에게 사건을 의뢰할 거라고 말했거든요. 오, 홈즈 씨, 저희 아버지를 위해 할 수 있는 게 없다는 말씀을 하시는 건 아니겠지요?"

"도움이 됐으면 좋겠습니다만 지금으로서는 사건이 미궁에 빠져 있습니다. 하지만 당신이 저에게 하려는 이야기가 사건 해결을 위한 실마리가 될 수도 있지요."

"홈즈 씨, 어제저녁의 일입니다. 아버지는 어제 하루 종일 이상하셨어요. 제 생각에는 아버지가 때때로 자신이 하고 있는 행동을 기억하지 못하시는 듯싶어요, 그럴 때는 꼭 이상한 꿈속에서 사시는 분 같아요. 어제 아버지의 상태가 그랬어요. 제가 지금까지 같이 살아온 아버지가 아니었죠. 겉모습은 달라진 게 없지만 아버지라고 볼 수 없었어요."

"무슨 일이 일어났습니까?"

"어젯밤 저는 개가 사납게 짖는 소리에 잠을 깼어요. 불쌍한 로이, 로이는 마구간에 쇠사슬로 묶여 있는 신세가 돼 버렸죠. 계속 이야기를 하죠. 저는 요즈음 항상 방문을 잠그고 잔답니다. 잭이—베넷을 말합니다—이미 말씀 드렸겠지만 우리는 어떤 위험이 다가오고 있다는 느낌을 받고 있으니까요. 제 방은 3층에 있어요. 마침 창문의 블라인드가 내려져 있지 않아서, 창문으로 밝은 달빛이 들어왔죠. 저는 침대에 누워 창문으로 들어오는 달빛을 보면서 로이가 사납게 짖는 소리를 들었어요. 그런데 아버지가 창문 밖에서 제 얼굴을 보고 있는 게 아니겠습니까? 전 놀라지 않을 수 없었어요. 너무 놀라고 무서워서 금방이라도 죽을 거 같았죠. 한 손은 창문 유리에 대고, 다른 한 손으로는 창문을 밀어서 열려고 하는 것 같았어요. 만약 그때 창문이 열렸다면 저는 아마 미쳐 버렸을 겁니다. 홈즈 씨, 제가 본 건 절대 망상이 아닙니다. 제발 저의 망상이라고 치부하지 마세요. 제가 꼼짝도 못하고 아버지의 얼굴을 쳐다보고 있었던 시간은 20초 정도일 겁니다. 그러고는 사라졌죠. 하지만 사라지고 난 뒤에도 전 침대에서 일어나 창문을 내다볼 수 없었어요. 아침까지 덜덜 떨면서 멍한 상태로 누워 있었죠. 아침 식사를 하러 내려갔을 때 아버지는 신경이 날카롭고 화가 나신 듯했어요. 어젯밤 일에 대해서는 한 마디도 하지 않으셨죠. 물론 저도 아무 말도 하지 않았습니다. 그러고 나서 시내에 나갈 일이 있다고 핑계를 대고 홈즈 씨를 찾아온 겁니다."

홈즈는 프레스버리 양의 이야기를 듣고 많이 놀란 듯했다.

"프레스버리 양, 당신의 방이 3층에 있다고 했는데 그럼 정원에 긴

사다리가 있나요?"

"없어요, 홈즈 씨. 그러니까 놀랄 일 아니겠어요? 창문까지 올라올 방법이 없는데 아버지가 창문 앞에 계셨으니 말이에요."

"9월 4일이라. 이번 일이 사건을 더 복잡하게 만드는군." 홈즈가 말

했다.

이번에는 프레스버리 양이 놀란 듯했다.

"홈즈 씨, 벌써 두 번이나 9월 4일이라는 날짜를 말씀하시는데, 날짜가 이 사건과 무슨 관련이 있다고 생각하시는 겁니까?" 베넷이 물었다.

"그럴 가능성이 충분히 있죠. 하지만 현재로서는 정보가 충분치 않군요."

"정신 이상 증세가 달의 모양과 관련이 있다고 생각하시는 겁니까?"

"아닙니다. 그것과는 완전히 다른 쪽으로 생각하고 있는 걸요. 베넷 씨, 당신의 다이어리를 놓고 가실 수 있겠죠? 제가 날짜들을 확인해야 할 것 같아서요. 왓슨, 이제부터 우리가 어떻게 해야 하는지가 분명해졌네. 프레스버리 양은 아버지가 어떤 특정한 날에 일어난 일에 대해서는 거의 아무것도 기억하지 못하는 것 같다는 정보를 주지 않았나. 나는 프레스버리 양의 직관이 옳을 거라고 믿네. 그러니까 교수가 있었던 일을 기억하지 못할 거 같은 날에 약속을 했다고 하면서 그를 찾아가는 거야. 그러면 교수는 자신의 기억력에 문제가 있어서 그랬다고 생각하겠지. 그다음에 우리는 교수를 가까이에서 지켜보면서 사건을 조사하면 되는 거지."

"그것 참 훌륭한 작전이군요. 하지만 미리 경고해 둘 게 있습니다. 교수님은 가끔씩 화를 내고 과격해지시기도 합니다." 베넷이 말했다.

홈즈는 웃었다.

"그렇기 때문에 저희가 당장 교수님 댁을 방문해야겠다는 겁니다.

제 추리가 들어맞는다면 아주 그럴 듯한 이유가 될 겁니다. 베넷 씨, 그럼 내일 캠포드에서 뵙기로 하지요. 내 기억이 맞다면 거기에 체커스라고, 최고급 와인을 주고 침대보도 깨끗한 호텔이 있지요? 왓슨, 좀 불편하더라도 며칠 동안은 그곳에서 지내야 할 것 같네."

월요일 아침 홈즈와 나는 그 유명한 대학 도시로 향했다. 매여 있는 데가 없는 홈즈로서는 간단한 일이었지만, 바쁜 스케줄로 정신이 없는 나로서는 쉬운 일이 아니었다. 요즈음 내 예약 환자들의 수가 꽤 많아졌기 때문이다. 홈즈는 전에 말했던 그 오래된 호텔에 도착해서 짐을 내려놓을 때까지 사건에 대해서는 일체 말이 없었다.

"왓슨, 내 생각에는 점심 식사 시간 전에 프레스버리 교수를 만날 수 있을 거 같은데. 11시에 강의가 있으니까, 점심 먹기 전에 약간의 시간이 빌 거야."

"우리가 어떤 목적으로 방문했다고 둘러댈 셈인가?"

홈즈는 수첩을 들여다보았다.

"교수가 8월 26일에 흥분된 상태였다고 적혀 있군. 그가 그날 한 일을 잘 기억하지 못한다고 가정하는 거지. 우리가 그날 약속을 하고 왔다고 하면 교수도 딱 잘라 부정하지는 못할 거야. 자네, 뻔뻔스럽게 연기할 수 있겠나?

"아무튼 시도는 해 보자고."

"좋아, 왓슨! 바쁘게 돌아다닌 벌이 더 많은 꿀을 얻는다는 말과 일맥상통하는군. 아무튼 시도는 해 보자, 무슨 회사의 표어 같군그래. 이제부터 이 고장사람 한 명이 우리를 친절하게 안내해 줄 걸세."

멋진 이륜마차 뒤에 앉은 그 고장의 마부가 우리를 오래된 대학 건물들 사이로 데려다 주었다. 마지막에 가로수가 늘어서 있는 마찻길로 접어들어, 잔디밭으로 둘러싸이고 보랏빛 등나무 꽃이 만발한 제법 운치 있는 집 앞에 마차를 세웠다. 프레스버리 교수의 집을 봐서는 교수가 편안함을 넘어서 호사스러움을 누릴 수 있는 상태라는 걸 알 수 있었다. 우리의 마차가 집 앞에 섰을 때 흰머리가 희끗희끗한 사람의 모습이 정면 창문으로 보였다. 그가 짙은 눈썹 아래의 뿔테 안경 너머 날카로운 눈으로 우리를 뚫어지게 쳐다보고 있다는 걸 느낄 수 있었다. 잠시 후 우리는 프레스버리 교수의 집으로 들어갔다. 기이한 행동으로 우리를 런던에서 여기까지 오게 만든 장본인인 교수가 우리 바로 앞에 서 있었다. 그에게서는 괴팍한 성격을 전혀 찾아볼 수 없었다. 큰 키에 살집이 붙은 체구였고, 점잖은 프록코트를 입고 있으며, 당당하면서도 침착해 보이는 모습은 교수로서 필요한 어떤 위엄까지 풍기고 있었다. 가장 눈에 띄는 것은 교수의 눈이었는데, 날카로우면서도 뭔가 관찰하고 있는 듯한 눈빛은 교활해 보이기까지 했다.

　프레스버리 교수는 우리가 건네준 명함을 보았다.

　"신사분들, 앉으시지요. 뭘 도와 드릴까요?"

　홈즈는 친절하게 웃었다.

　"교수님, 그건 제가 교수님에게 물어보고 싶은 말입니다."

　"저에게 말입니까?"

　"뭔가 착오가 있었나 봅니다. 캠포드의 프레스버리 교수가 제 도움이 필요하다는 이야기를 다른 사람으로부터 들었거든요."

　"그랬군요."

교수의 날카로운 회색 눈에서 악의에 찬 섬광이 번쩍이는 느낌이 들었다.

"제가 도움이 필요하다는 말을 들었다고 하셨는데, 혹시 누가 그런 말을 홈즈 씨에게 했는지 여쭈어 봐도 될까요?"

"죄송합니다만, 그 사람의 이름은 밝힐 수 없습니다. 제가 착오를 일으킨 거라 해도 별 지장은 없지 않습니까? 물론 착오를 일으킨 점에 대해서는 사과드립니다."

"괜찮습니다. 이 문제에 대해 좀 더 알고 싶습니다. 흥미롭군요. 당신이 그런 부탁을 받았다는 걸 증명해 줄 편지나 전보 같은 걸 갖고 계신지요?"

"아니오, 그런 건 없습니다."

"그렇다면 제가 당신을 여기까지 불렀다고 주장하시려는 건 아니겠지요?"

"질문에 대답하지 않는 게 좋을 것 같군요."

"아니죠. 대답을 해야죠. 하지만 당신이 대답하지 않아도 한 가지 사실은 알아낼 수 있을 겁니다." 교수는 퉁명스럽게 말했다.

교수는 방을 가로질러 벨이 있는 곳으로 갔다. 벨 소리를 듣고 이미 런던에서 만난 베넷이 나타났다.

"들어오게, 베넷. 여기 계신 두 신사 분이 누군가의 부름을 받고 우리 집에 오셨다는군. 자네가 내 편지들을 다 관리하니까 말인데, 내가 홈즈라는 이름으로 뭘 보낸 적이 있나?"

"없습니다." 베넷은 얼굴을 붉히며 대답했다.

"반론의 여지가 없군요." 교수는 화가 난 듯이 홈즈를 노려보며 말을 이었다. "자, 홈즈 씨."

교수는 몸을 앞쪽으로 기울이더니 탁자 위에 두 손을 올려놓았다.

"당신이 저희 집을 찾아오신 것이 의심스럽다는 생각이 드는군요."

홈즈는 어깨를 으쓱했다.

"제가 쓸데없이 방해를 해서 죄송하다는 말씀을 드릴 수밖에 없군요."

"그것으로는 충분치 않습니다, 홈즈 씨!"

교수는 완전히 악의에 찬 표정을 하고 날카로운 목소리로 소리쳤다. 홈즈와 내가 있는 자리와 문 사이에 있었던 교수는 우리를 향해 사납게 두 손을 휘둘러 댔다.

"그렇게 쉽게 빠져나갈 수는 없어요!"

교수는 너무 흥분해서 아무 생각이 나지 않는 듯 웃다가 뭐라고 중얼거리다가 갈피를 잡을 수 없는 상태가 되었다. 아마 베넷이 끼어들지 않았더라면 그 방을 나오는 데 애를 먹었을 것이다.

"교수님!" 베넷이 소리쳤다. "교수님의 사회적 지위를 생각하셔야지요! 대학에 소문이 퍼지기라도 하면…… 홈즈 씨는 유명한 분이십니다. 이렇게 무례하게 대하셔도 되는 분이 아닙니다."

프레스버리 교수는 우울해져서는 우리 앞에서 비켜섰다. 홈즈와 나는 집 밖으로 나왔을 때 안도감을 느꼈다. 조용한 가로수 길을 걸으면서 홈즈는 이 사건 때문에 사뭇 즐거운 듯했다.

"우리의 박식한 교수님은 아무래도 신경계통에 문제가 생긴 모양이군. 우리가 찾아온 핑계가 허술하긴 했지만 그래도 직접 만나보자는 계획은 이루어지지 않았나. 왓슨, 그가 우리를 뒤쫓아 오고 있나 보

네. 교수가 아직도 우리 뒤를 쫓고 있어."

우리 뒤에서 누군가 달리고 있는 발소리가 들렸다. 그러나 마차가 커브를 돌자 나타난 사람은 다행히도 무서운 프레스버리 교수가 아니라 베넷이었다. 베넷은 숨을 헐떡거리며 다가왔다.

"정말 죄송합니다, 홈즈 씨. 사과드려야 할 것 같아서 이렇게 뒤쫓아 왔습니다."

"베넷 씨, 이렇게까지 할 필요는 없는데요. 탐정 일을 하다 보면 충분히 있을 수 있는 일이지요."

"지금까지 교수님이 그렇게 화내는 건 본 적이 없습니다. 점점 더 사악해지시는 거 같아요. 이젠 프레스버리 양과 제가 왜 그렇게 불안해하는지 아시겠죠? 하지만 교수님의 정신에는 아무 이상이 없어요."

"너무 멀쩡하다고 봐야죠! 거기서 제 계산이 틀렸습니다. 교수의 기억력은 제가 예상했던 것보다 훨씬 믿을 만하더군요. 그건 그렇고, 우리가 떠나기 전에 프레스버리 양의 방 창문을 볼 수 있을까요?"

베넷이 관목들을 헤치고 나가 우리를 안내한 곳에서 집의 한쪽 측면이 보였다.

"저깁니다. 왼쪽에서 두 번째 창문이죠."

"이런! 저기는 올라갈 수 없을 것 같은데요. 하지만 밑에는 덩굴줄기가 있고 발을 디디고 있을 만한 송수관도 있군요."

"하지만 저라면 저런 데를 올라가지 않을 겁니다." 베넷이 말했다.

"올라가지 못할 가능성이 크죠. 보통 사람으로서는 위험한 일입니다."

"말씀드리고 싶었던 것이 하나 더 있습니다. 교수님이 편지를 보내는 런던의 남자 주소를 알아냈습니다. 교수님이 오늘 아침 그 사람에게 편지를 썼던 모양인데 압지에서 주소를 알아냈어요. 신뢰받는 비서로서의 본분에 어긋나는 일인 줄은 알지만, 지금 저로서는 다른 방법이 없지 않습니까?"

홈즈는 종이를 잠깐 들여다보고 나서는 주머니에 집어넣었다.

"도락? 흔한 이름은 아니군. 슬라브(현재 동유럽과 북아시아의 주된 주민으로 러시아, 폴란드, 체코, 유고슬라비아, 불가리아를 구성하는 주요 민족) 계통 사람인 거 같은데. 사건에 중요한 단서가 되겠군. 베넷 씨, 저희는 오늘 오후에 런던으로 돌아가겠습니다. 여기 더 머무를 이유가 없군요. 교수가 범죄를 저지른 것도 아니니 체포할 수도 없고, 그렇다고 미쳤다는 걸 증명할 수도 없으니 가둘 수도 없는 일 아닙니까? 현재로선 할 수 있는 일이 하나도 없습니다."

"그럼 남은 프레스버리 양과 저는 어떻게 하란 말씀입니까?"

"참으시는 수밖에 도리가 없습니다, 베넷 씨. 상황이 무르익을 겁니다. 제 생각이 틀리지 않다면 다음 주 화요일이 고비가 될 거고요. 그날에는 우리도 캠포드에 와 있을 겁니다. 그동안 여기 계시기가 힘드시리라는 건 분명하니, 가능하다면 프레스버리 양은 집을 떠나 있는 게 좋을 것 같습니다."

"어렵지 않은 일이죠."

"그렇다면 우리가 모든 위험이 사라졌다고 알려 줄 때까지 집에 돌아오지 말라고 하세요. 그리고 그동안에 교수가 하는 대로 그냥 두세요. 방해하지 말고요. 교수의 기분이 좋은 한 별일 없을 테니까요."

"교수님이 나왔습니다!" 베넷은 놀란 듯 작은 목소리로 말했다.

나뭇가지 사이로 큰 키에 똑바로 선 교수가 현관에서 나와 주위를 둘러보고 있는 모습이 보였다. 그러더니 몸을 앞으로 기울이고 팔을 계속 흔들면서 이쪽저쪽을 두리번거리고 있었다. 베넷은 우리에게 손을 흔들고 나무 사이를 빠져나갔다. 그다음엔 베넷이 교수와 함께 있는 것이 보였고, 그들은 활발한 정도를 넘어 약간 격하게 뭔가에 대해 이야기를 나누면서 집 안으로 들어갔다.

호텔을 향해 걸어가면서 홈즈가 말했다.

"프레스버리 교수는 이번 상황에서는 정확한 결론을 내릴 수 있을 거라는 생각이 드는군. 물론 오랜 시간 살펴보지는 못했지만, 그가 아주 명석하고 논리적인 두뇌의 소유자라는 느낌을 받았네. 게다가 쉽게 불끈하는 성미지 않던가. 그의 관점에서 보면 탐정이 자기를 조사하고 있다는 사실에 화가 난 것 같은데, 그렇다면 집안사람 중에 누군가 탐정에게 사건을 의뢰했다고 의심할 거야. 베넷이 힘든 시간을 보내겠군."

호텔로 돌아가는 길에 홈즈는 우체국에 들러 전보를 쳤다. 저녁때 답장이 왔는데, 홈즈가 나에게 그 전보를 건네주었다.

커머셜 로드에 가서 도락을 만났음. 나이 든 보헤미아 사람으로 점잖은 신사였음. 대형 잡화점을 운영.

— 머서

"머서와 알고 지낸 게 자네랑 비슷할 거야. 탐정 일을 하면서 일상적인 조사를 할 때 도움을 받곤 하지. 프레스버리 교수가 비밀리에 연락하는 사람에 대해서 알아내야 하지 않나. 국적으로 봤을 땐 교수의 프라하 방문과 관련이 있는 듯하군."

"뭔가가 뭔가와 연관이 있다니 다행이군. 현재로서는 서로 전혀 관계없어 보이는 설명할 수 없는 사건들이 계속 발생하고 있지 않나. 예를 들면, 주인을 공격하는 개와 보헤미아 방문 사이에 무슨 관계가 있을 수 있단 말인가? 아니면 사나워진 개나 보헤미아 방문이 밤에 복도를 기어 다니는 사람과 관련이 있을 수 있나? 자네가 자꾸 강조했던 그 날짜들도 무슨 관계가 있는지 나는 전혀 종잡을 수가 없네."

홈즈는 미소를 짓더니 두 손을 서로 비벼댔다. 우리는 오래된 호텔 방 거실에 마주 보고 앉아 있었고, 우리 사이에 있는 테이블에는 홈즈가 전에 말했던 그 유명한 포도주 한 병이 놓여 있었다.

"자, 그럼 날짜부터 설명해 주겠네." 홈즈는 아주 잘 알고 있는 사실을 학생들에게 강의하는 듯한 태도로 말을 이어 나갔다. "베넷의 다이어리를 보면 7월 2일에 문제가 생긴 이후 9일 간격으로 이상한 일이 생기고 있다는 걸 알 수 있네. 예외가 한 번 있긴 했지만 말일세. 8월 26일에 문제가 생기고 마지막으로 일이 터진 게 9월 3일이니까, 이것도 역시 맞아떨어져. 이건 우연의 일치라고는 할 수 없는 일이지."

나는 동의하지 않을 수 없었다.

"그럼, 임시로 한번 가설을 세워 보자고. 교수는 9일 간격으로 어떤 강력한 약물을 복용했네. 그 약물은 시간이 지나면 약효가 사라지기는 하지만 사람에게 유해한 성분을 갖고 있네. 그래서 교수가 선천적으로 타고난 과격한 성격이 더 심해진 거지. 그는 프라하에 갔을 때 그 약을 처음 배웠고, 지금은 런던에 있는 보헤미아인 중개상으로부터 약을 공급받고 있지. 왓슨, 모두 앞뒤가 들어맞지 않나!"

"하지만 그 개와 창문에서 보였던 교수의 얼굴, 그리고 복도를 기어가고 있던 건 어떻게 된 건가?"

"이봐, 아직 시작 단계일 뿐일세. 다음 주 화요일까지는 새로운 단서를 기대할 수 없을 걸세. 그때까지 우리는 베넷과 연락하면서 이 아름다운 도시를 즐기면 되는 거야."

다음 날 아침 우리에게 그 사이 있었던 일을 전해 주기 위해 베넷이 잠깐 들렀다. 홈즈의 예상대로 교수와 지내는 게 쉽진 않은 모양이었다. 우리를 불렀다고 직접적으로 나무라진 않았지만, 그 후 교수가 심하게 말하는 걸로 봐서는 베넷에게 불만을 품고 있는 듯했다. 오늘 아침에는 교수가 다시 제 모습을 찾고 학생들에게 훌륭한 강의를 했다면서 베넷이 덧붙여 말했다.

"하지만 이상한 행동과는 관계없이 교수님은 어느 때보다도 힘과 활력이 넘치시고 머리도 명석합니다. 하지만 지금의 교수님은 우리가 알고 있던 그 교수님이 아닙니다."

"베넷 씨, 적어도 일주일 동안은 당신이 걱정할 만한 일은 생기지 않을 겁니다. 저도 바쁜 몸이고 왓슨도 환자를 봐야 합니다. 다음 주 화요일 이 시간에 여기서 다시 만나기로 하죠. 다음 방문을 마치고 떠나기 전에는 사건에 대한 설명을 모두 해 드리고 당신이 더 이상 고통받지 않도록 사건을 해결할 수 있으리라 믿습니다. 그동안에 무슨 일이 일어났는지 계속 연락하시기 바랍니다."

나는 며칠 동안 홈즈를 전혀 보지 못했다. 그러나 다음 주 월요일이 되자 홈즈로부터 내일 기차역에서 만나자는 내용의 전보가 왔다. 캠포드로 가는 기차 안에서 홈즈가 해 준 이야기에 의하면 모든 일이 순조롭게 잘 돌아가고 있으며, 교수의 집에는 평화가 유지되고 있고 교수의 행동도 지극히 정상이라는 것이었다. 그날 저녁 우리가 숙소로 잡은 체커스 호텔에 찾아온 베넷도 같은 이야기를 들려주었다.

"오늘 교수님은 런던에 있는 그 사람으로부터 연락을 받았습니다. 편지 한 통과 작은 소포가 도착했는데, 두 개 모두 우표 밑에 십자 표시가 되어 있더군요. 교수님이 그 표시가 되어 있는 건 만지지 말라고 하셨던 걸 기억하시지요? 그 외에는 별다른 일이 없었습니다."

"그거면 충분합니다. 베넷 씨, 오늘 밤에 사건을 해결할 수 있을 것 같군요. 제 추리가 맞다면 오늘 밤 사태를 위기로 몰아넣을 수 있는 기회를 잡게 될 겁니다. 하지만 그러기 위해서는 교수를 계속 감시해야 합니다. 그래서 말인데, 베넷 씨는 오늘 밤에 자지 말고 교수의 행동을 잘 감시하세요. 그러다 교수가 당신 방 앞을 지나가는 소리가 들리면 교수가 눈치채지 못하게 조심해서 뒤쫓아 가세요. 그런데 당신이 말했던 그 작은 상자의 열쇠는 어디 있나요?"

"교수님의 시곗줄에 달려 있습니다."

"그 상자부터 조사해야겠습니다. 최악의 경우 억지로 열려 해도 자물쇠가 열리지 않을 수도 있지 않겠습니까? 저택 안에 다른 건장한 남자가 있나요?"

"마부 맥파일이 있습니다."

"어디서 자나요?"

"마구간 위에 있는 다락방에서 잡니다."

"아무래도 그가 필요할 것 같군요. 상황이 진전될 때까지는 더 할 일이 없습니다. 베넷 씨, 그럼 안녕히 가십시오. 내일 아침 전에 다시 뵙게 되겠지만요."

우리가 교수의 집 현관문 맞은편에 있는 관목숲 속에 자리를 잡은 것은 거의 자정이 다 되었을 무렵이었다. 상쾌한 밤이긴 했지만 약간 쌀쌀했기 때문에 따뜻한 코트를 입고 온 것을 다행이라고 생각했다. 미풍이 불어 하늘 위에 구름들은 빨리 움직이고 있었고, 때때로 그 구름들이 반달을 가리기도 했다. 지금 우리를 이끌고 있는 기대에 찬 흥분과 이 이상한 사건을 해결할 수 있을 거라는 홈즈의 장담이 없었다면 비참한 철야 작업이 될 수밖에 없었을 것이다.

"9일이라는 주기가 들어맞는다면 교수는 오늘 밤에 최악의 상태가 될 걸세. 교수가 이상한 증세를 보이기 시작한 때가 프라하를 갔다 온 다음이었고, 프라하에서 만난 누군가를 대신하는 걸로 보이는 런던의 한 상인과 비밀리에 편지 왕래를 하는 데다, 오늘 그자에게서 소포를 받았다고 하니, 모든 상황이 한방향을 가리키고 있다 해도 과언이 아니네. 교수가 뭘 복용했는지, 왜 그걸 복용했는지는 아직 알 수 없지만, 어떤 방법으로든 프라하에서 그 물건을 구했다는 사실은 분명해. 그는 9일의 주기를 지켜야 한다는 확실한 처방전에 따라 복용하고 있어. 그 9일의 주기가 이 사건에서 처음으로 내 주의를 끌었지. 그런데 교수에게 나타나는 증세가 너무 특이하더군. 자네도 교수의 손가락 마디 부분을 보았나?"

나는 보지 못했다고 솔직히 인정했다.

"그런 손가락 마디는 본적이 없을 정도로 두껍고 불룩 튀어나와 있더군. 왓슨, 항상 사람 손을 먼저 보게. 그다음엔 소매 끝 부분, 바지의 무릎, 부츠 순이네. 그렇게 특이한 손가락 마디는 진화의 한 과정에서나 설명이 가능한—"

홈즈는 말을 멈추더니 갑자기 한 손으로 자기 이마를 쳤다.

"오, 왓슨, 이럴 수가 있나! 내가 지금까지 그걸 몰랐다니! 믿기 어려운 일이지만 분명히 사실일 거야. 모든 상황이 하나의 결론을 말해 주고 있었는데 왜 내가 그 상황들의 연관성을 보지 못했을까? 그 손가락 마디 부분, 그렇게 특이한 부분을 왜 그냥 지나쳤을까? 게다가 그 개! 담쟁이덩굴! 왓슨, 이제 탐정 일은 그만두고 꿈에 그리던 시골의 작은 농장으로 들어가 살아야 할 때가 온 거 같군. 저길 보게! 프레스버리 교수야! 이제야 우리 눈으로 직접 볼 기회가 왔군."

현관문이 천천히 열리고 집 안에서 나오는 불빛 아래 키가 큰 프레스버리 교수의 모습이 보였다. 그는 잠옷 위에 가운을 걸치고 있었다. 문간에서는 분명히 똑바로 서 있었는데, 어느새 몸을 앞으로 구부린 채 팔을 축 늘어뜨린 상태가 되었다. 집 밖으로 나서자 교수에게 아주 이상한 변화가 일어났다. 점점 몸을 앞으로 구부리더니 완전히 웅크린 자세가 되어 두 팔과 다리로 움직이기 시작했다. 그리고 잠시 후에는 힘과 활력이 남아도는 것처럼 가볍게 뛰기 시작했다. 그는 집의 전면을 지나 모퉁이를 돌았다. 교수의 모습이 보이지 않자 베넷이 현관문으로 나와 소리를 내지 않으려고 조심하면서 교수의 뒤를 쫓았다.

"왓슨, 서둘러, 빨리 가야 해!" 홈즈가 소리쳤다.

우리는 집의 다른 쪽 면이 보이는 곳까지 최대한 소리를 내지 않고 관목숲을 헤쳐 나갔다. 거기에는 반달의 달빛이 비치고 있어서 담쟁이덩굴로 덮여 있는 벽 아래에 몸을 웅크리고 있는 교수의 모습을 확실히 볼 수 있었다. 그는 갑자기 벽을 오르기 시작했는데, 믿을 수 없을 만큼 쉽게 올라갔다. 이 줄기에서 저 줄기로 건너뛰면서 손과 발로 꽉 쥐고, 마치 즐기는 것처럼 전혀 힘들이지 않고 올라갔다. 그의 가운이 양쪽 옆에서 휘날리고 있었기 때문에, 달빛에 보이는 사각형의 어두운 형체는 꼭 커다란 박쥐가 교수의 집 한쪽 벽에 붙어 있는 것처럼 보였다. 올라가는 것에 싫증이 났는지 교수는 줄기를 타고 내려왔다. 그러고는 전의 그 웅크린 자세로 돌아가더니 손과 발로 기어 마구간에 다가가기 시작했다. 그러자 울프하운드가 밖으로 나와 사납게 짖기 시작했는데, 교수의 모습이 보이지 않아서 더 흥분한 것 같았다. 개는 쇠사슬을 끝까지 잡아당기면서 흥분으로 온몸을 떨고 있었다. 교수는 개가 닿을 수 없는 위치 바로 뒤에서 천천히 몸을 웅크리더니 모든 방법을 동원하여 개를 괴롭히기 시작했다. 그는 길에서 자갈을 한 움큼 주워 개의 얼굴을 향해 던지기도 하고, 주운 막대로 개를 찌르기도 했다. 또 크게 벌어진 개의 입에서 채 몇 인치도 떨어지지 않은 데까지 손을 내밀었다 도로 뒤로 가져갔다 하면서 개를 더 사나워지게 만들려고 하는 듯했다. 내가 보기에는 개는 이미 더 이상 억제할 수 없을 정도로 흥분한 것 같았다. 홈즈와 함께 여러 사건을 보아 왔지만, 지금 내 눈앞에 펼쳐져 있는 광경보다 더 이상한 것을 본 적은 없는 듯싶었다. 침착하고 위엄 있는 모습을 한 사람이 개구리처럼 땅바닥에 웅크리고 앉아 교묘하게 계산된 잔인한 방법으로 바로 앞에서 사납게 짖으며 덤벼드는 개를 괴롭히는 모습이라니······.

순식간에 일이 터졌다! 쇠사슬이 끊어진 게 아니라 개 목걸이가 빠졌는데, 그게 원래 목이 두꺼운 뉴펀들랜드(보통 털이 검은 큰 개로 물에 빠진 사람을 구조하는 데 쓰임)용이었기 때문이다. 금속이 떨어지는 소리가 들리더니 바로 다음 순간에는 개와 사람이 뒤엉켜 땅 위에서 굴렀다. 개는 사납게 으르렁대고, 교수는 공포에 짓눌려 찢어질 듯한 날카로운 목소리로 소리를 질러댔다. 교수의 목숨이 위험했다. 개가 목을 물었고, 송곳니가 꽤 깊이 들어갔기 때문에 우리가 달려가 둘을 떼어 놓기 전에 교수는 이미 완전히 의식을 잃은 상태였다. 홈즈와 내가 개에게 다가가는 건 위험한 일이었다. 하지만 다행히도 베넷이 달려와 떨어지라고 말하자 개는 곧바로 시키는 대로 했다. 시끄러운 소리 때문에 자다 깼는지 마부가 놀란 얼굴을 하고 마구간에서 뛰어나왔다.

"놀랄 일도 아니군." 마부가 고개를 가로저으며 말했다.

"전에도 교수님이 개를 괴롭히는 걸 본 적이 있어요. 그래서 조만간 개가 교수님을 공격해 상처를 입힐 거라고 예상했지요."

개를 묶어 놓은 다음에 우리는 교수를 그의 방으로 옮겼다. 베넷이 의학 학위가 있었기 때문에 그는 내가 상처 난 목에 붕대 감는 일을 도와주었다. 개의 날카로운 이빨이 경동맥 가까운 부위까지 파고들어 갔었기 때문에 출혈이 심했다. 하지만 30분 정도가 지나자 고비를 넘겼다. 그래서 나는 환자에게 모르핀 주사를 놓았고, 환자는 깊은 잠에 빠져들었다. 그러고 나서야 우리는 서로를 쳐다보고 지금의 상황을 다시 생각해 볼 여유를 가졌다.

"제 생각에는 실력 있는 외과의사에게 치료를 부탁해야 할 것 같습니다." 내가 말했다.

"제발! 안됩니다!" 베넷이 소리쳤다. "지금까지는 우리 집안사람들만 알고 있지 않습니까? 우리만 알고 있으면 소문이 밖으로 퍼지는 일은 없을 겁니다. 하지만 일단 집 밖으로 소문이 퍼지면 막을 방법이 없을 겁니다. 대학에서 교수님의 위치와 전 유럽에 알려져 있는 명성을 생각해 보십시오. 그리고 교수님의 딸이 느낄 감정에 대해서도요."

"그렇군요. 저는 이 사건에 대한 소문이 퍼지는 걸 막고 우리 선에서 해결할 수 있다고 생각합니다. 우리 생각대로 행동할 수 있으니까요. 베넷 씨, 시곗줄에 달려 있는 열쇠를 가져다주세요. 맥파일이 환자를 지켜보고 있으니까 무슨 변화가 보이면 우리에게 알려 줄 겁니다. 그럼, 이제 교수의 비밀스러운 상자 안에 무엇이 들었는지 보기로 할까요?"

상자 안에 많은 것이 들어 있진 않았지만, 사건의 진상을 알아내기에는 충분한 것들이었다. 빈 약병과 거의 가득 차 있는 약병 하나, 피하 주사기, 그리고 외국 사람이 썼는지 알아보기 힘든 필적의 편지 몇 통이 들어 있었다. 교수가 베넷에게 건드리지 말라고 했던 편지가 분명했다. 봉투에는 십자가 표시가 되어 있었고, 커머셜 로드라는 주소가 쓰여 있었으며, 'A. 도락'이라는 서명이 있었다. 내용물을 꺼내 보니 새 약병을 프레스버리 교수에게 보냈다는 송장이거나 돈을 받았다는 영수증이었다. 그러나 좀 다른 봉투가 하나 있었는데, 교육을 많이 받은 사람의 필체에, 오스트리아 우표가 붙어 있고, 프라하라는 소인이 찍혀 있었다.

"이게 바로 우리가 찾던 거야!"

홈즈는 봉투를 찢고 내용물을 꺼냈다.

프레스버리 교수에게

당신이 나를 찾아온 다음 나는 당신의 증상에 대해서 많이 생각해 보았소. 당신 사정상 이 약물을 복용하는 특별한 이유가 있겠지만, 그럼에도 불구하고 나는 조심하라고 말하고 싶소. 내 실험 결과에 따르면 어떤 종류든 부작용이 있기 때문이오.

유인원 혈청이 효과가 더 좋을 가능성이 있소. 전에 내가 설명했듯이 나는 얼굴이 검은 랑구르(몸이 마른 아시아 남부산 원숭이)를 사용했소. 쉽게 구할 수 있는 게 그것밖에 없었기 때문이오. 랑구르는 주로 기어 다니고 높은 데 잘 올라가지만 유인원은 똑바로 서서 걷고, 어쨌든 모든 면에서 인간과 더 비슷하오.

모든 과정이 끝나기 전에 이 사실이 알려지지 않도록 가능한 모든 사전 조치를 취해 달라고 부탁하오. 잉글랜드에 이 약을 복용하는 사람이 한 명 더 있고, 도락이 당신과 그에게 나를 대신해 약물을 판매하고 있소. 매주 보고를 해 주면 고맙겠소.

– H. 로웬스타인

로웬스타인! 그 이름을 보자 나는 신문에서 본 짤막한 기사가 떠올랐다. 그 기사는 방법은 알려지지 않았지만 한 무명 과학자가 다시 젊음을 되찾게 해 주는 불로장생의 비약을 만들려고 연구하고 있다는 내용이었다. 프라하의 로웬스타인! 인간에게 힘을 주는 놀라운 혈청을 만들어 낸 로웬스타인이 그 방법을 알려 주지 않는다는 이유로 동료 과학자들 사이에서 배척당하고 있다는 내용도 있었다. 나는 내가 기억하고 있는 것을 간단하게 말했다. 그리고 베넷은 책장에서 동물학 편람을 꺼내 왔다.

"랑구르, 여기 있군. '히말라야 산 기슭에 사는 얼굴이 검은 원숭이로, 높은 곳을 기어오르는 원숭이 중 가장 몸집이 크고 가장 인간과 비슷하다.' 다른 자세한 설명도 많군요. 홈즈 씨, 정말 감사합니다. 교수님이 변하신 원인을 알아냈군요."

"진짜 원인은 교수가 적절하지 않은 때에 연애를 했기 때문일 겁니다. 충동적인 그는 자신이 다시 젊어질 수 있다면 사랑을 얻을 수 있을 거라는 생각을 하게 된 거고 말입니다. 사람이 자연 위에 올라서려 하면 자연 아래로 떨어지는 법입니다. 아무리 고등한 인간이라 해도 자연의 섭리를 거스르면 다시 동물로 되돌아갈지 모릅니다."

홈즈는 손에 든 약병에 들어 있는 투명한 액체를 들여다보며 잠시 생각에 잠긴 채 앉아 있었다.

"제가 로웬스타인에게 편지를 써서 그가 유통시키고 있는 유해한 약에 대해 형사상의 책임을 물을 거라고 하면 지금으로서는 더 이상 문제가 없을 겁니다. 하지만 이런 일이 다시 일어날 수 있겠죠. 다른 사람들이 더 좋은 방법을 발견할 테니까요. 바로 거기에 위험이 있는 겁니다. 인류에게 큰 위험이 될 겁니다. 왓슨, 한번 생각해 보게. 물질적이며 감각적이고 세속적인 사람들은 그들의 가치 없는 삶을 연장시키려 할 거야. 하지만 정신적인 사람들은 자연의 뜻인 죽음을 거스르려 하지 않겠지. 가장 가치 없는 자들만이 살아남는 거야. 이 세상이 완전히 쓰레기장이 되지 않겠나?"

홈즈에게서 갑자기 몽상가의 모습이 사라졌다. 다시 활동적인 탐정으로 돌아온 홈즈는 의자에서 벌떡 일어났다.

"베넷 씨, 이젠 더 들을 이야기가 없는 거 같군요. 여러 가지 사건들이 다 맞아떨어지고 있으니까요. 물론 개는 당신보다 교수의 변화를 빨리 알아챘을 겁니다. 교수의 냄새가 달라졌을 테니까요. 로이를 괴롭힌 게 원숭이였듯이 로이가 공격한 건 교수가 아니라 원숭이였습니다. 원숭이에게는 기어올라가는 게 즐거운 일이죠. 그러니까 집 벽에서 놀다가 우연히 프레스버리 양의 방 창문까지 가게 되었겠죠. 왓슨, 아침 일찍 런던으로 가는 기차가 있네. 하지만 기차를 타기 전에 체커스에 들려서 차 한 잔 마실 시간은 남았군."

Sherlock
Holmes

서식스의 뱀파이어

The Sussex Vampire

1896년 11월 19일 (목) ~11월 21일 (토)

홈즈는 마지막 편으로 배달된 편지를 주의 깊게 읽었다. 그러고는 한 번 싱긋 웃더니 나에게 그 편지를 건네면서 말했다.

"왓슨, 현대와 중세, 현실과 끔찍한 환상이 뒤섞여 있다는 점에서 이 사건을 능가할 만한 것도 흔치 않을 거야, 자네 생각은 어때?"

나는 건네받은 편지를 읽었다.

올드 주리 46번지, 11월 19일

흡혈귀에 관하여

친애하는 홈즈 씨, 저희 고객이며 민싱 레인에서 차 중개업을 하는 퍼거슨 앤 무어헤드 상회의 로버트 퍼거슨 씨가 흡혈귀에 관해 문의할 것이 있다는 연락을 해 왔습니다. 저희 법률사무소는 기계류의 자산평가를 전문으로 하는 곳이라 이 문제는 저희 업무 밖의 일 같습니다. 그래서 퍼거슨 씨에게 홈즈 씨를 찾아가 상담하라고 권했습니다. 저희는 홈즈 씨가 성공적으로 해결하신 마틸다 브릭스 사건을 잊지 않고 있습니다.

그럼, 안녕히 계십시오.

— 모리슨, 모리슨 앤 도드 법률사무소

담당자 E. J. C.

"왓슨, 마틸다 브릭스는 젊은 여자의 이름이 아니야." 홈즈가 추억에 잠긴 목소리로 말했다.

"수마트라의 거대한 쥐와 관련이 있는 배의 이름이야. 이 이야기는 세상에 아직 알려지지 않았네. 그런데 우리가 흡혈귀에 대해서 아는 게 있나? 흡혈귀가 우리 소관이었나? 일이 없는 것보다야 낫지만 꼭 그림 형제의 동화책에서나 나옴 직한 사건을 맡아야 할까? 왓슨, 거기 책 좀 꺼내 줘. 색인 목록에서 V항목을 찾아보면 뭔가 알아낼 수 있겠지."

나는 몸을 뒤로 젖혀 홈즈가 말한 두꺼운 색인 목록 책자 한 권을 꺼냈다. 홈즈는 그 책을 무릎 위에 안전하게 펼쳐 놓고 옛날 사건 기록들을 천천히 그리고 꼼꼼하게 훑어 나갔다. 그 책에는 홈즈가 그동안 모은 사건 기록들로 가득 차 있었다.

"음, 글로리아 스콧 호의 항해(Voyage의 V)라." 홈즈가 그 사건 기록을 읽으면서 말했다.

"별로 실속이 없었던 사건이었지. 내 기억에, 왓슨, 자네가 이 사건을 기록했던 걸로 아는데. 결과는 그다지 좋다고 할 수 없지만 말이

야. 다음으로 빅터 린치, 위조범, 독이 든 도마뱀. 흠, 굉장한 사건이
었어. 서커스단의 예쁜 소녀 빅토리아, 밴더빌트와 살인자, 살모사,
해머스미스의 괴인 비고. 이거 봐! 오래되긴 했어도 역시 쓸 만한 책
이야. 이런, 놀라지 않을 수 없군. 왓슨, 이거 좀 들어 보게. 헝가리에

서는 흡혈귀의 존재를 믿는다는군. 그리고 또 있어. 트란실바니아(루마니아 북서부 지방을 총칭하는 역사적 지명)의 흡혈귀들이라.”

홈즈는 열심히 책장을 넘겼다. 하지만 얼마간 자세하게 읽는가 싶더니 성에 차지 않는지 보고 있던 책을 내던졌다.

“형편없군. 왓슨, 시시한 이야기들뿐이야! 걸어 다니는 시체들하고 우리가 무슨 상관이 있지? 심장에 대못을 박으려고 무덤을 지키고 앉아 있을 사람이 있겠어? 이건 완전히 미친 짓이야.”

“하지만 꼭 죽은 사람만 흡혈귀라는 법이 있나? 살아 있는 사람이 흡혈귀와 같은 습관을 가질 수도 있지 않을까? 가령 젊어지기 위해서 어린아이들의 피를 빨아먹는다는 노인 이야기를 읽은 적이 있어.”

“왓슨, 자네 말이 맞아. 그 이야기는 참고할 만하군. 그렇지만 우리가 그런 일에 심각하게 신경을 쓸 필요가 있을까? 우리 사무실은 이미 기반을 잡았어. 사실 아쉬울 게 뭐가 있지? 우리야 이 정도면 충분해. 유령 사건까지 맡을 필요는 없다고 생각하네. 내가 우려하는 것은 우리가 로버트 퍼거슨 씨의 말을 곧이곧대로 받아들일 수 있을 것 같지 않다는 거야. 어쨌든 퍼거슨 씨가 보낸 편지가 있어. 이것을 읽어 보면 그가 걱정하는 바를 어느 정도 알 수 있을 거야.”

홈즈는 두 번째 편지를 집어 들었다. 그 편지는 홈즈가 첫 번째 편지를 읽는 동안 탁자 위 눈에 띄지 않는 곳에 놓여 있었다. 홈즈는 희색이 만면하여 편지를 읽기 시작했다. 그러나 편지를 읽어 내려가던 홈즈의 얼굴에서 미소가 점차 사라지더니 점점 편지에 몰입하는 표정이었다. 편지를 다 읽은 홈즈는 마치 손에 편지를 쥐고 있다는 사실조차도 잠시 잊은 듯한 표정을 지은 채 소파에 그대로 앉아 있었다. 마침내 환상에서 깨어난 듯 홈즈가 말했다.

"램벌리에 있는 치즈맨? 왓슨, 램벌리가 어디지?"

"서식스 지방이야. 호섐의 남쪽이지."

"그리 멀지는 않군. 그럼 치즈맨은 무슨 뜻이야?"

"내가 그 지역을 잘 아는데, 그 고장엔 지은 지 오래된 저택들이 많아. 2, 3백 년 전에 사람들이 집을 짓고, 그 집을 지은 사람의 이름을 따서 불렀지. 오들리 가, 하비 가, 캐리톤 가라고 자네도 들어 봤을 거야. 마을 주민들은 사람들 기억에서 사라졌지만 그들의 이름은 저택 이름으로 아직까지 남아 있어."

"그렇군." 홈즈가 냉담한 목소리로 말했다.

이런 쌀쌀맞은 태도는 자존심 강하고 말수가 적은 홈즈 성격의 일부였다. 홈즈는 새로운 정보를 들으면 빠르고 정확하게 머릿속에 기억하지만, 그가 정보를 준 사람에게 고마움을 표시하는 것을 본 적이 거의 없다.

"아무튼 램벌리의 치즈맨에 관해 아주 많은 것을 알게 될 것 같아. 그곳을 가 보지 않고도 말이야. 내가 바라던 대로 이 편지는 로버트 퍼거슨 씨한테서 온 거야. 그런데 이 사람이 자네를 안다고 하는군."

"나를?"

"이 편지를 차라리 자네가 읽는 게 낫겠어."

홈즈가 편지를 건네주었다. 편지는 앞의 것과 같은 형식으로 시작되고 있었다.

홈즈 씨, 제 변호사에게서 귀하를 소개받았습니다. 하지만 실제로 이 문제는 너무나 미묘해서 해결하기가 무척 어려울 것입니다. 제가 이러는 것은 친구 때문입니다. 제 친구는 5년 전에 페루 여자와 결혼했습니다. 그 여자는 친구가 질산비료 수입 건으로 만나게 된 페루 무역상의 딸이지요. 그녀는 매우 아름다웠지만 외국인인 데다 종교가 달라서인지 두 사람의 관심사와 정서가 서로 달랐습니다. 얼마 후, 친구는 부인에 대한 애정이 식었다는 생각이 들었고, 그녀와 결혼한 것이 실수라고까지 여기게 된 모양입니다. 친구는 자기 아내의 성격에 결코 이해할 수 없는 부분이 있다고 느꼈답니다. 그것은 친구가 매우 헌신적으로 아내를 사랑했기 때문에 더욱 고통스러운 일이었죠.

자세한 이야기는 만나서 해야겠지만, 실은 대충 돌아가는 상황을 먼저 말씀드리고 귀하께서 이 사건을 맡으실 수 있는지 알아보기 위해 이 편지를 보냅니다. 친구의 부인은 평소 부드럽고 온화하던 성격과는 달리 약간 이상한 점을 보이기 시작했다고 합니다. 친구는 이번이 두 번째 결혼인데, 첫 부인과의 사이에 아들이 하나 있습니다. 그 아이는 지금 열다섯 살이고, 아주 귀엽고 사랑스러운 소년입니다. 하지만 불행하게도 어렸을 때 사고를 당해 몸이 온전치 못합니다. 친구는 아내가 아무 이유도 없이 이 가엾은 소년을 폭행하는 것을 두 차례나 목격했답니다. 한번은 팔에 매질 자국이 깊이 팰 정도로 심하게 때렸다고 하더군요.

그러나 이 일은 친구 부인이 낳은 지 일 년도 채 안 된 아기에게 한 것에 비하면 아무것도 아니랍니다. 약 한 달 전의 일입니다. 유모가 잠깐 자리를 비웠을 때 갑자기 날카로운 아기 울음소리를 들었다고 합니다. 깜짝 놀란 유모가 아기 방으로 뛰어들어가 보니 부인이 아기 위에 엎드려서 아기의 목을 물어뜯고 있었다는 겁니다. 아기 목에 조그만 상처가

나 있고 거기에서 피가 흐르고 있었답니다. 유모가 공포에 사로잡혀 주인을 부르려고 하자 부인이 제발 이르지 말아 달라고 애원하면서 유모에게 5파운드를 주며 비밀을 지켜 달라고 했다더군요. 그리고 아무런 설명도 없이 그 사건은 일단 끝났다고 합니다.

그러나 유모는 그 일로 너무나 큰 충격을 받았답니다. 그때부터 유모는 부인을 감시하면서 아기 곁을 떠나지 않았고, 유모가 부인을 감시하는 것처럼 부인도 유모를 감시하면서 아기가 혼자 있게 될 때를 기다렸다고 합니다. 낮이나 밤이나 유모는 아기를 지켰고, 부인도 호시탐탐 새끼 양을 노리는 늑대처럼 경계를 늦추지 않고 조용히 기회만 엿보는 것 같았답니다. 홈즈 씨에게 이 일은 분명 터무니없는 이야기로 들리겠지만, 한 아이의 생명과 한 남자의 온전한 정신이 달린 문제이므로 이 사건을 진지하게 다루어 주시길 부탁드립니다.

그런데 마침내 아주 무서운 날이 오고야 말았답니다. 그런 상황을 더 이상 견딜 수 없었던 유모가 친구에게 모든 사실을 털어놓았던 겁니다. 친구도 처음에는 지금 당신이 생각하는 것처럼 황당한 이야기라고 생각했답니다. 친구는 부인을 사랑스런 아내이고 다정한 엄마라고 생각했으니까요. 전처 아들에게 못되게 굴 때만 제외하면 말입니다. 그런 아내가 무엇 때문에 귀여운 자기 자식에게 상처를 입히겠느냐고 생각했던 것이지요. 친구는 유모에게 혹시 꿈을 꾼 것이 아니냐, 그런 의심은 정신이 이상한 자들이나 하는 짓이라면서 아내를 그런 식으로 모욕하면 참지 않겠다고 타일렀다고 합니다. 그런데 친구가 유모에게 타이르고 있는 사이에 갑자기 찢어지는 듯한 아기의 울음소리가 들렸답니다. 두 사람은 동시에 급히 아기 방으로 달려갔다고 하더군요. 홈즈 씨, 제 친구의 기분을 상상해 보십시오. 아기 침대 옆에서 무릎을 꿇고 앉아 있다가 일어나는 아내를 보았을 때, 아기의 목덜미에서 피가 흘러 이불까지 적신 것을 보았을 때, 친구의 기분이 어떠했을지를 말입니다. 친구는 공포에 질려 소리치면서 아내의 얼굴을 불빛 쪽으로 돌려보았답니다. 그런데 아내의 입술 주변에 온통 피가 묻어 있더라는 것입니다. 가엾은 아기의 피를 빨아먹은 사람이 아내라는 사실은 의심할 여지가 없었다고 했습니다.

이것이 사건의 전말입니다. 부인은 지금 자기 방에 갇혀 있답니다. 한마디 해명도 없이 말입니다. 친구는 정신이 반쯤 나간 상태이구요. 친구나 저나 흡혈귀란 이름만 들어 봤을 뿐 실제로는 존재하지 않는 것으로 알고 있었습니다. 먼 나라의 무서운 이야기 정도로만 생각했는데, 영국 서식스의 심장부인 바로 이곳에서 흡혈귀라니요. 아무튼 내일 아침에 만나 의논하고 싶습니다. 만나 주실 건가요? 제 친구를 도와주실 수 있습니까? 기꺼이 도와주시겠다면 램블리 치즈맨 가의 퍼거슨에게 전보로 알려주십시오. 그러면 제가 아침 10시까지 귀하의 사무실로 찾아가겠습니다. 그럼 안녕히 계십시오.

– 로버트 퍼거슨

추신 : 왓슨 의사가 블랙히스 팀의 럭비선수로 활약했을 때, 전 리치몬드 팀의 쓰리쿼터였습니다. 저의 개인적인 소개는 이 정도입니다.

"물론 기억하지." 나는 편지를 내려놓으면서 말했다.

"빅 밥 퍼거슨이라고 불렸는데, 리치몬드 팀의 역대 쓰리쿼터 중에서 가장 뛰어났었지. 아주 착한 친구였어. 이렇게 친구의 일까지 챙기다니 과연 그답군."

홈즈는 생각에 잠긴 표정으로 나를 보더니 고개를 가로저었다.

"왓슨, 새로운 얘긴데. 난 아직도 자네에 대해 모르는 것이 많은 것 같아. '귀하의 사건을 맡겠습니다.'라고 전보를 보내 주게."

"귀하의 사건이라니!"

"우리 사무실에 무능한 친구들만 모여 있다고 생각하게 해서는 안 되잖나. 물론 이 사건의 당사자는 바로 퍼거슨이야. 그 친구에게 내일 아침까지 와 달라고 전보를 보내게."

이튿날 아침 10시 정각, 퍼거슨이 사무실로 성큼성큼 걸어 들어왔다. 내 기억에 그는 키가 크고 홀쭉한 몸에 팔다리가 유연하여 재빠르게 상대팀의 후방을 공격하곤 했던 친구였다. 한때 뛰어난 운동선수로 전성기를 누렸던 그를 아는 나로서는 그가 초췌해진 모습으로 나타난 것을 보니 마음이 아팠다. 보기 좋던 그의 몸은 어디로 가고 금발의 아름답던 머리카락도 듬성듬성 빠져 있는 데다 어깨도 구부정해져 있었기 때문이다. 그도 나를 보고 비슷한 느낌을 가질 거라는 생각이 들었다.

"잘 있었나, 왓슨."

목소리만은 여전히 굵직하고 활기가 있었다.

"자네도 꽤 변했군. 올드 디어 파크에서 내가 자네를 로프 너머 관중들에게까지 내던졌을 때의 왓슨이 맞아? 당연히 나도 변했겠지. 그런데 이번 며칠 동안의 일로 더 폭삭 늙었어. 홈즈 씨, 전보를 받고 친구 일인 양 해 봤자 소용이 없다는 것을 알았습니다."

"직접 이야기를 듣는 편이 더 낫지요." 홈즈가 말했다.

"물론입니다. 하지만 당신도 자신이 보호하고 도와줘야 할 여자에 대해 이야기해야 한다는 것이 얼마나 힘든지 상상하실 수 있을 겁니다. 전 어떻게 해야 하지요? 이 일을 경찰에 맡길 수도 없지 않습니까? 아이들을 보호해야 하니 말이죠. 홈즈 씨, 제 아내가 미친 걸까요? 제 아내 핏속에 뭔가가 들어 있는 걸까요? 비슷한 사건을 처리해 보신 경험은 있으십니까? 제발 도와주세요. 전 어찌해야 할지 정말 모르겠습니다."

"당연합니다, 퍼거슨 씨. 자, 여기에 앉아 기운을 차리시고, 몇 가지 질문에 분명하고 정확하게 대답해 주세요. 전 결코 당황하지 않습니다. 그리고 이 문제는 우리가 해결할 수 있을 거라고 확신하니까 걱정하지 마세요. 우선, 그 일이 있고 난 다음에 어떤 조치를 했는지 말씀해 주시죠. 아직도 부인이 아이들 곁에 있습니까?"

"너무 끔찍한 광경이었어요. 아내는 무척 사랑스러운 여자였어요. 진심으로 저를 사랑했습니다. 이렇게 무섭고 믿을 수 없는 행동을 저에게 들킨 아내는 크게 상심했지요. 아내는 아무 말도 하지 않습니다. 제가 이유를 다그쳐도 전혀 대답을 하지 않아요. 그저 자포자기한 눈빛으로 사납게 나를 노려보기만 할 뿐입니다. 그러다 서둘러 방에 들어가 안에서 문을 잠갔어요. 그 후로 아내는 절 만나려 하지 않아요. 아내에겐 돌로레스라는 결혼 전부터 데리고 있던 하녀가 있습니다. 아내는 돌로레스를 하녀라기보다는 친구처럼 생각하지요. 그래서 그녀가 아내의 시중을 들고 있어요."

"그렇다면 아기가 당장 위험하진 않겠군요."

"유모 메이슨 부인이 밤낮으로 아기 곁을 떠나지 않겠다고 약속했어요. 그런데 전 불쌍한 잭이 더 걱정입니다. 편지에서 말했듯이 잭은 두 번이나 아내에게 맞았습니다."

"하지만 상처를 입힌 건 아니지 않습니까?"

"그렇긴 하지만 아내는 잭을 잔인하게 때렸어요. 잭은 몸이 불편하지만 마음은 순수한 애라서 매 맞는 일이 더 끔찍했을 겁니다."

수척하던 퍼거슨의 얼굴이 아들 이야기를 하면서 약간의 혈색을 되찾았다.

"누구든 우리 아이의 모습을 보면 마음이 약해질 겁니다. 어렸을 때 높은 데서 떨어져 척추가 휘었거든요. 하지만 마음은 아주 착한 아이입니다."

홈즈는 전날 온 편지를 다시 읽고 있었다.

"퍼거슨 씨, 집에 다른 가족은 없습니까?"

"얼마 전에 들어온 하인이 두 명 있고, 미카엘이라는 마부가 있는데 잠은 안채에서 잡니다. 그리고 아내, 나, 잭, 아기, 돌로레스, 메이슨 부인, 이렇게가 전부입니다."

"결혼할 때 부인에 대해서 아는 것이 별로 없었던 모양이군요?"

"만난 지 겨우 2, 3주 만에 결혼했으니까요."

"돌로레스는 부인과 얼마나 오랫동안 같이 지냈습니까?"

"몇 년 되었을 겁니다."

"그렇다면 부인의 성격을 당신보다도 돌로레스가 더 잘 알겠군요?"

"예, 그렇다고 할 수 있습니다."

홈즈가 수첩에 뭔가를 적었다.

"내 생각에 여기서 이럴 것이 아니라 램벌리에 직접 가 보는 편이 나을 것 같습니다. 이번 일은 외부에 알려지면 좋을 게 없는 사건입니다. 부인은 방에만 있으니 우리가 부인을 불편하게 하거나 성가시게 하는 일은 없을 겁니다. 물론 우린 여관에서 머물 거구요."

　퍼거슨이 염려하지 말라는 몸짓을 하면서 말했다. "홈즈 씨, 제가 바라던 바였습니다. 와 주시겠다면 2시에 빅토리아 역에서 출발하는 특급기차를 타면 됩니다."(당시 빅토리아 역 2시발 램벌리행 기차는 없었지만, 빅토리아 역 1시 45분발 호섬행 기차가 있었다.)

　"물론 가겠습니다. 현재로선 사태가 어느 정도 진정된 상태이겠군요. 전력을 다해 이 사건을 해결해 보겠습니다. 왓슨, 물론 자네도 같이 갈 테지? 그런데 출발하기 전에 한두 가지 확인하고 싶은 내용이 있습니다. 이 불행한 부인은, 제겐 이렇게 보입니다만, 당신 아들뿐만 아니라 자기가 낳은 아이에게도 폭행을 가했다고 하셨죠?"

　"그랬지요."

　"그러나 그 폭행의 방법이 다른 것 같군요, 그렇죠? 부인은 당신 아들을 때렸고."

　"한 번은 매로 한 번은 손으로 무지막지하게 때렸지요."

　"그런 다음에 왜 때렸는지 아무런 변명도 없었다고 했지요?"

　"전혀 없었어요. 다만 아내는 잭이 싫다고 자주 말하곤 했습니다."

　"음, 그런 일은 계모들에게서 흔히 나타나는 현상으로 죽은 전부인에 대한 일종의 질투심이라고 할 수 있지요. 부인은 원래부터 질투심이 많았습니까?"

　"예, 강한 편입니다만 남국 특유의 불꽃같은 사랑의 표현과도 같은

거라고 생각했죠."

"그리고 당신 아들, 잭 말입니다. 열다섯 살이라면 몸은 성치 않더라도 어느 정도 알 건 다 알 나이인데요. 그 아이도 매 맞은 이유를 전혀 말하지 않던가요?"

"전혀요. 잭은 아무 이유도 없이 맞았다고만 합니다."

"평소에 잭과 부인은 사이가 좋았나요?

"아니오. 두 사람 사이에는 전혀 사랑이 없어요."

"하지만 당신은 잭이 정이 많은 아이라고 하지 않았나요?"

"세상에서 그렇게 헌신적인 아이는 아마 없을 겁니다. 그리고 잭은 제 목숨과도 같습니다. 잭도 제가 하는 말이나 행동을 아주 잘 따르고요."

홈즈는 다시 수첩에 뭔가를 적었다. 그리고 잠시 골똘히 생각하고 나서 다시 말을 꺼냈다.

"당신이 재혼하기 전까지 잭과는 사이가 아주 좋았겠군요. 그렇죠?"

"물론입니다."

"그리고 당신 아들, 정이 많았던 잭은 두말할 것도 없이 어머니를 몹시 그리워했겠지요?"

"예, 그렇습니다."

"확실히 흥미로운 소년 같군요. 이번 폭행 사건에 대해 한 가지 더 묻겠습니다. 아기에게 이상한 행동을 보인 시기와 잭이 맞은 시기가 일치합니까?"

"첫 번째 경우는 일치했습니다. 아내에게 뭔가 화난 일이 있었는지 두 아이한테 화풀이를 하는 것처럼 보였어요. 두 번째 경우엔 잭만 맞았습니다. 유모가 아기에 대해선 아무런 불평을 하지 않았으니까요."

"그렇다면 사건이 다시 복잡해지는군요."

"홈즈 씨, 전 그렇게 생각하지 않는데요."

"아마 그러실 테죠. 전 우선 임의로 사건 방향을 정하고 나서 하나하나 풀어 나가는 스타일입니다. 그다지 좋은 습관은 아니죠. 허나 우리 인간의 본성은 나약한 면이 있습니다. 다만 여기에 있는 당신의 옛 친구 왓슨이 나의 과학적 수사방법을 비정상적이라고 생각할까 봐 염려스럽긴 합니다만, 지금까지의 상황으로 봐서 이 문제는 해결될 수 있을 것 같군요. 그럼 2시에 빅토리아 역에서 만나지요."

램벌리의 '체커스'에 숙소를 정하고 서식스 지방의 구불구불한 진흙탕 길을 마차로 한참을 달려 외따로 떨어져 있는 낡은 퍼거슨의 농가에 도착한 것은 안개가 자욱하고 스산한 11월의 어느 저녁 무렵이었다. 넓은 대지에 집들이 여기저기 불규칙하게 세워져 있었다. 중앙에 가장 오래된 본채가 있고, 그 양쪽으로 최근에 올린 듯한 건물이 연결되어 있었다. 경사가 심한 슬라브 지붕엔 군데군데 이끼가 끼어 있고, 튜터 풍의 굴뚝이 높이 솟아 있었다. 입구 계단은 완만하게 곡선 형태로 닳아 있었고, 현관까지 깔려 있는 고풍스런 타일에는 이 저택의 창설자 치즈맨의 이름에 치즈와 인간의 그림이 새겨져 있었다. 집 안으로 들어가자, 무거운 떡갈나무를 다듬어 만든 보를 잇댄 천장이 보이고, 고르지 못한 마룻바닥은 여기저기 푹 꺼져 있었다. 집 안 곳곳에서 오랜 세월을 거치며 서서히 허물어져 가는 그런 기운을 느낄 수 있었다.

퍼거슨은 중앙에 위치한 가장 큰 방으로 우리를 안내했다. 그곳에는 쇠 칸막이가 있는 크고 오래된 벽난로가 있었는데, 칸막이 뒷면에 '1670'이라는 년도가 새겨져 있었다. 벽난로에는 장작불이 탁탁 소리를 내면서 활활 타오르고 있었다.

나는 방 안을 가만히 둘러보았다. 그 방은 고대와 현대, 영국과 남미를 적절하게 느낄 수 있도록 꾸며져 있었다. 벽의 반 정도가 칸막이로 된 것으로 봐서는 17세기의 전형적인 지주의 집으로, 칸막이 벽 아래 부분에는 요즘 유행하는 물감으로 그린 경계선이 보였다. 누런 회반죽 칠이 되어 있는 떡갈나무를 댄 벽 위쪽에는 남미 풍의 도구와 무기들이 잘 진열되어 있었다. 그 물건들은 말할 것도 없이 부인이 페루에서 가져온 것이 틀림없었다. 곧바로 탐색 본능이 되살아난 홈즈는 일어나서 그 물건들을 찬찬히 살펴보기 시작했다. 그러고는 뭔가를 골똘히 생각하는 눈치였다.

"이리 와!" 홈즈가 소리쳤다. "이리 오라니까!"

스패니얼 한 마리가 방 한쪽 구석에 놓인 바구니 안에 있었다. 그 개는 힘든 걸음을 옮기며 천천히 주인에게 다가갔다. 뒷발의 움직임이 비정상적이었고, 꼬리는 땅에 질질 끌리고 있었다.(스튜어트 파머는 '스패니얼 종의 개는 태어나면 무조건 꼬리를 2~3인치 길이로 짧게 하기 때문에 이 불행한 스패니얼은 기묘한 모습일 것이다.'라고 했다.) 개가 퍼거슨의 손을 핥았다.

"홈즈 씨, 이 개가 왜 이럴까요?"

"흠, 개로군요. 그런데 무슨 일이라도 있었나요?"

"수의사도 도대체 모르겠다고 합니다. 일종의 마비증상인데 스패니얼 척추수막염 같다고 합니다. 하지만 일시적인 것으로 곧 괜찮아질 거라고 하더군요. 그렇지, 카를로?"

주인의 말에 동의라도 하는 듯이 개의 축 늘어진 꼬리가 가늘게 떨렸다. 개가 슬픈 눈으로 우리를 차례로 쳐다보았다. 우리가 자기를 구해 주러 왔다고 생각하는 모양이었다.

"개가 갑자기 저렇게 된 건가요?"

"예, 단 하룻밤 사이에 저렇게 되었어요."

"저런 지 얼마나 되었죠?"

"네 달 정도요."

"음, 아주 중요한 단서로군요. 감이 잡힙니다."

"홈즈 씨, 개한테서 뭔가 짚이는 거라도 있나요?"

"이미 짐작은 했지만 이제 확실해지는군요."

"홈즈 씨, 도대체 무슨 생각을 하는 겁니까? 이 사건이 당신에겐 그저 머리를 써서 풀 수 있는 간단한 수수께끼처럼 보일지 모르지만, 제겐 죽느냐 사느냐의 문제란 말입니다. 아내는 살인범이 될 위기에 처해 있고, 아기는 아직도 위험한 상황이라고요! 절 갖고 장난치지 마세요. 전 아주 심각합니다."

왕년의 쓰리쿼터는 온몸을 부르르 떨었다. 홈즈가 그의 팔을 잡고 진정시키며 말했다. "사건의 결말이 어떻든 간에 당신이 상처받을까봐 걱정되는군요. 어쨌든 최선을 다하겠습니다. 지금 당장은 말할 수 없지만 이곳을 떠나기 전에 꼭 밝히고 싶군요."

"부디 그렇게 해 주세요. 그럼 실례지만, 전 아내 방으로 올라가 그동안 아내에게 어떤 변화가 있었는지 살펴보겠습니다."

퍼거슨이 잠시 자리를 비웠다. 그사이 홈즈는 벽에 걸려 있는 물건들을 다시 조사했다. 퍼거슨이 다시 돌아왔다. 풀 죽은 표정으로 보아 상황이 나아진 게 아무것도 없음이 분명했다. 퍼거슨과 함께 키가 크고 몸집이 가냘프며 갈색 피부를 가진 하녀가 들어왔다.

"돌로레스, 차를 준비해. 그리고 마님이 원하는 게 있는지 가서 살펴봐." 퍼거슨이 말했다.

"마님은 몹시 아프셔요." 여자는 화가 난 눈으로 주인을 보면서 소리쳤다.

"마님은 아무것도 안 드세요. 몹시 아파요. 의사를 불러 주세요. 의사도 없이 저 혼자 마님 곁에 있기가 무서워요."

퍼거슨이 뭔가 부탁하는 눈빛으로 나를 쳐다보았다.

"나라도 괜찮다면 가서 한 번 보면 어떨까?"

"아내가 왓슨 의사를 만나고 싶어 할까?"

"제가 안내하겠어요. 여쭐 것도 없어요. 마님은 의사가 필요해요."

"그럼, 곧바로 올라가겠네."

나는 하녀를 따라 계단을 올라가 고풍스런 분위기가 물씬 풍기는 복도를 따라 걸었다. 하녀는 감정이 격한지 몸을 떨고 있었다. 복도 끝에 다다르자 쇠로 된 꺾쇠로 단단히 고정시킨 육중한 문이 나타났다. 그 문을 보는 순간 퍼거슨이 아내가 아기에게 쉽게 접근하지 못하도록 단단히 조치를 했다는 생각이 들었다. 하녀가 주머니에서 열쇠를 꺼내 오래된 돌쩌귀에 넣고 돌리자 두꺼운 널빤지에서 삐걱거리는 소리가 났다. 내가 방 안으로 들어가자 하녀는 재빨리 따라 들어와 문을 다시 잠갔다.

침대 위에 한 여자가 누워 있었다. 한눈에 보아도 그녀는 고열에 시달리고 있었다. 내가 들어가자 여자는 반쯤 의식을 잃은 상태에서도 몸을 조금 일으켰다. 흠칫 놀라 바라보는 부인의 눈은 무척 아름다웠다. 부인은 불안한 눈초리로 나를 뚫어지게 쳐다보았다. 낯선 사람을 한참이나 쳐다보던 부인은 긴장이 풀리는 듯 한숨을 쉬면서 다시 베개 위로 쓰러졌다. 나는 부인을 안심시킨 뒤 그녀에게 다가갔다. 맥박과 체온을 재는 동안 부인은 조용히 누워 있었다. 맥박이 빠르고 열도 높았다. 나는 그녀가 몸이 아픈 것이 아니라 정신적으로 큰 충격을 받은 것 같다는 느낌을 받았다.

"마님은 하루하루 나빠지고 있어요. 전 마님이 돌아가실까 봐 너무 두려워요." 하녀가 말했다.

부인이 홍조 띤 아름다운 얼굴로 나를 쳐다보고 물었다. "남편은 어디 있나요?"

"아래층에 있는데 부를까요?"

"아니오, 그러실 필요는 없어요. 만나고 싶지 않아요."

그러더니 부인이 갑자기 정신착란 증세를 보이는 것처럼 소리를 질렀다.

"악령이야! 악령이 들렸어! 오, 이 악마를 어떻게 몰아내야 할까?"

"제가 부인을 도와드리겠습니다."

"아니오, 아무도 도울 수 없어요. 끝장이에요. 모두 죽을 거예요. 내가 막아야 할 텐데. 아, 모두 죽을 거예요."

부인은 이상한 환상에 사로잡힌 듯했다. 나는 성실한 밥 퍼거슨을 악령이나 악마라고는 도저히 생각할 수 없었다.

"부인, 퍼거슨은 부인을 진심으로 사랑합니다. 그는 이런 일이 벌어진 것을 몹시 슬퍼하고 있어요."

부인은 다시 눈을 반짝이면서 나를 돌아보았다.

"남편은 나를 사랑해요. 그럼요. 그렇다면 전 남편을 사랑하지 않는

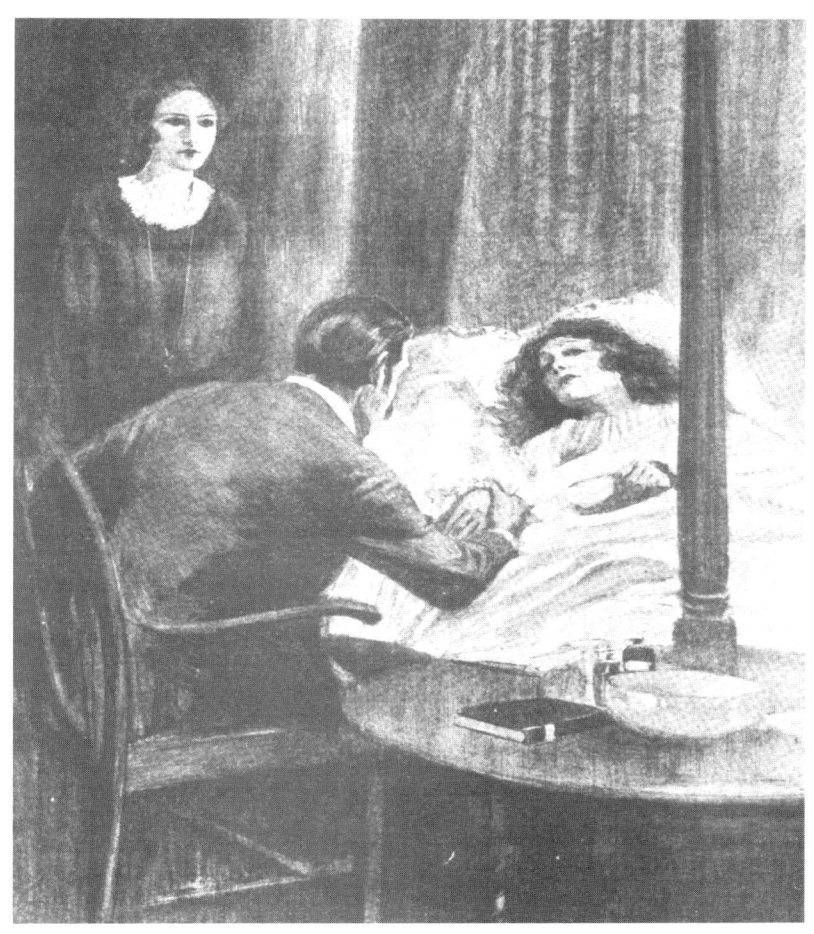

건가요? 사랑하는 제 남편의 마음이 찢어지는 것을 보느니 차라리 제가 희생하겠어요. 이게 바로 내가 남편을 사랑하는 방식이에요. 그런데도 남편은 날 이렇게밖에 생각하지 않다니, 이럴 수는 없어요.”

　“남편은 몹시 비통해하고 있지만, 부인이 한 행동을 이해하기는 힘들 겁니다."

"그렇겠죠. 이해할 수 없을 거예요. 그러나 남편은 나를 믿어야 합니다."

"남편을 한번 만나 보시지요?"

"아니, 아니오. 전 그이가 했던 끔찍한 말들을 잊을 수 없고, 그이 얼굴을 쳐다볼 수도 없어요. 그이를 안 볼 거예요. 이제 가세요. 당신은 아무것도 할 수 없어요. 그이에게 딱 하나만 전해 주세요. 내 아기가 보고 싶다고요. 난 내 아기를 만날 권리가 있어요. 그이에게 전할 말은 이것뿐입니다."

부인은 얼굴을 벽 쪽으로 돌리고 더 이상 아무 말도 하지 않았다.

나는 다시 아래층 방으로 내려갔다. 그때까지 퍼거슨과 홈즈는 벽난로 옆에 앉아 있었다. 퍼거슨은 내가 하는 말을 듣는 동안 내내 침울한 표정이었다.

"어떻게 아내한테 아기를 보낼 수 있겠나? 아내가 갑자기 발작을 일으키기라도 하면 어떡하지? 아내가 입에 피를 묻히고 아기 옆에서 일어나던 모습을 어찌 잊을 수 있겠어?"

퍼거슨은 끔찍했던 그때 일이 떠오르는지 몸서리를 치면서 말을 계속했다. "아기는 유모한테 있어야 안전해. 그래야만 살아남을 수 있어."

이때 깔끔해 보이는 하녀가 차를 내왔다. 그녀는 이 집에서 유일하게 세련되어 보이는 존재였다. 하녀가 차를 따르는 동안 문이 열리면서 한 소년이 방으로 들어왔다. 안색이 몹시 창백하고 금발 머리에 범상치 않아 보이는 소년이었다. 엷은 파란색 눈동자로 미루어 흥분하기 쉬운 성격일 듯했다. 우리들 중에서 아버지를 발견한 소년의 얼굴이 금세 환해졌다. 소년은 뛰어들어와 어린 소녀처럼 두 팔로 아버지의 목을 끌어안으면서 소리쳤다.

"아빠, 돌아오신 줄 몰랐어요. 오실 줄 알았다면 여기서 기다렸을 텐데. 그동안 정말 보고 싶었어요."

퍼거슨이 약간 당황하는 기색을 보이면서 부드럽게 아이를 떼어 놓았다.

"잭, 여기 계신 홈즈 씨와 왓슨 의사께서 와 주시겠다고 쉽게 허락하셔서 일찍 돌아올 수 있었어." 퍼거슨이 아이의 금발 머리를 다정하게 쓰다듬으면서 말했다.

"저분이 셜록 홈즈 탐정님이신가요?"

"그렇단다."

잭이 날카로운 시선으로 우리를 보았다. 그런데 나를 보는 시선이 그리 달갑지 않은 눈치였다.

"퍼거슨 씨, 아기는 어떻습니까? 한번 볼 수 있을까요?" 홈즈가 물었다.

"메이슨 부인에게 아기를 데려오라고 하렴." 퍼거슨이 잭에게 말했다.

소년은 기묘하게 발을 바닥에 끌면서 밖으로 나갔다. 의사인 내 소견으로 보았을 때, 이것은 등뼈에 문제가 있다는 증거였다.(조금 전 뛰어들어왔다는 표현과는 모순된 문장이다.) 얼마 지나지 않아 잭이 돌아왔고 뒤따라 키가 크고 마른 여자가 팔에 아주 예쁜 아기를 안고 들어왔다. 검은 눈동자에 금발인 아기는 백인과 라틴계의 혼혈로 정말 환상적인 조화를 이루고 있었다. 퍼거슨이 아기를 예뻐하는 모습이 역력했다. 그는 아기를 받아 안고 무척이나 다정하게 얼렀다.

"이런 애를 해치려 하다니." 퍼거슨이 아기 목에 조그맣게 나 있는 붉은 상처를 들여다보면서 중얼거렸다.

그 순간 나는 홈즈를 흘끗 쳐다보았다. 한 가지 생각에 골몰해 있는 홈즈의 표정이 보였다. 그의 얼굴은 마치 빛바랜 상아 조각상처럼 딱딱하게 굳어 있었다. 홈즈는 퍼거슨과 아기를 한번 흘끗 보더니, 방 안의 어떤 물건에 시선을 고정시킨 채 움직이지 않았다. 그의 시선을 따라가 보니 창문 밖으로 비에 젖어 을씨년스러운 정원이 눈에 들어왔다. 실제로 그 창문은 바깥쪽으로 덧문이 반쯤 내려져 있어서 시야가 막혀 있었다. 그런데도 홈즈가 온 신경을 집중하는 곳은 분명히 창문이었다. 잠시 후, 홈즈가 미소를 지으면서 다시 아기 쪽으로 고개를 돌려 아기의 통통한 목덜미에 있는 작은 상처를 보았다. 말없이 상처 자국을 꼼꼼히 관찰하던 홈즈가 아기 얼굴 앞에 손을 흔들면서 말했다.

"안녕 잘 있거라, 아가야. 네 인생이 처음부터 순탄치가 않구나. 그런데 메이슨 부인, 잠깐 둘이서만 할 이야기가 있습니다만."

홈즈는 유모를 한쪽으로 데리고 가더니 한참 동안 진지하게 이야기를 나누었다. 내 귀에 "이제 곧 걱정을 안 하셔도 될 겁니다."라는 홈즈의 마지막 말소리가 들려왔다. 성격이 까다로울 것 같으나 과묵해 보이는 유모가 아기를 데리고 방에서 나갔다.

"메이슨 부인은 어떻습니까?" 홈즈가 물었다.

"보시다시피 겉으로는 그다지 붙임성 있어 보이지 않지만 마음은 아주 착한 사람입니다. 아기를 정성껏 돌봐 주지요."

"잭, 넌 저 유모를 좋아하니?" 홈즈가 갑자기 잭을 돌아보면서 물었다.

순간 잭의 얼굴에 가볍게 경련이 일면서 시무룩해지더니 고개를 흔들었다.

"잭은 좋고 싫음이 아주 분명한 아입니다. 다행히도 난 잭이 좋아하는 쪽에 속하지요." 퍼거슨이 두 팔로 잭을 감싸안으면서 대답했다.

잭이 아버지의 가슴에 얼굴을 묻고 중얼거렸다. 퍼거슨이 아들을 부드럽게 떼어 냈다.

"이제 나가 있어라, 잭." 퍼거슨이 사랑스러운 눈길로 아들의 모습을 지켜보더니 아들이 나가자 다시 말을 이었다. "홈즈 씨, 아무래도 이곳까지 헛걸음하신 것 같군요. 저를 동정하는 것 외에 할 수 있는 일이 뭐가 있지요? 당신에게도 이 사건은 굉장히 복잡하고 어려울 것으로 생각됩니다만."

"예, 분명히 복잡한 사건입니다." 홈즈가 재미있다는 듯이 웃으면서 대답했다. "하지만 지금은 그리 어려울 것도 없습니다. 이건 지적 추론을 요하는 사건이지요. 처음에 했던 추리가 몇 가지 독립적인 사건들에 의해 하나하나 확인되어 가면서 제 주관적인 생각이 객관성을 갖게 되었고, 이젠 마침내 사건을 해결했다고 자신 있게 말씀드릴 수 있습니다. 그러나 사실 우리들이 베이커 가를 떠나기 전에 전 이미 결론에 도달해 있었죠. 다만 조사해서 확인하는 일만 남아 있었던 셈입니다."

퍼거슨이 커다란 손을 주름진 이마에 갖다 대면서 쉰 목소리를 냈다.

"세상에 맙소사! 홈즈 씨, 이 사건의 진상을 알고 있다고요? 그럼

속 시원하게 얘기나 좀 해 주세요. 제가 어떻게 해야 하죠? 당신이 정말로 사건을 해결했다면, 어떻게 사실을 알아냈나 하는 것은 그리 중요하지 않아요."

"물론 설명해야지요. 설명할 겁니다. 하지만 제가 처리하는 방식대로 따르셔야 합니다. 왓슨, 부인이 우릴 만날 수 있겠나?"

"아프긴 하지만 정신은 또렷해."

"좋아. 이 사건은 꼭 부인 앞에서 밝혀야 합니다. 자, 올라가시죠."

"아내는 날 만나려고 하지 않아요." 퍼거슨이 울상을 지었다.

"아, 아니에요. 만나게 될 겁니다."

홈즈는 종이에 뭔가를 휘갈겨 썼다.

"왓슨, 자네는 들어갈 수 있으니 이 쪽지를 부인에게 전해 주겠나?"

나는 다시 위층으로 올라가 돌로레스에게 쪽지를 전했다. 돌로레스는 조심스럽게 문을 열고 방 안으로 들어갔다. 잠시 후, 안에서 기쁨과 놀라움이 뒤섞인 듯한 탄성이 새어 나왔다. 돌로레스가 얼굴을 내밀고 말했다.

"마님이 만나시겠답니다."

내가 부르는 소리를 듣고 퍼거슨과 홈즈가 서둘러 올라왔다. 방에 들어선 퍼거슨이 아내 쪽으로 몇 걸음 다가가자 침대에서 일어나 앉아 있던 부인이 남편에게 더 이상 다가오지 말라는 손짓을 했다. 그러자 퍼거슨이 의자에 푹 주저앉았다. 홈즈는 눈을 크게 뜨고 놀란 표정으로 자신을 바라보는 부인에게 인사한 후, 퍼거슨 옆에 가서 앉았다.

"돌로레스 양이 잠깐 자리를 피해 주면 좋겠는데요." 홈즈가 말했다.
"아, 아닙니다, 부인. 부인이 원하시면 그냥 있게 하죠 뭐. 자, 퍼거슨 씨, 전 일이 많아서 아주 바쁩니다. 그래서 사건을 간단명료하게 처리하는 편이지요. 아픈 데는 재빨리 도려내야 고통을 덜 느끼지 않겠습니까? 먼저 안심하시라는 말씀부터 드리겠습니다. 부인은 매우 훌륭하고 또 사랑스러운 분입니다. 그런데 지금 아주 비참한 처지에 놓여 있습니다."

홈즈의 말에 퍼거슨이 몹시 기뻐하며 말했다. "홈즈 씨, 그 점을 증명해 주십시오. 평생 이 은혜는 잊지 않겠습니다."

"그러시겠죠. 하지만 그렇게 되면 또 다른 쪽에서 깊은 상처를 받게 될 겁니다."

"내 아내가 결백하기만 하다면 다른 것은 상관없습니다. 제겐 세상의 그 어떤 것보다 이게 중요합니다."

"그럼 베이커 가에서 제 머릿속에 떠올랐던 추리 과정부터 말씀드리지요. 전 애초부터 흡혈귀란 당치도 않다고 생각했습니다. 그런 사건은 영국에서 실제로 일어난 적이 없으니까요. 그리고 당신이 본 광경은 분명 사실입니다. 아기 침대 옆에서 입에 피를 묻히고 일어나는 부인을 보았던 일말입니다."

"맞습니다."

"그럼, 부인이 아기의 피를 빨아먹으려고 했다기보다는 어떤 다른 이유 때문에 피가 흐르고 있는 상처를 빨았다고 생각되지는 않습니까? 영국 역사에도 독을 없애기 위해 상처를 빨았다는 여왕 이야기가 나오지 않습니까?"

"독이라니요!"

"부인이 남미 출신이라는 점으로 미루어 집 안에 어떤 무기들이 있을 거라고 전 직감했습니다. 아래층 벽에 진열되어 있는 무기들을 보기 전부터 말입니다. 혹시 또 다른 종류의 독이 아닐까 하는 생각도 했었는데, 그 무기들을 보는 순간 제 직감이 맞다는 것을 확신했지요. 역시 제가 예측했던 대로, 새 사냥용 작은 활 옆의 화살통이 비어 있더군요. 만약 아기가 쿠라레(남미 인디언이 살촉에 칠하는 독약)나 다른 독이 묻은 화살에 찔렸을 경우, 그 독을 빨아내지 않으면 아기는 곧 죽게 될 겁니다.

그리고 그 개 말인데요. 누군가 그 독을 사용하려고 작정했다면, 독의 효과가 아직 남아 있는지 알아봐야 했을 거고, 그래서 개한테 먼저 시험해 봤다고 할 수 있지 않을까요? 실은 저도 개가 있으리라고는 미처 생각지 못했는데 개를 보는 순간 확신이 서더군요.

이제 아시겠습니까? 당신 아내는 그런 일이 일어날 것을 걱정하고 있었습니다. 그런데 아기에게 그런 일이 실제로 일어났고, 결국 아기의 생명을 구했습니다. 하지만 부인은 아직까지도 그 모든 사실을 털어놓지 못하고 있습니다. 당신이 잭을 얼마나 사랑하는지 그리고 그 사실을 알았을 때 당신 마음이 얼마나 찢어질지를 알고 있기 때문입니다."

"세상에, 잭이라니!"

"전 당신이 아기를 안고 어르고 있을 때, 잭을 가만히 지켜보았습니다. 창문 뒤에 덧문이 달려 있어 유리창에 잭의 얼굴이 선명하게 비치더군요. 전 지금껏 그토록 강렬한 질투심과 증오에 불타는 얼굴을 본 적이 없습니다."

"오, 잭!"

"퍼거슨 씨, 사실을 인정해야 합니다. 이 사건이 더 가슴 아픈 이유는 아버지에 대한, 그리고 죽은 어머니에 대한 몹시도 뒤틀리고 광적인 사랑이기 때문입니다. 그런 잭의 사랑이 이런 끔찍한 일까지 저지르게 한 것이죠. 잭은 아기가 아버지의 사랑을 빼앗아 갔고, 또한 건강하고 예쁜 아기와 자신의 신체적인 약점이 늘 비교된다고 생각했던 겁니다."

"오, 이건 말도 안 돼!"

"부인, 제 말이 모두 사실이지요?"

부인은 베개에 얼굴을 파묻고 흐느껴 울다가 남편을 향해 말했다.

"제가 어떻게 당신한테 그런 말을 할 수 있겠어요? 당신이 받을 충격을 생각하면…… 내가 아닌 다른 사람을 통해 당신이 이 사실을 아는 것이 더 낫겠다고 생각하면서 지금까지 기다린 거예요. 모든 사실을 다 알고 있다는 이분, 마치 마법의 힘이라도 갖고 계시는 듯한 이분의 쪽지를 받고 제가 얼마나 기뻤는지 몰라요."

"제 생각에는 잭을 1년 정도 바닷가 근처에서 안정을 취하게 하면 좋을 듯싶습니다." 홈즈가 자리에서 일어나면서 말했다.

"그런데 아직도 부인에게 한 가지 궁금한 점이 있습니다. 부인이 잭을 때린 건 충분히 이해할 수 있습니다. 아무리 어머니라고 해도 참는 데는 한계가 있으니까요. 하지만 지난 이틀 동안 아기와 떨어져서 어떻게 견딜 수 있었나요?"

"유모한테는 모든 이야기를 털어놓았어요."

"바로 그겁니다. 제가 예상했던 대로군요."

침대 옆에 서 있던 퍼거슨은 숨이 막히는 듯 보였다. 아내에게 내미는 그의 두 손이 가늘게 떨렸다.

"왓슨, 이제 우리는 물러날 시간이야." 홈즈가 말했다.

"충실한 돌로레스의 한쪽 팔을 잡게. 다른 쪽 팔은 내가 부축하지. 자 어서." 홈즈가 문을 닫으면서 한마디 덧붙였다.

"부부 사이에 풀어야 할 것이 남아 있을 것 같으니 말일세."

나는 지금 이 사건에 관한 편지를 갖고 있다. 그것은 사건을 해결한 후에 홈즈가 의뢰인에게 보낸 답장으로, 내용은 다음과 같다.

베이커 가, 11월 21일

흡혈귀에 관하여

귀하가 보낸 19일자 편지에서 문의하신 민싱 레인에서 차 중개업을 하고 있는 퍼거슨 앤 무어헤드 상회의 로버트 퍼거슨 씨의 사건이 성공적으로 해결되었음을 알려드립니다. 저를 추천해 주서서 감사합니다. 안녕히 계십시오.

– 셜록 홈즈

Sherlock
Holmes

세 명의 가리데브

The Three Garridebs

1902년 6월 26일(목) ~ 6월 27일(금)

생각해 보면 그것은 희극이었을 수도 있고, 비극이었을 수도 있다. 그 때문에 한 사람은 뇌세포가 손상되었고, 나는 부상당해 피를 흘렸으며, 또 한 사람은 법의 처벌을 받았다. 하지만 이 사건에는 분명히 희극적인 요소가 있다. 그 점은 독자들의 판단에 맡기겠다.

나는 그날을 분명히 기억한다. 바로 그달에 홈즈가 그간의 공적을 기려 나라에서 수여하는 기사 작위를 거절했기 때문이다. 그 일은 언젠가 다시 설명할 기회가 있을 것이다. 파트너이자 믿을 수 있는 친구인 나는 경솔한 행동을 하지 않도록 각별히 조심해야 하기 때문에 그 정도로만 말하고 넘어가려 한다. 어쨌든 그 사건 때문에 날짜까지 정확히 기억할 수 있게 됐다.

1902년 6월 후반, 남아프리카 전쟁이 종결된 직후였다. 이따금 그

랬듯이 홈즈는 침대에 누워 여러 날을 보내고 난 뒤 어느 날 아침, 풀
스캡(가로 203밀리미터, 세로 330밀리미터 크기의 대판 양지(洋紙).) 사이즈
의 종이 한 장을 들고 나타났다. 무슨 흥미로운 일이라도 일어난 듯
진지한 회색 눈을 반짝이면서 말이다.

"왓슨, 자네 돈 벌 수 있는 기회가 생겼어. 혹시 가리데브라는 이름
들어 본 적 있어?" 홈즈가 말했다.

나는 들어 본 적이 없다고 했다.

"가리데브란 사람만 찾아내면 돈을 벌 수 있네."

"어떻게?"

"아, 얘기가 길고 좀 기이해. 인간성의 복잡함에 대한 이론을 모두
적용시켜도 이처럼 기이한 일은 처음 접하네. 곧 한 사람이 뭔가 따지
러 여기 올 거야. 그가 올 때까지 이 문제는 덮어 두지. 그 사이에 우
리가 원하는 이름이나 찾아볼까."

마침 내 옆 탁자 위에 전화번호부가 있어서 무심코 들춰 보았다. 그
런데 놀랍게도 그 이상한 이름이 있었다. 나는 놀라서 소리를 지를 뻔
했다.

"여기 있어, 홈즈, 여기 있어!"

나는 홈즈에게 전화번호부를 건넸다.

"N. 가리데브. 서부, 리틀 라이더 가 136번지. 실망시켜서 미안하
네, 왓슨. 이 사람은 내가 아는 사람이야. 이 편지에 적혀 있는 주소와
똑같군. 우린 이 사람이 아닌 다른 가리데브를 찾아야 해."

그때 허드슨 부인이 명함을 얹은 쟁반을 들고 들어왔다. 나는 그것
을 집어서 보았다.

"홈즈, 여기 있어. 이번에는 그 이름이 아니야. 존 가리데브, 미국 캔자스 주 무어빌(캔자스 주에 무어빌이라는 지명은 없다), 변호사." 내가 놀라서 소리쳤다.

홈즈는 명함을 보며 살며시 웃었다.

"왓슨, 조금 더 수고해야겠어. 이 신사도 이미 각본에 나와 있어. 오늘 아침에 그를 만나게 될 줄은 기대하지도 않았는데. 어쨌든 그는 내가 알고 싶어 하는 걸 많이 알려 줄 걸세."

잠시 후 그가 방으로 들어왔다. 변호사 존 가리데브는 둥글고 명랑해 보이는 얼굴에 미국인 사업가들이 대부분 그렇듯이 깨끗이 면도를 했고, 키가 작고 강인한 인상을 풍겼다. 전체적으로는 통통하고 어린애 같은 면이 있어서 얼굴 가득 미소를 지으면 나이보다 꽤 젊어 보였다. 그러나 눈은 사람들의 시선을 끌 만큼 강렬한 인상을 풍겼다. 사람의 얼굴 중에서 눈만큼 내면의 생각을 분명하게 나타내주는 것도 없으리라. 그의 눈은 밝고 빈틈없어 보였으며, 생각의 변화에 민감하게 반응했다. 그의 말투에는 미국식 악센트가 섞여 있었지만 말을 할 때 특별히 이상하지는 않았다.

"홈즈 씨입니까?" 그는 우리를 번갈아 보며 말을 이었다. "아, 사진에서 본 모습과 별로 다르지 않군요. 저와 성이 같은 네이던 가리데브라는 이름으로 보낸 편지를 받으셨겠지요?"

"앉으세요. 할 얘기가 많을 것 같군요." 홈즈는 폴스캡 종이를 집어 들었다. "물론 당신은 이 편지에 나와 있는 존 가리데브 씨군요. 그런데 영국에는 오신 지 오래된 것 같은데요."

"왜 그렇게 생각하세요, 홈즈 씨?"

인상적인 그의 눈에 흠칫 놀라는 모습이 엿보였다.

"당신의 옷이 모두 영국제라서요."

가리데브가 웃음을 터뜨렸다.

"홈즈 씨, 당신의 추리력에 대해서는 익히 알고 있습니다만, 제가 그 대상이 될 줄은 꿈에도 몰랐는데요. 그걸 어떻게 알았습니까?"

"코트의 어깨 재단과 신발 앞코를 보고도 그걸 모를 사람이 어디 있

겠습니까?"

"그랬군요. 제가 그렇게까지 영국 사람처럼 보일 거라고 생각해 본 적은 없는데. 하지만 사업차 오래전에 이곳에 온 터라 홈즈 씨 말대로 옷은 모두 영국제입니다. 그건 그렇고 홈즈 씨의 시간은 곧 돈이 아닌 가요? 제 코트의 재단 따위에 대해 이야기하려고 찾아온 것은 아닙니다. 그 손에 들고 계신 서류에 대해서 이야기를 나누고 싶습니다."

홈즈 때문에 약간 짜증이 났는지 우리의 방문자는 통통한 얼굴에 불쾌한 기색을 드러냈다.

"참으세요, 참아요, 가리데브 씨! 저의 실없는 여담이 결국 사건과도 관련이 있음을 왓슨 의사가 말해 줄 겁니다. 왜 네이던 가리데브 씨는 함께 오지 않았습니까?" 내 친구는 달래듯이 말했다.

"그 사람은 왜 당신을 이 일에 끌어들였죠?" 손님이 갑자기 화를 내며 물었다. "도대체 당신은 무슨 일을 꾸미는 겁니까? 우리 두 사람의 개인적인 일인데, 그중 한 사람이 탐정에게 도움을 청하다니! 오늘 아침 그를 만났는데, 나에게 이 어리석은 짓을 했다는 얘길 하더군요. 그래서 제가 여기 온 겁니다. 하지만 아무래도 불쾌하군요."

"당신을 비난하지는 않았습니다, 가리데브 씨. 제가 알기로 그의 입장에서는 단순히 당신의 목적, 아니 두 사람 모두에게 중요한 목적을 이루려는 것이었습니다. 제가 정보를 쉽게 얻을 수 있으리라고 판단해서 찾아온 것은 당연합니다."

손님의 화난 얼굴이 서서히 누그러졌다.

"그렇다면 얘기가 달라집니다만, 오늘 아침 그를 만나러 갔더니 그가 탐정에게 편지를 보냈다고 하더군요. 그래서 당신의 주소를 알아내 이리로 곧장 온 겁니다. 난 개인적인 일에 경찰이 개입되는 걸 원하지 않습니다. 하지만 당신이 그 사람을 찾도록 도와주신다면 해가 될 것도 없지요."

"음, 그럼 그 문제는 해결된 걸로 알겠습니다. 그런데 가리데브 씨가 여기 오셨으니 직접 자세한 설명을 듣고 싶군요. 여기 내 친구는 아직 자세한 내용을 몰라서요." 홈즈가 말했다.

가리데브는 곱지 않은 시선으로 나를 쳐다보았다.

"저분이 꼭 알아야 합니까?" 그가 물었다.

"네, 우린 늘 함께 일합니다."

"그렇다면 비밀로 해야 할 이유가 없군요. 제가 알고 있는 내용을 간단히 말하지요. 만일 당신이 캔자스 출신이라면 알렉산더 해밀턴 가리데브가 누군지 말할 필요가 없겠지요. 그는 부동산 투자로 돈을 벌었고, 나중에는 시카고에서 밀 거래로 큰 재산을 모았는데 포트닷지 서쪽, 아칸소 강 근처에 영국의 주만 한 땅을 사 모으느라 그 많은 재산을 다 썼어요. 목초지, 벌목지, 경작지, 광산 등 온갖 종류의 땅들로 이루어져 이 모든 것이 소유주에게 엄청난 돈을 벌게 해 주었죠.

그에게는 일가친척이 아무도 없습니다. 있다는 소리를 들어 본 적이 없습니다. 하지만 그는 자신의 독특한 이름에 자부심을 가졌고, 그것이 우리를 하나로 묶어 주었죠. 나는 토피카에서 변호사로 일하고 있었는데, 어느 날 노신사가 찾아와서 자신과 성이 똑같은 사람을 만난다면 죽어도 여한이 없겠다고 하더군요. 그는 온통 거기에만 열중해 있었고, 어떻게든 세상의 또 다른 가리데브를 찾아 나설 태세였습니다. 그는 결국 내게 '찾아 달라고' 도움을 청했습니다. 난 바빠서 한

세 명의 가리데브 157

가하게 가리데브를 찾아 세상을 돌아다닐 수 없는 형편이라고 했죠. 그랬더니 일만 잘된다면 지금 하고 있는 일에 비할 수 없는 대가를 받을 거라고 하더군요. 전 그가 농담을 한다고 생각했지만 그 말에 어떤 의미가 숨어 있는지 곧 알아챘죠.

그런데 그 말을 한 지 일 년도 안 되어 그는 세상을 떠났고 유산을 남겼습니다. 캔자스에서는 지금까지 보지 못했던 이상한 유언장이었죠. 그는 재산을 3등분해 성이 가리데브인 나머지 두 사람을 찾는 조건으로 제게도 3분의 1이 돌아오게 해 놓았더군요. 현금으로 환산하면 각자에게 500만 달러씩 분배되도록 되어 있지만, 세 사람이 모일 때까지는 손끝도 댈 수 없죠.

저에겐 대단한 기회였기에 변호사 일을 제쳐 두고 가리데브를 찾으러 나섰어요. 이 잡듯이 샅샅이 뒤졌지만 미국에는 성이 가리데브인 사람이 한 명도 없었습니다. 그래서 영국으로 가기로 했습니다. 다행히 런던 전화번호부에서 그 이름을 찾아냈답니다. 그리고 이틀 전에 그를 만나 그동안의 사연을 이야기했죠. 그런데 그도 나처럼 외로운 처지라 여자 친척만 몇 명 있고 남자 친척은 한 명도 없더군요. 유서에는 남자 세 명이라고 적혀 있거든요. 당신도 알다시피 우리는 한 명을 더 찾아야 합니다. 만일 당신이 그 한 명을 찾아 주시면 기꺼이 사례하겠습니다."

"어때, 왓슨?" 홈즈가 미소 지으며 말했다. "내가 기묘하다고 말하지 않았나? 그런데 제 생각엔 신문에 사람 찾는 광고를 내는 게 가장 확실한 방법일 듯싶군요."

"그렇게도 해 봤습니다만 아무런 소식이 없더군요."

"그랬군요! 그럼 문제는 더 흥미진진해지는데요. 저도 시간이 있으면 한번 알아보겠습니다. 그런데 당신이 토피카에서 왔다는 점이 흥미롭군요. 그곳에 아는 사람이 있었거든요. 지금은 돌아가셨지만 라이샌더 스타 박사라고 1890년에 시장을 지내셨죠."

"아, 스타 박사요, 훌륭한 분이셨죠! 지금도 그분에 대한 칭송이 자자하답니다. 홈즈 씨, 우리도 특별한 일이 있으면 말씀드릴 테니 당신도 일의 진척 상황을 알려 주세요. 하루 이틀 내에 다시 오겠습니다."

미국인 손님은 이런 언질을 준 다음 인사하고 떠났다.

홈즈는 파이프에 불을 붙이고 나서 야릇한 미소를 지으며 한동안 말없이 앉아 있었다.

"무슨 생각을 하나?" 궁금함을 참다못해 내가 물었다.

"이상해, 왓슨. 정말 이상해!"

"도대체 뭐가?"

홈즈는 입에서 파이프를 뺐다.

"도대체 이런 시시한 거짓말을 하는 목적이 뭘까? 정면으로 공격하는 게 최선 같아서 하마터면 그걸 물어볼 뻔했지만 그가 우리를 속였다고 생각하도록 내버려 두는 편이 낫다고 판단했어. 일 년이나 넘게 입어서 팔꿈치가 닳은 영국제 코트와 무릎이 툭 튀어나온 바지를 입고 나타난 사람이 있어. 그런데도 이 편지와 본인의 설명에 의하면 런던에 온 지 얼마 되지 않았다고 거짓말을 하네. 게다가 신문에서 그런 광고를 본 적도 없어. 자네도 알다시피 난 신문을 글자 하나도 빼놓지 않고 꼼꼼히 읽지. 신문은 내가 좋아하는 사냥터고 새를 잡으려거든 사냥터에 가야 하거든. 난 한 번도 꿩을 다른 새로 잘못 본 적이 없어.

토피카 출신의 라이샌더 스타 박사도 사실은 내가 꾸며 낸 인물이야. 자, 이제 그가 거짓말을 하고 있다는 사실을 알았겠지? 그는 진짜 미국인이지만 런던에서 오래 살아서 미국식 악센트가 많이 사라졌어. 그가 이 게임을 하는 이유는 뭘까? 그가 터무니없는 방법으로 가리데브라는 사람을 찾는 동기는 뭘까? 그는 복잡하고 치밀한 악당임에 틀림없어. 이제 우리의 또 다른 의뢰인도 사기꾼인지 알아봐야 해. 그에게 전화하게, 왓슨."

나는 전화를 걸었고 전화선을 통해 가늘게 떨리는 목소리가 들려왔다.

"네, 네, 제가 네이던 가리데브입니다. 홈즈 씨 계십니까? 홈즈 씨와 이야기하고 싶습니다."

내 친구가 전화를 받았기 때문에 나는 홈즈의 이야기만 들을 수 있었다.

"네, 여기 왔었습니다. 선생은 그 사람을 전혀 모른다고요? 언제요? 이틀 전에요! 네, 네, 물론 대단한 일이지요. 혹시 오늘 저녁 댁에 계실 겁니까? 그 사람은 거기에 없었으면 좋겠는데요. 네, 좋습니다. 그가 없는 자리에서 드릴 말씀이 있어서요. 왓슨 의사도 저와 함께 갑니다. 선생의 편지를 보니 외출을 자주 하지 않으신다고요? 네, 6시쯤에 가죠. 미국인 변호사에게는 우리가 간다는 말을 하지 않았으면 합니다. 네, 좋습니다. 그럼 나중에 뵙지요."

아름다운 봄날 저녁, 땅거미가 질 무렵이었다. 에지웨어 가에서 갈라진 작은 골목의 하나로, 불길한 과거를 간직한 옛 타이번 트리(옛날

런던에 있던 형장. 현재의 하이드 파크 북쪽에 해당.)에서 지척에 있는 리틀 라이더 가는 노을빛이 비스듬히 스며들어 멋진 황금빛으로 보였다. 우리가 가는 방향으로 낡고 특이하게 생긴 큰 저택이 하나 보였다. 초기 조지아 왕조 때의 건축물로 정면의 밋밋한 벽돌은 군데군데 깨져 있고, 밖으로 튀어나온 창문이 1층에 단 두 개가 있었다. 우리의 의뢰인은 바로 이 1층에 살고 있었고, 낮은 창문이 있는 방은 그가 깨어 있는 동안 주로 시간을 보내는 곳이었다. 홈즈는 기묘한 이름이 적혀 있는 작은 문패 옆을 지나갈 때 이렇게 말했다.

"여기서 꽤 살았나 보군."

홈즈가 변색된 표면을 가리켰다.

"이게 그의 진짜 이름이야. 어쨌든 기억해 둘 만한 점일세."

집 안에는 공동 계단이 있고 현관에는 사무실과 개인 방을 나타내는, 여러 명의 이름이 적혀 있는 안내판이 있었다. 이 집은 주거용이라기보다 방랑벽이 있는 독신자들의 숙소 같은 분위기였다. 의뢰인은 직접 문을 열어 우리를 맞으면서 관리인이 4시에 퇴근해서 미안하다고 말했다.

네이턴 가리데브는 키가 크고 수척하며 등이 구부정하고 머리가 벗어진, 예순 살쯤으로 보이는 노인이었다. 그리고 창백한 얼굴과 흐물흐물 탄력이 없는 피부로 보아 운동이라곤 모르는 사람인 듯했다. 커다랗고 둥근 안경과 앞으로 뻗친 짧은 염소수염은 구부정한 자세와 함께 괴팍한 느낌을 주었다. 괴짜 같은 모양새에도 전체적인 인상은 친절해 보였다.

방 안의 모습도 그 주인만큼이나 괴이했다. 마치 하나의 작은 박물관 같았다. 크고 깊은 벽장과 진열장에는 지질학이나 해부학 표본들이 가득 들어 있었다. 문 양쪽 옆에는 나비와 나방 표본상자가 들어 있는 진열장이 늘어서 있었다. 가운데 커다란 탁자에는 온갖 종류의 파편들이 널려 있고, 그 사이로 구리로 만든 성능 좋은 현미경의 몸체가 삐죽이 솟아 있었다.

나는 주위를 둘러보며 방 주인의 다양한 관심사에 놀랐다. 옛날 동전을 모아 놓은 상자, 부싯돌을 모아 놓은 진열장도 있었다. 중앙의 탁자 뒤에는 화석 뼈가 진열되어 있는 큰 진열장이 있었다. 위쪽에는 석고로 만든 두개골이 진열돼 있고 그 밑에 네안데르탈인, 하이델베르크인, 크로마뇽인 등의 이름표가 붙어 있었다. 그는 여러 분야를 연구하는 사람임이 분명했다. 그가 양가죽 조각으로 동전을 닦으며 우리에게 다가왔다.

"시라쿠사(고대 시칠리아 섬의 도시)의 전성기 때 동전이죠." 그는 동전을 보여 주며 설명했다. "그들의 문화는 급격히 쇠퇴했죠. 어떤 사람들은 알렉산드리아 양식을 좋아하지만 난 이걸 최고로 칩니다. 홈즈 씨, 여기 의자에 앉으시죠. 전 이 뼈들을 치워야겠습니다. 아, 왓슨 의사님, 일본 꽃병을 한쪽으로 치워 주시겠습니까? 죽 둘러보셨으니 제 취미를 대충 짐작하셨겠죠? 제 주치의는 나가서 운동도 하고 외출도 하라고 권하지만 여기에 이렇게 매여 있다 보니 좀처럼 시간이 나야 말이지요. 여기 진열장 하나의 목록을 제대로 만드는 데도 꼬박 3개월이나 걸리니까요."

홈즈는 호기심 어린 눈으로 그를 훑어보았다.

"제게는 외출을 전혀 하지 않는다고 말씀하셨죠?" 홈즈가 물었다.

"가끔 소더비나 크리스티 경매장에 가죠. 그렇지 않으면 좀처럼 이 방을 떠나지 않습니다. 기력도 좋은 편이 아니지만 워낙 연구에 몰두하기를 좋아해서요. 하지만 홈즈 씨, 이 엄청난 행운의 소식은 정말 충격이었습니다. 즐거운 충격이에요. 이제 한 명의 가리데브만 있으면 됩니다. 우리는 물론 찾을 수 있을 겁니다. 내게 남동생이 하나 있었는데 죽었고, 여자 친척들은 자격이 되지 않고. 하지만 이 세상 어딘가에 분명히 있을 겁니다.

전 홈즈 씨가 이상한 사건을 많이 해결했다는 이야기를 듣고 편지를 보냈지요. 물론 미국인 사업가의 말이 옳고 먼저 그에게 조언을 청해야 했지만 제가 한 행동은 최선이었다고 생각합니다."

"네, 현명하게 행동하셨습니다. 그런데 미국에 있는 부동산을 어떻게 취득할지 걱정되시겠습니다." 홈즈가 말했다.

"아직 모르겠습니다. 어쨌든 이 수집품들을 두고 떠나는 일은 없을 겁니다. 미국 신사는 우리의 요구만 성사되면 자신이 팔아 주겠다고 약속했습니다. 돈으로 환산하면 500만 달러나 된다고 하더군요. 지금 경매장에는 제 수집품 열두 개가 나와 있는데, 수백 파운드가 없어서 구입하지 못하고 있답니다. 만약 제가 500만 달러를 갖게 된다고 생각해 보십시오. 난 국가적으로 중요한 수집품을 갖게 되는 겁니다. 이 시대의 한스 슬로안(Hans Sloan: 17세기 사람으로, 영국 대영 박물관의 창립자.)이 되는 거지요."

그의 눈이 멋진 안경 속에서 빛났다. 네이던 가리데브는 또 다른 가리데브를 찾기 위해 어떤 고통도 감수할 듯했다.

"저는 선생님을 한번 뵙고 싶어서 왔을 뿐 연구를 방해할 마음은 전혀 없습니다. 전 일과 관련된 사람들과 개인적으로 접촉하는 걸 좋아합니다. 제 주머니 속 설문지의 답을 얻기 위해 몇 가지 질문을 하겠습니다. 그 미국인 신사에 대한 궁금증은 모두 풀었거든요. 선생님은 이번 주 전까지만 해도 그의 존재를 모르셨지요?"

"그렇습니다. 지난 화요일에 그를 처음 만났습니다."

"그가 오늘 아침 저를 찾아온 일에 대해 말하던가요?"

"네, 곧장 제게 왔더군요. 그는 몹시 화가 나 있었습니다."

"그가 왜 화를 냈죠?"

"자기 명예가 더럽혀졌다고 생각하더군요. 하지만 돌아갈 때는 기분이 좋아 보였습니다."

"그가 마음이 달라진 이유를 말하던가요?"

"아뇨. 말하지 않았습니다."

"혹시 선생님에게 돈을 요구하지는 않던가요?"

"아뇨. 절대!"

"그에게 다른 꿍꿍이가 있는 듯싶지 않았습니까?"

"아뇨. 그가 말한 것 외에는."

"그에게 우리의 전화 약속에 대해 말했습니까?"

"네, 그랬습니다."

홈즈는 생각에 잠겼다. 나는 그가 이 사건에 대해 추리하고 있다는 걸 알 수 있었다.

"선생님의 수집품 중에서 값나가는 것이 있습니까?"

"아니요. 난 그렇게 부자가 아닙니다. 내게는 소중한 수집품이지만 그리 값나가는 건 아닙니다."

"그럼 도둑이 훔쳐 갈 염려는 없겠군요."

"이런 걸 훔쳐 갈 도둑은 없을 겁니다."

"이 집에 얼마 동안 사셨지요?"

"5년 정도 됩니다."

그때 다급하게 문 두드리는 소리가 나서 홈즈의 질문은 여기에서 그쳤다. 우리의 의뢰인이 빗장을 열자마자 미국인 변호사가 흥분하며 방으로 뛰어들어왔다.

"여기 계셨군요!" 그는 머리 위로 신문을 휘두르며 소리쳤다. "선생

을 꼭 만나야 된다고 생각했는데. 네이던 가리데브 씨, 축하합니다. 당신은 이제 부자가 되셨어요. 우리의 일이 모두 잘되었어요! 홈즈 씨에게는 헛수고하셨단 말을 전하게 되어 무척 유감입니다."

의뢰인은 그가 건넨 신문의 광고란을 유심히 읽었다. 홈즈와 나도 몸을 기울이고 그의 어깨 너머로 신문을 읽었다. 거기에는 이렇게 적혀 있었다.

하워드 가리데브

농기구 제작자. 바인더, 수확기, 스팀, 손쟁기, 조파기, 써레, 경운기, 벅보드 마차(사륜 짐마차) 등 각종 농기구 제작. 분수, 우물 견적. 애스턴, 그로스버너 빌딩으로 문의 바람.

"됐어요! 이제 세 번째 가리데브를 찾았군요." 우리의 의뢰인이 소리쳤다.

"버밍엄에 문의를 해 놨는데, 그곳 대리인이 지방신문에 난 이 광고를 보내 줬습니다. 서둘러서 일을 추진해야 합니다. 이 사람에게 당신이 내일 오후 4시에 사무실로 찾아가겠다고 편지를 보냈습니다."

"나더러 그 사람을 만나라고요?"

"뭐라고 말씀 좀 하세요, 홈즈 씨. 그 편이 낫지 않습니까? 전 이상한 얘기나 하고 돌아다니는 미국인 취급을 받기에 딱 알맞습니다. 그 사람에게 그런 얘기를 하면 믿겠습니까? 하지만 당신은 신용이 보증되는 영국인이니 당신의 말은 믿을 겁니다. 정 원한다면 같이 갈 수도 있지만 내일은 너무 바쁘군요. 대신 무슨 문제가 생기면 제가 곧장 달려가지요."

"글쎄요, 몇 해째 그런 여행은 하지 않아서요."

"별것 아닙니다, 가리데브 씨. 제가 교통편을 알아봤습니다. 12시에 출발하면 두 시간 뒤에 그곳에 도착합니다. 그러고 나서 같은 날 밤에 돌아오면 되지요. 당신은 이 사람을 만나 우리의 일을 설명한 다음 그가 진짜 가리데브라는 공증을 받아 오면 됩니다. 맙소사!" 그가 흥분해서 말했다. "저는 미국 한복판에서 곧장 여기까지 날아왔습니다. 그런 저에 비하면 당신은 100마일만 가면 되니 얼마나 짧은 거리입니까?"

"그건 그렇군요. 이 신사의 말이 맞습니다." 홈즈가 말했다.

네이던 가리데브는 무안한 표정을 지으며 어깨를 으쓱했다.

"기어이 내가 가야 한다면 거절할 수 없지요. 내 인생에 희망의 영광을 가져다주었으니."

"자, 그럼 합의됐군요. 그럼 돌아오는 대로 바로 연락주시기 바랍니다." 홈즈가 말했다.

"저도 그렇게 하겠습니다."

미국인이 시계를 들여다보았다.

"지금 가 봐야겠네요. 네이던 씨, 내일 버밍엄으로 떠나실 때 들르겠습니다. 모든 일이 잘돼 가고 있죠, 홈즈 씨? 그럼 이만 가겠습니다. 내일 밤이면 좋은 소식을 듣게 되기를 기대하면서."

미국인이 나가자 내 친구의 얼굴이 밝아지며 복잡한 일을 생각하는 듯한 표정이 사라졌다.

"가리데브 씨, 당신의 수집품을 찬찬히 살펴보고 싶네요. 직업상 온갖 종류의 지식이 필요한데 선생의 방은 지식의 보물 창고군요."

이 말에 우리의 의뢰인은 흐뭇한 웃음을 지으며 커다란 안경 너머로 두 눈을 반짝였다.

"당신이 학식이 풍부한 사람이라는 얘길 들었는데 과연 그렇군요. 둘러봐도 좋습니다." 그가 말했다.

"아쉽게도 지금은 시간이 없습니다. 그러나 이 표본들은 이름표가 일일이 붙어 있고 분류가 잘돼 있어 선생의 설명이 필요 없을 것 같군요. 내일 와서 둘러보아도 괜찮겠습니까?"

"물론이죠. 대환영입니다. 이 방은 닫혀 있겠지만 샌더스 부인이 4시까지는 지하실에 있으니 그녀가 갖고 있는 열쇠를 쓰시면 됩니다."

"내일 오후에는 별일이 없을 것 같습니다. 선생께서 샌더스 부인에게 말해 놓으시면 되겠군요. 그런데 실례지만 이 집을 누가 소개했습니까?"

의뢰인은 갑작스러운 질문에 당황하는 모습이었다.

"에지웨어 가에 있는 홀로웨이 앤드 스틸 중개업소지요. 그런데 왜요?"

"이 집을 보자 고고학적인 흥미가 생겨서요. 앤 여왕 시대인지 조지아 왕조 시대인지 궁금하군요." 홈즈가 웃으면서 말했다.

"확실하게 조지아 왕조 때 건물입니다."

"그렇군요. 저는 더 오래된 건물로 생각했는데 어쨌든 쉽게 밝혀졌네요. 가리데브 씨, 이만 가겠습니다. 버밍엄 여행에서 좋은 결과를 얻으시기 바랍니다."

주택 중개업소는 근처에 있었지만, 그날따라 문이 닫혀 있어서 우리는 베이커 가로 돌아왔다. 홈즈는 저녁 식사를 마치자마자 그 이야기를 다시 꺼냈다.

"우리의 사건도 결말이 멀지 않았어. 자네도 대충 윤곽을 잡았을 거야." 홈즈가 말했다.

"난 어디가 머리이고 어디가 꼬리인지 전혀 모르겠어."

"머리는 확실히 드러났고 꼬리는 내일 보게 되겠지. 자네, 아까 광고를 보면서 이상한 점을 발견하지 못했나?"

"쟁기(plough)라는 단어의 철자가 잘못됐더군."

"아, 그걸 보았군, 왓슨. 자네도 나날이 실력이 느는군. 하지만 그건 잘못 쓴 영어가 아니라 미국식 영어야. 써 준 대로 인쇄해서 그럴 거야. 그리고 벅보드도 미국식이야. 분수 우물도 우리보다는 미국에서 보편적으로 시공하는 공법이고. 전형적인 미국식 광고인데 영국 회사에서 낸 것처럼 꾸몄지. 어떻게 생각하나?"

"그 미국인이 낸 광고군. 그런데 그의 의도를 전혀 모르겠어."

"두 가지로 설명할 수 있네. 그는 순진한 노학자를 버밍엄으로 쫓아 버리려고 했어. 그 점은 명백하네. 나는 그에게 헛수고하러 간다는 걸 말해 줄까도 생각했지만, 오히려 그가 무대에서 사라지는 게 낫다고 생각했지. 내일이야, 왓슨. 내일이면 모든 게 밝혀질 거야."

홈즈는 아침 일찍 일어나 외출했다. 점심시간 무렵 귀가한 그의 얼굴은 몹시 어두웠다.

"왓슨, 생각했던 것보다 상황이 훨씬 심각해. 그래 봤자 자네를 위험에 빠뜨릴 수 있는 이유가 하나 더 추가된 것밖에 안 되지만. 자네에게 말하는 게 당연한 것 같아. 지금까지도 자네에게 모든 걸 말했지만 이번 일은 특히 위험해서 자네가 반드시 알아야 하네."

"홈즈, 우리가 함께 위험을 겪은 게 이번이 처음은 아니잖아. 이번 일이 마지막이 되지 않기를 빌겠네. 도대체 뭐가 특별히 위험하다는 건가?"

"우린 아주 난처한 상황에 처해 있네. 변호사 존 가리데브의 정체를 알아냈어. 그는 잔인하고 흉악하기로 악명 높은 살인자 에반스야."

"난 그 방면에 문외한이라서."

"자넨 직업상 뉴게이트(영국 런던의 유명한 감옥. 1902년 폐쇄됨.)의 죄수 기록을 외우고 다닐 필요가 없지만, 난 가끔 스코틀랜드 야드에 있는 친구 레스트레이드를 만나러 가네.(크리프트 R 앤드루는 다음과 같이 말했다. "레스트레이드와 홈즈는 20년 가까이 우호적인 관계를 맺어 왔다. 레스트레이드는 기묘한 사건을 가지고 홈즈의 하숙집에 몇 번 찾아갔는데, 홈즈는 스코틀랜드 야드에서 살인자 에반스의 기록을 제공받으면서 고의로 레스트레이드를 무시했다. 홈즈는 자신이 하려는 일을 레스트레이드에게 밝히지 않고, 스코틀랜드 야드에서 얻은 정보를 근거로 왓슨과 함께 흉악범 체포에 나선다. 레스트레이드에게 만일의 경우 도와 달라는 부탁도 하지 않고 말이다. 이것은 은혜를 모르는 행동이다. 그리고 레스트레이드는 이렇게 무시되어야 할 사람이라고는 생각되지 않는다.") 그들은 직관력이 부족하지만 치밀하고 조직적인 수사에 있어서는 세계적이지. 나는 혹시 우리의 미국인 친구가 그들의 기록에 나와 있나 해서 갔었네. 그런데 범죄자 초상화 집에서 나를 보고 웃고 있는 그 통통한 얼굴을 발견한 거야. 그는 일명 모어크로포트 또는 살인자 에반스라고 불리는 제임스 윈터였어."

홈즈는 주머니에서 봉투를 꺼냈다.

"그의 사건 기록에서 몇 가지 특기할 만한 점을 적어 왔어. 나이는 마흔넷, 시카고 출생, 미국에서 세 명 살해. 정치 세력을 통해 교도소 탈출. 1983년 런던에 잠입. 1895년 1월 워털루 로드의 나이트클럽에서 카드 게임 도중 총격 사건을 일으킴. 피해자는 사망하고 그는 시비 끝에 상대를 공격한 것으로 판명. 죽은 사람은 시카고에 사는 유명한 화폐 위조범 로저 프레스버리로 밝혀짐. 살인자 에반스는 1901년 석방됨. 그 후 경찰의 감시를 받고 있는데 정직한 생활을 하는 것으로 알려져 있음. 무기를 소지하고 다니며 언제라도 총기를 사용할 수 있는 매우 위험한 인물임. 왓슨, 우리가 잡으려는 새는 모험을 좋아하는군."

"도대체 그는 무슨 게임을 하고 있는 거지?"

"이제 이야기할 테니 들어 봐. 난 그 집의 관리사무소에 다녀왔네. 우리의 의뢰인은 그곳에 산 지 5년 되었다더군. 그런데 그 전에 약 1년 간 집이 비어 있었다는 거야. 먼저 살던 사람은 워드론이라는 신사였다고 해. 그는 워드론을 똑똑히 기억하고 있었는데, 어느 날 갑자기 그가 사라졌고 지금까지 행방이 묘연하다더군. 그는 검은 피부에 키가 크고 턱수염을 길렀다고 하네. 그런데 내가 스코틀랜드 야드에서 확인한 바에 따르면, 살인자 에반스가 죽인 프레스버리도 키가 크고 피부가 검고 수염을 길렀다더군. 아마도 프레스버리가 순진한 노인이 지금 박물관으로 사용하고 있는 그 집에 살았던 게 아닐까 하네. 이렇게 하면 적어도 고리 하나는 연결할 수 있지."

"다음은?"

"지금 또 다른 고리를 찾기 위해 나가야 해."

그는 서랍에서 리볼버를 꺼내서 내게 건넸다.

"내가 좋아하는 낡은 권총을 갖고 가겠어. 우리의 거친 서부 친구가 별명에 맞게 행동할지 모르니까 대비해야지. 왓슨, 한 시간만 낮잠을 자게. 그다음에 라이더 가로 모험을 떠나면 시간이 대충 맞을 거야."

우리가 네이던 가리데브의 이상한 아파트에 도착한 것은 정각 4시였다. 관리인 샌더스 부인은 퇴근 준비를 하고 있었다. 그녀는 기꺼이 용수철 자물쇠로 잠긴 방을 열어 주었고, 홈즈는 집을 나갈 때 모든 것을 잘 정돈해 놓겠다고 약속했다. 잠시 후 현관문이 닫히고 그녀의 보닛 모자가 내닫이창 앞을 지나가는 것이 보였다. 이제 1층에는 우리만 남아 있었다. 홈즈는 재빨리 집 안을 훑어보았다. 방 안 어두운 구석의 벽에서 조금 떨어진 곳에 진열장이 하나 있었다. 우리는 그 뒤에 몸을 웅크리고 숨었다. 홈즈는 목소리를 낮춰 자신의 계획에 대해 대강 설명했다.

"그는 우리의 우호적인 의뢰인을 집 밖으로 내쫓았어. 집을 비워 주길 바랐으니까. 의뢰인이 좀처럼 외출하지 않기에 그런 계략을 꾸민 거야. 그 외에 다른 목적은 없는 듯싶어. 왓슨, 그는 악랄한 천재임에 틀림없어. 이 방 주인의 괴상한 성이 그로 하여금 이런 상상도 하기 힘든 음모를 꾸미게 했지. 아주 교묘한 계략을 말이야."

"하지만 그는 뭘 원하지?"

"우리가 여기서 알아내야 하는 것도 그거야. 지금까지의 상황으로 봐선 우리 의뢰인과는 아무런 상관이 없어. 그가 살해한 사람과 뭔가 관련이 있어. 그들은 공범자였네. 이 방에는 범죄와 관련된 어떤 비밀이 숨어 있어. 우리가 그걸 밝혀내야 해. 처음에 나는 의뢰인에게 그가 생각하는 것보다 훨씬 값나가는 수집품이 있을까 생각했지. 대형 범죄 조직의 관심을 살 만한 것 말이야. 그러나 악의 화신 로저 프레스버리가 이 방에 살았다는 사실을 알고는 더 깊이 숨겨진 이유가 있을 거라고 짐작했지. 왓슨, 어떤 일이 벌어질지 참을성 있게 기다려보게."

기다리는 시간은 그리 길지 않았다. 현관문이 열렸다 이내 닫히는 소리가 들리자 우리는 어둠 속으로 더욱 몸을 숨겼다. 이윽고 찰칵하고 열쇠 돌아가는 날카로운 금속성 소리가 나고 미국인이 방으로 들어왔다. 그는 문을 살그머니 닫고 매서운 눈초리로 주위를 샅샅이 훑어보더니 외투를 벗은 다음 방 가운데 있는 탁자로 걸어갔다. 무엇을 어떻게 해야 하는지 정확히 알고 있는 사람의 민첩한 태도였다.

그는 탁자를 한쪽으로 밀고 그 아래 놓인 카펫의 모서리를 들춰서 둘둘 말아 놓았다. 그런 다음 안주머니에서 작은 지렛대를 꺼내 들고 무릎을 꿇고 앉아 무언가에 열중했다. 그러고는 곧 지렛대를 마루 틈새에 넣어 마루청을 뜯는 소리가 들리고, 마루 판자를 들어 올리는 것이 보였다. 살인자 에반스는 성냥에 불을 켜서 촛불을 밝히더니 이내 시야에서 사라졌다.

이제 우리가 등장할 순간이었다. 홈즈는 내 손목을 잡아채며 신호를 보냈다. 우리는 함께 마루 판자가 떨어져 나간 곳으로 살금살금 걸어갔다. 그때 발밑의 낡은 마루가 삐걱거리는 소리를 냈다. 밑에 있던 미국인이 흠칫 놀라며 주위를 살피다가 머리를 내밀었다. 그 순간 그

의 얼굴은 실패에 대한 분노로 일그러졌다. 그러나 두 자루의 총이 자기 머리를 겨누고 있다는 사실을 알아채자 서서히 누그러지더니 나중에는 수치스럽다는 표정을 지었다.

"아, 아! 홈즈 씨, 나 때문에 수고가 많군요. 게임을 처음 시작했을 때부터 나를 갖고 놀더니. 당신이 이겼소. 완전히 이겼소." 그가 마루 위로 기어올라오면서 체념한 듯이 말했다.

순간 그는 가슴에서 권총을 꺼내 두 방을 쏘았다. 갑자기 뜨겁게 달군 쇠로 내 허벅지를 지지는 듯한 느낌을 받았다. 곧이어 총이 남자의 머리를 후려치는 소리가 들렸다. 그는 얼굴에 피를 흘리면서 바닥으로 나동그라졌다. 홈즈는 그에게서 권총을 빼앗았다. 그런 다음 강인한 팔로 나를 부축해서 의자에 앉혔다.

"왓슨, 괜찮아? 제발 다치지 않았다고 말해 줘!"

그것은 가치 있는 부상이었다. 그의 차가운 표정 뒤에 숨어 있는 우정과 사랑의 깊이를 확인한 나는 몇 번을 다쳐도 좋을 것만 같았다. 순간 맑고 강인한 그의 눈은 눈물로 흐려지고 꽉 다문 입술은 부들부들 떨렸다.

나는 그때 처음으로 홈즈의 뛰어난 두뇌만큼이나 위대한 마음을 엿보았다. 나의 보잘것없지만 한결같은 봉사의 세월이 그런 식으로 순간적으로 인정받으면서 절정을 맞고 있었다.

"괜찮아, 홈즈. 좀 스쳤을 뿐이야."

그가 주머니칼로 내 바지를 찢었다.

"괜찮군, 다행이야. 살짝 스쳤어."

홈즈는 안도의 한숨을 쉬었다.

그리고 멍한 얼굴로 앉아 있는 범죄자를 냉혹한 눈길로 쏘아보았다.

"자네도 다행인 줄 알아. 만일 왓슨을 죽였다면 이 방에서 살아 나가지 못했을 거야. 자, 이제 모든 걸 설명해."

그 미국인은 아무 말도 하지 않고 그저 얼굴을 찡그린 채 앉아 있었다. 나는 홈즈의 부축을 받으며 비밀 장막에 가려져 있던 지하실을 들여다보았다. 그곳은 에반스가 켜 둔 촛불로 아직 환했다. 녹슨 기계와 커다란 종이 두루마리, 바닥에 이리저리 흩어져 있는 병 그리고 작은 탁자 위에 잘 정리돼 있는 여러 개의 작은 꾸러미에 시선이 갔다.

"인쇄 장비야. 화폐 위조 시설." 홈즈가 말했다.

"맞습니다."

미국인은 비틀거리면서 천천히 일어서더니 의자에 털썩 앉았다.

"런던에서는 일찍이 보지 못했던 최고의 화폐 인쇄기입니다. 프레스버리의 기계지요. 테이블 위의 종이 다발은 프레스버리가 위조한 100달러짜리 2,000장인데, 어디에서나 통용됩니다. 자, 두 분 모두 마음대로 가져가세요. 그 대신 나를 놓아주시오."

홈즈가 웃었다.

"우리가 그럴 것처럼 보이나, 에반스? 이 나라에 자네가 숨을 곳은 없어. 당신이 여기 살았던 프레스버리를 쏴 죽였지?"

"맞소, 하지만 시비를 먼저 건 쪽은 그였단 말이오. 그 대가로 난 5년 동안이나 감옥에서 썩었소. 오히려 접시만 한 메달을 받아야 하는데도 말이죠.

누구도 프레스버리의 위조 화폐와 진짜 화폐를 구분하지 못했지요. 내가 그를 죽이지 않았다면 영국에는 위조 화폐가 넘쳐났을 겁니다.

그가 위조 화폐를 만든 곳을 아는 사람은 이 세상에 나 하나뿐이었습니다. 내가 왜 이곳을 차지하려고 했는지 의아해하셨죠?

그 괴상한 이름의 얼간이 곤충 채집가가 하루 종일 이 방 꼭대기에 웅크리고 앉아 잠시도 방을 비우지 않으니 달리 그를 내쫓을 방법이 없었습니다.

그를 외출하게 하는 편이 현명했습니다. 더 쉬운 방법을 쓸 수도 있었지만, 저는 마음이 약해서 상대가 총을 들고 있지 않는 한 총을 쏘지 못합니다. 솔직히 홈즈 씨, 제가 무슨 나쁜 짓을 했습니까? 이 기계를 사용한 적도 없고 불쌍한 노인을 다치게 하지도 않았습니다. 도대체 날 어떻게 하려는 겁니까?"

"내가 아는 한 살인미수 죄밖에는 성립이 안 되겠지. 하지만 그건 우리가 결정하는 게 아니오. 다음 일은 경찰에서 알아서 할 거요. 우리는 당신의 속셈을 알아내고 싶었을 뿐이오. 왓슨, 스코틀랜드 야드에 전화하게. 이건 전혀 예상 밖의 일인걸."

이상이 살인자 에반스와 그가 꾸며 낸 세 명의 가리데브에 대한 이야기다. 우리는 나중에 불쌍한 늙은 의뢰인이 허황된 꿈의 충격에서 벗어나지 못하고 있다는 이야기를 들었다. 부서진 공중누각에 깔려 부상을 당한 것이다. 그리고 요즘 브릭스턴의 요양원에 있다는 소식을 들었다.

프레스버리의 장비들이 발견되자 스코틀랜드 야드에서는 환성을 질렀다. 장비가 존재한다는 사실은 알았지만 장본인이 죽은 후에는 찾아낼 길이 없었기 때문이다. 그 점에서 에반스는 자기 말대로 대단한 업적을 올린 셈이다. 몇몇 수사과 요원들은 사회의 위험 요소였던 화폐 위조 범죄를 혼자 힘으로 막은 에반스 덕분에 발을 뻗고 잘 수 있게 되었다. 그들은 범죄자의 주장대로 접시만 한 메달을 수여해야 한다고 기꺼이 서명하기도 했다. 그러나 냉정한 법정은 그런 주장을 무시하고 살인자를 그가 나왔던 어두운 감옥으로 되돌려 보냈다.

역주 —

러셀 맥로린은 다음과 같이 말했다.

"이 사건이 정전인지를 진지하게 다루어야 할 시기다. 나는 이 작품은 잘 아는 작가가 쓴 것이라고 생각한다. 우리는 왓슨에게 오랫동안 원조를 해 준 출판 대리인(코난 도일)이 다른 분야에서 명성을 얻은 것을 알고 있다. 그가 홈즈의 패스티쉬를 써 보려고 생각했던 것도 염두에 둘 수 있는 일이다."

한편 《셜록 홈즈의 사건》 중 많은 단편을 정전이 아니라고 하는 D 마틴 데이킨은 《사건의 문제》에서 '세 명의 가리데브'를 진짜라고 했다. "왓슨의 생애 중 최고의 순간, 즉 살인자 에반스가 총을 쏘았을 때 홈즈가 얼마나 왓슨에 대해 헌신적이었는가에 대한 묘사를 잊어버릴 베이커 가의 팬은 없을 것이다."

그러나 데이킨은 나중에 《사건 재고》에서 다음과 같이 썼다. "만약 에반스가 왓슨을 죽였다면 홈즈는 법률의 힘을 빌리지 않고 에반스를 죽였을 거라는 말에 조금 놀랐다. 그러나 친구가 다쳐 화가 나서 한 그의 말을 너무 심각하게 받아들이지 않는 게 좋을 것이다."

현재 '세 명의 가리데브' 원고는 에이드리언 M. 코난 도일이 소장하고 있다.

유명한 의뢰인

The Illustrious Client

1902년 9월 3일(수) ~ 9월 16일(화)

"이제는 괜찮겠지."

이 말이 그때 셜록 홈즈의 의견이었다. 나는 지난 몇 년 동안 이제부터 하려는 이야기를 발표하게 해 달라고 홈즈를 끈질기게 설득한 끝에 겨우 승낙을 받아 냈다. 마침내 여러모로 그의 전성기라 할 만한 시절의 기록을 출판할 수 있도록 허락을 받은 셈이다.

홈즈와 나는 둘 다 한증탕을 무척 좋아한다. 휴게실로 나와 탕 속에서 받은 열기를 식히다 보면 어느새 유쾌한 나른함이 몰려든다. 홈즈 역시 한증탕에서는 다른 장소에서와 달리 과묵함을 벗어 버리고 어느 정도 인간미 흐르는 모습을 보여 줄 때가 있다.

노섬벌랜드 가의 한증탕 위층에 설치된 또 다른 장소에는, 한쪽 구석에 칸막이가 있고 거기에 긴 의자 두 개가 나란히 놓여 있다. 이 이야기가 시작되는 1902년 9월 3일 오후, 우리는 바로 그 자리에 누워 있었다. 내가 요즘 뭐 특별한 일이 없느냐고 묻자, 홈즈는 대답 대신 덮고 있던 수건 밖으로 길고 가느다란 팔을 힘차게 뻗었다. 그러고는 옆에 걸어 놓은 코트 주머니 속에서 봉투 하나를 꺼냈다.

"괜히 법석을 떨거나 아니면 자기 과시인지도 몰라. 정말 생사가 달린 문제일 수도 있지만 말이야. 나도 여기 적힌 내용밖에 몰라."

홈즈가 나에게 그 편지를 내밀었다.

그것은 칼튼 클럽(1832년 선거법 개정 법안에 반대하는 보수당원이 창립한 클럽)에서 발송된 편지로 전날 저녁의 소인이 찍혀 있었다. 편지에는 이런 내용이 적혀 있었다.

안녕하세요. 아직 찾아뵌 적은 없지만 셜록 홈즈 씨에게 안부 전합니다. 다름이 아니라 내일 4시 30분쯤에 당신을 방문하고 싶습니다. 또 의논 드릴 내용이 매우 세심한 주의를 필요로 하는 상당히 중요한 일이라는 사실을 더불어 말씀드리며, 당신이 이 면담에 응해 주시리라 믿습니다. 이 일에 시간을 내주실 수 있는지의 여부를 칼튼 클럽으로 전화해 주시기 바랍니다.

－ 제임스 데머리 경

"내가 당연히 승낙했으리라고 짐작은 하고 있겠지, 왓슨." 홈즈는 편지를 받으며 말을 이었다.

"자네, 데머리 경에 대해 알고 있나?"

"사교계에서 꽤 유명하다는 정도만 알고 있지."

"그렇다면 내가 좀 더 자세하게 알려 주지. 그는 신문에 발표되지 않는 미묘한 사건들을 수습하기로 정평이 나 있어. 아마 자네도 헤머포드 유언장 사건 때 조지 루이스 경과 협상을 벌였던 사람이 바로 데머리 경이었다는 사실쯤은 기억할 거야. 그는 상류 사회 인사들 중에서 외교분야에 타고난 재능을 지닌 사람이지. 괜히 허풍 떠는 게 아니고 장담하는데, 데머리 경이 우리에게 굉장히 중요한 도움을 구하고 있다는 인상이네."

"우리?"

"그래. 자네만 괜찮다면, 왓슨."

"물론 나야 영광이지."

"그렇다면 시간 좀 내주게. 4시 30분이 우리 약속 시간이야. 그때까지는 머리를 식혀 두게나."

나는 그 당시 퀸앤 가에 방을 하나 얻어 홈즈와 따로 지냈는데, 약속 시간 전에 베이커 가에 와 있었다. 정확하게 30분이 되자 제임스 데머리 경이 도착했다는 전갈이 왔다. 많은 사람이 그의 관대하고 호탕하며 정직한 성품, 깔끔하게 면도한 넓적한 얼굴, 그리고 특히 유쾌하고 부드러운 목소리를 기억하고 있을 테니 여기서 굳이 그에 대해 다시 묘사할 필요는 없을 듯하다. 그날도 아일랜드 인 특유의 회색 눈동자는 솔직함으로 반짝거렸고, 웃음기 감도는 입술에는 유머 감각이 넘쳐흘렀다. 윤기 나는 모자, 짙은 색 프록코트, 검은 공단 넥타이에 꽂은 진주 핀, 그리고 광을 낸 구두 위로 살짝 드러낸 연한 자주색 각반까지, 모든 소품 하나하나에서 유명세에 걸맞도록 꼼꼼하게 신경을 쓴 차림이란 인상이 풍겼다. 거창하고 화려한 귀족이 등장하자 작은 방이 일순간 초라하게 느껴졌다.

"역시, 왓슨 의사도 함께 계실 줄 알았습니다." 그가 공손하게 머리를 숙이며 말했다. "선생의 협조도 크게 필요할 겁니다, 홈즈 씨. 이번에 우리는 글자 그대로 잔혹하고 거칠게 없는 인물을 다루어야 하니까 말입니다. 유럽에서 이만큼 위험한 인물은 없다고 말할 수 있죠."

"그렇게 재미있는 단어가 어울리는 상대라면 저도 몇 명 만나 본 적이 있지요." 홈즈가 가볍게 웃으며 말했다.

"담배는 안 피우십니까? 그럼 실례하고 파이프 담배 좀 피우겠습니다. 만일 그 자가 죽은 모리아티 교수나 살아 있는 세바스찬 모런 대령보다 더 위험한 인물이라면 정말 상대할 만하겠군요. 그런데 그 사람이 누군지 물어봐도 되겠습니까?"

"그루너 남작이라고 들어 보셨습니까?"

"오스트리아 출신의 살인자를 말씀하시는 겁니까?"

데머리 경이 송아지 가죽 장갑을 낀 양손을 들어올리며 웃었다.

"홈즈 씨가 모르실 리 없겠죠! 대단해요! 게다가 이미 그가 살인자

라는 사실까지 간파하고 계시는군요?"

"세계 범죄를 속속들이 연구하는 게 제 직업이니까요. 프라하에서 발생한 사건 기록을 읽은 사람이라면 누구나 그자의 소행이란 걸 짐작할 수 있죠! 그가 무죄선고를 받은 이유는 전적으로 법이 형식적인데다 증인마저 의문의 죽음을 당했기 때문입니다. 그의 부인은 쉬프뤼겐 고개에서 '사고'로 죽은 걸로 알려져 있지만, 사실은 그자가 자기 부인을 죽였다는 것을 저는 확신합니다. 제 눈으로 목격한 거나 마찬가지죠. 그가 영국에 와 있다는 사실을 알고 있었고, 조만간 그자와 대결하게 되리라 예감했습니다. 그런데 그루너 남작이 무슨 짓을 저지른 겁니까? 과거의 비극이 다시 재현되었다는 건 아닐 테죠?"

"아니, 그보다 더 심각합니다. 범죄를 단죄하는 일도 중요하지만 그것을 예방하는 것이 더 중요하다고 생각합니다. 홈즈 씨, 두렵고 잔혹한 상황이 눈앞에서 진행되고 있습니다. 더구나 어떤 결과를 초래할지 불을 보듯 뻔히 알고 있음에도 전혀 손쓸 수 없으니 이보다 더 가슴 아픈 일이 어디 있겠습니까?"

"아마 없겠죠."

"그렇다면 홈즈 씨는 제가 대리로 온 어떤 의뢰인의 입장을 이해해주실 수 있겠군요."

"경이 대리인으로 오셨는지는 몰랐습니다. 그럼 사건 의뢰인은 누구입니까?"

"홈즈 씨, 그것만은 묻지 마시기 바랍니다. 저는 이 일에서 명예로운 그분의 이름을 어떤 식으로도 언급하지 않았다고 자신 있게 보고해야 할 의무가 있습니다. 그는 대단히 훌륭하고 정의로운 동기에서 이 일을 부탁 드리지만 자신을 드러내고 싶어하지 않습니다. 물론 보수는 걱정하실 필요가 없고 당신의 자유도 완벽하게 보장될 겁니다. 그러니 그 고객이 누구든 상관이 없지 않습니까?"

"데머리 경, 저는 일의 한쪽에만 비밀이 있어야 한다고 믿습니다. 양쪽 모두 비밀에 싸여 있으면 일이 혼란에 빠질 수 있으니까요. 죄송하지만 그런 조건이라면 이 일은 거절해야 할 것 같습니다."

이 말에 손님은 몹시 당황해했다. 그의 커다랗고, 섬세한 얼굴이 실망과 여러가지 감정이 교차되면서 어두워졌다. 그리고는 곧 홈즈를 설득하기 시작했다.

"홈즈 씨, 당신의 행동이 어떤 영향을 미칠지 잘 모르시는군요. 당신은 나를 매우 곤란하게 만들고 있습니다. 내가 의뢰인의 이름을 밝힐 경우 당신은 분명 이 사건을 기꺼이 맡아 주시겠지만, 나는 그분과 이미 약속을 했기 때문에 그것만은 말할 수 없는 상황입니다. 하지만 최소한 어떤 사건인지 설명할 기회는 주셔야 하지 않습니까?"

"물론입니다. 제가 구속되는 게 아니라면 말입니다."

"알겠습니다. 우선 드 멜빌 장군에 대해서는 물론 들어 보셨겠지요?"

"카이버에서 이름을 떨친 유명한 드 멜빌 말입니까? 그분이라면 익히 들어 잘 알고 있습니다."

"그분에게 바이올렛 드 멜빌이라는 딸이 있습니다. 젊고 부유하며 아름다울 뿐 아니라 교양이 넘치는 그야말로 다재다능한 아가씨지요. 그 악당의 손에서 우리가 구하려고 하는 사람이 바로 이 사랑스럽고 순진한 아가씨입니다."

"그루너 남작이 그녀를 가둬 두고 있다는 말씀입니까?"

"여성에게 있어 가장 강한 구속력, 바로 사랑의 힘으로 가둬 두고 있지요. 당신도 들었겠지만 그 악당은 대단한 미남이고 달콤한 매너와 점잖은 목소리까지 갖추고 있어서 많은 여성이 그의 낭만적이고 신비로운 인상에 쉽게 매료당하고 말죠. 내가 듣기로, 그는 모든 여성을 마음대로 농락하며 자기 일에 이용하기까지 한다더군요."

"그런데 어떻게 그런 자가 바이올렛 드 멜빌 같은 상류층 아가씨를 만날 수 있었을까요?"

"지중해 요트 여행에서였습니다. 그 회사는 고객을 선별해서 뽑는 대신 배 삯을 받지 않았어요. 그런데 행사 주최 측은 남작이 어떤 인물인지 제대로 파악하지 못했던 모양입니다. 그걸 뒤늦게 알게 된 거죠. 그 악당은 바잉올렛 양을 유혹해서 사랑에 빠지도록 만들었고, 결국 그녀의 마음을 완전히 사로잡았습니다. 그녀가 그 작자를 사랑한다는 표현은 매우 거북하군요. 그녀는 그에게 완전히 마음을 빼앗겼습니다. 그가 없으면 이 세상은 아무 의미가 없다고 말할 정도니까요. 심지어 그를 비방하는 말은 단 한 마디도 들으려 하지 않습니다. 바보짓을 말리려고 별수단을 다 써 봤지만 모두 헛수고였습니다. 아무튼 요점을 말하자면, 바이올렛 양이 다음 달에 그에게 청혼을 하겠다고 선언했다는 겁니다. 그녀는 이제 성인인 데다가 의지가 강하기 때문에 도저히 말릴 방법이 없습니다."

"바이올렛이라는 아가씨는 그 오스트리아 인이 저지른 사건들에 대해 알고 있습니까?"

"그 교활한 악마는 세상에 알려진 자기 과거의 모든 불미스런 사건을 그녀에게 털어놓았지만, 자신은 언제나 무고한 희생양이었다는 식으로 표현한 모양입니다. 결국 바이올렛 양은 그자의 말을 곧이곧대로 받아들였고 다른 사람들 말에는 귀도 안 기울이게 되었지요."

"그거 참! 그런데 경은 무심코 우리 의뢰인의 존함을 알려 주신 거 같은데요? 드 멜빌 장군이 틀림없어 보이는군요."

우리의 손님은 의자에 앉은 채로 어찌할 바를 몰라 했다.

"그렇다고 대답해서 당신을 속일 수도 있겠지만, 사실 그렇지는 않습니다, 홈즈 씨. 드 멜빌 장군은 병으로 쇠약해져 있습니다. 그 강하던 군인이 이번 일로 완전히 풀이 죽었어요. 전장에서 한 번도 실패한 적 없는 장군인데 맥이 풀려서 쇠약하고 휘청거리는 노인이 된 거죠. 이제 드 멜빌 장군에게는 그 오스트리아 작자와 같은 똑똑하고 무서운 악당과 싸울 능력은 남아 있지 않답니다. 이 의뢰인은 장군이 오랫동안 친밀하게 교제해 온 오랜 친구로, 아가씨가 아주 어릴 때부터 마치 친자식처럼 관심 있게 지켜봐 왔습니다. 그는 이 비극을 그냥 두고 볼 수 없기에 막으려고 노력하는 것입니다. 그렇다고 스코틀랜드 야드에 맡길 문제는 아니죠. 당신에게 의논해 보자는 것이 의뢰인의 의견이며, 이미 말했듯이 그분의 이름이 이 일에서 언급되지 않는 조건으로 말입니다. 홈즈 씨, 당신의 놀라운 능력이라면 그 의뢰인이 누군지 알아내는 것쯤이야 쉬운 일이겠지만, 명예가 걸린 문제이니 부디 알아내려고 하지 마시고 절대 그분의 이름을 입 밖에 내지 말아 주십시오."

홈즈는 묘한 웃음을 지었다.

"그 점은 안심하셔도 좋습니다. 그리고 덧붙여 말씀드리자면 이번 일에 관심이 생겼습니다. 그 일과 관련해서 조사할 준비를 하죠. 제가 경에게는 어떤 식으로 연락을 드리면 되겠습니까?"

"칼튼 클럽으로 연락하세요. 그러나 비상시에는 제 개인 전화 'XX.31'로 전화하시면 됩니다."

홈즈는 자리에 앉아 그것을 받아 적더니, 미소를 띤 표정으로 무릎 위에 사건수첩을 펼쳤다.

"남작은 지금 어디에 살고 있습니까?"

"킹스턴 근방의 버넌 로지에 삽니다. 큰 저택이지요. 그는 수상한 투기로 돈을 벌었고 지금은 부자가 되었기 때문에 건드리기 위험한 적이기도 합니다."

"그는 요즘 집에서 지냅니까?"

"그렇습니다."

"지금까지 말씀해 주신 내용 이외에 그에 대한 또 다른 정보가 있습니까?"

"그는 호사스런 취향을 지닌 사람입니다. 말 애호가이기도 하고요. 한때 헐링엄에서 잠시 폴로 선수로 뛰었는데, 프라하 사건으로 시끄러워지자 그곳을 떠난 겁니다. 또 도서와 그림도 수집하죠. 뛰어난 예술적 기질을 타고난 사람입니다. 제가 알기론, 중국 도자기에 관해서도 일가견 있는 권위자여서 그런 주제의 책을 쓴 적도 있습니다."

"복잡한 사람이군요." 홈즈가 말했다. "사실 천재적인 범죄자들은 모두 그렇답니다. 제가 잘 아는 찰리 피스는 바이올린의 명수였습니다. 웨인라이트(토머스 그리피스 웨인라이트(1794~1852) : 아편 상용, 문서 위조, 유산 상속을 둘러싼 독살로 유명하며, 문예 미술 감식에도 뛰어났다.)에게도 뒤지지 않는 예술가였죠. 그 밖에도 비슷한 예는 얼마든지 있습니다. 자, 제임스 경, 제가 그루너 남작을 상대해 보겠다고 의뢰인께 전해 주십시오. 이제 더 이상은 말씀드릴 수 없군요. 저에게도 나름대로 정보원이 몇 명 있으니 이 문제의 해결 방법을 찾을 수 있을 겁니다."

손님이 돌아가자 홈즈는 옆에 있는 내 존재도 잊은 채, 꼼짝 않고 앉아서 꽤 오랫동안 깊은 생각에 잠겼다. 그러다 마침내 제정신으로 돌아와 내게 물었다.

"왓슨, 어떻게 생각해?"

"그 아가씨를 직접 만나 보는 게 좋을 것 같은데."

"왓슨, 늙고 풀죽은 아버지도 설득하지 못하는데, 낯선 사람인 내가 말한다고 효과가 있겠나? 그 방법은 다른 모든 방법이 실패할 때를 대비해서 아직은 남겨 두세. 내 생각에는 다른 각도에서 시작해 보는 편이 좋을 것 같아. 어쩌면 신웰 존슨이 좀 도움이 될지 모르겠네."

그동안 나는 회고담에서 신웰 존슨에 대해 언급할 기회가 없었는데, 홈즈의 경력 중후반기의 이야기는 아직 별로 다루지 않았기 때문이다. 20세기 초 몇 년간, 그는 홈즈에게 매우 쓸모 있는 정보원이었다. 유감스런 일이지만 사실 존슨은 예전부터 매우 악랄한 악당으로 이름을 날렸으며, 파크허스트 감옥에도 두 번이나 다녀왔다. 하지만 나중에는 회개하여 홈즈와 손을 잡았고, 런던에 있는 거대 범죄조직의 일원으로 잠입하여 종종 매우 결정적인 정보를 얻어내곤 했다. 존슨이 경찰의 '스파이'였다면 금방 들통이 났겠지만, 홈즈는 주로 직접 법정으로 가지 않는 사건들을 맡기 때문에 존슨의 활동을 그의 동료

들은 전혀 눈치채지 못했다. 두 번이나 유죄 판결을 받은 전력 덕분에, 그는 지역 내의 모든 나이트클럽, 숙박업소, 도박장을 자유롭게 드나들 수 있었다. 게다가 예리한 관찰력과 민첩한 두뇌까지 겸비했기 때문에 정보를 얻어내는 스파이로는 그야말로 최고였다. 지금 홈즈는 바로 이 신웰 존슨을 떠올린 것이다.

나는 본업인 의사 일로 인해 홈즈를 당장 따라나설 형편이 아니었으므로 우리는 그날 밤 심슨 식당(《죽어 가는 탐정》에도 나오는 스트랜드 가에 있는 식당)에서 다시 만났다. 넓은 창가의 작은 탁자 앞에 앉아 스트랜드 가를 오가는 사람들의 바쁜 모습을 보며, 홈즈는 그 사이 있었던 일에 대해 이야기했다.

"존슨에게 여기저기 알아보라고 시켰어. 그가 지하 범죄세계의 한가운데에 들어가 뭔가 찾고 있을 거야. 우리가 맞서야 할 인물의 비밀은 범죄의 검은 뿌리 한복판에 숨겨져 있을 테니까."

"하지만 바이올렛 양은 이미 알려진 사실들조차 받아들이지 않는 상황인데, 새로운 사실들이 몇 개 나온다고 해서 그 결심을 바꾸겠나?"

"누가 알겠나, 왓슨. 여자의 마음이나 기분은 남자들에겐 그저 알쏭달쏭한 퍼즐 같지 않은가. 살인자를 용서하거나 감싸주다가도 아주 작은 일에 괴로워하는 존재가 여자야. 그런데 그루너 남작은 나를 이미 알고 있더군."

"그가 자네를 알아보다니, 그게 무슨 말인가?"

"아, 자네에게 내 계획을 미리 알려 주지 않았군. 왓슨, 나는 내 상대와 가까이서 마주보고 싶었어. 눈과 눈을 맞대고 그가 어떤 특성을 지닌 사람인지 직접 확인해 보고 싶었지. 그래서 존슨에게 지시 사항을 전달한 후, 마차를 잡아타고 킹스턴까지 달려갔네. 직접 만나 보니 남작은 아주 상냥한 편이더군."

"그는 자네가 누구인지 알던가?"

"내가 명함을 건넸으니까 누구인지 알았겠지. 그게 중요한 문제는 아니야. 그자의 인상은 얼음처럼 차갑고 목소리는 자네가 속한 상류 사회의 의사들처럼 점잖았지만, 속으로는 코브라처럼 치명적인 독을 품고 있는 만만치 않은 적이 분명했어. 겉으로는 차 한 잔을 권하는 척하지만 그 뒤에 죽음의 잔혹함을 철저히 감추고 있는 그야말로 진짜 범죄계의 귀족이지. 그래서 애들버트 그루너 남작 건을 맡기로 승낙하길 잘 했다는 생각이 들더군."

"그런데도 그가 상냥하다는 건가?"

"곧 잡아먹게 될 쥐를 발견한 고양이가 가르랑거리는 소리 같다고나 할까. 어떤 사람들은 상냥함 속에 저급한 건달들의 폭력보다 더 치명적인 독을 품고 있기도 하지. 특히 그의 인사말이 인상적이었어. '조만간 뵙게 될 줄 알았습니다. 셜록 홈즈 씨.'하고 말하더군. 그러고는 '드 멜빌 장군이 자기 딸 바이올렛과 나의 결혼을 막으려고 당신을 고용했나 보군요. 그렇지 않습니까?'라고 물었지.

나는 아무 말 없이 듣기만 했어. 그러더니 이렇게 충고하더군.

'홈즈 씨, 저를 건드리신다면 그동안 잘 쌓아 온 명성만 무너뜨리게 될 겁니다. 이건 당신이 맡을 만한 일이 아니죠. 위험스런 일을 당하게 되는 건 물론이고 당신의 무기력함만 드러내게 될 테니까요. 그래서 분명히 충고하는데, 이 일에서 즉시 손을 떼십시오.'

그래서 나도 이렇게 응수했지. '참 재미있군요. 저 또한 같은 충고를 하려고 왔는데 말입니다. 남작, 나는 당신의 그 명석한 두뇌에 감탄해 왔고, 처음 만나는데도 그 점은 충분히 짐작이 가고도 남는군요. 그러니까 남자 대 남자로 말하죠. 나는 남작의 과거를 낱낱이 들춰내서 불쾌하게 만들고 싶은 생각은 전혀 없습니다. 그러니 이쯤에서 순순히 물러나시죠. 만일 남작이 이 결혼을 계속 고집한다면 강력한 적들만 늘어날 뿐입니다. 그들은 당신을 잡기 위해서라면 영국이 불바다가 될 때까지 물러나지 않을 사람들이죠. 그런 게임이 과연 가치가 있을까요? 그 여자에게서 떠나는 편이 분명 더 현명한 선택일 겁니다. 그녀가 당신의 과거를 모두 알게 되면 좋을 게 하나도 없을 테니까 말입니다.'

　남작의 콧수염은 끝에 포마드를 조금 발라서 뻣뻣한 게 꼭 곤충 더듬이 같더군. 그는 이 수염을 찡긋거리며 재미있다는 표정으로 내 이야기를 듣더니, 마침내 점잖게 싱긋 웃으면서 이렇게 말했어. '웃어서 미안합니다, 홈즈 씨. 하지만 손에 쥔 카드도 없이 게임을 하려는 모습을 보니까 정말 우습군요. 더 잘할 만한 사람도 없을 거라 생각하지만, 한편으로 측은한 생각도 드는군요. 당신에게는 특별한 패가 없답니다, 홈즈 씨. 하찮은 것 중에서도 가장 하찮은 패만 있을 뿐이죠.'

　'그렇게 생각하셨군요.'

　'내가 알기로는 그렇습니다. 당신에게 모든 것을 솔직하게 알려 드리죠. 나는 확실한 패를 쥐고 있어서 다 보여 줘도 상관없으니 말입니다. 운 좋게도 그 여자는 나한테 완전히 빠져 있죠. 내 과거의 모든 불행한 사고를 분명하게 다 털어놓았는데도 말입니다. 난 심술궂고 교활한 자들이, 그러니까 바로 당신이란 건 아시겠죠, 이런 사실들에 대해 말하려고 그녀를 찾아올 것이며, 그때 그들을 어떻게 다루어야 하는지도 미리 주입시켜 놓았죠. 최면 후 암시에 대해 들어보셨습니까, 홈즈 씨? 선생도 그것이 어떻게 작용하는지 보게 되겠지만, 어떤 품위 없는 주문을 외거나 바보짓을 하지 않고도 개성 강한 인물들에게 최면을 걸 수 있는 방법이랍니다. 그녀는 이미 당신을 기다리고 있으니까 쉽게 만나 줄 겁니다. 그녀는 아버지 말이라면 아주 고분고분하게 잘 들으니까요, 한 가지 작은 일만 빼고 말이오!'

왓슨, 더 이상은 그자와 말이 안 통할 것 같아서 법정에서처럼 냉정한 품위를 유지하려고 애쓰며 그 자리를 떠나려는데, 문고리를 잡는 순간 그가 느닷없이 이렇게 묻더군.

'그런데 홈즈 씨, 프랑스 탐정 르 브룅을 아십니까?'

'압니다.'

'그가 무슨 일을 당했는지도 알겠군요?'

'몽마르트르에서 괴한에게 습격을 받아 평생 한쪽 다리를 못 쓰게 되었다지요.'

'알고 있군요. 홈즈 씨. 재미있는 우연의 일치지만 그는 사고 일주일 전부터 나에 대해 조사하고 있었습니다. 이 일에서 빠지시죠, 홈즈 씨. 그는 운이 나빠서 그렇게 된 게 아닙니다. 알 만한 사람은 다 알고 있습니다. 마지막으로 충고하는데, 당신은 당신의 길로 가고 내 길은 방해하지 말기 바랍니다. 그럼 안녕히 가시오!'

그와의 대면은 그렇게 끝났네, 왓슨. 지금까지는 그게 전부야."

"그 친구 매우 위험해 보이는군."

　"상당히 위험하지. 허풍쟁이라면 대수롭지 않겠지만, 이 자는 속에
품은 의도보다 오히려 부드럽게 말하는 인간이야."

　"자네 정말 이 일을 맡을 건가? 그가 바이올렛 양과 결혼한다고 해서 무슨 큰일이 일어날까?"

"그가 전처를 살해한 게 틀림없다면 매우 심각한 일이지. 게다가 우리 의뢰인은, 이런! 그 점에 대해서는 언급할 필요가 없지. 커피를 다마시면 함께 집으로 가세. 신웰이 뭔가 보고하러 올 테니까."

비대한 몸집과 괴혈병을 앓아 거칠고 붉은 얼굴을 한 남자를 우리는 쉽게 알아볼 수 있었다. 생기 넘치는 검은 눈동자만이 교활한 속마음을 겉으로 드러내는 유일한 표시였다. 그는 자기 세계의 은밀한 내부까지 들어갔다 온 모양으로, 함께 데려온 여자를 그 증거라도 되는 양 옆자리의 긴 등받이 의자에 앉혀 놓고 있었다. 그녀는 희고 격정적인 얼굴에 날씬하고 농염한 몸매를 가진 젊은 여자였다. 나이는 얼마 안 되어 보였지만 이미 죄와 비애에 찌든 표정이 역력해서 그 나병 같은 흔적을 남기고 간 참혹한 세월을 짐작할 수 있었다.

"미스 키티 윈터입니다." 신웰 존슨이 그의 두툼한 팔을 흔들며 소개했다. "이 여자로 말하자면, 아, 본인이 직접 말할 겁니다. 홈즈 씨의 연락을 받은 지 채 한 시간도 안 되서 이 여자를 찾아냈죠."

"날 찾기는 아주 쉬워요." 젊은 여자가 말했다. "이 지옥 같은 런던에서 떠나 본 적이 없는 걸요. 그건 뚱보 신웰도 마찬가지겠지만. 우린 오랜 친구 사이죠. 이 뚱보하고 저 말이에요. 그런데 말이죠. 이 세상에 정의라는 게 있다면 우리보다도 더 지옥에 떨어져야 할 비천한 인간이 하나 있죠! 당신이 대항하고 있는 사람 말이에요, 홈즈 씨."

홈즈가 빙그레 웃었다.

"당신에게 부탁할 게 있어요. 윈터 양."

"그자를 마땅히 가야 할 곳에 잡아넣도록 돕는 일이라면 못 할 게 없죠." 여자는 화가 나서 못 견디겠다는 투로 말했다.

여자의 희고 군은 얼굴에 강한 증오의 감정이 피어올랐고, 두 눈동자에는 보기 드문, 남자들에게서도 찾아볼 수 없는 독기가 이글거렸다.

"제 과거는 조사하지 마세요, 홈즈 씨. 절대 그런 건 못 참아요. 나를 이렇게 만든 건 바로 애들버트 그루너, 그 악당이죠. 그놈을 요절낼 수만 있다면!"

여자는 양손으로 허공을 미친 듯이 쥐어뜯었다.

"아! 그렇게 많은 사람을 지옥 속에 밀어 넣은 그 작자도 지옥으로 밀어 넣을 수만 있다면!"

"지금 상황이 어떻게 돌아가고 있는지 알고 있소?"

"뚱보 신웰한테 들었어요. 그 악당이 불쌍하고 바보 같은 그 여자를 따라다니며 이번 기회에 결혼하려고 한다면서요. 당신은 그걸 막으려는 거고요. 음, 제정신으로 그와 함께 살기를 원하는 그 지체 높은 아가씨를 막으려면 이 악당에 대해 충분히 알고 계셔야 할 텐데요, 홈즈 씨."

"그 아가씨는 제정신이 아니오. 사랑에 눈이 멀었소. 그자가 자기 얘길 모두 한 모양인데도 요지부동이니."

"살인자라는 것도 알고 있나요?"

"그렇소."

"세상에, 그 아가씨 정말 강심장이네요!"

"그를 흠집내려는 중상모략이라고 생각해서 무시하는 겁니다."

"그녀의 바보 같은 두 눈앞에 증거를 보여주면 안 될까요?"

"글쎄요. 당신이 도와줄 수 있겠소?"

"내가 그 증거 아닌가요? 내가 그녀에게 가서 그자가 나를 어떻게 이용해 먹었는지에 대해 말해 주면 어떨까요?"

"그렇게 해 주겠소?"

"하겠냐고요? 왜 안 하겠어요!"

"좋소. 해 볼 만한 가치는 있을 겁니다. 그러나 바이올렛 양은 이미 그 악당의 죄에 대해 대부분 듣고 용서한 상태이기 때문에, 다시 문제 삼지 않을지도 모르오."

"그놈이 모두 얘기했을 리 없죠." 윈터 양이 말했다. "그 큰 소동이 났던 사건 외에도 나는 그가 한두 번 더 살인을 저질렀다는 사실을 언뜻 눈치챘었답니다. 그가 점잖은 목소리로 어떤 사람에 대해 말하다가 '그 사람 살아 있을 날이 한 달밖에 안 남았지.'하고 나직하게 말하며 저를 바라보더군요. 전혀 살벌한 말투가 아니었죠. 그래서 저는 별로 신경 쓰지 않았어요. 사실 그때는 그놈에게 푹 빠져 있었거든요. 무슨 일을 저지르든 상관하지 않았어요, 지금 그 바보 같은 여자와 똑같이 말이죠! 그런데 내가 충격 받은 일이 하나 있었죠. 그래요, 세상에! 만일 그 작자가 그 솜사탕 같은 말솜씨로 변명하고 구슬리지만 않았어도 그날 밤 안으로 도망쳤을 텐데. 그는 책을 한 권 갖고 있어요. 갈색 가죽표지의 책인데 열쇠가 달렸고 테두리를 금장식으로 둘렀죠. 그날 밤 그가 좀 취했었나 봐요. 그렇지 않으면 그런 것을 보여 줄 리 없는데 말이에요."

"그게 무슨 책이었습니까?"

"말하자면, 홈즈 씨, 그는 나비나 곤충을 수집하듯이 여자들을 수집하고, 그걸 자랑스럽게 여기나 봐요. 그 책에 그런 내용을 모아 놓았더라고요. 스냅사진과 이름, 여인들에 대한 모든 상세한 기록들로 채워 놓은 책이죠. 그자가 아무리 천한 출신이라고 해도 그건 너무했어요. 사람이라면 보지 말아야 할 역겨운 내용들이 가득하다고요. '애들버트 그루너가 파멸시킨 영혼들'이라는 제목이나 어울릴 만한 그런 책이랄까요. 아마 꺼림칙한 게 없다면 그 책을 바깥 서재에 두었겠죠. 그러나 그 책을 어디에 두던 홈즈 씨한테는 별 소용이 없겠죠. 설령 도움이 된다 해도 구할 수도 없을 테니까요."

"그 책을 어디에 두죠?"

"요즘은 어디에 두는지 내가 어떻게 알겠어요? 그자와 헤어진 지 1년도 넘었는데. 전에 두던 곳은 기억하지만요. 여러 면에서 정확하고 깔끔한 고양이 같은 사람이니까 어쩌면 아직도 안쪽 서재의 낡은 책상 서랍 속에 넣어 두고 있을지도 모르겠네요. 그 사람의 집은 아세요?"

"서재에는 들어가 봤어요." 홈즈가 대답했다.

"그러셨어요, 벌써? 오늘 아침에 시작했다더니 일 진행이 느린 분은 아니네요. 애들버트가 이번에는 임자를 만났나 보군요. 바깥 서재 창문 사이에는 큰 유리 선반을 설치하고 거기에 도자기들을 모아 놓았죠. 그리고 그의 책상 뒤쪽에 있는 문으로 들어가면 안쪽 서재가 나와요. 작은 방이지만 그는 거기에 서류와 귀중품들을 보관해 둬요."

"도둑이 들까 두려운가 보군요?"

"애들버트는 겁쟁이가 아니에요. 그와 앙숙 관계에 있는 사람이라도 그건 인정할 걸요. 자신 정도는 지킬 수 있는 사람이죠. 밤에는 도

난경보기를 켜 두고 있고 도둑이 들더라도 가져갈 게 뭐 있어야죠. 고작 기묘한 도자기 정도나 가져갈려나?"

"그런 건 훔칠 만한 물건이 아니야." 신웰 존슨이 전문가다운 확신에 차서 말했다. "녹일 수도 팔 수도 없는 그런 물건을 사 주는 장물아비는 없거든."

"옳은 말이네." 홈즈가 말을 받았다. "윈터 양, 내일 저녁 5시에 이곳으로 다시 와 주시오. 그때까지 당신이 그 아가씨를 개인적으로 만나겠다는 제안이 실현 가능한지 알아보겠소. 도와줘서 매우 고맙소. 말할 필요도 없겠지만 우리 의뢰인이 넉넉하게 사례를—"

"됐어요, 홈즈 씨." 여자가 큰 소리로 말했다. "돈 때문에 하는 일이 아니에요. 그자가 진창에 빠지는 꼴만 보게 해 주시면 그걸로 충분해요. 진창 속에서 내 발로 그의 얼굴이나 실컷 짓밟아 주게요. 그거면 제 보수로는 충분하죠. 내일 아니, 그놈을 상대하는 일이라면 언제라도 돕겠어요. 여기 있는 풍보에게 물어보시면 항상 절 찾으실 수 있을 거예요."

다음 날 저녁때가 되어서야 나는 다시 홈즈를 볼 수 있었다. 스트랜드 가의 레스토랑에서 함께 저녁을 먹으면서 바이올렛 양과의 면담이 괜찮았는지 묻자 홈즈는 어깨를 으쓱했다. 그리고 그간 있었던 이야기를 들려주었다. 그러나 홈즈의 설명이 너무 딱딱하고 무미건조한 까닭에 부드럽게 각색해서 옮기기로 하겠다.

"만남의 약속은 쉽게 할 수 있었어." 그가 말을 시작했다. "왜냐하면 그녀는 자신의 약혼 때문에 빚어진 부녀간의 불화를 보상하려는 뜻에서, 그 밖의 모든 이차적인 문제는 아버지 뜻대로 따르려고 노력하고 있기 때문이지. 모든 준비가 되었다는 장군의 전화가 왔고, 그 불같은 윈터 양도 약속대로 나타나더군. 우리가 그 노장군의 저택이 있는 버클리 광장 104번지 앞에서 마차를 내린 시각은 5시 30분쯤이었어. 그 저택은 회색을 띤 런던 성들 중 하나였는데, 웬만한 교회는 초라해 보일 정도로 장엄한 건물이더군. 그 집의 하인이 우리를 노란 커튼이 쳐진 화려한 객실로 안내했고, 바이올렛 양은 그곳에서 우리를 기다리고 있었네. 그녀는 품위 있고 창백하며 말수가 적은 단호한 성격의 여성으로, 먼 산 위에 쌓인 눈처럼 가까이하기 힘든 분위기가 풍기더군.

어떻게 말해야 그녀의 모습을 선명하게 묘사할 수 있을지 모르겠어, 왓슨. 아마 자네도 만날 기회가 있을 테니까, 자네의 문장력으로 묘사해 보게. 아름답기는 하지만 높은 곳만 지향하는 광신적이고 왠지 이 세상에는 안 어울리는 미인이랄까. 마치 중세 시대의 명화에서 본 듯한 얼굴이었지. 어떻게 그런 야수 같은 자가 이런 존재에게 그 더러운 손길을 뻗칠 수 있었는지 모르겠더군. 극과 극은 서로 끌리기 때문일까? 신성한 존재와 짐승 아니면 야만인과 천사의 만남이라고 표현하면 맞을 듯하네. 이런 최악의 만남은 아마 자네도 처음 볼 거야.

물론 바이올렛 양은 우리가 왜 왔는지 짐작하고 있었는데, 그 악당이 이미 그녀 마음속에 우리에 대한 경계심을 심어 놓은 탓이지. 윈터 양의 등장에는 다소 놀라는 눈치였지만, 손짓으로 우리 각자에게 의자를 권하더군. 마치 존귀한 수녀원장이 두 명의 나병환자를 맞이하는 모습이랄까. 만일 자네가 거만해지고 싶다면 바이올렛 드 멜빌 양에게 가서 한 수 배우면 될 거야.

'자, 선생님.'하고 그녀가 빙산에서 불어오는 바람처럼 싸늘한 목소리로 말했어. '성함은 알고 있어요. 아마도 제 약혼자 그루너 남작을 비방하러 오셨을 테죠. 제가 여러분을 만나는 이유는 단지 아버지의 부탁 때문이에요. 하지만 분명하게 충고 드리는데, 여러분이 어떤 말을 해도 내 마음은 조금도 흔들리지 않을 겁니다.'

왓슨, 그녀가 참 안쓰럽더군. 그 순간에는 마치 그녀가 내 딸 같다는 생각마저 들었어. 그런데 나는 그렇게 세련된 말주변은 없지 않나. 심장이 아니라 머리로 말을 하지. 하지만 이번에는 정말 최대한 감정이 섞인 말들을 골라 그녀를 잘 이해시켜 보려고 노력했네. 결혼한 후에야 남자의 성품을 깨달은 여자의 생활이 얼마나 비참할지, 피 묻은 손과 음탕한 입술이 놀리는 대로 복종해야 하는 여자의 삶이 얼마나 고통스러울지에 대해 열심히 설명했어. 그 모든 치욕, 공포, 번뇌, 절망에 대해 낱낱이 말했지. 그런데 내가 그렇게 열심히 설명해도 그 무관심한 두 눈에 아무런 감정의 변화도 보이지 않더군. 그 악당이 말했던 '최면암시' 효과가 이런 거로구나 하는 생각이 들었어. 정말 그녀는 지상이 아닌 황홀한 꿈속 어딘가에 살고 있는 것 같더군. 심지어 그녀의 대답은 아주 명료했어.

'홈즈 선생님, 겨우 참고 들었습니다.' 이렇게 대답하더군.

'이미 말씀드렸듯이 제 마음은 전혀 변함이 없습니다. 저는 애들버트가 매우 치열한 삶을 살아왔고, 그래서 심한 미움이나 부당한 비방을 많이 사고 있다는 점을 알아요. 제 앞에서 그를 욕하는 사람은 이제 선생님이 마지막일 겁니다. 선생님을 모욕하려는 뜻은 아니지만,

당신은 돈을 받고 일하는 탐정이니 지금 남작에 대해 비방하듯이 그의 편을 들 수도 있을 거라는 생각이 드는군요. 그러나 어쨌든 제가 그를 사랑하고 그 역시 저를 사랑하고 있다는 사실만은 이해해 주시리라 믿습니다. 그리고 세상이 뭐라 한들 제 귀에는 창밖에서 지저귀는 새들의 소리보다도 의미가 없다는 사실을 명심해 주세요. 만일 그의 고귀한 천성이 한순간이라도 추락한다면 다시 본래의 진실하고 고귀한 위치로 돌려놓는 것이 제게 부여된 의무라고 생각해요. 아, 잊고 있었군요.'라며 그녀가 나와 함께 간 여자를 돌아보았지. '이 젊은 여자분은 누구시죠?'라고 묻더군.

내가 대답하려는 순간 미스 윈터가 회오리처럼 끼어들었지. 그때 두 여자의 얼굴은 정말 볼만했어. 한 여자는 불처럼 이글거렸고, 또 다른 여자는 얼음처럼 싸늘하고 말이야.

'내가 직접 말하죠.' 윈터 양이 의자에서 벌떡 일어나면서 소리쳤는데 너무 흥분한 나머지 입이 잔뜩 일그러져 있었지. '나는 그자의 정부였어. 그 악당이 유혹해서 실컷 이용해 먹고 파멸시킨 후 쓰레기 더미에 던져 버린 수백 명 중 하나야. 당신도 똑같이 될 걸. 아마 당신은 쓰레기 더미 대신 무덤에 던져질 가능성이 더 크겠지만, 어쩌면 그게 낫지. 이 바보 같은 아가씨야, 결혼하고 나면 아마 그날로 그놈 손에 죽을 거야. 심장을 터뜨릴지 목을 부러뜨릴지 모르겠지만, 그건 그 사람 마음이지. 당신을 아껴서 이런 말 하는 건 아니야. 그자가 당신을 죽이든 말든 나와 상관없는 일이니까. 난 그저 그 작자에 대한 미움과 증오 때문에, 받았던 대로 갚아 주고 싶어서 그러는 거야. 그리고 결국 당신도 나랑 똑같으니 그런 눈으로 쳐다볼 필요 없어, 귀족 아가

씨. 그런 일을 겪고 나면 당신이 나보다 더 천박해질지도 모르니까.'

그러자 멜빌 양이 냉정하게 '그런 이야기는 별로 하고 싶지 않군요.'하고 잘라 말하더군. '제가 한마디만 하죠. 내 약혼자는 살아오는 동안 변화를 세 번 겪었는데, 그중에는 교활한 여자들과 관계했던 시절도 있었어요. 하지만 그이가 자기가 저지른 그간의 모든 악행을 진심으로 회개하고 있다는 것도 알아요.'

'세 번의 변화 좋아하시네!' 듣고 있던 윈터 양이 갑자기 악을 썼어. '당신은 정말 바보야! 구제불능이라고!'

'홈즈 씨, 이제 면담을 이것으로 끝냈으면 좋겠군요.' 바이올렛 양은 쌀쌀한 목소리로 말했어. '아버지 때문에 선생님을 만나고 있긴 하지만 이 분의 미친 소리까지 듣고 있긴 정말 힘들군요.'

그때 원터 양이 욕을 하며 앞으로 뛰어들었는데, 만일 내가 팔을 잡지 않았다면 아마 바이올렛의 머리털을 쥐어뜯었을 거야. 원터 양을 억지로 문까지 끌고 가서 사람들이 몰려들기 전에 마차에 태울 수 있었던 건 천만다행이었어. 왜냐하면 그녀는 화가 나서 제정신이 아니었거든. 사실은 나도 좀 화가 나긴 했지, 왓슨. 왜냐하면 우리는 그녀를 구하려고 노력하는데, 그녀는 차분한 무관심과 극도의 공손함 속에 뭐라 표현하기 힘들지만 성가시다는 반응만 보였으니까. 이제 우리가 어떤 상태에 있는지 자네도 정확하게 알겠지만, 이 방법은 별 효과가 없는 것 같으니 뭔가 새로운 방법을 찾아야만 하네. 왓슨, 자네의 도움이 필요할지 모르니 연락하지. 이번에는 우리보다 저들이 행동할 가능성이 더 크지만 말이야."

과연 홈즈의 말이 적중했다. 그들이, 아니 바이올렛 양이 그런 일에 관여했으리라고는 믿을 수 없으므로 그루너 남작이 일격을 가해 왔다고 할 수 있을 것이다. 공포의 고통이 영혼 속까지 녹아들던 그 광고 문안이 눈에 들어왔던 그 순간에 내가 서 있던 바로 그 자리를 나는 지금도 똑똑히 기억하고 있다. 그것은 그랜드 호텔과 채링크로스 역의 중간쯤 되는 지점이었는데, 외다리 신문팔이가 석간을 팔고 있었다. 날짜는 앞의 대화가 있은 지 바로 이틀 뒤였다. 노란 종이에 검은 글씨로 이런 끔찍한 비보가 적혀 있었다.

셜록 홈즈, 괴한의 습격을 받다

나는 멍해져서 한동안 그 자리에 얼어붙은 듯 서 있었다. 그리고 낚아채듯 집어 들었던 신문, 돈을 내지 않았다고 항의하던 남자의 얼굴, 불길한 기사를 읽으면서 약국 문 앞에 서 있던 기억이 뒤죽박죽 한데 엉켜 떠오른다. 그 기사는 이런 내용이었다.

유명한 사립탐정 셜록 홈즈 씨가 안타깝게도 오늘 아침 흉악한 괴한의 습격을 받아 심각한 부상을 입은 것으로 알려졌다. 아직 자세한 내용은 밝혀지지 않았지만 이 사건은 12시쯤 리젠트 가의 카페 로열(1865년 프랑스 인 니콜이 글라스하우스 가에 오픈. 1907년 니콜이 죽었을 때, 카페 로열은 런던의 화가와 문인들이 출입하는 레스토랑 카페가 되었다.) 앞에서 발생했다. 괴한 두 명이 휘두르는 지팡이에 머리와 몸을 맞은 홈즈 씨는 부상이 매우 심각한 상태라고 의사가 밝혔다. 홈즈 씨는 채링크로스 병원으로 호송되었으나, 본인의 희망으로 베이커 가에 있는 자신의 거처로 다시 옮겼다. 그를 습격한 괴한들은 점잖은 옷차림의 남자들이었는데, 몰려드는 사람들을 피하기 위해 카페 로열로 들어가서 뒷문을 통해 글라스하우스 가로 빠져 나간 듯하다. 그동안 홈즈 씨의 활동과 재능 때문에 종종 타격을 입었던 범죄 조직원들의 소행으로 추정되고 있다.

내가 그 기사를 제대로 훑어볼 새도 없이 마차를 잡아타고 베이커 가로 달려갔음은 새삼 말할 필요도 없을 것이다. 현관에 막 들어서다 유명한 외과의사 레슬리 옥숏과 마주쳤다. 그의 마차가 밖에서 기다리고 있었다.

"다행히 생명에 지장은 없습니다." 의사가 말했다.

"머리가 두 군데 찢어졌고, 군데군데 심하게 타박상을 입었더군요. 몇 바늘 꿰맸습니다. 모르핀을 주사했고 충분히 안정을 취해야 하지만, 몇 분 정도의 면회는 괜찮을 겁니다."

이렇게 허락을 받고 나는 어두운 방 안으로 조용히 들어갔다. 환자가 눈을 번쩍 뜨더니 쉰 목소리로 내 이름을 불렀다. 블라인드를 3/4쯤 내려놓았지만, 그 틈으로 비스듬히 들어온 한 줄기 햇살이 붕대에 칭칭 감긴 환자의 머리 위에 머물러 있었다. 흰색 리넨 압박붕대 밑으로 진홍색 반창고가 비쳤다. 나는 옆에 앉아 환자를 내려다보았다.

"괜찮아, 왓슨. 그렇게 겁먹지 말게." 그가 아주 가느다란 목소리로 중얼대듯 말했다. "보기보단 심각하지 않아."

"천만다행이야!"

"자네도 알다시피, 지팡이 휘두르는 데는 나도 전문가 아닌가. 웬만한 공격에는 끄떡도 안 했는데. 날 이렇게 만신창이로 만든 건 이 자가 두 번째야."

"내가 어떻게 하면 좋겠나, 홈즈? 그 천벌 받을 놈 짓이 분명해. 자네가 원한다면 가서 그놈을 흠씬 두들겨 패 주겠어."

"왓슨! 아니야, 경찰에서 그 괴한들을 체포하지 못하는 한 우리도 어쩔 수 없네. 그런데 그자들은 미리 탈출구까지 계획해 두었던 모양이야. 예상했던 일이지. 조금만 기다려 봐. 나한테 계획이 있어. 우선 내가 중태에 빠진 것처럼 부풀려 두자고. 소식을 들으려고 사람들이 오겠지. 그럼 자네는 심하게 허풍을 떨어 줘, 왓슨. 내가 잘해야 일주일 정도 살 것처럼 말이야. 뇌진탕, 정신착란, 뭐 그런 것들 있지 않나! 자네가 알아서 너무 극단적이지 않게 잘 말해 두라고."

"그런데 레슬리 옥숏 의사는?"

"아, 그는 괜찮아. 의사는 가장 심각한 증상만 보게 될 테니까. 그건 나한테 맡기게."

"그 밖에 더 필요한 게 있나?"

"그래. 신웰 존슨에게 윈터 양을 피신시키라고 이르게. 그 악당들이 이제 그 여자까지 목표로 삼을지 모르니까. 그날 나와 함께 갔었다는 사실을 틀림없이 알고 있을 거야. 나한테 한 짓을 보면 그 여자도 그냥 두지 않을 거야. 서둘러. 오늘 밤에 피신시켜야 해."

"지금 가야겠군. 다른 것은?"

"테이블 위에 내 파이프를 놓아 주게. 담배도. 좋아! 작전을 짜야 하니까 아침마다 오게."

그날 밤 존슨과 나는 윈터 양을 조용한 교외로 피신시켰고, 위험이 지나갈 때까지 몸을 감추고 조심하도록 그녀에게 일러두었다.

이후 엿새 동안, 각 신문 기사들은 홈즈의 죽음이 임박한 것 같이 떠들어 댔다. 홈즈의 병세가 절망적이라는 보도와 함께 불길한 기사들이 앞다투어 실렸다. 하지만 내가 매일 방문하면서 느끼기로는 그렇게까지 심각한 상황은 분명히 아니었다. 홈즈는 강한 체질과 굳은 의지로 기적을 만들어 가고 있었다. 회복 속도가 너무 빨라서, 혹시 좋아지고 있는 것처럼 나한테까지 연극을 하는 게 아닐까 하는 의문이 이따금 생길 정도였다. 홈즈는 최대한의 극적인 효과를 유도하기 위해 뭔가를 비밀스럽게 진행하는 경향이 있는데, 가장 가까운 친구인 나에게조차 정확한 계획 내용에 대해서는 추측할 수 있는 정도로만 알려 주었다. 비밀을 확실히 유지하는 가장 안전한 방법은 혼자만 알고 있는 것이라는 원칙을 그는 끝까지 버리지 않았다. 내가 그의 가장 가까운 친구라는 사실은 의심의 여지가 없지만, 나는 우리 사이에 존재하는 거리감을 늘 완전히 벗어 버리지는 못했다.

일주일 째 되는 날, 드디어 상처의 실밥을 풀었다. 하지만 그날 석간신문에는 염증에 독이 퍼졌다는 기사가 실렸다. 같은 석간신문의 다른 면에는, 독이 될지 약이 될지 모르지만, 홈즈에게 꼭 전해야 할 기사 하나가 있었다. 그 기사를 요약해 보면, 금요일에 리버풀에서 출발할 커나드 여객선 루리타니아 호의 승객 명단에 애들버트 그루너 남작이 포함되어 있는데, 곧 다가오는 바이올렛 드 멜빌 양과의 결혼식에 앞서 해결해야 할 중요한 재정적인 문제 때문에 미국에 다녀올 예정이라는 내용이었다. 아직 창백한 얼굴의 홈즈는 그 뉴스에 집중하는 것 같더니 몹시 놀란 듯 말했다.

"금요일이라고!" 그가 외쳤다.

"겨우 사흘 남았군. 이 악당이 위험한 짐을 덜어 내리려는 게 틀림없어. 그러면 안 되는데…… 왓슨! 절대로, 그자를 그냥 둘 수 없어! 왓슨, 자네에게 부탁할 게 있어."

"무엇이든지, 홈즈."

"앞으로 24시간 동안 도자기에 대해 집중적으로 공부하게."

그는 더 이상 아무런 설명을 덧붙이지 않았다. 나 역시 아무 질문도 하지 않았다. 오랜 경험상 그의 지시대로 그냥 따르는 편이 현명하다는 사실을 알고 있었기 때문이다. 그러나 그의 방에서 나온 나는 이 특이한 지시를 도대체 어디서부터 시작해야 할까 궁리하며 베이커 가로 걸어갔다. 마침내 세인트 제임스 광장에 있는 런던도서관으로 향했고, 보조 사서인 친구 로맥스에게 사정을 말했다. 곧 여러 권의 책을 양팔 가득히 받아 안은 나는 내 보금자리로 돌아왔다.

한 분야의 전문가인 증인을 심문하기 위해서 월요일에 벼락치기 공부로 관련 지식을 머릿속에 억지로 밀어 넣는 변호사는 그 억지 지식을 토요일도 되기 전에 싹 잊는다고 한다. 마찬가지로 지금 나는 도자기에 대해 아는 지식이 별로 없다. 그러나 그날 오후부터 시작해 밤을 하얗게 지새우고, 그리고 다음 날 아침까지 나는 아주 잠깐씩의 휴식 외에는 도자기에 관한 지식을 머릿속에 밀어 넣고 갖가지 단어들을 외우느라 진땀을 뺐다. 위대한 예술가이며 장식가들의 특징, 군웅할거 시대 자기의 신비, 홍무제 시대(1368~1398) 자기의 문양, 영락제 시대(1402~1424)의 아름다움, 탕잉(唐英: 18세기 청나라 건륭제 시대의 도공.)의 기법과 송나라와 원나라 시대 도자기의 찬란함에 대해서도 알게 되었다.

다음 날 오후 홈즈를 보러 갈 때쯤에는 내 머릿속은 온통 이런 지식들로 꽉 차 있었다. 신문기사만 본 사람들은 상상도 못할 일이었지만, 홈즈는 침상에서 나와 그가 제일 좋아하는 안락의자에 깊숙이 기대앉아서 붕대를 칭칭 동여맨 머리를 손으로 받치고 있었다.

"왜 일어나 있나, 홈즈. 자네가 다 죽어 가고 있다는 신문기사를 믿는 사람이라도 보면 어쩌려고."

"놀라 자빠질 테지. 왓슨, 공부는 잘되 가나?"

"최선을 다하고 있어."

"좋아. 그렇다면 도자기에 대해 전문적인 대화도 할 수 있겠지?"

"아마 할 수 있을 거야."

"그럼, 저 벽난로 선반 위에 있는 작은 상자를 가져다주게."

홈즈가 상자의 뚜껑을 열고 고운 비단으로 매우 세심하게 포장된 작은 물건을 꺼냈다. 포장을 풀자 매우 아름다운 푸른빛이 도는 작은 접시가 나왔다.

"조심해서 다뤄야 해, 왓슨. 중국 명 시대의 진품이거든. 지금까지 크리스티 경매(나중에 나온 소더비와 함께 세계 최고의 경매 하우스)에 등장했던 물품들 중에서도 가장 섬세한 작품이지. 이 접시의 완전한 세트는 황제의 몸값만큼이나 가치가 나간다는군. 하긴 베이징 황궁밖에 그런 완전한 세트가 존재하는지 자체가 의문이긴 하지만 말이야. 이 접시에 대한 품평은 진짜 전문 감정가한테 맡겨 보자고."

"이걸 갖고 어떻게 하라는 건가?"

홈즈가 명함 한 장을 건네주었는데, 거기에는 '힐 바튼 의사, 하프문 가 369번지'라고 인쇄되어 있었다.

"이게 오늘 저녁 자네의 가명이야, 왓슨. 우선 그루너 남작에게 전화하게. 그는 아마 8시 30분쯤에 시간이 비어 있을 거야. 전화할 거라고 미리 전갈을 보내고, 명 시대의 진귀한 도기 세트를 가져가겠다고 말하면 돼. 그리고 수상하다는 인상을 주면 안 되니까 자네의 본래 직업은 그대로 의사라고 해. 취미로 수집하는데 어쩌다 이 귀한 세트를 구하게 됐고, 남작이 이런 주제에 관심이 많다고 들어서 가져왔다며 값을 후하게 쳐주면 팔겠다고 하게."

"값은 얼마나 나가는데?"

"좋은 질문이야, 왓슨. 자신이 소유한 자기의 가치도 모른다면 당연히 의심을 받겠지. 이 접시는 제임스 경이 빌려다 주었는데, 아마 그의 의뢰인의 수집품 같아. 이 세상 어디에서도 이만한 물건은 찾을 수 없을 거라고 큰소리쳐도 결코 허풍으로 들리지 않을 거야."

"그렇다면 전문가의 눈으로 이 물건의 가치를 평가해 달라고 하는 것도 괜찮겠군."

"훌륭해, 왓슨! 자네 오늘따라 유난히 재치가 번뜩이는군. 크리스티나 소더비에 내놓겠다고 넌지시 암시하는 것도 좋겠지. 혼자 값을 정하기는 매우 조심스러운 물건이니까."

"그런데 남작이 만나 주기나 할까?"

"그럼, 틀림없이 만나 줄 거야. 그는 엄청난 수집광일세. 더구나 도자기에 대해서라면 대가로 인정받고 있는 사람인데 이걸 그냥 지나치지는 못할 걸. 왓슨, 앉아서 내가 부르는 대로 편지를 받아 적어. 답장을 받을 필요는 없어. 그저 자네가 가겠다는 말과 그 이유만 밝히면 되니까."

그것은 짧고 공손하면서 전문가의 호기심을 자극하는 멋진 편지였다. 적당한 시간에 배달원을 통해 그 편지를 전달했다. 그리고 그날 저녁, 귀한 접시를 손에 들고 힐 바튼 의사의 명함을 주머니에 꽂은 나는 혼자만의 모험을 떠났다.

아름다운 저택과 정원을 보니 제임스 경 말대로 그루너 남작이 얼마나 부유한지 한눈에 알 수 있었다. 양편에 관목이 드문드문 있는 제방을 마차로 굽이굽이 한참 돌아가서야 바닥에 자갈이 깔리고 조각상들로 장식된 멋진 정원이 나타났다. 남아프리카의 황금 왕이 한참 전성기에 지었다는 이 정원과, 건축학적으로 보면 한낱 장애물에 불과할지도 모를 포탑을 구석구석 세워 놓은 낮은 건축물의 규모와 견고함에 저절로 탄성이 새어 나왔다. 주인의 의자를 장식하고 있던 집사가 안에서 나와 벨벳 옷을 입은 하인에게로 인도했고, 다시 그 하인의 안내를 받아서 남작이 기다리는 곳에 도착할 수 있었다.

남작은 창문 사이에 세워 놓은 커다란 상자를 열어 보는 중이었는데, 그 안에 도자기 수집품 몇 점이 들어 있는 것이 보였다. 내가 들어서자 그는 손에 작은 갈색 화병을 든 채 돌아보았다.

"앉으시죠." 그가 말했다.

"내 보물들을 훑어보던 중입니다. 여기에 하나 더 보탤 여유가 있나 살펴보려고 말이죠. 이 조그만 당나라 시대 유물은 7세기 작품인데 아마 당신도 흥미가 있으실 겁니다. 이렇게 섬세한 솜씨나 풍부한 광택은 정말 찾아보기 힘들죠. 말씀하신 명나라 시대의 접시는 가져오셨습니까?"

나는 조심스럽게 포장을 풀어 그의 앞에 놓았다. 그는 책상 앞에 앉아 등불을 바깥쪽으로 돌려 조명을 조금 어둡게 한 후 접시를 찬찬히 살펴보았다. 그가 노란 불빛 아래서 접시를 살펴보는 데 몰두했기에 나는 느긋하게 그를 살펴볼 여유를 얻었다.

정말 그의 용모는 눈에 띄게 준수했다. 그만한 용모라면 유럽 전역에 평판이 날 만도 했다. 키는 평균이었지만 체격이 건장하고 민첩해 보이는 몸매였다. 얼굴은 검은 편에 속했고, 동양적인 분위기가 물씬 풍겼다. 특히 그 크고 짙은 색의 우수에 잠긴 듯한 눈매라면 여성들이 쉽게 매혹당할 것이다. 머리카락과 수염은 칠흑같은 검은색이고, 짧게 면도한 수염에는 포마드를 세심하게 발라 끝을 뾰족하게 다듬어 놓았다. 단정한 분위기였고, 일직선으로 꼭 다문 얇은 입술만 빼면 상냥한 인상이었다. 그러나 그의 입술에는 살인자의 분위기가 서려 있었다. 냉혹하고 무시무시한 얼굴에 생긴 잔혹하고 깊은 상처 같은 입술이었다. 수염을 옆으로 잡아당기는 그의 버릇은 경망스러워 보였는데, 그것은 희생의 대상에게 경고를 보내는 본능적인 신호처럼 느껴졌기 때문이다. 하지만 그의 목소리는 상냥하고 몸가짐은 나무랄 데가 없었다. 나중에 보게 된 기록에는 그의 나이가 42세로 되어 있었지만, 그냥 봐서는 이제 서른을 갓 넘긴 듯이 보일 뿐이었다.

"아주 훌륭하군요. 정말 최고입니다!" 마침내 그가 말했다.

"이것과 일체를 이루는 한 세트를 소장하고 계시다는 말씀이시죠. 이렇게 완벽한 표본이 있는 것을 내가 모르고 있었다니 참 놀랍군요. 제가 알기로는 영국에 이것과 일체가 되는 것이 한 점 있긴 하지만 분명 시장에 내놓지는 않은 걸로 알고 있습니다. 힐 바튼 선생, 이걸 어떻게 구하셨는지 여쭤 봐도 되겠습니까?"

"그게 사실입니까?" 나는 가능한 한 소탈하게 보이도록 노력하며 물었다.

"이게 정말 그렇게까지 가치 있는 진품이란 말씀이시죠. 전문가께서 그렇게 보증해 주시니까 아주 만족스럽습니다."

"정말 수수께끼로군요."

그의 두 눈에 한순간 의심의 빛이 스쳐 지나갔다.

"이런 가치 있는 물건을 거래할 때는 누구라도 그 거래와 관련된 모든 사항을 확인하고 싶어하는 게 당연하겠죠. 이 물건은 진품이 확실합니다. 그 점은 제가 보증할 수 있으니까요. 그런데 저는 이런 거래를 할 때, 혹시 생길 수 있는 모든 가능성, 예를 들면 나중에 이 물건의 판매권자가 당신이 아니라고 밝혀질 수도 있다는 등의 추측을 해 본답니다."

"어떤 종류의 하자도 없다는 걸 보장합니다."

"물론, 당신의 보장이 정말 가치 있는 것인가 하는 점부터 따져 봐야 하겠지요."

"제 거래 은행에 확인하시면 대답해 줄 겁니다."

"그렇군요. 그런데 이건 다소 이례적일 만큼 갑자기 생긴 일이라서 말입니다."

"사지 않으셔도 상관없습니다." 나는 무관심한 척 말했다.

"나는 남작이 이 분야의 전문가라고 알고 있기 때문에 가장 먼저 제안해 본 겁니다. 이런 물건이야 원하는 사람을 찾기가 그리 어렵지는 않을 테니까요."

"내가 전문가라는 건 어떻게 아셨습니까?"

"당신이 도자기에 관해 쓴 책을 알고 있습니다."

"그 책을 읽어 보셨단 말입니까?"

"아니오."

"이런, 이거 정말 헷갈리는군요! 이렇게 가치 있는 작품을 소장하신 것으로 봐서 당신은 분명 뛰어난 감정가이자 수집가일 텐데요. 그런데 당신이 소장하고 있는 작품들의 그 의미와 가치에 대해 알려줄 만한 책을 참고하지 않으시다니요. 그 점에 대해 설명해 주실 수 있습니까?"

"나는 아주 바쁜 사람입니다. 사실 난 의사입니다."

"그건 대답이 되지 못합니다. 자기 취미에 심취해 있는 사람이라면 다른 직업이 있더라도 그 취미에 몰두하게 마련이죠. 편지에는 당신이 감정가라고 당당하게 밝혔던데요."

"그렇습니다."

"그렇다면 몇 가지 시험삼아 질문해 봐도 괜찮겠습니까? 말씀해 보시죠. 당신이 사실은 의사라니, 점점 더 의심스러워지는군요. 쇼무(聖武) 천황이 누구인지 그리고 일본 나라 현에 있는 쇼소인(正倉院)과 그의 관계에는 어떤 연관성이 있는지 설명해 주시겠습니까? 이런, 당신에게 너무 어려운 질문입니까? 그렇다면 북위 왕조가 도자기 역사에서 차지하는 위치에 대해 조금만 설명해 보시죠."

나는 화난 체하며 의자에서 벌떡 일어났다.

"정말 너무하시는군요, 남작." 내가 말했다. "난 당신과 거래하러 왔지, 초등학생처럼 그 따위 시험을 보러 온 게 아니오. 이런 주제에 대해 내가 알고 있는 지식은 당신에 비하면 유치하기 짝이 없겠지만, 이렇게 불쾌한 방식으로 묻는다면 아무 말도 하지 않겠소."

그는 나를 찬찬히 살펴보았다. 그의 두 눈에 무엇인가를 고민하는 표정이 역력했다. 그러다 갑자기 광채가 번쩍였다. 그 잔혹하게 생긴 입술 사이로 이가 번뜩이는 게 보였다.

"이거 무슨 게임을 하자는 건가? 당신 스파이지? 홈즈의 스파이가 틀림없어. 내 허점을 노리려는 수작이로군. 홈즈가 죽어 가고 있다고 하던데, 그래서 날 감시하려고 부하를 보낸 건가? 여기 그대로 있다간 큰일 날 텐데. 좋아, 아마 들어오긴 쉬워도 나가는 길을 찾기는 힘들거야."

그가 미친 듯이 흥분해서 갑자기 덤벼들었기 때문에 나는 잔뜩 긴장한 채로 뒤로 물러서며 그의 공격을 피했다. 남작은 처음부터 의심을 품었던 모양이다. 그리고 이 심문을 통해 진실을 파악하게 된 듯했다. 더 이상 그를 속일 수 없는 게 분명했다. 그는 옆쪽 서랍에 손을 집어넣고 난폭하게 무엇인가를 마구 뒤졌다. 그때 갑자기 무슨 소리가 들렸는지 그가 귀를 쫑긋거렸다.

"아!" 그가 소리쳤다. "이런!"

그리고 뒤에 있는 방으로 뛰어들어갔다.

열린 문 쪽으로 나도 두어 걸음 다가갔다. 그 방에 펼쳐진 광경을 나는 영원히 잊을 수 없을 것이다. 정원 쪽으로 통하는 창문이 활짝 열려 있었고, 그 옆으로 끔찍한 유령 같은 모습이 보였다. 피로 물든 붕대로 머리를 칭칭 동여매고 일그러지고 창백한 얼굴을 한 채 서 있는 것은 바로 셜록 홈즈였다. 다음 순간 그의 몸이 공중으로 튀어오르는가 싶더니 창밖 관목 사이로 뛰어내리는 소리가 들렸다. 곧 이 저택의 주인이 미친 듯이 소리치며 홈즈를 쫓아 열려진 창문을 향해 돌진했다.

그런데 다음 순간! 그것은 정말 순식간이었지만 나는 똑똑히 보았다. 팔 하나가, 어느 여자의 팔 하나가 나뭇잎 사이에서 쑥 나오더니

무엇인가를 던졌다. 동시에 남작이 끔찍한 비명을, 내 기억 속에 영원히 쩡쩡 울릴 비명을 질러 댔다. 그가 두 손으로 자기 얼굴을 두드려대며 방을 한 바퀴 빙글 돌더니 벽에 끔찍할 정도로 세게 머리를 부딪쳤다. 그리고는 카펫 위에 쓰러져 구르고 몸부림치면서 집 안 가득 울릴 만큼 비명을 질러 댔다.

"물! 세상에, 물을 줘!"

나는 옆의 탁자 위에 있는 물병을 들고 그를 돕기 위해 달려갔다. 곧 집사와 하인 몇 명이 아래층에서 급히 뛰어올라왔다. 내가 무릎을 꿇고 앉아 부상자의 그 끔찍한 얼굴을 불빛에 비추었을 때 하인들 중 한 명이 기절했던 것이 기억난다. 황산이 남작의 얼굴 여기저기를 녹이면서 귀와 턱 아래로 뚝뚝 흘러내렸다. 한쪽 눈은 이미 하얗게 다 녹았고, 다른 쪽은 벌겋게, 시뻘겋게 타들어 가고 있었다. 몇 분 전에 내가 그토록 감탄했던 얼굴, 아름다운 그림같은 얼굴이 이제 더럽고 축축한 스펀지로 문질러 댄 것처럼 일그러지고 뭉개지면서 더 이상 사람의 모습이 아닌 끔찍한 몰골로 변했다.

나는 무슨 일이 생겼는지, 그리고 황산으로 인한 상처가 얼마나 심각한지 간단하게 설명했다. 누군가 창문으로 기어올라왔고 다른 사람들은 잔디밭으로 뛰어나갔다. 그러나 사방에 짙은 어둠이 깔려 있었고 비까지 내리는 상황이었다. 희생자는 고통스럽게 비명을 질러 대며, 중간중간 자신의 복수자를 향해 분노가 서린 고함을 쳤다.

"그 미친 살쾡이 같은 키티 윈터 짓이야!" 그가 소리쳤다. "오, 지옥에 처넣을 계집 같으니! 갚아 주겠어! 기필코 갚고 말겠다! 오, 이런 세상에, 못 참겠다고, 너무 괴로워!"

나는 그의 얼굴을 기름으로 씻어내고, 벗겨진 피부 위에 솜을 올려놓은 후 모르핀을 주사했다.(왓슨은 기름과 솜, 모르핀을 어디에 갖고 왔을까?라는 의문을 제기한 셜로키언이 있다.) 이 충격으로 남작은 나에 대한 의심은 모두 잊은 채, 죽은 물고기의 눈 같은 두 눈으로 나를 바라보며 내가 치유할 수 있다고 믿는 듯 내 팔에 매달렸다. 이토록 추악한 모습의 원인이 된 그 악당의 삶이 선명하게 떠오르지만 않았어도 나는 그 몰락한 모습에 눈물을 흘렸으리라. 하지만 화상을 입은 남작의 손에 닿는 감촉이 왠지 꺼림칙해서, 그의 주치의가 전문의와 함께 나타나자 나는 비로소 짐을 덜어 낸 해방감을 느꼈다. 경찰 조사관이 도착했고, 나는 그에게 내 진짜 명함을 건네주었다. 굳이 사실을 숨기는 것은 쓸데없고 바보 같은 짓일 게 뻔했다. 왜냐하면 스코틀랜드 야드에 나는 홈즈만큼이나 잘 알려져 있었기 때문이다. 곧 나는 그 우울하고 두려운 집에서 나왔고, 한 시간 후에는 베이커 가에 도착할 수 있었다.

홈즈가 매우 창백하고 지친 모습으로 그의 익숙한 의자에 앉아 있었다. 부상도 부상이지만 그의 무쇠같은 신경조차 오늘 사건에는 큰 충격을 받은 모양이었다. 내가 남작의 변화된 모습을 이야기해 주자 그는 몸을 떨었다.

"죗값을 치른 게야, 왓슨, 죗값 말이야!(신약성경 로마서 6장 23절 인용)" 홈즈가 말했다.

"조만간 언제라도 일어날 일이었지. 하늘은 아실 거야. 그 정도면 죗값으로 충분한지." 그리고 탁자 위에 있는 갈색 표지의 책 한 권을 들며 이렇게 덧붙였다. "이게 윈터 양이 말했던 책이야. 만일 이 책도 그 결혼을 막지 못한다면, 더 이상은 방법이 없을 거야. 하지만 반드시 성공해야지, 왓슨. 반드시. 자존심이 전혀 없는 여자도 견뎌 낼 수 없을 거야."

"그건 사랑에 대한 기록인가?"

"그자의 색욕에 관한 기록이라고 할 수 있지. 제목은 자네 마음대로 붙이게. 윈터 양이 이 책 이야기를 꺼냈을 때, 그걸 손에 넣을 수만 있다면 얼마나 가공할 위력을 지닌 무기가 될지 즉시 깨달았지. 하지만 그 당시에는 내 생각을 말할 수 없었어. 그 여자가 누설할지도 모르니까 말이야. 그래서 속으로만 끙끙거리고 있었지. 그런데 이번에 내가 사고를 당한 덕에 남작의 경계심을 조금 늦출 수 있었으니, 결과적으로 모두 잘된 일이지. 사실은 좀 더 기다릴 작정이었는데, 그의 미국 방문 계획 때문에 무리수를 던질 수밖에 없었어. 이런 자료를 그냥 두고 갈 리가 없으니까 말일세. 그래서 즉시 행동에 옮길 수밖에 없었다네. 그가 경계하고 있어서 그날 밤 훔쳐내기란 거의 불가능했지. 다만 그의 관심을 다른 데로 돌려놓을 수만 있다면 밤에 기회를 잡을 수 있을지 모른다는 생각이 들더군. 자네와 그 파란 접시의 역할이 바로 그거였어. 그렇지만 그 책의 위치를 정확하게 알아야 가능한 일이었지. 왜냐하면 자네의 도자기에 대한 지식만큼이 내가 움직일 수 있는 시간의 한계일 테니까, 겨우 몇 분에 불과할 게 뻔했지. 그래서 마지막 순간에 윈터 양을 데려왔던 거야. 그 여자가 망토 속에 작은 꾸러미를 몰래 숨겨 올 것이라고 내가 상상이나 했겠나? 나는 그 여자가 날 도와줄 목적으로 따라온다고 생각했는데, 그 여자도 자기 나름대로 일을 꾸미고 있었던 거야."

"남작은 내 정체를 눈치채더군."

"나도 걱정했던 점이야. 그렇지만 자네는 그 책을 찾아낼 만큼은 충분히 그를 붙잡아 두었어. 탈출할 시간은 조금 부족했지만. 아, 제임스 경, 잘 오셨습니다!"

우리의 품위 있는 친구가 연락을 받고 달려 온 것이다. 홈즈가 그동안 일어난 일에 대해 이야기하자 그는 내내 경청했다.

"선생, 정말 큰일을 해냈군요. 대단해요!" 그가 홈즈의 말을 듣고 나서 감탄했다.

"그렇지만 왓슨 선생의 묘사대로 그자의 부상이 그렇게 끔찍하다면 이 혐오스런 책을 사용하지 않아도 결혼은 충분히 무산될 것 같군요."

홈즈가 고개를 저었다.

"멜빌 양 같은 여성들은 그렇지 않습니다. 아마도 희생자가 고통스러워하는 만큼 그 사랑이 더 깊어질 겁니다. 그러나 누구도 그렇게 되는 것을 원치 않을 겁니다. 우리가 파멸시키려는 것은 그자의 육체가 아니라 윤리적인 측면이지 않습니까. 이 책을 보면 멜빌 양도 진실에 눈을 뜰 테고, 그러면 더 이상은 아무 일도 없을 겁니다. 이것은 그자가 자신의 경험을 적어 놓은 책입니다. 멜빌 양도 빠질 수는 없었겠죠."

제임스 경은 그 책과 귀한 접시, 두 가지를 모두 가져갔다. 나도 돌아가야 했기 때문에 그와 함께 계단을 내려와 거리로 나갔다. 브로엄 마차가 제임스 경을 기다리고 있었다. 그는 마차에 올라타자마자 콕에이드 기장(영국 왕실의 하인이 모자에 꽂는 꽃무늬 기장)을 꽂은 모자를 쓴 마부에게 출발하라고 급하게 명령했고 그렇게 서둘러 떠났다. 그는 패널 위에 새겨진 문장을 가리려고 코트를 벗어 창문 밖으로 반쯤 걸어 놓았으나, 부채형 창문에서 흘러나오는 빛 덕분에 나는 그 눈부신 문장을 놓치지 않았다. 너무 놀라서 숨이 막힐 지경이었다. 곧장 뒤로 돌아 홈즈의 방까지 뛰어올라갔다.

"우리 의뢰인이 누군지 알았어." 나는 이 굉장한 뉴스에 잔뜩 흥분해서 외쳤다.

"홈즈, 그 사람은—"

"왕족이고 용기 있는 신사 분이지."(에드워드 7세는 홈즈의 능력을 신뢰한 것 같다. 또 홈즈는 나이트 작위를 거절한 후 에드워드 7세에 대한 태도가 부드러워졌다.) 홈즈가 움츠렸던 팔을 쭉 뻗으며 이렇게 말을 가로챘다.

"그 문제는 그 정도만 밝히면 충분해."

그 죄스러운 책이 사용되었는지는 모르겠다. 아마 제임스 경이 그것을 처리했을 것이다. 아니면 매우 미묘한 문제를 안고 있기 때문에 그 여자의 아버지에게 위임했을 가능성도 크다. 어쨌든 결국 우리가 원했던 목표는 이루어졌다. 바로 사흘 뒤, 〈모닝 포스트〉에 애들버트 그루너 남작과 바이올렛 드 멜빌 양의 결혼식이 취소되었다는 기사가 실렸다. 같은 신문의 다른 면에는 황산을 투척한 혐의로 소송 중인 키티 윈터에 대한 첫 형사재판 소식도 실려 있었다. 이 재판에는 여러 가지 정황이 정상 참작 되었으며, 기억할지 모르지만 그녀가 앞으로 어떤 복수를 당할지도 모른다는 가능성 때문에 최소한의 형량이 선고되었다. 홈즈는 절도죄로 고소하겠다는 협박을 받았지만, 그 목적이 선량했고 의뢰인이 매우 고명했던 덕에, 엄격한 영국 법률조차도 인간적인 유동성을 발휘했다. 그래서 홈즈는 아직까지 법정 피고인석에 서지 않았다.

세 박공의 집

The Three Gables

1903년 5월 26일 (화) ~ 5월 27일 (수)

셜록 홈즈와 함께 한 모험은 수없이 많지만 세 박공의 집 사건만큼 극적으로 전개된 경우도 없을 듯싶다. 당시 나는 며칠 동안 홈즈를 보지 못했고, 그래서 홈즈가 최근 어떤 쪽으로 활동하고 있는지 알 수 없었다. 그런데 그날 아침 나를 본 홈즈는 여러 가지 이야기를 하고 싶어 했다. 그는 벽난로 옆의 낡은 안락의자에 나를 앉혀 놓고 맞은편에 앉아 파이프를 물고 막 이야기를 시작하려 했다. 그런데 그때 한 방문객이 찾아왔다. 내가 받은 느낌을 정확히 표현하면 그는 마치 성난 황소 같았다.

문이 홱 열리더니 성큼 방으로 들어선 사람은 덩치가 큰 흑인이었다. 아주 화려한 회색 체크무늬 양복에 흐르는 듯한 무늬의 연분홍색 넥타이를 맨 그를 보고 한순간 우습다고 느꼈지만, 그가 풍기는 무시무시한 느낌 때문에 이러한 기분은 사라지고 말았다. 납작한 코와 넓적한 얼굴은 거만하게 우리를 향하고 있었다. 악의가 가득한 두 눈은 무뚝뚝했으며, 시커먼 눈으로 우리를 번갈아 보았다.

"누가 홈즈 씨요?" 그가 물었다.

홈즈는 엷은 미소를 띠며 파이프를 위로 들어 올렸다. 그러고는 그가 찾는 사람이 바로 자신이라고 말했다.

"아! 당신이군." 손님은 기분 나쁜 걸음으로 탁자의 모서리를 돌아 홈즈에게 다가서더니 말을 이었다. "홈즈 선생, 남의 일에는 아예 참견하지 마쇼. 자기 일은 자기들이 알아서 하도록 내버려 두란 말이오. 알겠소?"

"계속하게." 홈즈가 대꾸했다. "재미있군."

"재미있어?" 야만인이 짖어댔다. "내가 손 좀 봐 주면 재미있다는 따위의 말은 못할 걸. 전에도 당신 같은 사람들을 손봐 준 적이 있지. 그러고 나면 그 따위 소리는 더 이상 입 밖에 내지도 못하더군. 알겠소, 홈즈 선생?"

흑인은 굵은 못이 박힌 커다란 주먹을 홈즈의 코앞에서 흔들었다. 홈즈는 아주 흥미롭다는 듯한 시선으로 그 주먹을 찬찬히 살펴보고는 말했다.

"자네의 주먹은 원래 태어날 때부터 그랬나? 아니면 나중에 이렇게 된 건가?"

침착성을 전혀 잃지 않는 홈즈의 태도 때문이었는지 아니면 내가 딸그랑 소리를 내며 부지깽이를 집어 들어 그랬는지는 모르겠지만, 방문객의 거창하게 나가던 태도가 다소 누그러졌다. 그는 이렇게 말했다.

"해로우 쪽에 일이 있는 친구가 있소. 무슨 말인지 아쇼? 내 친구는 말이오, 당신이 간섭하는 걸 그냥 보고 있지는 않을 거요. 알겠소? 당신이나 나나 다른 사람을 간섭할 권리가 없는 것 아니오? 그래도 댁이 끼어들면 나도 가만히 있진 않을 거요. 이걸 잊지 마쇼!"

"자네를 만나고 싶었네." 홈즈가 말했다. "자네 몸에서 나는 냄새가 싫어서 앉으란 소리는 안했지만 자네는 권투선수 스티브 딕시가 맞지?"

"맞수. 내가 스티브 딕시요, 홈즈 선생. 내가 어떤 사람인 줄 알면서도 입을 잘못 놀리다가는 큰코다칠 거요."

그러자 홈즈는 그 권투선수의 두터운 입술을 응시하며 말했다. "그럴 리가 있겠나? 난 그저 홀본 바 밖에서 퍼킨스를 죽인 것밖에 모르네. 자, 뭘 꾸물대나? 어서 돌아가지 않고."

그 말에 검둥이는 얼굴이 사색이 되며 놀란 표정을 지었다.

"그 따위 일은 난 모르오. 여보쇼, 홈즈 선생, 도대체 내가 퍼킨슨지 뭔지 하고 무슨 상관이란 말이오? 버밍엄의 불 체육관에서 연습하고 있는데 그놈이 말썽을 일으킨 것뿐이오."

"그렇겠지, 스티브. 그러면 치안판사 앞에 가서 그 사건을 설명하겠나? 난 지금까지 자네와 바니 스톡데일을 지켜보고 있었어." 홈즈가 말했다.

"하느님 맙소사! 홈즈 선생!"

"이제 됐으니 그만 돌아가게. 필요하면 내가 당신을 데리러 가지."

"아니, 그렇다면 말이오, 홈즈 선생. 내가 오늘 여기 와서 한 말 때문에 선생께서 날 나쁘게 생각하지 않길 바랍니다."

"그러면 누가 자네를 오늘 여기 보냈는지 말하게나."

"뭐, 그건 감출 것도 없소, 홈즈 선생. 방금 선생이 말한 그 사람이 나를 여기에 보냈소."

"그렇다면 스톡데일 씨에게 그 일을 시킨 건 누구지?"

"이런 세상에! 홈즈 선생, 난 자세히는 모르오. 내가 어찌 알겠소? 그저 스톡데일이 날더러 '스티브, 홈즈에게 가서 해로우 일에 끼어들면 무사하지 못할 거라고 말해.'라고만 했어요. 그게 전부요."

방문객은 들어올 때 그랬던 것처럼 그대로 성급히 나갔다. 홈즈는 파이프의 재를 떨어내면서 나직한 소리로 껄껄 웃었다.

"왓슨, 자네 그 명석한 머리를 다치지 않아서 다행이군. 자네가 그 부지깽이를 집어 드는 걸 봤지. 하지만 저 친구는 사실 순진한 사람일세. 말하자면 힘만 좋고 아둔한 어린아이나 마찬가지지. 금방 겁을 집어먹는 것 봤지? 스펜서 존의 패거리인데 최근에 범죄 사건에 가담했네. 그 사건은 시간 나는 대로 내가 해결할 거야. 저 친구를 조종하는 바니는 저 친구보다는 좀 더 머리가 깨인 친구로 공갈 협박 같은 것을 일삼는 자라네. 내가 알고 싶은 것은 저자들의 배후에 누가 있느냐 하는 거야."

"그런데 왜 저자들이 자넬 겁주려고 하는 거지?"

"내가 맡고 있는 해로우 월드 사건 때문이지. 이제 저놈들이 하는 꼴을 보니 사건을 본격적으로 살펴봐야겠어. 애쓴 만큼 보람이 있는 일이 될 걸세. 뭔가 있는 게 틀림없어."

"그게 뭔가?"

"안 그래도 자네하고 그 이야길 하려던 참이었는데, 저 흑인 권투선수가 들어와 쇼를 했지 뭔가? 여기 메이벌리 부인의 메모가 있어. 내키면 나와 함께 가서 전보를 보내고 당장 출발하세."

나는 메이벌리 부인의 메모를 읽었다.

홈즈 선생님께

저희 집에서 이상한 일들이 계속 일어나고 있습니다. 선생님의 도움이 필요합니다. 내일 집에서 선생님을 기다리겠습니다. 저희 집은 윌드 역에서 잠깐만 걸으시면 닿을 거리입니다. 세상을 떠난 제 남편 모티머 메이벌리가 선생님과 안면이 있는 것으로 알고 있어 이렇게 연락을 드립니다.

– 메리 메이벌리 드림

주소는 '해로우 윌드, 세 박공의 집'이었다.

"자, 이제 가 볼까, 왓슨." 홈즈가 말했다.

잠시 기차를 타고 가다 역에서 내려 얼마를 가자 그 집이 나왔다. 벽돌과 목재로 지은 집이었는데, 손질하지 않은 채 잡초가 마구 자란 풀밭 위에 덩그러니 서 있었다. 위층 창 위에 앞으로 튀어나온 작은 돌출부 세 군데가 그 집이 세 박공의 집임을 말해 주고 있었다. 집 뒤로는 음산한 분위기의 키 작은 전나무 숲이 있었고, 전체적으로 분위기가 을씨년스럽고 음산했다. 하지만 저택은 제법 사는 사람의 집처럼 여러 가지가 잘 갖추어져 있었다. 우리를 맞은 사람은 지긋한 나이의 점잖은 여성으로 교양과 예절이 몸에 배어 있었다.

"부인, 저는 부군을 잘 기억하고 있습니다." 홈즈가 말했다. "사소한 일을 하나 제가 도와 드린 적이 있지요. 벌써 오래전의 일입니다만."

"제 아들 더글러스의 이름이 더 친숙하시겠지요."

그 말에 홈즈는 흠칫 놀란 눈으로 부인을 바라보았다.

"원 세상에! 부인께서 더글러스 메이벌리의 어머니 되십니까? 전 아드님을 잘 아는 편은 아닙니다만, 런던 시민 중에 더글러스 메이벌리를 모르는 사람은 없지요. 정말 대단한 인물 아닙니까? 더글러스는 지금 어디 있습니까?"

"이미 이 세상 사람이 아닙니다, 홈즈 선생님. 세상을 떠났어요. 로마대사관에서 일하다가 지난달에 폐렴으로 그만……."

"정말 안됐습니다, 부인. 그런 아까운 인물이 세상을 떠나다니! 그렇게 활달한 성격의 인물이. 정말 강한 모습을 보여 준 청년이었습니다."

"지나치게 강했지요, 홈즈 선생님. 그런 성격이 결국 파멸을 불러온 것 같아요. 선생님께서 기억하시는 대로 제 아들은 강하고 활달한 성격이었지요. 그런데 어느 날 갑자기 우울증에 걸린 사람처럼 행동하고 화도 잘 내더군요. 뭔가 크게 상심한 일이 있었던지, 한 달 만에 그 활달하던 아이가 모든 일에 시큰둥해하고 살기 지친 노인 같은 모습으로 변하면서 결국 병이 나고 말았지요."

"좋아하던 여자와 헤어지기라도 했습니까?"

"그런지도 모르겠어요. 아니면 친구 문제일지도 모르지요. 그런데 홈즈 선생님을 제가 뵙자고 한 것은 불쌍한 제 아들 일 때문은 아니에요."

"이쪽은 저와 함께 일하는 왓슨 의사입니다. 저와 함께 부인을 도와 드릴 겁니다."

"그동안 제 주변에서 아주 이상한 일들이 일어났어요. 저는 이 집에서 산 지 1년이 넘었지요. 이젠 사람들 만나는 일도 시들해지고 해서 이웃을 보는 일도 별로 없어요. 그런데 사흘 전 부동산 중개인이 찾아왔어요. 그는 이 집이 자기 고객이 찾고 있는 바로 그런 집이라고 하면서 이 집을 넘길 마음만 있다면 집값은 얼마든지 지불하겠다고 하더군요. 사실 찾으려고만 하면 주위에 이와 비슷한 집들은 여러 채가 있기 때문에 그 사람의 말이 몹시 이상하게 들렸지요. 그래도 저는 그 제안에 귀가 솔깃했어요. 그래서 집값을 내가 처음 살 때 준 금액보다 500파운드 올려서 말했지요. 그랬더니 그 사람은 그 자리에서 좋다고 응하면서 자기 고객이 가구들도 필요로 하니 금액을 불러 보라고 하더군요. 가구들 중 일부는 먼저 살던 집에서 가져온 것이고, 보시다시피 아주 쓸 만한 것들입니다. 그래서 욕심을 내어 가격을 높게 불렀지요. 그랬더니 그는 그 가격도 당장 받아들이더군요. 전 이제 집을 좋은 가격에 넘기게 되면 다니고 싶던 여행도 다니고 평생 넉넉하게 살겠구나 하고 생각했어요.

어제 그 사람이 다시 찾아와 계약서를 보여 주더군요. 다행히도 전 그 문서를 해로우에 있는 수트로 변호사에게 보여 주었지요. 그런데 수트로 변호사가 이렇게 설명하더군요. '희한한 계약서로군요. 만약 부인이 여기에 서명하시면 부인은 아무것도 가지고 나갈 수 없게 됩니다. 개인 소지품조차도 말입니다.' 그래서 저녁 무렵 그 사람이 다시 찾아왔기에 그 점을 지적하며 저는 단지 가구만 팔 거라고 말했지요.

그러자 그 사람은 '아닙니다. 모두 파셔야 합니다.'라고 말하는 거예요.

'그러면 제 옷이며 보석들은 어쩌라는 건가요?'

'개인소지품을 몇 가지 갖고 가실 수는 있습니다만 이 집에서 물건을 갖고 나가시려면 모두 저희의 동의를 받아야 합니다. 제 고객은 아주 관대한 분이시지만 일을 처리하는 데는 나름대로의 주관이 있으신 분입니다. 그분이 안 된다고 하시면 안 됩니다.'

'그렇다면 이번 계약은 없었던 걸로 해야겠어요.' 제가 말했습니다. 그것으로 끝나긴 했지만 너무도 이상한 생각이 들어서⋯⋯."

그런데 갑자기 홈즈가 이상한 행동을 했다. 그는 손을 들어 말하지 말고 조용히 하라는 시늉을 하더니 방을 가로질러 성큼성큼 걸어가더니 문을 홱 열어젖혔다. 그러고는 수척한 몸집의 키가 큰 여자의 어깨를 잡고는 방 안으로 끌고 들어왔다. 그 여자는 마치 닭장에서 꼬꼬댁거리며 빠져나온 암탉처럼 키에 어울리지 않게 꼼짝 못하고 끌려 들어왔다.

"이거 놔요! 왜 이래요?" 여자가 소리를 질렀다.

"어머, 수잔, 웬일이야?"

"마님, 손님들 점심 준비를 해야 하는지 여쭤 보려고 들어오려는 참에 이 분이 절 이렇게 잡았어요."

"이 여자의 인기척을 5분 전부터 느꼈지만, 부인의 말씀을 방해하고 싶지 않아서 가만히 있었습니다. 이봐요, 수잔. 숨이 찹니까? 남의 집에서 일을 하려면 건강해야 할 텐데 숨이 가쁘다는 건 좀 이상하지 않소?"

　수잔은 샐쭉한 표정으로 자기를 붙들고 들어온 홈즈를 쳐다보았다.

　"누군지 모르지만 무슨 권리로 이렇게 잡아당겨요?"

　"당신이 보는 앞에서 메이벌리 부인께 한 가지 여쭤 봐야겠소. 메이벌리 부인, 누군가와 함께 상의하시고 제게 편지를 보내셨습니까?"

"아뇨. 그런 일은 없습니다."

"그 편지 부치는 일을 누구에게 시키셨습니까?"

"수잔에게 시켰어요."

"예, 바로 그겁니다. 자, 수잔, 말해 봐요. 부인이 내게 편지를 썼다고 누구에게 알렸소?"

"말도 안 돼요. 전 그런 일 없어요."

"수잔, 호흡이 곤란하면 생명에 지장이 있을 수도 있어요. 거짓말하는 건 옳지 못한 일이오. 누구에게 말했소?"

"수잔!"

부인이 목소리를 높였다.

"사람이 그러면 못써요. 얼마 전에 울타리 너머로 누군가하고 이야기하지 않았어요?"

"가정부는 담 너머로 누구하고 이야기도 못 하나요?" 샐쭉한 표정으로 수잔이 말했다.

"이야기를 나눈 사람이 바니 스톡데일 맞지요?" 홈즈가 물었다.

"알면서 왜 물어요?"

"아까는 확신을 못했지만 이젠 확실하오. 바니를 배후에서 조종하고 있는 사람을 말하면 내가 10파운드 주겠소."

"당신이 10파운드 줄 거라면 그 양반은 1,000파운드도 선뜻 내 놓을 분이에요."

"그러니까 부자라 이 말이오? 이제 대충 다 알았으니 이름을 대요. 그러면 10파운드를 벌게 될 거요."

"말 같지도 않은 소리 마세요."

"이런, 수잔! 말버릇 좀 봐!"

"전 지금 그만두겠어요. 당신 같은 사람들은 꼴도 보기 싫어요. 내일 사람을 보내서 짐을 가져가겠어요."

말을 마친 수잔은 문 쪽으로 달려갔다.

"잘 가시오, 수잔. 숨 쉬기가 곤란할 때에는 패러고릭이 특효요."

홈즈는 화가 나 씩씩거리며 달려 나간 수잔이 문을 '탕!' 하고 닫고 난 뒤 심각한 표정을 지으며 말했다.

"이자들은 큰일을 꾸미고 있습니다. 얼마나 치밀한지 보십시오. 부인이 제게 보낸 편지는 오후 10시 소인이 찍혀 있었습니다. 그리고 수잔이 바니에게 그 편지 이야기를 전했지요. 그리고 바니는 자기 주인에게 가서 지시를 받을 만큼 충분한 시간이 있었습니다. 그 주인이 남자인지 여자인지는 모르지겠만, 제가 이야기할 때 수잔이 제 짐작이 틀린 것을 빈정거리며 웃은 것으로 보아 여자인 듯합니다. 그 주인은 흑인 권투선수 스티브를 불러들여 다음 날 아침 11시까지 제게 찾아가 경고를 하도록 했습니다. 일이 아주 일사불란하게 이루어졌습니다."

"이들이 원하는 것이 뭐지요?"

"예, 저도 그 점이 궁금합니다. 부인, 전에 이 집에 살던 사람이 누구였습니까?"

"은퇴한 선장이었어요. 퍼거슨이라고 했어요."

"그 사람에 대해 기억에 남는 일이라도 있습니까?"

"별로 없는데요."

"전 그 사람이 이 집에 무언가 파묻어 놓은 게 아닌가 하고 생각했습니다. 물론 요즘 같으면 중요한 물건을 은행이나 우체국에 맡기면 되지만, 재미있게도 이상한 습관을 갖고 있는 사람들이 항상 있기 마련이니까요. 저는 처음에는 어떤 귀중한 물건을 집에 묻은 게 아닐까 하고 생각했습니다. 하지만 그렇다면 왜 그들이 부인이 가구들을 남겨 두고 가길 바랐을까요? 설마 값나가는 라파엘의 그림이나 셰익스피어의 원본 원고를 갖고 계시진 않겠지요?"

"그런 건 제게 없어요. 값나가는 물건은 더비 찻잔 세트 정도가 고작인 걸요."

"그 정도 갖고 수수께끼를 풀기는 어렵겠네요. 게다가 자기들이 원하는 것을 대 놓고 이야기하지 못한 까닭이 뭘까요? 찻잔 세트가 탐이 났다면 몽땅 다 사겠다고 하지 않고 그것만 사겠다고 가격을 흥정했을 겁니다. 제 생각에는 부인이 알지 못하는 뭔가 귀중한 것을 이집에 갖고 계시는 것 같습니다. 만약 아신다면 절대 내놓지 않을 그런 물건 말입니다."

"저도 그렇게 생각합니다." 내가 거들었다.

"왓슨도 그렇게 생각하니 틀림없을 듯싶습니다."

"도대체 그게 뭘까요, 홈즈 선생님?"

"일단 이런 식으로 추리하면서 더 진전이 있을지 두고 봐야겠습니다. 이 집에서 1년을 사셨다고 하셨지요?"

"이제 2년이 다 되어 갑니다."

"흠, 그렇다면 더욱 이야기가 맞아떨어지는군. 2년이라는 짧지 않은 세월 동안 아무도 말하는 사람이 없다가 이제 와서 불쑥 집을 급히 팔라고 했다? 뭔가 생각나는 게 없으십니까?"

"그렇다면 그 중요한 물건이 최근에 이 집에 들어왔다는 이야기 군." 내가 끼어들었다.

"그렇지." 홈즈가 말했다. "메이벌리 부인, 최근에 집에 들이신 중 요한 물건이 있으십니까?"

"아뇨. 금년에는 이 집에 새로 들인 물건이 없어요."

"흠! 그것 참! 좀 더 두고 보면 분명한 사실이 잡힐 것 같습니다. 부 인의 변호사는 믿을 만한 사람입니까?"

"그럼요."

"수잔 말고 이 집에서 일하는 사람이 또 있습니까?"

"어린 여자아이가 한 명 있어요."

"우선 수트로 변호사를 오게 해서 댁에서 하루나 이틀 정도 묵게 하 십시오. 어쩌면 부인을 보호해 드릴 사람이 필요할지도 몰라서 드리 는 말씀입니다."

"어떤 경우를 말씀하시는 건가요?"

"그건 아무도 모릅니다. 아주 애매한 사건이군요. 그들이 노리는 게 뭔지 찾아낼 수 없다면 반대쪽에서 접근해야 할 것 같습니다. 그 부동 산 중개인이라는 사람이 자기 주소를 남겨 놓은 것이 있습니까?"

"명함에는 이름하고 직업만 적혀 있어요. 헤인즈 존슨, 부동산 중개 인이라고 말이죠."

"부동산사업자 등록부에 그런 이름은 없을 것 같군요. 정직한 사업 가라면 자기 사무실 위치를 감출 이유가 없겠지요. 어떤 새로운 일이 생기면 알려 주십시오. 제가 사건을 맡았으니 반드시 해결해 드리도 록 하겠습니다."

세 박공의 집을 나서면서 나는 홈즈의 예리한 시선이 복도 모퉁이에 쌓아 놓은 트렁크 몇 개와 상자들에 가는 것을 보았다. 붙어 있는 꼬리표가 금방 눈에 들어왔다.

"'밀라노' '루체른' 이탈리아에서 온 가방들이로군요."

"가엾은 우리 아들 더글러스의 물건들이에요."

"아직 풀지 않으셨군요? 이렇게 두신 지 얼마나 되십니까?"

"지난주에 도착했어요."

"흠, 이게 실마리가 될지도 모르겠군요. 이 안에 중요한 물건이 있을까요?"

"아마 그렇지 않을 거예요, 홈즈 선생님. 우리 더글러스는 급여 외에는 큰돈이 생길 곳이 없었어요. 어떻게 값나가는 물건을 구했겠어요?"

골똘히 생각하던 홈즈가 드디어 입을 열었다.

"이 가방들과 짐을 당장 부인 방으로 옮기고 어떤 짐인지 내용물을 살펴보십시오. 내일 다시 올 테니 그때 짐 안에 뭐가 있는지 말해 주십시오."

세 박공의 집을 그자들이 예의 주시하고 있었던 것이 분명했다. 골목길 모퉁이의 높은 담장 옆을 지나 돌아서려는데 나무 그늘 속에 그 흑인 권투선수가 서 있었다. 그와 맞닥뜨리고 보니 인적이 드문 한적한 장소에서 무슨 일을 당할지 알 수 없는 상황이 되었다. 홈즈는 주머니 위를 손으로 두드렸다.

"홈즈 선생, 권총이오?"

"아니, 향수병이지, 스티브."

"당신은 이상한 사람이군."

"내가 쫓기 시작하면 자네는 그런 말을 하지 못해. 오늘 아침에 경고한 걸 잊었나?"

"홈즈 선생, 난 당신이 한 말 따위엔 관심이 없소. 퍼킨스의 일에 관해서 더 이야기하고 싶은 생각도 없소. 단지 내가 혹시 도울 일이라도 있으면 말하쇼."

"그렇다면 이번 일을 자네 뒤에서 조종하는 사람은 누구지?"

"원, 세상에! 아까 아침에도 말했잖소. 나는 모르오. 보스 바니가 내게 지시할 뿐이오. 그게 다요."

"이봐, 스티브, 명심해. 저 집의 부인과 그 집 안에 있는 모든 걸 내가 보호하고 있어. 그 점을 잊지 말게."

"알았어요, 홈즈 선생. 잊지 않겠소."

"왓슨, 스티브가 내 말에 겁을 잔뜩 먹는 걸 보았나?" 걸으면서 홈즈가 말했다. "저자는 자기 배후의 조종자가 누군지 알면 배반도 할 사람이야. 스펜서 존 패거리에 관해서 내가 들은 게 있어서 다행이야. 저 스티브는 그들의 일당이고. 자, 왓슨, 이것은 어쩌면 랭데일 파이크를 위한 사건 같으니, 당장 그를 만나야겠어. 그를 만나 보면 일이 조금 더 분명해질 걸세."

그날 하루 종일 홈즈는 그림자도 보이지 않았으나 나는 그가 대략 무슨 일을 하고 있는지 짐작할 수 있었다. 랭데일 파이크는 세상에서 일어나는 온갖 스캔들에 관해 두루 꿰고 있는 백과사전 같은 사람이었다. 이 괴짜 인물은 잠이 깨어 있는 동안에는 내내 세인트 제임스 스트리트 클럽의 창가에 서서 런던에서 일어나는 모든 소문을 듣기도 하고 퍼뜨리기도 했다. 사람들의 말에 따르면, 파이크는 남의 일에 호기심 많은 사람들의 비위에나 딱 맞을 통속 신문에 매주 글을 써서 큰 돈을 번다고 했다. 랭데일 파이크가 모르는 런던 사교계의 이런저런 소문이나 상황은 전혀 없었다. 홈즈는 이 랭데일에게 어떤 정보를 알려 주기도 했고, 반대로 그가 가진 정보를 받기도 했다.

이튿날 아침 일찍 베이커 가의 하숙집으로 찾아간 나는 홈즈의 태도를 보고 일이 제대로 돌아가고 있음을 곧 알 수 있었다. 그러나 한 편으로는 전혀 반갑지 않은 다음과 같은 전보가 우리를 기다리고 있었다.

급히 오기 바람. 어젯밤 부인 집에 도둑. 경찰이 수사 중

– 수트로

홈즈가 휘파람을 불었다.

"사건이 생각보다 빨리 결말이 나고 있군. 이 사건의 배후에 커다란 힘이 도사리고 있네, 왓슨. 내가 들은 이야기로 짐작하건대, 이처럼 큰 세력이 있다는 건 당연한 일일세. 자네에게 부인 집을 지키라고 할 걸 그랬어. 이 수트로라는 부인의 변호사는 있으나 마나 한 사람이야. 이제 해로우 월드로 다시 가 보는 수밖에 없군."

다시 찾은 세 박공의 집에는 모든 것이 가지런히 정리되어 있던 어제와는 전혀 다른 광경이 펼쳐져 있었다. 한가한 구경꾼 몇 명이 문간에 모여 있었고, 경관 몇 명이 창문과 제라늄 화단을 살피고 있었다. 안에 들어간 홈즈와 나는 머리가 희끗희끗한 노신사를 만났다. 부인의 변호사였다. 혈색 좋은 얼굴에 분주히 돌아다니는 경사도 만났는데, 그는 홈즈와 구면이어서 반갑게 인사를 나누었다.

"홈즈 씨, 사실 이번 일에는 홈즈 씨의 활약이 필요 없을 것 같습니다. 그저 흔히 볼 수 있는 좀도둑 사건입니다. 보잘것없긴 하지만 우리 경찰이 충분히 감당할 수 있는 일이니, 홈즈 씨 같은 전문가의 도움이 필요할 것 같지는 않군요."

"예, 경찰에서 잘 하시겠지요." 홈즈가 대꾸했다. "그런데 정말 그저 평범한 좀도둑입니까?"

"그렇습니다. 도둑이 누군지도 알고 어디에 숨어 있는지도 압니다. 바니 스톡데일 패거리 짓이지요. 흑인도 한 명 끼어 있습니다. 그들이

이 부근에서 얼쩡거리는 것을 본 사람들이 있습니다."

"그렇습니까? 가져간 게 뭡니까?"

"특별한 것을 갖고 가지는 못했더군요. 메이벌리 부인을 클로로포름으로 마취시키고 집을……. 아! 부인이 오시는군요."

창백한 안색의 메이벌리 부인이 방에 들어왔고, 어린 하녀가 부축하고 있었다.

"홈즈 선생님, 어제 제게 충고의 말을 해 주셨는데도 제가 그만 대수롭지 않게 지나쳤어요. 수트로 변호사님께 폐를 끼치기 싫어서 그냥 혼자 있었지 뭐예요."

"전 오늘 아침에서야 그 소식을 들었습니다." 수트로 변호사가 말했다.

"어제 홈즈 선생님이 오셔서 보호자를 두고 하루나 이틀 정도 지내라고 한 말씀을 그냥 흘려들었다가 그 대가를 치렀네요."

"부인은 몸이 아주 좋지 않아 보이십니다." 홈즈가 말했다. "몸이 그러니 무슨 일이 생긴 건지 설명을 부탁 드리기도 어렵겠네요."

"여기 다 적어 놓았습니다." 경감이 두툼한 수첩을 두드리며 말했다.

"그래도 부인께서 기력이 좀 남아 있으면 직접 말씀해 주셨으면 합니다."

"별로 드릴 말씀도 없어요. 못된 수잔이 그들이 안으로 들어오도록 도와준 게 틀림없어요. 집안 사정에 관해 속속들이 다 알고 있더군요. 마취 헝겊을 입안에 틀어박아서 저는 아차 하는 순간 정신을 잃었어요. 얼마 동안 정신을 잃었는지도 모르겠어요. 깨어나 보니 남자 한 명이 침대 옆에 서 있었고, 또 한 명은 더글러스의 가방들 중에서 보따리 하나를 손에 들고 일어서던 참이었어요. 가방이 열려 안에 있던 물건들이 바닥에 어질러졌지요. 그놈들이 달아나기 전에 제가 벌떡 일어나서 한 명을 붙들었어요."

"그러시다가 봉변이라도 당하면 어쩌려고." 경감이 말했다.

"전 그를 꽉 붙들고 늘어졌지만 그가 나를 뿌리쳤고 다른 한 명이 저를 때렸어요. 그러고는 생각이 나지 않아요. 가정부 메리가 이 소리를 듣고는 창밖으로 고함을 질러 댔어요. 그래서 경찰이 달려왔지만 그자들은 이미 달아난 후였어요."

"가져간 게 뭔가요?"

"귀중한 물건은 아닐 거예요. 더글러스의 가방에 값나가는 게 있을 리 없거든요."

"그들이 남긴 흔적은 있습니까?"

"제가 붙들었던 남자가 갖고 있던 종이 한 장이 찢어져 바닥에 떨어졌어요. 종이에는 더글러스의 필적이 남아 있었어요."

"말하자면 별로 중요하지 않은 물건입니다." 경감이 말했다. "그것이 도둑의—"

"알겠습니다. 하지만 제가 좀 살펴보고 싶습니다." 홈즈가 말했다.

경감은 주머니에 넣었던 접힌 종이 한 장을 꺼냈다.

"전 아무리 사소한 것이라도 그냥 넘기지 않습니다." 경감은 대단한 이야기라도 하듯 말했다. "홈즈 씨, 이건 제가 선생께 드리는 충고입니다. 25년간의 경찰 생활에서 얻은 교훈은 지문이나 어떤 흔적이라도 꼭 있기 마련이라는 것입니다."

홈즈는 그 종이를 살폈다.

"경감, 이걸 어떻게 생각합니까?"

"무슨 소설 나부랭이 같은 것의 끝 부분 같습니다만."

"아마도 희한한 이야기의 대단원의 막일 것 같군요." 홈즈가 말했다.

"종이 맨 윗부분의 숫자를 보셨겠지요. 245입니다. 그 맞은편 244페이지는 어디 있을까요?"

"도둑들이 가져간 모양이지요. 그걸 뭐 대단히 중요한 거라고 가져가 놓고, 지금쯤은 한심하게 겨우 이런 거나 들고 나왔다고 생각하고 있는 중이겠지요."

"그런 종이 한 장을 훔치려고 남의 집에 침입한다는 것이 이상하지 않습니까? 생각나는 게 없습니까, 경감?"

"아, 도둑들이 서둘러 달아나느라고 그저 손에 닿는 대로 아무 거나 쥐고 가지 않았을까요? 그 잘난 종이 한 장 들고 축배의 노래를 부르고 있는지도 모르겠군요."

"왜 제 아들의 물건을 노렸을까요?" 메이벌리 부인이 물었다.

"아래층에는 값나가는 물건이 없으니 위층에 올라와 찾아보려고 했겠죠. 어떻습니까, 홈즈 씨?"

"그 점에 대해서는 깊이 생각해 봐야겠습니다. 왓슨, 이쪽 창가로 좀 와 보게."

나를 부른 홈즈는 그 종이쪽지를 읽어 내려갔다. 어떤 문장 중간에서 시작하는 그 종이쪽지는 이런 내용이었다.

얼굴은 베인 상처와 두들겨 맞은 상처로 피가 흘러내리고 있었다. 하지만 얼굴로 흐르는 피는, 사랑스러운 얼굴을 바라보며 가슴속에서 솟아오르는 피눈물에 비하면 아무것도 아니었다. 자기의 목숨까지도 바칠 준비가 되어 있던 그 얼굴. 똑같은 얼굴이 그의 고뇌와 굴욕감을 내려다보고 있었다. 여자는 미소를 지었다. 맙소사, 어떻게 웃을 수 있지? 위를 올려다보는 그의 눈에 마치 무정한 마귀처럼 웃고 있는 그녀의 모습이 들어왔다. 바로 그 순간 사랑의 마음이 사그라지고 증오의 불길이 타올랐다. 나는 뭔가를 위해 살아야 한다. 아가씨, 당신의 사랑을 얻지 못한다면, 내가 사는 목적은 당신의 파멸과 철저한 앙갚음이 될 것이오.

"문법이 엉망이군!" 종이를 경감에게 돌려주면서 홈즈가 말했다. "'그'가 갑자기 '나'로 바뀌잖아. 글을 쓴 사람이 자기 이야기에 너무 빠져들다 보니 스스로를 주인공으로 착각한 거야."

경감은 그 종이를 수첩에 넣으며 말했다. "너절한 글 쪼가리지요. 아, 가시려고요? 홈즈 씨?"

"경찰이 잘하고 계시니 제가 더 이상 여기에 머물러도 할 일이 없을 것 같습니다. 그런데 부인, 어제 여행을 하고 싶다고 하셨지요?"

"예, 홈즈 선생님. 여행은 늘 저의 꿈이었답니다."

"어딜 가 보고 싶으십니까? 카이로, 마데이라, 리비에라?"

"형편만 된다면 세계 일주를 해 보고 싶어요."

"아, 그러시군요. 세계 일주라. 그럼 이만 실례하겠습니다. 이따 저녁때쯤 부인께 연락을 드리겠습니다."

홈즈와 내가 창문을 지나가는데 경감이 웃으면서 머리를 가로젓는 모습이 유리창 너머로 보였다. '비상한 머리를 가진 사람들이 어떤 때는 좀 어벙한 짓을 한단 말이야.' 하는 뜻을 담은 웃음이었다.

"왓슨, 이제 이 여행도 막바지에 이른 듯싶네." 시끌벅적한 런던 중심부에 이르자 홈즈가 말했다. "이번 사건을 당장 해결하지. 자네도 함께 가세나. 이사도라 클라인 같은 여자를 상대할 때는 증인이 있는 것이 안전하다네."

우리가 잡아 탄 마차는 그로스브너 광장의 어느 곳으로 향하고 있었다. 골똘히 생각에 잠겨 있던 홈즈가 몸을 벌떡 일으켜 바로 앉았다.

"왓슨, 이번 사건을 파악했나?"

"아니, 별로 그렇지 않아. 이 사건의 배후에 있는 여자를 만나러 가고 있다는 것 말고는 난 뭐가 뭔지 모르겠어."

"그래, 바로 그거야! 이사도라 클라인 하면 뭐가 생각나나? 유명한 미인이지. 순수 스페인 혈통으로 스페인 정복자 집안의 직계 자손일세. 이 집안의 사람들은 여러 세대에 걸쳐 페르남부코를 지배해 왔어. 이사도라 클라인은 나이가 지긋한 독일의 설탕왕 클라인과 결혼해서 지금은 세상에서 가장 우아한 미망인이 되었지. 그러고는 몇 명의 남자들과 어울렸다네. 런던에서 둘째가라면 서러워할 만큼 대단한 명성을 누리던 더글러스 메이벌리도 이 여자와 가까이 지냈어. 그런 일은 더글러스 메이벌리에게 모험 이상의 일이었겠지. 더글러스 메이벌리는 사교계의 나비 같은 존재는 아니었지만 강하고 자존심이 센 사람이어서 누구를 좋아할 때는 모든 걸 다 바치고 상대도 모든 걸 자기에게 바치기를 원하는 그런 사람이라네. 하지만 이사도라 클라인은 소설에 나오는 것처럼 인정사정없는 매우 약은 여자야. 유명한 남자를 가까이 하다가 싫증이 나서 그것으로 끝이었던 걸세. 그리고 상대가 포기하지 않자 관심이 없어졌음을 확실히 깨닫게 할 자기 나름의 방법을 쓴 거야."

"그렇다면 그 종이쪽지의 이야기가 더글러스의 실제 이야기란 말인가?."

"그래, 이제 자네도 전체 그림을 보기 시작하는군. 이사도라 클라인이 아들뻘인 로먼드 공작과 결혼할 거라는 이야기를 들었어. 로먼드 공작 어머니의 입장에서는 자기 아들이 결혼하려는 여자의 나이가 많은 것까지는 넘어갈 수 있을지 모르지만, 신붓감을 둘러싼 추잡한 소문이 들린다면 이야기가 달라지지. 그래서 말일세, 아, 다 왔군!"

우리가 도착한 곳은 런던 웨스트엔드 지역의 가장 호화로운 저택 중의 하나였다. 기계처럼 딱딱한 태도의 집사가 홈즈의 명함을 받아 들고 안에 들어갔다가 나와서는 부인이 집에 없다고 말했다.

"그렇다면 부인이 돌아올 때까지 기다려야겠군." 홈즈가 쾌활한 목소리로 말했다.

그러자 집사가 감정 없는 말투로 다시 말했다. "부인이 당신들을 만날 생각이 없다는 뜻입니다."

"그래요? 그렇다면 기다릴 필요가 없겠군. 이 쪽지를 부인에게 전해 주시오."

홈즈는 수첩 종이에 몇 자를 적더니 접어서 하인에게 건넸다.

"뭐라고 쓴 건가?" 내가 물었다.

"'그렇다면 경찰에 신고할까요?'라고만 썼네. 이제 우릴 들어오라고 할 걸."

놀랍게도 금방 집사가 나와서는 우리를 아라비안나이트에나 나올 듯한 거창하고 화려한 거실로 안내했다. 어두컴컴한 분위기 가운데

분홍빛 전구 몇 개가 빛을 발하고 있었다. 뛰어난 미모를 자랑하던 미망인도 이제는 나이가 들어 응접실에 마주 앉은 상대에게 얼굴 주름살을 모두 드러낼 마음은 별로 없는 모양이었다. 안에 들어서자 소파에 앉아 있던 클라인 부인이 일어섰다. 큰 키에 여왕과 같이 우아하고 몸의 균형이 아주 잘 잡힌 여성이었다. 멋진 스페인 혈통의 아몬드 모양 눈동자와 섬세한 조각처럼 예쁜 얼굴이 기분 나쁜 눈초리로 우리를 살펴보았다.

"이렇게 불쑥 찾아와서는 무례한 쪽지를 건네는 저의가 뭔가요?" 부인이 홈즈의 메모를 들고 물었다.

"설명이 필요하리라고는 생각하지 않습니다, 부인. 부인께서는 총명한 분이실 테니까요. 그런데 놀랍게도 부인의 총명함이 최근에 와서는 매우 흐려졌더군요."

"무슨 말씀이죠?"

"불량배들을 고용해 저를 겁주려고 한 것 말입니다. 그런 위협에 겁을 낼 거라면 이런 일에 종사하지도 않았을 겁니다. 그리고 저는 부인 때문에 오히려 더글러스 메이벌리의 일을 더욱 깊이 조사하게 되었습니다."

"무슨 이야기를 하시는지 모르겠네요. 제가 불량배들을 고용했다니요?"

홈즈는 피곤한 듯 고개를 돌렸다.

"알겠습니다. 전 부인이 총명한 분인 줄 알았습니다. 자, 그럼 이만."

"여보세요, 어딜 가시겠다는 거예요?"

"스코틀랜드 야드입니다."

홈즈와 내가 문 쪽으로 채 몇 발을 내딛기도 전에 클라인 부인은 우리 앞을 막아서며 홈즈의 팔을 잡았다. 쌀쌀해 보이던 태도가 어느새 누그러져 있었다.

"잠시 앉아서 제 이야기를 들어보세요. 홈즈 선생님이라면 제가 솔

직하게 털어놓을 수 있을 것 같아요. 선생님은 신사분 같아요. 여자란 그런 점을 본능적으로 알아차리는 능력이 있지요. 전 선생님을 가까이 아는 분처럼 대하고 싶어요."

"하지만 저는 부인을 가까이 아는 분처럼 대하겠다는 말씀을 드릴 순 없습니다. 국가의 법은 제가 집행하는 것이 아닙니다. 하지만 미약하나마 도울 수 있는 일이 있다면 돕겠습니다. 말씀하세요. 말씀을 듣고 제 태도를 정하겠습니다."

"선생님 같이 용감한 분을 위협한 것은 정말 저의 불찰이었어요."

"아니오, 부인의 불찰은 앞으로 부인을 위협하거나 헌신짝처럼 버릴 그런 불량배들에게 발목이 잡히셨다는 점입니다."

"아니에요. 전 그렇게 단순한 여자가 아닙니다. 이제 솔직하게 모든 사실을 털어놓겠어요. 사실 바니 스톡데일과 그의 부인 수잔을 빼놓고는 자기들에게 이 일을 시킨 사람이 누군지 아무도 몰라요. 스톡데일과 수잔 일이라면 사실 이번이 처음이 아닙니다."

말을 멈추고 부인은 엷은 미소를 지으며 요염한 자태로 고개를 끄덕였다.

"알겠습니다. 전에도 비슷한 일이 있었군요?"

"그 두 사람은 시키는 일을 군소리 없이 하는 사냥개 같은 사람들이에요."

"그런 사냥개들은 언제고 주인을 배반합니다. 이번 절도 사건 때문에 이제 체포될 겁니다. 경찰이 이미 그들을 쫓고 있습니다."

"그들은 자기들에게 닥칠 일을 각오하고 있어요. 어려움의 대가로 큰 보수를 받았으니까요. 그러니 저는 이번 일에서 무사할 거예요."

"제가 경찰에 신고하면 이야기는 달라집니다."

"홈즈 선생님, 제발 부탁 드려요. 당신은 신사분이시잖아요. 이건 여자의 본능이랍니다."

"우선 원고를 돌려주십시오."

클라인 부인이 깔깔대며 웃더니 벽난로 쪽으로 걸어갔다. 그러고 나서 그녀는 벽난로의 타고 난 재를 부지깽이로 툭툭 쳐 가루로 부스러뜨렸다.

"이걸 돌려 달라는 말씀인가요?" 부인이 말했다.

이제 어쩌겠냐는 태도로 미소를 지으며 우리 앞에 서 있는 그녀는 깜찍하고 당돌한 모습이었다. 나는 이 클라인 부인이야말로 홈즈가 이제까지 다루어 본 범죄자들 가운데 가장 상대하기 힘든 상대라고 생각했다. 하지만 홈즈는 무표정했다.

"결국 이렇게 부인은 스스로의 운명을 정하시는군요. 행동이 매우 민첩한 분이지만 이번만큼은 도가 지나쳤습니다." 홈즈가 차가운 목소리로 내뱉었다.

클라인 부인이 부지깽이를 내던졌다.

"정말 냉정하시군요! 어떻게 된 일인지 자초지종을 말씀드려요?"

"아마 제가 자초지종을 말씀드릴 수 있을 겁니다."

"하지만 홈즈 선생님, 선생님은 이번 일을 제 시각에서 보셔야만 해요. 일생일대의 야망이 막판에 가서 산산이 부서지는 지경에 처한 여자의 관점에서 보셔야 한다고요. 그런 상황에 처한 여자가 자신을 보호하려고 취한 행동을 비난받아야 하나요?"

"처음부터 부인이 잘못한 겁니다."

"예 그건 맞아요. 더글러스는 좋은 청년이었어요. 하지만 불행하게 도 더글러스는 제 높은 이상에 적합한 사람이 아니었어요. 더글러스 는 저와 결혼하기를 바랐어요. 홈즈 선생님, 가난뱅이 평민이 귀족인 저에게 결혼하자고 했어요. 결국 자기가 화를 자초한 거예요. 더글러 스는 떼를 쓰기 시작하더군요. 처음에 잘해 줬던 태도가 제 진심이라 고 생각하고는 모든 것을 자기에게만 바치라고 말이에요. 저로선 참 을 수 없었어요. 그래서 더글러스에게 그것을 스스로 깨닫도록 해야 했어요."

"부인의 집 창 바로 아래서 불량배들에게 더글러스를 두들겨 패도 록 한 것 말입니까?"

"선생님은 정말 모든 걸 다 알고 계신 것 같군요. 사실이에요. 바니 와 그 패거리들이 더글러스를 쫓아 버렸죠. 좀 심하긴 했지만 말이죠. 그런데 더글러스가 어떻게 나온 줄 아세요? 홈즈 선생님도 더글러스 가 어떤 식으로 행동했는지도 아시지요? 저는 그 사람이 설마 그런 식으로 행동하리라곤 꿈도 꾸지 못했어요. 더글러스는 자기 이야기를 직접 책으로 썼어요. 말하자면 자기는 양이고 전 늑대로 묘사하면서 말이지요. 모든 이야기가 그 책에 다 나와요. 물론 다른 이름으로 썼 지만요. 하지만 런던에 사는 사람치고 거기에 나오는 인물이 누군지 모르는 사람이 어디 있겠어요? 어떻게 생각하세요, 홈즈 선생님?"

"하지만 더글러스가 남의 권리를 침해한 것은 없었습니다."

"그렇게 행동하는 더글러스를 보면 마치 옛날 잔인한 이탈리아 인 의 기질이 그 핏속에 그대로 살아 움직이는 것 같았어요. 더글러스는 자기가 쓴 책을 저에게 보내 고통을 주려고 했어요. 책이 모두 두 권이라고 했지요. 하나는 저에게 보낸 것이고, 또 한 권은 출판사에 보낼 거라고 했어요."

"출판사에 갈 책이 출판사에 도착하지 않은 것을 어떻게 알았습니까?"

"전 그 출판사가 어느 곳인지 알고 있었어요. 더글러스는 이번 책 말고도 또 소설을 쓴 적이 있었어요. 출판사 사람이 이탈리아로부터 아직 연락을 받지 못한 것을 알았는데 그때 마침 더글러스가 갑자기 죽었어요. 그 원고가 이 세상 어딘가에 남아 있는 한 저는 늘 불안한 마음을 품은 채 살아가야 할 판이었어요. 물론 원고는 더글러스의 개인 소지품들 가운데 있었을 것이고, 짐들이 어머니 집으로 발송되었으리라는 점은 뻔했지요. 그래서 그 바니 패거리에게 일을 시켰어요. 그리고 수잔을 그 집 하녀로 들여보냈어요. 전 그 일을 정직하게 끝내고 싶었어요. 정말 그랬지요. 그 집과 그 집 안에 있는 모든 것들을 사려고 했어요. 더글러스의 어머니가 부르는 가격은 얼마든지 다 내려고 했어요. 그런데 모든 계획이 수포로 돌아갔기 때문에 다른 방법을 쓴 거랍니다. 홈즈 선생님, 사실 제가 더글러스에게 좀 심하게 굴긴 했지만 지금은 정말 뉘우치고 있어요. 제 미래가 위험하게 된 판에 제가 달리 어떻게 할 수 있었겠어요?"

홈즈는 어깨를 으쓱이며 말했다. "죄를 용서받을 방법이 한 가지 있기는 하지요. 요즘 일등석으로 세계 일주를 하는 데 돈이 얼마나 듭니까?"

클라인 부인이 놀란 표정으로 홈즈를 바라보았다.

"5,000파운드쯤 있으면 될까요?"

"아마 그럴 겁니다."

"좋습니다. 저한테 5,000파운드짜리 수표 하나를 써 주십시오. 수표를 메이벌리 부인께 전하겠습니다. 메이벌리 부인께 속죄하는 마음으로 세계 일주 정도는 시켜 드릴 수 있겠지요? 그리고 앞으로는 날카롭고 뾰족한 도구를 함부로 쓰는 일은 아예 생각도 하지 마십시오. 그 우아한 손이 다치는 일이 없도록 말입니다."

창백한 군인

The Blanched Soldier

1903년 1월 7일(목)~1월 12일(월)

내 친구 왓슨의 생각은 꽤나 완강해서 좀처럼 수그러들지 않았다. 사실 그는 내가 직접 글을 쓰는 것에 대해 늘 걱정스러워 했다. 하지만 내가 왓슨의 이야기에는 사실성이 부족하며, 그가 사실과 사건 자체에 충실하기보다는 독자들의 입맛에 맞게 글을 쓴다고 비난한 적이 여러 번 있어서 이렇게 된 데에는 내 책임이 크다고 할 수 있다.

　"그러면 자네가 직접 써 보게!"

　결국 왓슨은 이렇게 쏘아붙였고, 그의 결심이 너무 단호해서 어쩔 수 없이 내가 펜을 들게 되었다. 또 왓슨이 이 사건에 대한 기록을 따로 정리해 두지 않았기 때문에 내가 이 사건을 독자들에게 알릴 수 있는 행운을 얻게 된 것이다. 하지만 막상 글을 쓰려고 하니 독자들의 흥미를 무시한 채 단순히 사건을 나열할 수는 없다는 점을 깨달았다. 다행히도 지금 내가 독자들에게 들려줄 이야기는 지금까지 맡았던 사건들 중에서 가장 특이한 사건이어서 독자들이 충분히 흥미를 느낄 수 있으리라 생각한다. 그러고 보니 지금이야말로 내 오랜 친구이자 전기 작가인 왓슨에 대해 이야기할 수 있는 좋은 기회가 될 것 같다.

그동안 내가 왓슨에게 여러 가지 별 볼 일 없는 조사를 부탁한 것은 내가 매정하거나 제멋대로이기 때문이 아니라, 그가 특별한 재능을 갖고 있기 때문이다. 왓슨은 겸손한 태도로 내 추리에 대해 과장된 평가를 내리면서도 정작 자신의 재능은 모르고 있다.

자신의 결론이나 행동 방향을 예측할 수 있는 친구를 둔다는 건 위험 부담이 크다. 하지만 여러분의 변화된 모습 하나하나를 새로운 것으로 받아들이고 미래를 함부로 예측하지 않는 사람이야말로 이상적인 동료라고 할 수 있다.

제임스 M. 도드 씨가 나를 방문한 것은 보어 전쟁(1899~1902년 사이에 영국과 트란스발공화국이 벌인 전쟁. 남아프리카 전쟁이라고도 한다.)이 끝난 직후인 1903년 1월의 일이었다. 그는 몸집이 크고 생기가 넘치며 햇볕에 그을린 피부에 날씬한 몸매를 하고 있었다. 아쉽게도 그 무렵 왓슨은 결혼해서 베이커 가의 하숙집을 떠났으므로 나는 혼자 지내고 있었다.

손님이 찾아올 때마다 나는 창을 등진 채 손님을 맞은편에 앉게 했다. 그렇게 하면 등 뒤에서 쏟아지는 햇빛 때문에 상대방의 모습을 좀 더 자세히 관찰할 수 있었기 때문이다. 제임스 M. 도드 씨는 어떻게 이야기를 시작해야 할지 난감해 하는 듯했다. 나는 그가 침묵을 지키는 동안 자세히 관찰하기 위해 아무런 질문도 하지 않고 지켜보고 있었다. 나는 당황한 상대의 주의를 끌기 위해서는 관찰력을 이용하는 것이 제일 현명한 방법이라고 생각하기 때문에, 그에 대해 추리한 것들을 하나씩 꺼내 놓기 시작했다.

"남아프리카에서 오셨습니까?"

"그렇습니다." 그는 놀란 표정으로 대답했다.

"기마 의용군이었나요?"

"맞습니다."

"음, 그렇다면 미들섹스 부대에 계셨겠군요."

"네. 홈즈 씨, 정말 놀라운 솜씨군요."

나는 그의 당황한 표정을 보고 미소 지었다.

"햇볕에 그을린 건강한 신사가 손수건을 주머니가 아닌 소매 단 안에 넣고 있는 걸 본다면 쉽게 알아낼 수 있는 것들이죠. 영국 햇볕으로는 당신처럼 살갗을 태우기가 어려울 겁니다. 턱수염을 짧게 기른 걸로 보아 일반인은 아닐 거라고 생각했습니다. 보통 기마병들이 그런 식으로 수염을 자르죠. 미들섹스 부대라는 건 당신의 명함을 보고 알았습니다. 명함에 스록모튼 가의 증권 중개인이라고 적혀 있더군요. 다른 부대에 계신 적 있습니까?"

"이미 알고 계시지 않습니까?"

"제게 특별한 능력이 있는 건 아닙니다. 열심히 훈련한 덕분이지요. 그런데 도드 씨, 제 관찰력이 궁금해서 아침부터 찾아오신 건 아닐 테고, 턱스베리 올드 파크에서 무슨 일이 있었습니까?"

"아니, 그건 또 어떻게 아셨습니까?"

"너무 놀라실 거 없습니다. 편지에 적힌 걸 보고 알았으니까요. 이렇게 서둘러 약속을 잡았다는 건 분명 긴급하고 중요한 일이 일어났다는 뜻이지요."

"그렇습니다. 하지만 편지는 오후에 썼고 중요한 일은 그다음에 일어났습니다. 엠스워드 대령이 저를 쫓아내지만 않았더라면—"

"쫓아냈다니, 무슨 말씀이죠?"

"쫓겨난 거나 마찬가지입니다. 엠스워드 대령은 아주 엄격한 사람이니까요. 젊었을 때는 부대에서 가장 혹독하게 훈련을 시키고 부하들에게 심한 욕설을 퍼붓는 걸로 유명했답니다. 가드프리의 일만 아니었다면 저 역시 대령의 성격을 참지 못했을 겁니다."

나는 담배 파이프에 불을 붙이고 의자에 등을 기댔다.

"무슨 일인지 자세히 설명해 주신다면 좋겠군요."

그가 장난기 어린 표정으로 싱긋 웃었다.

"제가 일일이 설명하지 않아도 다 아실 거라고 생각했는데 그렇지는 않군요. 좋습니다. 당신이 이해할 수 있도록 잘 설명할지 모르지만 사실을 말씀드리지요. 요 며칠은 머릿속이 복잡해서 밤새 한 숨도 못 잤습니다. 하지만 아무리 생각해도 믿을 수 없는 일이었어요.

제가 입대한 건 2년 전인 1901년 1월이었습니다. 그때 가드프리 엠스워드도 저와 같은 대대에 입대했습니다. 가드프리는 엠스워드 대령의 외아들입니다. 크리미아 전쟁에서 빅토리아 십자훈장을 받은 엠스워드 대령입니다. 그리고 전투적인 기질이 다분했던 가드프리가 자원입대한 건 어쩌면 당연한 일이었겠지요. 그는 부대에서 제일 뛰어난 사병이었습니다. 우리는 금세 친해졌지요. 우리의 우정은 같은 생활 속에서 같은 기쁨과 즐거움을 느끼는 사람들만이 나눌 수 있는 그런 것이었습니다. 그는 내 단짝이었고, 그와 친하다는 건 군대생활에 유

리하다는 걸 의미했지요. 우리는 1년 동안 힘든 전쟁을 치르면서 여러 가지 일들을 함께 겪었습니다. 그런데 가드프리가 프리토리아 외곽에 있는 다이아몬드힐 근처에서 전투 중에 총에 맞았다는 소식을 들었습니다. 저는 케이프타운에 있는 병원과 사우샘프턴에 있는 병원에서 보낸 편지를 받는데, 그 이후로는 아무 소식도 들을 수 없었습니다. 홈즈 씨, 가장 친한 친구가 6개월 이상 연락이 끊긴 채 나타나지 않는다는 게 정말 이상했지요.

전쟁이 끝나고 우리는 모두 귀환했습니다. 저는 엠스워드 대령에게 가드프리가 어디 있는지 알려 달라는 편지를 보냈지만 답장은 오지 않았습니다. 며칠을 기다리다가 다시 편지를 쓰자, 대령은 아주 짧고 퉁명스럽게 쓴 답장을 보냈습니다. 가드프리는 세계 일주 여행을 떠났으며, 1년 후에나 돌아올 거라고 적혀 있더군요. 그 밖에 다른 내용은 전혀 없었습니다.

홈즈 씨, 하지만 제 궁금증은 풀리지 않았습니다. 모든 것이 이상하게 느껴졌으니까요. 가드프리 같이 좋은 녀석이 그런 식으로 친구와 연락을 끊을 리 없다고 생각했습니다. 그는 절대 그럴 사람이 아니죠. 그러던 중 가드프리가 많은 돈을 유산으로 물려받게 될 거라는 소문을 들었습니다. 그리고 대령과 가드프리 사이가 별로 좋지 않다는 것도 알게 됐지요. 대령은 간혹 사람들을 윽박지르곤 했는데 가드프리는 그런 행동을 몹시 싫어했다고 합니다. 하지만 그런 소문도 궁금증을 해결해 주진 못했습니다. 그래서 어떻게 된 일인지 직접 알아보기로 결심했지요.

그런데 갑자기 해결해야 할 일이 생기는 바람에 2년 동안 외국에 나갔다가 이번 주에야 가드프리의 일을 조사하게 된 겁니다. 저는 이일을 분명하게 밝혀내기 위해서 제가 들었던 무성한 소문들에 대해서는 더 이상 생각하지 않기로 했습니다."

제임스 M. 도드 씨의 인상은 한 번 정한 것은 결코 바꾸지 않을 사람이라는 것을 말해 주고 있었다. 그런 사람은 한번 친구가 되면 끝까지 우정을 지키기 때문에 적으로 만들기보다는 친구로 삼는 것이 더 유리한 법이다. 파란 눈에는 엄격함이 담겨 있었고, 말할 때마다 각진 턱이 강한 인상을 던져 주었다.

"그래서 어떻게 하셨지요?"

"우선 어떻게 된 일인지 알아보기 위해 그의 고향인 베드퍼드 근처의 턱스베리 올드 파크에 가 보기로 했습니다. 대령의 인색함에 대해서는 충분히 알고 있었기 때문에 저는 가드프리의 어머니에게 편지를 썼습니다.

'저는 가드프리의 친구로 군대에서 많은 일을 함께 겪었습니다. 어머니를 만나면 군대 시절 이야기를 들려 드릴 수 있을 겁니다. 그 근처에서 묵을 테니, 잠시 들러도 괜찮겠습니까?' 등 이런저런 이야기를 써서 보냈더니 친절하게도 하룻밤 묵고 가라는 답장을 보내셨더군요. 그래서 월요일에 그곳을 방문했습니다.

턱스베리 올드 홀은 마을에서 5마일쯤 떨어져 있어서 외부와 접촉이 거의 없습니다. 역에 마차가 없어서 여행 가방을 들고 걸어가야 했습니다. 도착했을 때는 이미 어둠이 짙게 깔려 있었지요. 넓은 공원 한가운데에 자리 잡은 저택은 규모가 매우 컸습니다. 저택은 여러 시대의 건축 양식을 사용해서 지은 듯했습니다. 나무로 뼈대를 세운 건 엘리자베스 시대의 건축법이고, 기둥과 대들보로 만든 현관은 빅토리아 시대의 건축법을 본뜬 것이었습니다. 내부 벽은 나무판을 촘촘히 이어 붙였고, 그 위에 벽걸이용 태피스트리와 빛바랜 옛날 그림들이 걸려 있었습니다.

저택에는 늙은 집사 부부가 있었는데, 부인은 남편보다 더 나이가 많아 보였습니다. 그녀는 가드프리의 유모였는데, 전에 가드프리가 어머니 다음으로 아끼는 사람이 유모라고 말한 적이 있었기 때문에 기묘한 생김새에도 불구하고 친숙한 느낌이 들더군요. 어머니 역시 좋은 분 같아 보였습니다. 체격이 작고 인상이 부드러운 분이셨죠.

하지만 대령은 그분들과 전혀 달랐습니다. 우리는 인사를 나누자마자 약간의 논쟁을 벌였습니다. 대령이 그렇게 해서 저를 농락하려는 걸지도 모른다는 느낌을 받지 않았다면, 즉시 역으로 돌아갔을 겁니다. 어쨌든 저는 서재로 곧장 들어갔습니다. 헝클어진 회색 턱수염에 피부색이 거무튀튀하고, 커다란 덩치에 등이 굽은 남자가 어질러진 책상 앞에 앉아 있었습니다. 빨간 코는 대머리독수리 부리처럼 튀어나왔고, 짙은 눈썹 아래로 사나운 회색 눈동자가 저를 노려보고 있었지요. 가드프리가 아버지 이야기를 좀처럼 하지 않았던 이유를 그제야 알 것 같았습니다.

'자네가 이곳에 온 진짜 이유를 알아야겠네.' 그의 목소리는 날카로 웠습니다. 저는 부인에게 편지로 방문의 이유를 밝혔다고 대답했지요.

'그래. 자네는 아프리카에서 가드프리를 알게 됐다고 했지. 확인할 길이 없으니 자네 말을 믿을 수밖에.'

'가드프리가 보낸 편지를 갖고 있습니다.'

'편지를 보여 주겠나?'

그는 제가 건네준 두 통의 편지를 흘끗 보고는 내팽개치듯 되돌려 주더군요.

'그래서 어떻다는 건가?'

'아버님, 저는 아드님을 친구로서 좋아했습니다. 여러 가지 일들도 함께 겪었지요. 친구라면 가드프리가 왜 갑자기 연락을 끊었는지 지금 어떻게 지내는지 궁금해하는 게 당연하지 않겠습니까?'

'내 기억으론 가드프리가 어떻게 지내는지 편지로 알려 준 것 같은데. 답장을 받았으면 알겠지만 내 아들은 지금 세계 일주 여행을 떠났어. 아프리카에서 돌아온 후에 건강이 많이 나빠져서 아내와 내가 여행을 권유했지. 가드프리에겐 충분한 휴식과 변화가 필요했어. 그러니 아들의 안부를 궁금해하는 친구들이 있다면 그렇게 전해 주게.'

'물론이죠. 그런데 어떤 배를 타고 여행 중인지 알려 주실 수 있을까요? 아, 출항 날짜도 알아야겠군요. 그래야 제가 그곳으로 편지를 보낼 수 있을 겁니다.'

제 요구에 대령의 얼굴은 당황스러움과 짜증으로 일그러졌습니다. 커다란 눈썹을 잔뜩 찌푸린 채 초조한 듯 손가락으로 책상 위를 탁탁 두드리기 시작했습니다. 잠시 후 대령은 고개를 들고 체스 게임에서 상대가 위험한 수를 두었을 때 어떻게 대처할 것인지를 결정했을 때와 같은 표정으로 말했습니다.

'도드 군, 대부분의 사람들은 자네처럼 끈질긴 사람을 좋아하지 않을뿐더러, 이처럼 집요하게 구는 건 아주 무례한 짓이라고 생각하네.'

'그렇게 생각하지 마세요. 정말 아드님이 걱정돼서 이러는 겁니다.'

'그래. 나는 자네를 위해 충분히 배려했어. 그런데 왜 내 아들의 뒤를 캐고 다니는 건가? 비록 좋은 의도라 할지라도, 외부 사람에게 말하기 어려운 사정들이 집집마다 있기 마련이야. 아내는 자네에게 가드프리의 옛이야기들을 몹시 듣고 싶어 해. 하지만 앞으로는 그 애의 생활에 간섭 말게. 곤란한 상황에 빠지고 싶지 않거든 쓸데없는 조사는 그만두는 게 좋아.'

홈즈 씨, 저는 더 이상 그에게 얻을 것이 없다는 걸 깨달았습니다. 다른 방법이 없더군요. 할 수 없이 그 말을 받아들이는 척하면서 물러났지만, 마음속으로는 친구의 행방을 밝혀낼 때까지 조사를 멈추지 않겠다고 맹세했습니다.

그날 밤은 유난히 음산했습니다. 우리는 음침하고 오래된 방에서 조용히 저녁 식사를 했지요. 부인은 아들에 대해 열심히 물어보았지만, 대령은 내내 시큰둥하고 우울한 표정으로 앉아 있었습니다. 몹시 지루했던 저는 최대한 예의를 갖춰 인사를 하고 먼저 침실로 갔습니다. 제 침실은 1층에 있었는데, 꽤 넓었지만 가구가 거의 없었고, 저택의 다른 부분들과 마찬가지로 어두웠습니다. 하지만 홈즈 씨, 1년을 남아프리카 초원에서 잠을 잔 사람에게는 숙소가 어떻든 별문제가 되지 않는 법이죠. 저는 커튼을 열고 정원을 내다보았습니다. 반달이 밝게 비추고 있더군요. 저는 소설이나 읽을까 해서 탁자 위에 램프를 놓고 벽난로 옆에 앉았습니다. 막 정신을 집중하려고 하는데 나이든 랠프 집사가 난로에 넣을 석탄을 갖고 왔더군요.

'한밤중에 석탄이 떨어질 것 같아서 갖고 왔습니다. 날씨가 쌀쌀한 데다 여기 방들은 유난히 춥거든요.'

집사는 나가기 전에 잠시 머뭇거리더니 주름진 얼굴에 뭔가 말하고 싶은 표정을 띤 채 나를 보며 서 있었습니다.

'죄송합니다만, 저녁 식사 때 선생님께서 가드프리 도련님에 대해 말씀하시는 걸 우연히 들었습니다. 아시다시피 제 아내가 도련님을 키웠기 때문에 저는 도련님에게 양아버지와 다름없답니다. 그러니 도련님에 대해 관심을 가지는 건 당연하죠. 도련님이 부대에서 잘 지냈다고 그러셨지요?'

'제일 용감한 군인이었어요. 총탄이 쏟아지는 전쟁터에서 저를 구

해 준 적도 있었지요. 그가 아니었다면 저는 이 자리에 없을 겁니다.'

집사는 앙상한 손을 비비며 말했습니다.

'그래요. 가드프리 도련님은 그런 분이지요. 언제나 용감했답니다. 정원에 있는 나무란 나무는 모두 올라가 봤을 정도니까요. 아무도 말릴 수 없었지요. 아주 착한 소년이었어요. 오, 이제는 착한 청년이었다고 해야겠군요.'

저는 자리에서 벌떡 일어나며 소리쳤습니다.

'잠깐만요! 지금 착한 청년이었다고 했나요? 그가 죽기라도 한 것처럼 말하는군요. 뭔가 숨기고 있는 거 아닙니까? 도대체 가드프리 엠스워드는 어떻게 된 겁니까?'

내가 어깨를 부여잡고 다그치자 집사는 뒤로 물러섰습니다.

'선생님, 전 무슨 말씀인지 모르겠습니다. 주인님께 여쭤 보세요. 저보다 주인님이 더 잘 알고 계실 겁니다. 제가 나설 일이 아닌 것 같군요.'

그는 서둘러 나가려고 했지만 제가 팔을 붙들었습니다.

'이봐요, 내 말 잘 들어요. 가기 전에 한 가지만 대답해 주세요. 그렇지 않으면 밤새도록 이 팔을 붙들고 있을 겁니다. 가드프리는 죽었습니까?'

그는 제 눈을 피한 채 체념한 사람처럼 서 있다가 가까스로 대답했습니다. 집사의 입에서는 전혀 예상치 못했던 끔찍한 대답이 흘러나왔습니다.

'차라리 죽는 편이 나았을 겁니다.' 집사는 그렇게 말하고는 내 손을 뿌리치고 방에서 뛰어나갔습니다.

저는 착잡한 마음으로 다시 의자에 앉았지요. 노인의 말에서 제가 생각해 낸 건 단 한 가지였습니다. 불쌍한 가드프리가 범죄나 가문의 명예를 손상시키는 불명예스러운 일에 말려든 게 틀림없다는 것이었습니다. 완고한 대령은 소문이 퍼지지 않도록 아들을 먼 곳에 보내어 숨게 했을 겁니다. 가드프리는 앞뒤를 가리지 않는 성격이라 주변 사람들의 말에 쉽게 영향을 받는 편이었지요. 나쁜 사람들의 꾐에 넘어가서 잘못된 길로 빠진 게 분명했습니다. 정말 그렇다면 여간 불쌍한 일이 아니었지요. 저는 어떻게 해서든 친구를 찾아서 도와야겠다고 마음먹었습니다. 그러고는 걱정스러운 마음으로 그 문제에 대해 곰곰이 생각하고 있었습니다. 그러다가 우연히 고개를 들었는데, 제 앞에 가드프리 엠스워드가 서 있는 걸 보게 된 겁니다."

그는 그때 일이 떠오르는지 잠시 말을 멈췄다.

"계속하세요. 매우 특이한 사건 같군요."

"홈즈 씨, 그는 유리에 얼굴을 바짝 붙인 채 창밖에 서 있었습니다. 아까 제가 정원을 내다봤다고 말씀 드렸지요? 그때 커튼을 열어 놓고 닫지 않았던 겁니다. 그는 열린 커튼 사이에 서 있었어요. 유리가 바닥까지 닿아 있었기 때문에 그의 모습을 전부 볼 수 있었습니다. 하지만 유독 얼굴이 눈에 띄더군요. 얼굴이 죽은 사람처럼 창백했는데, 그렇게 하얀 얼굴은 정말 처음이었습니다. 유령이라고 착각할 정도였으니까요. 하지만 눈이 마주쳤을 때 저는 그것이 살아 있는 사람의 눈빛이라는 걸 알았습니다. 제가 쳐다보는 걸 알고 그는 창가에서 물러나 어둠 속으로 사라졌습니다.

가드프리가 그런 모습으로 나타나다니 정말 놀라운 일이었습니다.

그가 소름 끼칠 만큼 하얀 얼굴로 어둠 속에 서 있었다는 것도 놀랍지만, 그보다는 제가 알았던 용감한 청년에게 왜 비밀스럽고 은밀하며 떳떳하지 못한 일들이 일어났는지 이해하기가 어려웠습니다. 제 마음에는 공포감이 일기 시작했습니다.

보어 인(남아프리카의 네덜란드 이주민의 자손)들을 상대로 1, 2년 동안 군대에서 근무한 사람이라면 언제나 긴장한 상태로 민첩하게 행동하는 데 익숙해져 있죠. 가드프리는 내가 그를 발견할 때까지 불편한 자세로 창문에 꼼짝 않고 붙어 있었던 모양입니다. 창문은 쉽게 열렸고, 저는 창문을 타고 정원으로 나가 그가 사라진 방향으로 뛰어 갔습니다.

길이 꽤 길고 불빛이 어두웠지만, 뭔가 앞에서 움직이고 있는 게 보이더군요. 달려가면서 계속 이름을 불렀지만 아무 소용이 없었습니다. 막다른 길에 다다르자 다른 건물들로 이어진 여러 갈래 길이 나타났습니다. 잠시 머뭇거리며 서 있는데 갑자기 문이 닫히는 소리가 또렷이 들렸습니다. 저택 쪽이 아닌 제 앞쪽 어딘가에서 들려오는 소리였죠. 홈즈 씨, 그 순간 제가 환상을 본 것이 아니라고 확신했습니다. 가드프리는 저를 피해 도망치다가 문을 닫고 숨어 버린 겁니다. 이제 가드프리의 존재는 의심할 수 없을 만큼 분명해진 거죠.

하지만 제가 할 수 있는 일은 그 뿐이었습니다. 마음속에는 여러 가지 의혹들이 가득했고, 나름대로 상황을 정리해야겠다는 생각에 밤새도록 잠을 이루지 못했습니다. 다음 날, 대령은 한결 부드러운 태도로 저를 맞아 주었습니다. 부인이 근처에 구경할 만한 장소가 있다고 해서 저는 그걸 구실로 하룻밤 더 묵게 해 달라고 부탁했지요. 대령은 마지못해 허락했고, 덕분에 맑은 날 대낮에 저택 주변을 살필 수 있었습니다. 가드프리가 근처에 숨어 있다고 확신했지만 어디에, 왜 숨어 있는지는 알 수 없었습니다. 저택은 군부대라도 들키지 않고 숨을 수 있을 만큼 규모가 크고 여러 방향으로 이어져 있었어요. 저택 안에 비밀 장소가 있다면, 저 같은 외부인이 찾아낸다는 건 불가능해 보였지요. 하지만 문 닫는 소리는 저택 안에서 들려온 게 아니었습니다.

저는 단서를 찾기 위해 정원을 살펴보았습니다. 다른 사람들은 각자 일로 바빴기 때문에 아무런 방해도 받지 않고 정원에서 돌아다닐 수 있었습니다. 정원에는 건물들이 여러 채 있었는데, 그 끝에 있는 건물은 정원사나 사냥터지기 한 사람이 살기에 적당한 크기였어요. 문 닫히는 소리가 그곳에서 들렸을지도 모른다는 생각에 산책하는 사람처럼 어슬렁거리며 조심스럽게 다가갔습니다. 그때 키가 작고 날렵한 몸집에 턱수염을 기른 남자가 검은 외투와 모자를 쓰고 문밖으로 나왔습니다. 차림새로 보아 정원사는 아닌 것 같더군요. 그는 문에 자물쇠를 채우고 열쇠를 주머니에 넣었습니다. 제가 뒤에 서 있는 걸 보고 꽤 놀라는 눈치였어요.

'이 저택 손님이신가요?' 저는 가드프리의 친구라고 소개하면서 천연덕스럽게 말을 이었습니다. '가드프리가 멀리 여행을 떠났다니 참 아쉽습니다. 저를 보면 아주 반가워했을 텐데 말입니다.'

'정말 그렇군요.' 그는 꺼림칙한 표정으로 대답했습니다. '다음에 다시 오시면 좋겠군요.'

그는 말을 마치고 가 버렸는데, 나중에 돌아보니 멀찌감치 떨어진 곳에서 월계수나무에 몸을 반쯤 숨기고는 저를 훔쳐보고 있더군요.

오두막 옆을 지나치면서 자세히 보았는데 두꺼운 커튼이 쳐져 있었고, 안에는 아무도 없는 듯했습니다. 감시당하고 있다는 걸 알았기 때문에 너무 대담하게 행동하다간 계획을 망칠 뿐 아니라 쫓겨날 우려가 있다고 생각했습니다. 그래서 저택으로 돌아와 날이 어두워질 때까지 기다렸습니다. 저택이 완전히 어둠과 침묵에 잠긴 다음에 저는 창을 통해 나와서 최대한 발소리를 낮추고 낮에 보았던 오두막으로 향했습니다. 두꺼운 커튼이 쳐진 창은 덧문으로 가려져 있었습니다. 그런데 창문 사이로 빛이 새어 나오는 것을 보고 호기심이 생겨서 가까이 다가갔습니다. 다행히 커튼이 완전히 닫혀 있지 않아서 덧문 사이에 있는 작은 틈으로 안을 들여다볼 수 있었습니다. 방 안은 램프와 난롯불 때문에 활기 차 보였습니다. 창문 맞은편에는 아침에 봤던 남자가 의자에 앉아 담배를 피우며 신문을 읽고 있었습니다."

"무슨 신문이었죠?"

"그게 뭐가 중요하죠?" 갑작스런 질문에 그가 귀찮다는 표정으로 물었다.

"아주 중요한 문제입니다."

"실은 자세히 못 봤습니다."

"종이가 넓었는지 주간지처럼 작은 형태였는지는 기억할 수 있겠죠?"

"그렇게 크지는 않았어요. 〈스펙테이터〉였던 것 같기도 합니다. 하지만 그렇게 세세한 것까지 신경 쓸 겨를이 없었습니다. 또 다른 남자가 창문을 등지고 앉아 있었으니까요. 저는 그가 가드프리라고 확신했죠. 얼굴은 못 봤지만 양쪽 어깨선이 눈에 익었습니다. 그는 아주 침울한 것처럼 벽난로 쪽으로 몸을 돌린 채 한쪽 팔로 머리를 괴고 있었지요. 그런데 갑자기 누군가 제 어깨를 세게 움켜잡았습니다. 어찌할 바를 모르고 머뭇거리다가 고개를 돌려보니 옆에 엠스워드 대령이 서 있었습니다.

'이쪽으로 오게.' 그가 낮은 목소리로 말했습니다.

대령은 저택 쪽으로 조용히 걸음을 옮겼고 저는 그를 따라 저택으로 들어갔습니다. 대령은 저에게 열차 시간표를 건네주며 말했습니다. '8시 30분에 런던행 기차가 있어. 8시에 현관 앞에 마차를 대기해 놓겠네.'

그의 얼굴은 분노로 창백해져 있었고, 상황이 얼마나 곤란한지를 깨달은 저는 친구가 걱정돼서 그랬을 뿐이라는 구차한 변명으로 위기를 모면할 수밖에 없었지요.

'그 문제에 대해선 더 이상 말하지 말게.' 대령의 말투는 싸늘했습니다. '자네는 우리 가족의 사생활을 침해했어. 그것도 아주 무례한 방식으로 말이지. 자네는 손님을 가장하고 우리를 찾아와서는 스파이 노릇을 했어. 더 이상 자네와 말하고 싶지 않네. 다시는 내 눈앞에 나타나지 말아 주게.'

그 순간 화가 치밀어 오른 저는 흥분한 목소리로 외쳤습니다. '전 아드님을 보았습니다. 그리고 당신이 어떤 이유 때문에 그를 숨겨 둔 거라고 확신합니다. 왜 이런 식으로 그를 가두어 놓았는지는 모르지만, 그가 자유롭지 않다는 것만은 분명히 알 수 있었습니다. 엠스워드 대령님, 분명히 경고하지요. 제 친구가 안전하고 건강하다는 걸 확인할 때까지 이 수수께끼를 푸는 데 모든 노력을 기울일 겁니다. 당신이 어떤 말로 협박한다 해도 내 결심을 꺾지는 못할 겁니다.'

대령이 무시무시한 표정으로 노려봤기 때문에 저를 공격할지도 모른다는 생각이 들더군요. 아까 말씀 드렸듯이 대령은 마른 체구에 성격이 포악한 노인입니다. 저도 약골은 아니지만 대령과 맞붙어 싸우는 건 아무래도 쉽지 않아 보였습니다. 하지만 대령은 분노가 가득한 눈빛으로 한참 동안 노려보더니 돌아서서 나갔습니다. 저는 편지로 약속한 시간에 맞춰서 당신을 찾아뵙고 조언을 구할 생각으로 기차에서 내리자마자 곧장 여기로 달려온 겁니다."

의뢰인의 이야기는 여기에서 끝났다. 눈치 빠른 독자라면 문제를 해결할 수 있는 방법이 매우 제한되어 있기 때문에 오히려 사건을 쉽게 풀 수 있다는 걸 이미 알아차렸을 것이다. 아직 본격적인 수사를 시작한 건 아니지만 이 사건에는 기록으로 남겨도 좋을 만큼 흥미롭고 특이한 점들이 적지 않았다. 나는 평소에 즐겨 쓰는 논리적 분석법을 통해 가능한 해결책들을 찾아보기로 했다.

"하인들은 몇 명이었습니까?"

"제가 알기로 하인은 집사 부부뿐이었습니다. 대령은 아주 검소하게 생활하고 있었습니다."

"그렇다면 오두막은 어떻습니까?"

"거기에도 하인은 없었습니다. 턱수염을 기른 키 작은 남자가 있긴 하지만 하인보다는 지위가 훨씬 높은 것 같았습니다."

"사소하게 보아 넘길 일은 아니군요. 다른 건물로 음식을 나르는 걸 본 적이 있나요?"

"그러고 보니 생각나는군요. 랠프 집사가 바구니를 들고 정원을 지나 오두막 쪽으로 가는 걸 본 적이 있어요. 그때는 안에 음식이 들어 있을 거라고 생각하지 못했습니다."

"주변 지역은 조사해 봤습니까?"

"네. 역장과 마을에 있는 여관 주인에게서 정보를 얻었습니다. 가드프리 엠스워드의 옛날 친구라고 하면서 별일 없이 잘 지내는지 물었지요. 두 사람 모두 가드프리가 세계 일주 여행을 떠났다고 말하더군요. 집에 돌아오자마자 다시 떠났다고 했습니다. 모두들 그렇게 믿고 있는 게 분명했습니다."

"당신이 의심스러워하는 부분들은 물어보지 않았겠죠?"

"당연하죠. 그런 말은 전혀 하지 않았습니다."

"아주 잘하셨습니다. 제가 직접 조사해 봐야겠군요. 저도 턱스베리 올드 파크에 가겠습니다."

"오늘 말입니까?"

그 순간 내가 그레이민스터의 공작이 깊이 연루된 사건을 해결하는 중이었다는 생각이 떠올랐다. 왓슨은 그 사건을 '아베이 스쿨 사건'이 라고 불렀다. 뿐만 아니라 터키 황제(압둘 하미드 2세)로부터 즉시 행동해 달라는 요청이 담긴 위임장도 받았던 것이다. 이 일을 해결하지 않으면 정치적으로 중대한 문제들이 발생할 가능성이 높았기 때문에 턱스베리 올드 파크에 가는 것은 며칠 뒤로 미뤄야만 했다.

그다음 주 초에 나는 임무를 수행하기 위해 제임스 M. 도드와 함께 베드퍼드셔로 출발했다. 우리는 유스턴 역까지 마차로 가는 길에 근엄한 표정의 무뚝뚝한 신사 한 사람을 태웠다.(크리스토퍼 몰리가 지적했듯이 유스턴 역에서 베드퍼드셔로 갈 수 없다. 세인트 팬크라스 역에서 미들랜드 철도로 가야 하는 여행자라면 모두 알고 있다.) 그는 나와 만나기로 사전에 약속한 사람이었다.

"이분은 제 오랜 친구입니다." 내가 도드 씨에게 그를 소개했다. "다른 사람이 개입할 필요가 없다고 생각하실 수 있겠지만, 아마 사건 해결에 중요한 역할을 하게 될 겁니다. 어쨌든 지금은 그 문제에 대해 이야기할 단계는 아닌 듯싶군요."

내가 사건을 실제로 수사하는 동안 말을 아끼고 생각을 드러내지 않는다는 점에서 독자들은 왓슨의 이야기 방식에 더 익숙해져 있을 것이다. 도드 씨는 꽤 놀란 눈치였지만 아무 말도 하지 않았고, 우리 세 사람은 턱스베리 올드 파크까지 동행했다. 열차 안에서 나는 친구에게 필요한 정보를 주기 위해 도드 씨에게 한 가지 더 물어보았다.

"창문에서 친구의 얼굴을 또렷이 보았다고 하셨죠? 누군지 금방 알아볼 수 있을 만큼 아주 선명했다고 말입니다."

"누군지 분명히 알 수 있었어요. 얼굴을 바짝 대고 있어서 코가 유리에 눌릴 정도였으니까요. 램프 불빛이 머리부터 발끝까지 환하게 비추고 있었죠."

"닮은 사람일 수도 있지 않을까요?"

"아닙니다. 분명히 가드프리였어요."

"하지만 모습이 변했다고 했죠?"

"피부색만 변했어요. 어떻게 표현해야 할지 모르겠지만 얼굴이 물고기 배처럼 창백했습니다. 마치 옷감을 표백해 놓은 것 같았죠."

"다른 부분도 똑같이 창백했습니까?"

"아닌 것 같았어요. 확실히 보인 것은 이마였습니다. 유리에 바짝 대고 있었기 때문에."

"친구의 이름을 불러 봤습니까?"

"그때는 너무 놀라고 겁에 질려서 쳐다보기만 했습니다. 그런 다음 말씀드린 대로 뒤쫓아갔지만 헛수고로 끝났지요."

이제 한 가지 사소한 점만 확인한다면 사건의 윤곽을 완벽하게 그려 볼 수 있을 듯싶었다. 마차로 한참을 달린 후 우리는 도드 씨가 말했던 낯선 분위기의 커다랗고 낡은 저택에 도착했다. 나이든 랠프 집사가 현관에서 우리를 맞았다. 나는 친구에게 우리가 부를 때까지 마차 안에서 기다리라고 부탁했다. 키가 작고 주름이 많은 늙은 집사는 전통적인 복장인 검은 외투에 희고 검은 점이 희끗희끗 뒤섞인 바지 차림이었는데, 옷차림과 어울리지 않게 갈색 가죽 장갑을 끼고 있었다. 우리가 현관 안으로 들어가면서 장갑을 쳐다보자 그는 재빨리 장갑을 벗어서 입구에 있는 테이블 위에 얹어 두었다. 왓슨의 말대로 내 감각은 지나칠 정도로 예리해서, 그것을 본 순간 희미하지만 날카로운 예감이 스쳐 갔다. 아무래도 현관 테이블에 있는 장갑이 단서가 될 듯했다. 나는 돌아서서 테이블 위에 모자를 얹은 다음 일부러 바닥에 떨어뜨렸다. 그러고는 모자를 줍기 위해 몸을 구부리면서 장갑에 코를 대고 냄새를 맡아 보았다. 그것은 분명히 타르 냄새였다. 나는 확신에 차서 서재로 들어갔다. 그런데 안타깝게도 내가 직접 독자들에게 이야기를 할 때는 모든 생각들을 숨김없이 털어놓아야 한다는 걸 자꾸 잊게 된다. 내가 사건의 단서들을 감추고 있었기 때문에 왓슨이 그럴듯한 결론을 이끌어 내지 못했던 것이다.

엠스워드 대령은 서재에 없었다. 그는 랠프 집사의 전갈을 받고 서재로 오는 중이었다. 복도에서 그의 빠르고 묵직한 발소리가 들렸다. 문이 쾅 하고 열리더니 억센 턱수염을 기른 노인이 잔뜩 일그러진 표정으로 들어왔다. 그렇게 무서운 얼굴을 한 노인은 처음이었다. 그는 손에 들고 있던 명함들을 갈기갈기 찢어서 짓밟았다.

"이 건방진 놈! 우리 집에 다신 얼씬거리지 말라는 얘기를 못 들었나? 다시는 네 놈의 얼굴을 들이밀지 못하게 손 좀 봐 줘야겠군! 한 번 더 내 허락 없이 들어오면 그때는 얌전히 보내지 않겠어! 네 놈에게 총을 쏠 테니까! 그리고 당신도 마찬가지야! 결코 용서하지 않겠소!"

노인은 내 쪽으로 고개를 돌리며 말했다. "당신에게도 똑같이 경고하겠소! 하찮은 탐정 일이나 하면서 아까운 재능을 낭비하다니! 다른 곳에 가서 알아보시오. 우리 집에서는 당신 같은 사람이 필요 없소!"

"가드프리에게서 감금된 게 아니라는 말을 직접 들을 때까지는 돌아갈 수 없습니다." 도드 씨가 단호한 태도로 말했다.

도드 씨의 말이 끝나자마자 노인이 벨을 울렸다.

"랠프, 경찰에 전화해서 경감에게 경관 두 명을 보내 달라고 하게. 강도들이 침입했다고 전하게."

"잠깐만요! 도드 씨, 엠스워드 대령이 이러시는 건 당연합니다. 우리는 허락 없이 이 집에 들어올 권한이 없어요. 하지만, 대령님 또한 도드 씨가 친구를 걱정하는 마음 때문에 이런 행동을 했다는 걸 아셔야 합니다. 감히 바라건대, 이야기할 시간을 5분만 주시면 대령님의 마음을 돌려놓을 수 있을 겁니다."

"내가 그렇게 호락호락한 사람으로 보이나?" 대령이 말했다. "랠프, 내가 시킨 대로 하게. 뭘 꾸물거리는 건가? 어서 경찰을 불러!"

"그렇게는 안 될 겁니다."

나는 등으로 문을 막아섰다.

"경찰을 부른다면 당신이 두려워하는

일이 생길 겁니다."

나는 수첩을 꺼내 종이를 한 장 찢어 급히 단어 하나를 적었다.

"우리는 이것 때문에 온 겁니다."

나는 종이를 대령에게 건네주었다. 종이를 받아서 읽은 대령은 놀라는 표정을 감추지 못했다.

"어떻게 알았소?"

그는 놀라움에 숨을 헐떡거리며 의자에 털썩 주저앉았다.

"항상 하는 일이니까요. 그게 제 직업입니다."

대령은 한동안 깊은 생각에 잠긴 채 여윈 손으로 헝클어진 턱수염을 잡아당기고 있었다. 그러고는 마침내 체념한 표정으로 입을 열었다.

"가드프리를 만나고 싶다면 그렇게 하시오. 하지만 내 뜻이 아니라 당신들 때문에 할 수 없이 허락하는 거요. 랠프, 가드프리와 켄트 씨에게 우리가 5분 후에 가겠다고 전하게."

5분 뒤에 우리는 정원 샛길 끝에 있는 수수께끼의 오두막에 도착했다. 체구가 작고 턱수염을 기른 남자가 몹시 놀란 표정으로 문 앞에 서 있었다.

"엠스워드 대령, 갑자기 무슨 일입니까? 이러면 계획에 차질이 생깁니다."

"켄트 씨, 나도 어쩔 수 없었소. 이 사람들이 억지로 날 데려온 거니까. 지금 가드프리를 만날 수 있소?"

"네. 안에서 기다리고 있습니다."

그는 안으로 들어가서 정면에 있는 커다랗고 수수한 방으로 우리를 안내했다. 방 안에는 한 남자가 벽난로 쪽으로 등을 돌린 채 서 있었다. 그를 보자 도드 씨가 손을 뻗으며 앞으로 튀어 나갔다.

"오, 가드프리! 자네 무사하군!"

그러자 다른 사람들이 도드 씨에게 뒤로 물러서라고 손짓했다.

"날 만지지 마, 지미. 좀 떨어져 있어. 그래, 거기서도 날 볼 수 있으니까. 이젠 기병대대의 영리했던 엠스워드 상병과는 많이 달라 보일 거야, 그렇지?"

그의 모습은 확실히 이상했다. 하지만 아프리카의 태양에 그을린 피부와 뚜렷한 이목구비로 봐서 예전엔 상당히 잘생긴 얼굴이었다는 것을 짐작할 수 있었다. 하얗게 탈색된 부분들 때문에 구릿빛 피부가 얼룩덜룩하게 변해 있었다.

"그래서 친구들을 만나지 않은 거야. 지미, 자네는 괜찮아. 하지만 혼자 왔더라면 좋았을 거야. 물론 그럴 만한 이유가 있었겠지만 내 입장이 난처하게 됐어."

"가드프리, 자네가 무사한지 확인하고 싶었어. 그날 밤 자네가 창문에서 날 쳐다보고 있는 걸 목격한 순간부터 지금까지 마음을 놓을 수 없었어."

"랠프 집사에게서 자네가 왔다는 얘길 들었어. 그래서 얼굴이라도 보려고 찾아갔던 거야. 하지만 내 모습을 보여주고 싶진 않았어. 창문이 열리는 소리를 듣고는 오두막으로 도망칠 수밖에 없었지."

"대체 그동안 무슨 일이 있었던 거야?"

"그렇게 긴 이야기도 아니야." 가드프리가 담배에 불을 붙이며 말했다. "동부 철도선의 프리토리아 외곽에 있는 버플스프루트에서 벌어졌던 오전 전투를 기억하나?"

"그래. 이야기를 들은 적이 있어. 하지만 자세한 건 몰라."

"나는 대머리 심슨이라는 별명을 가진 심슨 병사, 그리고 앤더슨 병사와 함께 부대에서 낙오되고 말았지. 기억할지 모르겠지만 그곳은 지형이 고르지 못한 지역이야. 우리는 보어 인들과 싸웠는데, 그중 한 놈이 낮은 곳에 포복해 있다가 우리를 쏘았어. 심슨과 앤더슨은 그 자리에서 죽었고, 나는 어깨에 총을 맞았지. 간신히 말에 올라탔지만 몇 마일 못 가서 의식을 잃은 채 땅에 떨어지고 말았지.

정신을 차려 보니 해가 지고 있었어. 기운이 없고 어깨가 몹시 아팠지만 온 힘을 다해 몸을 일으켰지. 놀랍게도 아주 가까운 곳에 넓은 베란다와 창문이 많은 커다란 집이 있었어. 바깥 날씨는 몹시 추웠지. 밤에는 몸에 감각이 없어질 만큼 엄청난 추위가 몰려온다는 걸 자네도 알 거야. 서리가 내릴 때와는 비교할 수 없을 만큼 혹독하게 춥지. 그대로 있다간 뼛속까지 얼어붙을 것 같았어. 그래서 나는 비틀거리면서 그 집으로 걸어갔지. 추위와 통증 때문에 아무 생각도 할 수 없었어. 천천히 계단을 올라가서 커다란 문을 지나 침대가 여러 개 있는 넓은 방으로 들어갔지. 그리고 침대에 쓰러지듯 누워서 안도의 한숨을 쉬었어. 침대 위에는 아무것도 없었지만 전혀 불편함을 느끼지 못했어. 옷으로 떨리는 몸을 감싸고 나서 곧바로 깊은 잠에 빠져들었어.

아침에 일어났을 때 나는 정상적인 세상이 아니라 이상한 악몽 속으로 들어온 것 같은 느낌을 받았어. 커튼이 없는 커다란 창으로 아프리카의 뜨거운 햇빛이 쏟아져 들어와 흰색으로 칠한 커다랗고 휑한 방 안 구석구석을 비추고 있었지. 크고 둥근 머리에 난쟁이 같이 키 작은 남자가 내 앞에 서 있었어. 그는 갈색 스펀지 같이 흉측한 두 손을 흔들면서 흥분한 목소리로 네덜란드 말을 마구 지껄였어. 그의 뒤에는 한 무리의 사람들이 구경꾼들처럼 모여 있었어. 그들의 얼굴을 본 순간 온몸에 소름이 돋는 걸 느꼈지. 그들은 보통 사람이 아니었어. 모두들 몸이 이상한 모양으로 뒤틀어졌거나 부풀어 올랐더군. 웃음소리는 끔찍할 정도로 무서웠어.

영어를 하는 사람은 없는 것 같았어. 하지만 머리 큰 괴물들이 화가 나서 길길이 날뛰며 사납게 울부짖기 시작했기 때문에 서둘러서 내 처지를 설명해야만 했지. 그는 뒤틀린 손으로 나를 움켜잡고는 침대에서 끌어내렸어. 말할 것도 없이 내 어깨에서 또다시 피가 흐르기 시작했네. 그 작은 괴물은 황소처럼 힘이 셌지. 때마침 웅성거리는 소리를 듣고 나이든 남자가 나타나지 않았다면 그 괴물이 내게 무슨 짓을 저질렀을지도 몰라. 나이든 남자는 우두머리처럼 보였어. 그가 엄한 목소리로 몇 마디 던지자 나를 괴롭히던 자들이 모두 물러섰어. 그는 돌아서서 믿을 수 없다는 표정으로 나를 뚫어지게 쳐다보더군.

'어떻게 해서 여기까지 온 건가?' 그의 목소리는 놀라움으로 떨리고 있었어. '잠시만 기다리게! 자네는 몹시 지치고 어깨에 부상을 입어서 당장 치료를 받아야 하네. 난 의사이니 곧 어깨에 붕대를 감아주겠네. 정말 기가 막힌 일이군! 어쩌자고 전쟁터보다 훨씬 위험한 곳에 제 발로 찾아온 건가. 여긴 나병 환자들이 있는 병원이야. 자네는 나병 환자의 침대에서 잠을 잤단 말이네!'

설명이 더 필요한가, 지미? 내가 도착한 날 전쟁이 일어날 조짐이 보이자 이 불쌍한 사람들을 다른 곳으로 피신시킨 것 같았어. 그리고 영국군이 우세해지자 병원으로 돌아온 거지. 그 의사는 면역력을 갖고 있지만 나처럼 나병 환자의 침대에서 잔다는 건 상상도 할 수 없는 일이라고 했어. 그는 내게 독방을 내주고 친절하게 보살펴 주었지. 일 주일쯤 지나서 나는 프리토리아에 있는 종합병원으로 옮겨졌어.

그리고 비극적인 일이 일어났지. 증상이 회복되기를 간절히 바랐지만 집에 돌아온 후에도 얼굴에 있는 이 끔찍한 자국들은 사라지지 않았어. 나는 이 병에서 영원히 도망칠 수 없다는 걸 깨달았어. 달리 방법이 없었지. 그래서 이 외로운 집에 숨어 지낸 거야. 우리는 믿을 수 있는 하인들만 남겨 두었어. 마침 숨어 있기에 적당한 집이 있었어. 그리고 비밀을 지키겠다는 다짐을 받고 외과 의사 켄트 씨를 고용했지. 이 방법이 제일 나을 것 같았어. 하지만 평생 이곳에서 벗어날 희망도 없이 낯선 사람들 속에서 격리되어 살아야 한다는 건 정말 두려웠지. 우리는 철저하게 비밀을 지켜야 했어. 이 조용한 시골 마을에 소문이라도 나게 되면 내 운명은 더 비참해 질 테니까. 지미, 자네였더라도 이렇게 어둠 속에서 숨어 지냈을 거야. 그런데 어째서 아버지가 자네를 이곳에 데려오셨는지 모르겠군."

그러자 엠스워드 대령이 나를 가리키며 말했다. "이 사람 때문에 어쩔 수 없었어. '나병'이라고 쓴 종이를 보여 주더군. 그 정도까지 알고 있다면 차라리 모든 걸 알려 주는 게 더 안전할 거라고 생각했다."

"분명히 안전합니다." 내가 말했다. "그리고 더 좋은 결과를 얻을 수도 있을 겁니다. 그런데 아드님을 진찰한 사람은 켄트 선생뿐이죠? 선생은 열대성이나 아열대성인 이 병에 대해 전문입니까?"

"교육을 받은 의사로서 일반적인 지식은 갖고 있소." 의사는 딱딱한 말투로 대답했다.

"당신이 유능한 분이라는 건 알고 있지만, 이런 경우에는 다른 사람의 견해를 들어보는 것도 좋다고 생각합니다. 당신은 환자를 불법으로 격리한 책임을 지게 될까 봐 다른 사람의 진단을 받게 하지 않은 겁니다."

"당신 말이 맞소." 엠스워드 대령이 말했다.

"이런 일이 있을 줄 알고 친구를 한 명 데리고 왔습니다. 정확한 진단을 내리기로 유명한 분이죠. 전에 제가 그 분의 사건을 해결한 적이 있었는데, 이번에는 전문의가 아닌 제 친구로서 조언을 해 주러 오셨습니다. 제임스 손더스 경입니다."

켄트 의사의 얼굴은 놀라움과 기대감으로 가득 찼다.

"그분을 만난다면 정말 영광이 될 겁니다." 그가 낮은 목소리로 말했다.

"그러면 제임스 경에게 이쪽으로 오시라고 하지요. 지금 문밖에 있는 마차 안에서 기다리고 있습니다. 엠스워드 대령, 그동안 우리는 서재에 가 있는 게 좋겠습니다. 설명해 드릴 것이 있으니까요."

나는 왓슨이 그 자리에 없는 것이 못내 아쉬웠다. 그는 내게 예리한 질문들을 던지고, 내 추리 솜씨에 감탄을 연발하곤 했는데, 그 때문에 내가 상식을 체계적으로 정리한 것에 불과한 단순한 기술이 천재적인 재능으로 보일 수 있었다는 생각이 들었다. 하지만 지금은 그런 도움을 얻을 수 없었다. 그럼에도 불구하고 나는 여러분이 추리 과정을 이해할 수 있도록 엠스워드 대령의 서재에서 대령과 그 부인에게 설명했던 내용을 이곳에 그대로 옮기고자 한다.

"제 추리는 불가능한 일들을 모두 배제한 나머지가 바로 진실일 거라는 가정에서 출발한 겁니다. 처음에는 당연히 여러 가지 가정들을 하게 되지만, 조사를 거듭하다 보면 증명할 수 있을 만큼 확실한 가정만 남게 됩니다. 이제 그 원칙을 이번 사건에 적용해 보겠습니다. 처음에 저는 대령님이 엠스워드 군을 집 밖에 격리하거나 감금했다는 가정하에 세 가지 경우를 생각해 보았습니다. 범죄를 저지른 엠스워드 군을 가족들이 숨겨 주었거나, 정신병에 걸렸는데 병원에 보내고 싶지 않아서 집 근처에 감금해 두었거나, 다른 병 때문에 어쩔 수 없이 격리했을 거라고 생각했지요. 제가 생각할 수 있는 건 그 세 가지뿐이었습니다. 저는 그 가정들을 일일이 조사하고 비교했습니다. 범죄는 조사를 통해 해결되는 거지요. 그런데 이 지역에서 범죄가 발생했다는 보고가 없더군요. 범죄가 아직 드러나지 않은 상태라면, 가족들은 범죄 사실을 없애기 위해서 그를 집 안에 숨겨 두기보다는 해외로 보내려 했을 겁니다. 저는 그것이 가장 타당한 설명이라고 생각했습니다.

정신병이라는 가정은 더 설득력이 있었지요. 저는 오두막에 있는 사람이 관리인일 거라고 생각했습니다. 외출할 때, 문을 잠그는 것을 보고 그가 집 안에 있는 사람을 통제하고 있다는 생각을 굳히게 됐습니다. 하지만 통제는 그렇게 심하지 않아서 엠스워드 군은 친구를 보려고 집을 빠져나올 수 있었죠.

도드 씨, 제가 질문했던 내용들을 기억합니까? 예를 들어, 켄트 씨가 어떤 신문을 읽고 있었는가 하는 것들 말입니다. 만일 그 신문이 〈랜싯〉이나 〈영국 의학저널〉이었다면 제 수사에 큰 도움이 됐을 겁니다. 그런데 전문적인 의학 지식을 갖춘 사람을 간병인으로 두고 일정한 기일 내에 관청에 신고를 한 경우에는 합법적으로 정신병자를 집에 감금할 수 있습니다. 그렇다면 엠스워드 군의 병을 필사적으로 감출 이유가 없지 않을까요? 그래서 저는 이 가정이 틀릴 수 있다는 생각을 했습니다.

저는 마지막 세 번째 가정에 대해 생각해 봤습니다. 가능성은 별로 없어 보였지만 이 가정을 적용해 보니 모든 상황이 맞아떨어지는 것 같았습니다. 남아프리카에서는 나병이 흔하지 않습니다. 아주 특이한 경우가 아니라면 걸리지 않는 병이지요. 가족들은 엠스워드 군을 격리해 두고 싶지 않았기 때문에 위험을 감수하기로 한 겁니다. 소문이 퍼지면 관청이 개입하게 될까 봐 가족들은 철저히 비밀을 지켰습니다. 보수만 충분히 준다면 환자를 성실하게 돌볼 수 있는 간병인은 쉽게 구할 수 있지요. 엠스워드 군은 날이 저물면 그때부터 자유롭게 활동하곤 했습니다. 탈색된 피부는 나병의 일반적인 증상입니다. 세 번째 가정은 너무나 설득력이 있어서 저는 엠스워드 군이 나병에 걸렸다고 생각했습니다. 이 집에 도착했을 때 랠프 집사의 장갑에서 소독약 냄새가 난다는 걸 알았습니다. 그건 집사가 환자에게 음식을 갖다 주기 때문이었죠. 그 순간 모든 것이 확실해졌습니다. 그리고 마지막으로 대령님에게 건네준 메모 때문에 진실이 밝혀지게 된 겁니다. 그 단어를 말로 하지 않고 글로 써 둔 이유는, 제 판단이 맞았다는 것이 밝혀질 경우 증거로 삼기 위해서였습니다."

이야기를 마치자 문이 열리고 엄숙한 표정의 피부과 전문의가 집사의 안내를 받으며 서재로 들어왔다. 하지만 스핑크스 같은 얼굴에는 부드러운 기운이 감돌았고, 눈빛에는 따뜻한 인정미가 넘치고 있었다. 그는 대령 앞으로 성큼성큼 걸어오더니 악수를 청했다.

"제 경우엔 좋은 소식보다 나쁜 소식을 전하는 일이 더 많습니다. 하지만 이번엔 다르군요. 아드님은 나병에 걸린 게 아닙니다."

"지금 뭐라고 하셨소?"

"아드님에게는 나병과 비슷해 보이는 이치오시스라는 병의 증세가 뚜렷하게 나타나고 있어요. 피부가 물고기 비늘처럼 변하는 병이지요. 보기 흉한 난치병이지만 전염성이 없고 치료도 가능합니다. 홈즈 씨, 정말 이상한 우연 아닙니까? 설마 우리가 모르는 의도가 숨어 있는 건 아니겠지요. 이 젊은이는 병균에 노출된 후부터 끔찍한 고통에 시달려 왔습니다. 그러니 두려움 때문에 나병과 유사한 증상이 나타났을지도 모르지요. 어쨌든 의사로서 명예를 걸고 나병이 아니라고 장담할 수 있습니다. 아니, 부인이 쓰러지셨군요! 예상치 못한 기쁜 소식에 충격을 받은 것뿐이니까, 의식이 돌아올 때까지 켄트 씨가 돌봐 드리는 게 좋겠습니다."

역주 —

'창백한 군인'의 원고는 4절판 26페이지로, 1944년 1월 뉴욕 경매에 나와 300달러에 낙찰되었다. 현재는 뉴욕 공립 도서관에 소장되어 있다

사자 갈기

The Lion's Mane

1909년 7월 27일 (화) ~8월 3일 (화)

오랜 탐정 생활 중에 겪은 일들만큼이나 난해하고 특이한 사건을 은퇴한 뒤에 만나게 된 것은 정말 이상한 일이다. 그것도 바로 내 집 문밖에서. 그 사건은 은퇴 후 서식스의 작은집으로 이사한 후 일어난 일이었다. 그 당시 나는 오랫동안의 음침한 런던 생활을 끝내고 그동안 너무나 바라던 전원생활의 안락함 속에 푹 빠져 있던 중이었다. 이곳에 사는 동안 나의 오랜 친구 왓슨은 만날 기회가 거의 없었는데, 어쩌다 한 번 그가 주말에 나를 찾아올 때에나 볼 수 있었다. 그러니 이 이야기의 기술은 나 스스로 할 수밖에 없겠다. 왓슨이 옆에 있었다면 사건의 발생에서부터 온갖 어려움을 극복하고 승리를 쟁취하는 순간까지 멋지게 글로 옮겼을 것이다. 하지만 현실은 그렇질 못하니 소박하긴 해도 내 나름대로 이야기를 풀어 갈 수밖에 없음을 이해해 주었으면 한다. 이제부터 사자 갈기에 얽힌 미스터리를 추적하여 어렵게 사건을 해결한 과정을 들어보기 바란다.

　우리 빌라는 도버 해협이 훤히 보이는 다운스 지방 남쪽 비탈에 있다. 이 지역의 해안선은 전체가 백악으로 된 벼랑들로 이루어져 있으며, 그 밑으로 내려가는 길은 하나밖에 없는데 길고 비뚤비뚤한 데다 가파르고 미끄럽다. 길의 맨 아래 해변은 조약돌과 자갈이 그득하며 바닷물이 모두 들어왔을 때에도 100야드 정도 드러나 있다. 게다가 해변의 여기저기에 만곡부와 분지가 있어서 바닷물이 들어올 때마다 멋진 수영장이 바로바로 생겨난다. 보는 사람의 감탄을 자아내는 이 해변은 각 방향으로 수 마일씩 뻗어 있으며, 중간쯤 작은 어촌인 풀워스에서만 끊겨 있을 뿐이다.

　우리 집은 한적하기 짝이 없다. 나와 가정부(가정부의 퍼스트 네임은 〈마지막 인사〉에서 알 수 있듯이 마사. 대부분의 연구자들은 홈즈가 은퇴한 후의 가정부를 허드슨 부인으로 알고 있다.), 그리고 내가 키우는 꿀벌들 외에는 아무도 없으니 그럴 수밖에. 그러나 약 반 마일 정도 거리에 해롤드 스탁허스트가 운영하는 유명한 사립학교 '게이블스'가 있다. 시설이 꽤 큰 곳으로 다양한 진로를 준비 중인 수십 명의 학생들과 일단의 교직원들로 구성되어 있다. 젊은 시절 유명한 조정선수였던 스탁허스트는 박학다식한 학자로, 나는 이곳에 오던 날부터 그와 가깝게 지냈으며, 해가 저문 후에도 서로의 집을 마음대로 방문할 만큼 그와는 허물없이 지내는 친구 사이였다.

　1907년 7월 말경이었다. 심한 폭풍이 불어와 해협 위까지 바람이 올라왔고, 벼랑 아래에선 바닷물이 산더미처럼 일었다. 조수가 바뀌었을 땐 초호가 하나 형성되어 있었다. 그렇지만 다음 날 아침 바람은 잠잠해졌고, 주위는 말할 수 없이 깨끗해졌다. 아침 날씨가 너무나 화창하여 나는 아무 일도 손에 잡히지 않았기 때문에 상쾌한 공기를 맛보려고 일찍부터 산책에 나섰다. 벼랑 아래 해변으로 난 가파른 길을 따라 걷고 있을 때였다. 뒤에서 누군가 부르는 소리에 돌아보니 스탁허스트가 손을 흔들며 반기고 있었다.

"홈즈 씨, 정말 기가 막힌 아침이죠. 당신이 밖에 나와 있을 줄 알았습니다."

"수영하러 가는 길이군요."

"홈즈 씨 추리엔 못 당하겠습니다." 그는 불룩 튀어나온 주머니를 두드리며 웃었다. "맥퍼슨 선생은 벌써 바다로 나갔습니다. 아마 저기쯤 있을 텐데요."

피츠로이 맥퍼슨은 과학 선생으로 성품이 훌륭하고 정직했지만, 안타깝게도 류머티즘성 열병을 앓고 난 후 심장에 문제가 생겨 예전과 같은 삶은 더 이상 불가능하게 되었다. 하지만 타고난 운동가였던 그는 건강에 지나친 무리를 주지 않는 범위의 스포츠에서 뛰어난 실력을 발휘했다. 여름, 겨울 가릴 것 없이 수영을 즐겼으며 나 역시 수영을 좋아한 터라 바다에서 그를 만나는 경우가 자주 있었다.

바로 이때 그가 나타났다. 길이 끝나는 벼랑 가장자리 위로 그의 머리가 보이더니 곧 꼭대기로 올라섰는데 마치 술에 취한 사람처럼 비틀거렸다. 다음 순간, 두 손을 치켜들고는 끔찍한 비명 소리와 함께 그대로 땅바닥에 엎어졌다. 우리는 50야드 정도 되는 거리를 황급히 달려가 엎어진 그를 똑바로 뉘었다. 그는 분명히 죽어 가고 있었다. 그의 두 눈은 푹 꺼지고 초점이 없었으며 뺨은 짙은 흑색으로 변해 있었다. 하지만 바로 그 순간, 마지막 생명의 기운이 그의 얼굴에 돌아왔는데 무언가를 경고하려는 듯 두세 마디 말을 급히 내뱉었다. 분명치 않은 발음으로 마치 비명을 지르는 것 같았는데 '사자 갈기'라고 들렸다. 지금 상황과 아무 관련도 없는 그 소리에 도대체 무슨 말인가 싶었지만 그래도 그렇게밖에는 해석할 수 없었다. 그때 갑자기 그가 몸을 반쯤 일으키더니 두 팔을 허공으로 내저으며 앞으로 푹 쓰러졌다. 그게 끝이었다.

이런 갑작스런 사태에 스탁허스트는 놀라 온몸이 굳었지만, 여러분의 상상대로 나는 항상 이런 비상사태에 이성적으로 대처할 마음의 준비를 갖추고 있었다. 또 그래야만 했던 것이 이번 일은 절대 평범한 사건이 아니란 게 금방 밝혀졌기 때문이다. 죽은 남자의 차림새부터가 이상했는데, 버버리 코트와 바지만 입은 채 신발 끈도 매지 않은 모습이었다. 또 그가 쓰러질 때 어깨에 걸치고 있던 코트가 벗겨지면서 드러난 상체를 보고 우리는 기겁을 하고 말았다. 그의 등에 마치 가느다란 철사로 만든 채찍에 심하게 매질을 당한 것처럼 검붉은 줄무늬 자국이 잔뜩 나 있었던 것이다. 그리고 이런 끔찍한 상해를 가한 도구가 상당히 부드러운 것이었는지 부르튼 채찍 자국이 등을 지나 그의 어깨와 갈비뼈 너머까지 길게 이어져 있었다. 고통이 올 때마다 입술을 얼마나 악 물었는지 턱 밑으로 피가 뚝뚝 흘러내리고 있었으며, 그의 일그러진 표정으로 그 고통이 얼마나 심했는지 알 수 있었다.

그때였다. 시체 옆에 무릎을 꿇고 앉은 나와 멍하게 서 있는 스탁허

스트 쪽으로 그림자 하나가 드리워졌다. 그림자의 주인은 바로 게이블스의 수학 선생 이안 머독이었다. 키가 크고 마른, 피부가 검은 그는 과묵하고 쌀쌀맞아서 지금껏 어떤 친구도 사귀지 못했다. 평범한 생활에는 관심도 없고 무리수와 원추곡선 기하학 같은 고매하고 추상적인 영역에서 노는 사람 같았다. 학생들은 그를 괴짜라 부르며 조소의 대상으로 여겼지만, 그에게는 남들과 다른 이상한 피가 흘렀다. 그것은 그의 검은 눈과 얼굴에서만 느껴진 것이 아니라 가끔씩 사나운 성질을 부릴 때에도 나타나곤 했다. 언젠가 한번은 맥퍼슨이 기르는 강아지가 그를 성가시게 한다고 녀석을 붙잡아 유리 창 너머로 내던진 일이 있었다. 만약 그가 그저 그런 선생이었다면 스탁허스트가 당장 해고했을 것이다. 하필 이때 이렇게 이상한 남자가 우리 앞에 나타났던 것이다. 강아지 사건으로 미루어 보아 죽은 남자에게 별 동정심을 느낄 것 같지 않았는데 그는 자기 앞에 벌어진 광경을 보고 큰 충격을 받는 듯했다.

"가엾은 친구! 어떻게 이런 일이! 제가 무엇을 하면 될까요? 어떻게 해야 합니까?"

"맥퍼슨과 함께 있었소? 무슨 일이 있었는지 말해 줄 수 있소?"

"아닙니다. 저는 오늘 아침 늦잠을 자서 해변에 나가지 않았습니다. 학교에서 곧장 오는 길입니다. 어떻게 해야 합니까?"

"풀워스 경찰서로 가서 즉시 사건을 신고하도록 하시오."

그는 군말 없이 자리를 떠나 전력을 다해 달려갔다. 나는 곧바로 현장 조사에 착수했으나 스탁허스트는 아직까지도 멍하니 시체 옆에 머물러 있었다.

내가 제일 먼저 한 일은 당연히 해변에 누가 있는지부터 살피는 것이었다. 이곳은 벼랑 꼭대기였기 때문에 해변을 한눈에 내려다볼 수 있었는데 주위에는 아무도 없었다. 아주 멀리서 검은 물체 두세 개가 풀워스 마을로 향해 가고 있을 뿐이었다. 이 점을 확인한 나는 천천히 길을 따라 벼랑 아래로 걸어 내려갔다. 길은 진흙과 부드러운 이회토로 뒤범벅이었고, 그 위로 동일한 모양의 발자국이 여기저기 나 있었다. 발자국의 방향은 아래, 위 모두를 향하고 있었다. 즉, 그날 아침 이 길을 지나 해변으로 내려간 사람은 숨진 맥퍼슨 한 명뿐이었던 것이다. 이때 비탈 쪽으로 찍힌 손바닥 자국을 한 군데서 발견했는데, 이는 피해자가 벼랑 위로 올라오는 도중에 넘어졌다는 것을 뜻했다. 또한 여러 군데 동그랗게 파인 자국들은 그가 여러 번 무릎으로 기었다는 것을 말해 주었다. 길 맨 아래에 도착해 보니 바닷물이 들어온 뒤 상당히 큰 초호가 새로 만들어져 있었다. 바로 그 옆에서 옷을 벗었는지 바위 위에 수건이 있었고, 물기 하나 없이 접혀 있는 것으로 보아 결국 물에는 들어가지도 않은 듯했다. 단단한 조약돌 사이를 이리저리 살피던 중 몇 군데 모래밭 위에 그의 신발 자국과 맨발 자국이 함께 찍혀 있는 것을 발견했다. 이 사실은 그가 수영을 할 만반의 준비를 갖췄지만 마른 수건에서 보듯이 실행에 옮기질 않았음을 입증하는 것이었다.

이제 사건의 실체가 분명히 드러나고 있었지만, 지금껏 맞닥뜨린 어떤 문제보다 이상한 사건이었다. 죽은 남자가 해변에 머문 시간은 기껏해야 15분 정도로 스탁허스트가 학교에서부터 계속 그를 따라왔기 때문에 이 점에는 의문의 여지가 없었다. 그리고 맨발 자국이 있는 것으로 보아, 그는 수영을 하려고 옷을 모두 벗었으면서도 정작 수영은 하지도 않고 옷가지들을 아무렇게나 걸치고 되돌아온 것이다. 적어도 수건으로 몸을 닦지 않은 점은 분명했다. 그가 그렇게 마음을 바꾼 이유는 누군가로부터 너무나 잔인하고 심하게 매질을 당했기 때문일 것이다. 그는 입술을 악물고 그 끔찍한 고통을 참아 가며 사력을 다해 기다시피 도망쳤지만 결국 죽고 말았다. 도대체 누가 이런 끔찍한 짓을 저지른 것일까? 벼랑 근처에 작은 동굴들이 여러 개 있긴 했지만 해가 뜨고 질 무렵 깊숙한 곳까지 빛이 들어오기 때문에 몸을 숨기는 것은 불가능했다. 그럼 저 멀리 해변에 보이는 사람들이 그런 걸까? 그들이 범행을 저지르고 그 짧은 시간에 저곳까지 도망갈 순 없으리라. 더구나 맥퍼슨이 들어가 수영하려고 했던 초호는 폭이 넓고 바위 높이까지 파도가 치는 곳으로 바로 이것이 그들과 맥퍼슨 사이를 가로막고 있었다. 바다 쪽으로도 그다지 멀지 않은 거리에 낚싯배가 두세 척 떠 있었으나 그 배의 주인이 누구인지는 언제라도 알아볼 수 있는 일이었다. 결국 사건을 조사할 수 있는 길은 여러 가지가 있었지만, 그 어느 길도 분명한 결과에 도달하진 못했다.

시체 곁으로 다시 돌아왔을 때에는 사람들이 무리지어 웅성거리고 있었다. 물론 스탁허스트는 아직도 그곳에 있었으며 이안 머독과 함께 앤더슨 순경이 막 도착한 모양이었다. 앤더슨은 마을의 순경으로 큰 덩치에 붉은 콧수염을 기르고 있었으며, 서식스 지방 출신답게 동작은 느리지만 충직한 사람이었다. 즉, 겉으로는 과묵해도 속은 꽉 찬 사람이었다. 그는 우리 이야기를 주의 깊게 듣고 수첩에 모두 기록한 뒤 나를 자기 옆으로 슬쩍 끌어당겼다.

"홈즈 씨께서 충고를 좀 해 주셨으면 합니다. 제가 처리하기엔 사건이 너무 큰 데다 만일 제가 실수라도 하면 루이스 경찰서로부터 문책을 받거든요."

나는 그에게 즉시 그의 직속상관과 의사를 이곳으로 불러오라고 일렀다. 또한 그들이 오기 전까지 아무것도 움직여선 안 되며, 가능한 한 주변에 다른 발자국이 생기지 않도록 하라고 주의를 주었다. 그러는 사이 나는 죽은 남자의 주머니를 살폈는데, 손수건 한 장과 커다란 칼, 그리고 작은 카드케이스가 나왔다. 이 케이스 뚜껑 밖으로 종이가 한 장 나와 있는 것을 보고 나는 그것을 앤더슨 순경에게 건네주었다. 종이에는 여성의 필체로 다음과 같은 말이 휘갈겨 쓰여 있었다.

꼭 가겠어요.

— 모디

시간과 장소는 나와 있지 않았지만 연인끼리 만날 약속을 한 편지가 분명했다. 앤더슨은 이것을 다시 케이스에 집어넣고 다른 물건들과 함께 버버리 코트 주머니 속으로 넣었다. 우선 벼랑 아래 지역을 철저히 수사하라고 일러 놓았지만, 더 이상 아무것도 나타나지 않아 아침을 먹으러 집으로 돌아갔다.

한두 시간쯤 지난 후, 스탁허스트가 찾아와 시체를 게이블스로 옮겼으며 그곳에서 조사가 진행될 것이라 알려 주었다. 그는 몇 가지 심각하고 분명한 소식을 가져왔는데, 내 예상대로 벼랑 밑 작은 동굴에서는 아무것도 발견되지 않았다고 했다. 하지만 죽은 맥퍼슨의 책상에서 풀워스에 사는 모드 벨라미란 여성과 주고받은 편지들이 나왔으며, 둘 사이는 꽤 가까웠던 것 같다고 했다. 그 쪽지의 주인공이 밝혀진 셈이었다.

"경찰이 그 편지들을 모두 압수해서 이리로 가져올 수 없었습니다만—"그가 설명했다. "둘 사이가 보통이 아니었던 것은 분명합니다. 그건 그렇다 해도 그녀가 맥퍼슨 선생과 만날 약속을 했다는 사실 말고는 둘의 관계를 이번 사건과 연관지어 생각할 이유가 없어 보이는데요."

"하지만 오늘 맥퍼슨이 간 곳은 여러분이 자주 수영을 하던 곳이 아니었나 본데요." 내가 말했다.

"아, 오늘 학생들이 그와 함께 가지 않은 것은 순전히 우연입니다." 그가 말했다.

"그저 우연이었다고요?"

스탁허스트는 미간을 찌푸리며 생각에 잠겼다.

"머독 선생이 아침 식사 전에 기하 수업을 해야 한다며 아이들을 모두 붙들어 놨었거든요. 가엾게도 머독 선생은 그 때문에 몹시 상심하고 있습니다."

"웬일이죠? 그 둘이 별로 친하지 않았던 걸로 알고 있는데요."

"예전엔 그랬지만 1년 전부터 머독 선생이 맥퍼슨 선생을 더할 수 없이 가까이 대했습니다. 천성적으로 그리 사교적인 성품이 아닌데 말이죠."

"그랬었군요. 강아지를 내던진 일로 말다툼이 있었다고 당신이 말한 적이 있었는데 그건 어떻게 되었습니까?"

"그 일은 이미 지난 일입니다."

"하지만 그래도 약간의 앙심은 남아 있지 않았을까요?"

"아닙니다. 절대 그렇지 않습니다. 둘이 진짜 친구였다는 것은 제가 보장합니다."

"음, 그렇다면 문제의 그 여성을 만나 봐야 하겠군요. 그녀에 대해 아십니까?"

"모르는 사람이 없죠. 인근에서 가장 유명한 미인이랍니다. 어딜 가도 시선을 끄는 진짜 미인이죠. 맥퍼슨 선생이 그녀에게 반한 줄은 알고 있었지만 편지에 적혀 있는 만큼 둘 사이가 발전한 줄은 미처 몰랐습니다."

"어떤 여성입니까?"

"풀워스의 임대 보트와 해수욕장의 탈의실을 모두 소유한 탐 벨라미의 딸입니다. 벨라미는 어부로 출발해서 이제는 재력가가 된 사람인데 아들 윌리엄과 함께 사업을 운영하고 있습니다."

"풀워스로 가서 그들을 만나 볼까요?"

"무슨 구실로요?"

"구실을 찾는 게 뭐 그리 어렵겠습니까. 그리고 어쨌든 죽은 남자가 자기 손으로 이렇게 끔찍한 고문을 하지는 못 했을 테고 그 채찍은 누군가 다른 사람이 휘두른 겁니다. 그 상처를 낸 흉기가 채찍이었다는 가정 하에서 말이죠. 이곳은 외딴 고장이니 분명 맥퍼슨의 대인관계도 그리 넓지는 않았을 것입니다. 그러니 한 사람 한 사람 조사하다 보면 분명 살인 동기가 드러날 겁니다. 그러면 자연히 범인이 누구인지도 밝혀지겠죠."

만약 우리가 아침에 목격한 비극으로 인해 마음이 괴롭지만 않았더라면 백리향 향기를 맡으며 다운스 마을을 지나 풀워스로 걸어가는 길이 무척 유쾌했을 것이었다. 마을은 만을 반원형으로 둘러싼 분지에 있었고, 옛날식 작은 집들 뒤로 현대식 주택 몇 채가 약간 높은 위치에 지어져 있었다. 스탁허스트는 그중 한 집으로 나를 안내했다.

"저것이 헤이븐입니다. 이름은 벨라미가 붙였죠. 탑이 달린 슬레이트 지붕 집인데 빈손으로 시작한 남자한테는 꽤 괜찮은 집 아닙니까? 아니 이런, 저길 보세요!"

그 집의 정원 문이 열리고 한 남자가 나왔는데, 큰 키에 비쩍 마르고 부스스한 그 모습을 못 알아볼 리 없었다. 그는 이안 머독, 수학 선생이었다. 다음 순간 우리는 길에서 그와 마주했다.

"이보게!" 스탁허스트가 그를 불렀다.

머독은 고개를 끄덕했지만 우리가 여기에 무슨 일로 왔는지 궁금한 듯 검은 눈으로 슬쩍 곁눈질하더니 그냥 지나치려 했다. 그러나 교장이 그를 가로막아 세웠다.

"거기서 뭘 하고 있었나?" 그가 물었다.

머독은 화가 나서 얼굴이 붉어졌다.

"학교에서는 제가 분명 당신의 아랫사람이지만 개인적인 행동까지 보고해야 할 이유는 없다고 봅니다."

다른 때 같았으면 참았을 테지만 지금껏 버텨온 그의 신경이 거의 한계에 이르렀는지 스탁허스트는 완전히 이성을 잃고 말았다.

"이런 상황에서 자네의 대답은 무례하기 짝이 없군. 선생."

"교장 선생님의 질문 역시 마찬가지였습니다."

"지금까지 자네의 불손한 태도를 그냥 넘겨 왔지만 이번엔 안 되겠군. 될 수 있는 한 빨리 자네의 새로운 장래에 대해 생각하는 게 좋을 거야."

"저도 그러려고 했습니다. 게이블스를 사람 사는 곳으로 느끼게 했던 유일한 친구를 잃었으니까요."

이렇게 말하고 나서 그는 성큼성큼 자기 길을 갔다. 스탁허스트는 그의 뒷모습을 계속 노려보며 외쳤다.

"정말 구제불능에 참기 어려운 사람 아닙니까?"

그때 나는 그에게서 범죄 현장에서 빠져나갈 최초의 기회를 놓치지 않고 잡았다는 인상을 강하게 받았다. 분명하진 않지만 뭔가 미심쩍다는 생각이 들기 시작했다. 아마도 벨라미의 집을 방문하면 그 문제에 대해 좀 더 잘 알 수 있게 될 것이다. 스탁허트스가 마음의 안정을 찾자마자 우리는 그 집으로 갔다.

벨라미는 불처럼 붉은 턱수염을 기른 중년 남자였다. 매우 화가 나 있는 듯 그의 얼굴은 머리털만큼이나 붉었다.

"아닙니다. 선생, 자세한 이야기는 듣고 싶지 않습니다. 여기 있는 우리 아들도 저와 같은 생각입니다."

그는 생기 없고 시무룩한 표정으로 응접실 구석에 서 있는 건장한 젊은이를 가리키며 말을 이었다.

"맥퍼슨 선생이 우리 모드에게 연정을 품었다는 것은 모욕적인 일입니다. 그리고 선생, '결혼'이란 말은 나온 적도 없고 둘이 여러 번 편지를 주고받고 만나긴 했어도 그 이상의 관계에 대해선 절대 인정할 수 없습니다. 그 아인 엄마가 없으니 우리밖에 그 아일 지켜 줄 사람이 없습니다. 우리는 결단코─"

그는 뭔가 말을 계속하려다가 여자의 출현에 입을 다물었다. 그녀는 분명, 세상의 어떤 자리에 가도 그곳을 빛낼 여성이었다. 이토록 진귀한 꽃이 이런 뿌리와 토양 속에서 이만큼 자라날 줄 누가 상상이나 했을까. 나는 늘 감성보다 이성을 중시하기에 여성에 대해 별 관심을 가져 본 적이 없었다. 그러나 그녀의 완벽하게 조각된 얼굴선과 섬세한 피부에 나타난 고지대 특유의 신선함을 보고 젊은 남자가 그녀를 한 번 보면 반하지 않을 수 없겠다는 생각이 들었다. 그토록 아름다운 여성이 벌컥 문을 열고 들어와 눈을 부릅뜬 채 격앙된 모습으로 해롤드 스탁허스트 앞에 섰다.

"피츠로이가 죽었다는 얘긴 이미 들었어요. 그러니 염려하지 마시고 무슨 일이 있었는지 모두 말씀해 주세요." 그녀가 스탁허스트에게 말했다.

"옆의 신사 분이 이미 우리한테 다 말씀하셨다." 그녀의 아버지가 말했다.

"네가 이 사건에 휘말려야 할 이유가 없어." 젊은이가 으르렁거리듯 말했다.

그러자 그녀는 몸을 돌려 그를 쏘아보며 말했다. "남의 일에 참견하지 마, 오빠. 내 방식대로 하게 내버려 두면 고맙겠어. 모두 알다시피 범죄가 발생했어. 누가 그랬는지 밝히는 데 도움이 될 수 있다면 죽은 사람을 위해 뭐든 해야 되는 거 아냐?"

그녀는 스탁허스트로부터 간단하게 설명을 들었다. 침착하게 열중해서 듣는 태도를 보고 그녀가 빼어난 미인일 뿐 아니라 강인한 성격을 소유했음을 알 수 있었다. 모드 벨라미는 가장 완벽하고 특별한 여성으로 내 기억 속에 언제나 남아 있을 것이다. 그녀는 이미 내 얼굴을 알고 있었던 듯, 이야기가 끝나자 나에게 말했다.

"홈즈 씨, 범인들을 잡아 정의의 심판을 받게 해 주세요. 그들이 누구이든 간에 성심껏 당신을 돕겠습니다." 그녀는 이렇게 말하며 아버지와 오빠를 노려보았다.

"감사합니다." 내가 말했다. "그런 문제에 있어서 여자의 본능은 중요하죠. 당신은 '그들'이라고 했는데 범인이 한 명이 아니라고 생각하나요?"

"전 맥퍼슨 씨가 용감하고 강인한 분이었다는 것을 잘 알고 있어요. 혼자서는 누구도 그분에게 그런 심한 짓을 할 수 없었을 거예요."

"둘이서만 잠시 이야기를 나눌 수 있을까요?"

"모드, 쓸데없는 문제에 끼어들지 말거라." 그녀의 아버지가 화가 나서 소리쳤다.

그녀는 난처한 듯 나를 쳐다보았다.

"어떻게 하면 좋을까요?"

"어차피 모두들 사실을 알게 될 테니 여기서 이야기한다 해도 해가 되진 않을 겁니다. 저는 비공개 수사를 선호하지만 만일 당신 아버지가 허락하지 않는다면 재고해 봐야죠."

나는 이렇게 말하고 죽은 남자의 주머니에서 발견된 쪽지에 대해 말했다.

"조사 과정에서 분명 이 사실이 드러날 겁니다. 당신이 그 점에 대해 미리 말해 줄 수는 없을까요?"

　"감출 이유가 없습니다." 그녀가 대답했다. "그와 전 결혼을 약속했어요. 그것을 비밀로 한 이유는 연로하여 언제 돌아가실지 모르는 피츠로이의 삼촌이 그분의 뜻에 어긋나는 결혼을 할 경우 유산을 남기지 않을 수도 있었기 때문입니다."

"대체 왜 우리한테 그 얘길 하지 않았니?" 벨라미 씨가 으르렁거렸다.

"아버지께서 조금만 관대하셨다면 말했을 거예요."

"난 내 딸이 집 밖에서 남자를 만나고 다니는 꼴은 못 본다."

"우리가 아버지께 아무 말씀 못 드린 것은 아버지의 그 사람에 대한 편견 때문이었어요. 그리고 여기에 쓴 약속은 이 편지에 대한 답이었고요."

그녀는 드레스 안을 더듬어 구겨진 쪽지를 찾아 내밀었다. 편지 내용은 이러했다.

> 사랑하는 모드, 목요일 일몰 직후 해변의 늘 만나던 곳으로 와요. 내가 떠날 수 있을 때는 그 때뿐이오.
>
> — F. M.

"오늘이 바로 목요일이고, 저는 오늘 밤 그와 만나려고 했어요."

나는 쪽지의 뒷면을 보았다.

"우편으로 온 것이 아닌데 편지를 어떻게 받았습니까?"

"그 질문에는 대답하지 않겠어요. 당신이 조사하는 사건과는 정말 아무 관련도 없으니까요. 하지만 다른 일에 대해서라면 뭐든지 말씀드리겠어요."

그녀는 충실했지만 도움이 될 만한 이야기는 없었다. 약혼자에게 숨겨진 적은 없었던 것 같지만 그녀를 열렬히 구애하는 사람들이 있었다는 점은 인정했다.

"이안 머독도 그중 한 명이었나요?"

이 질문에 그녀의 얼굴이 붉어졌고 당황한 듯했다.

"그렇게 생각한 적도 있어요. 하지만 저와 피츠로이의 사이를 알고 나서는 달라졌어요."

다시 한 번 그 이상한 남자를 둘러싼 어두운 그림자의 실체가 분명해지고 있었다. 아무래도 그의 기록을 조사하고 방도 몰래 수색해야 할 듯싶었다. 스탁허스트는 이 일을 기꺼이 돕겠다고 나섰는데, 그의 마음속에서도 그에 대한 의심이 생겼기 때문이다. 우리는 뒤엉킨 실타래의 한끝을 이미 손에 넣었다는 희망을 안고 헤이븐을 나왔다.

그 뒤로 일주일이 지났다. 수사는 제자리걸음만 하다가 증거가 더 나올 때까지 유보되고 말았다. 스탁허스트는 은밀히 수학 선생을 뒷조사하고 방도 뒤져 보았지만 별다른 소득이 없었다. 나 역시 다시 한 번 현장을 보고 추리해 보았지만, 새로운 결론은 얻지 못했다. 아마 독자 여러분이 내 일대기를 모두 들여다보아도 이처럼 내 능력의 한계까지 몰린 경우는 찾지 못할 것이다. 심지어 이번 미스터리의 해답은 상상조차 할 수 없었다. 그리고 그때 강아지가 죽는 사건이 발생했다.

우리 집 가정부가 먼저 소식을 들었는데 그런 일에 종사하는 사람들이 시골 마을의 소식을 주로 얻어듣는 요상한 통로, 즉 입소문을 통해서였다.

"맥퍼슨 씨 강아지는 정말 안됐죠? 선생님." 어느 날 저녁 가정부가 말했다.

평소에는 그녀의 수다를 달가워하지 않았지만 이번 이야기는 관심을 끄는 데가 있었다.

"강아지가 어떻게 되었는데요?"

"죽었답니다. 주인을 잃은 슬픔에 그리 됐다는군요."

"그 이야기는 누구한테 들었습니까?"

"모르는 사람이 없는 걸요. 주인이 죽은 후로 녀석이 흥분해서는 일주일 동안 아무것도 먹지 않더래요. 그러다 오늘 게이블스의 학생 둘이 해변에서 녀석을 발견했는데, 제 주인이 죽은 바로 그 자리에 죽어 있더랍니다."

"바로 그 자리에." 이 말이 뇌리에 박혔다. 강아지의 죽음이 이 사건의 아주 중요한 열쇠라는 생각이 어렴풋이 스쳤다. 강아지의 죽음 자체는 개의 아름답고 충직한 본능이었다고 쳐도 '바로 그 자리'에서라니! 왜 꼭 그 인적이 드문 해변이어야만 하는 걸까? 강아지 역시 어떤 원한 관계의 희생양이었다고 볼 수 있는 걸까? 아직 뚜렷한 것은 아니지만 무언가 마음속에서 형체를 잡아 가고 있었다. 나는 곧 게이블스로 가서 서재에 있던 스탁허스트를 만났다. 그는 나의 요청에 따라 강아지를 발견한 두 학생 서드베리와 블라운트를 불렀다.

"네, 녀석은 웅덩이 가장자리에 있었어요. 주인의 흔적을 따라왔던 게 분명합니다." 한 학생이 말했다.

이 충직한 작은 동물, 에어데일테리어가 홀의 매트 위에 뉘어져 있었다. 강아지의 시체는 빳빳하게 굳어 있었으며, 두 눈은 튀어나오고 사지는 뒤틀려 있었다. 극심한 고통의 흔적이 역력했다.

나는 학교를 나와 문제의 웅덩이로 향했다. 해는 이미 진 뒤였으며,

거대한 벼랑의 그림자가 수면 위로 검게 드리워진 채 마치 얇은 납처럼 흐릿하게 반짝이고 있었다. 그곳엔 아무도 없었으며 머리 위를 선회하며 시끄럽게 울어 대는 바닷새 두 마리 말고는 어떤 생명체도 보이지 않았다. 점점 어두워지는 가운데서도 강아지 주인의 수건이 있던 바로 그 바위 주변에서 강아지의 발자국을 희미하게 알아볼 수 있었다.

한참 서서 생각에 빠져 있는 사이 주변은 더욱 어두워졌다. 머릿속은 갖가지 생각들이 쇄도하고 있었다. 뭔가 아주 중요한 것을 찾으려 하고 있고, 그것이 거기에 있다는 것을 분명히 알고 있지만 결코 손에 넣을 수 없는 그런 악몽을 꿀 때의 느낌이 어떤지 독자 여러분도 알 것이다. 그날 저녁 그 죽음의 장소에 홀로 서 있는 동안 내 기분이 바로 그러했다. 결국 나는 아무 소득도 없이 집으로 발길을 돌려 천천히 걸었다.

길 맨 위에 다다랐을 때 어떤 생각이 스쳤다. 내가 그토록 간절히 잡으려 했지만 놓친 그것이 섬광처럼 떠올랐던 것이다. 왓슨이 말한 적이 있듯 나는 과학적 체계를 갖추진 못했지만 여러 가지 기묘한 것들에 대해 상당히 많이 알고 있는데 이는 업무상 매우 유용할 때가 많다. 내 머릿속은 마치 온갖 종류의 꾸러미들이 가득 찬 창고 같아서 그 속에 뭐가 있는지는 그저 가물가물한 정도로만 알고 있을 뿐이다.(홈즈의 이 말은 《주홍색 연구》에서 홈즈가 자신의 지성의 습관에 대해 왓슨에게 말한 것과 분명히 모순된다.) 이 사건과 관계된 뭔가가 내 머릿속에 들어 있다는 것을 진작부터 알고 있었다. 하지만 그것이 뭔지 감을 잡지 못하고 있다가 이제 적어도 그것을 밝혀낼 방법을 찾은 것이다. 터무니없고 믿기 어렵긴 했으나 내가 방금 생각한 그런 일이 있었을 가능성은 충분했다. 나는 그 가능성을 최대한 시험해 보기로 작정했다.

우리 집은 작지만 커다란 다락방이 있고, 그곳은 책이 가득 차 있다. 나는 이곳에 처박혀 한 시간에 걸쳐 모든 책을 샅샅이 뒤졌고, 마침내 초콜릿색과 은색으로 된 작은 책 한 권을 찾아냈다. 그리고 어렴풋이 기억하고 있던 부분을 열심히 뒤적였다. 이런 식으로 문제의 그 부분을 찾아낸다는 것이 사실 무리하고 불가능해 보이긴 했지만, 내 생각이 맞는지 확신할 때까지 마음 편히 쉴 수 없었다. 마침내 잠자리에 들었을 땐 꽤 늦은 시간이었지만, 내일 할 일에 대한 기대로 흥분한 상태였다.

하지만 다음 날, 그 작업은 귀찮은 방해에 부닥쳤다. 아침 일찍 서둘러 차를 마시고 해변으로 떠나려는데 서식스 경찰서의 바들 경감이 방문했다. 그는 황소 같은 인상에 성실하고 강직하며 사려 깊은 눈빛을 한 사람이었다. 경감은 매우 난처한 표정으로 나를 쳐다보았다.

"선생님의 풍부한 경험에 대해서 익히 알고 있습니다." 그가 말했다. "물론 이 방문은 비공식적인 것이며, 더 이상 선생님을 귀찮게 하는 일도 없을 것입니다. 그건 그렇고 이번 맥퍼슨 사건엔 정말 어려운 점이 많습니다. 그 사람을 체포해야 할까요, 말아야 할까요?"

"이안 머독을 말하는 겁니까?"

"그 사람 말고 또 누가 있겠습니까, 홈즈 선생님? 이런 게 바로 외딴 마을의 장점이긴 하죠. 우리는 지금까지 수사망을 많이 좁혔는데 그 사람 말고는 이런 짓을 할 사람이 없습니다."

"그를 의심하는 이유는 뭐죠?"

그는 나와 같은 밭고랑에서 이삭을 주워 모은 모양이었다. 머독의 별난 성격과 그를 둘러싼 미스터리, 강아지 사건에서 본 것처럼 화를 참지 못하는 기질, 예전에 그가 맥퍼슨과 싸운 적이 있다는 사실, 그리고 미스 벨라미와의 관계에 대해서도 못마땅해했을 거라고 생각되는 점. 이상은 모두 내가 알아낸 사실들과 같았으며 새로운 것은 전혀 없다. 머독이 이곳을 떠날 만반의 준비를 하고 있다는 점만 제외하고 말이다.

"이 모든 불리한 증거에도 불구하고 그를 도망가게 놔둔다면 제 입장이 어떻게 되겠습니까?"

건장하고 느릿한 성격의 이 남자는 상당히 고민스러워 했다.

"생각해 보세요." 내가 말했다. "당신의 가정에는 빈틈이 여러 곳 있습니다. 머독은 사건 당일 아침 자신의 알리바이를 충분히 증명할 수 있습니다. 그는 마지막 순간까지 다른 선생들과 함께 있었고, 맥퍼슨이 나타난 지 몇 분 만에 우리 뒤쪽에서 왔습니다. 그리고 자기만큼이나 힘이 센 남자에게 혼자 힘으로 그만 한 폭행을 가한다는 것은 절대 불가능하다는 사실을 기억하십시오. 마지막으로 그에게 상처를 가한 흉기가 문제입니다."

"채찍, 그것도 아주 잘 휘는 채찍이 아니었을까요?"

"상처를 조사해 보았습니까?" 내가 물었다.

"네, 저도 보고 의사도 보았습니다."

"저는 그 자국을 사진으로 찍어 두었죠. 그리고 매우 주의 깊게 조사했는데 특이한 점이 있더군요."

"그게 뭡니까, 홈즈 씨?"

나는 책상으로 가서 확대한 사진 한 장을 꺼내 왔다.

"이러한 사건에서 제가 항상 쓰는 수사 방법입니다." 내가 설명했다.

"정말 철저하시군요."

"그렇지 않았다면 지금의 저는 없었을 겁니다. 자, 오른쪽 어깨를 감싸고 있는 이 채찍 자국을 한 번 보세요. 이상한 점은 없습니까?"

"잘 모르겠는데요."

"상처의 심한 정도가 다릅니다. 피가 흘러나온 자국이 여기 하나 그리고 저기 하나 있습니다. 이 아래 다른 채찍 자국에도 비슷한 흔적이 있습니다. 이게 무엇을 뜻하는 것일까요?"

"모르겠습니다. 선생님은 어떻게 생각하십니까?"

"아마 알고 있다고 말할 수 있겠죠. 어쩌면 아닐 수도 있고. 더 많은 것은 곧 알 수 있게 될 겁니다. 그런 자국을 만든 흉기가 무엇인지 알아내면 범인을 잡으러 나서야 할 겁니다."

"물론, 터무니없는 생각일지 모르지만 새빨갛게 달군 철망으로 등을 후려쳤다고 보면 좀 더 정확하겠군요. 이 선명한 지점들은 그물망이 서로 교차된 것을 의미하는 게 아닐까요?"

"정말 뛰어난 발상입니다. 꼬리가 아홉인 고양이 채찍(옛날 해군에서 형벌용으로 사용된 것으로 유명한 아홉 줄 채찍)이라면 어떨까요?"

"세상에, 홈즈 선생님, 뭔가 알아내셨군요."

"아니면 완전히 다른 원인이 있을지도 모릅니다. 하지만 경감의 가정은 사람을 체포하기엔 증거가 너무나 미약합니다. 게다가 '사자 갈기'라는 마지막 말이 있습니다."

"글쎄요, 저는 그것이 이안 머독—"

"네. 저도 그 점을 생각해 봤죠. 두 번째 말이 머독과 어떤 관련성이 있는지. 하지만 그렇지 않습니다. 그의 외침은 거의 비명에 가까웠고 분명 그 소린 '갈기'였습니다."

"달리 생각해 볼 수 있는 말은 없습니까?"

"있을 수도 있지만 보다 구체적인 사실이 드러날 때까지는 밝히고 싶지 않습니다."

"그게 언제 가능합니까?"

"한 시간 후, 아니면 더 이를 수도 있고."

경감은 턱을 문지르며 갈피를 못 잡겠다는 눈으로 나를 바라보았다.

"선생님께서 무슨 생각을 하시는지 알 수 있으면 좋겠습니다. 혹시 그 낚시 보트인가요?"

"아니, 아닙니다. 그 배들은 너무 먼 곳에 있었어요."

"그렇다면 벨라미 씨와 그 덩치 큰 아들인가요? 그들은 맥퍼슨에게 그리 우호적이지 않았으니까요. 그들이 범행을 저질렀을 수도 있지 않습니까?"

"아닙니다. 제가 준비를 마칠 때까지 저를 다그치지 마세요." 나는 웃으며 말했다. "자, 경감이나 나나 각자 할 일이 있습니다. 정오에 여기서 만나면 어떻—"

이때 갑자기 일어난 엄청난 소동으로 인해 우리의 대화는 중단되었고, 사건의 결말이 시작되었다.

현관문이 열리고 복도를 울리는 발소리에 이어 이안 머독이 방 안으로 비틀거리며 들어왔다. 창백한 얼굴에 머리는 헝클어져 있었고, 옷차림도 엉망이었으며, 바짝 마른 두 손으로 의자를 꽉 쥐고서 간신

히 몸을 지탱하고 있었다. "브랜디! 브랜디!"라고 외치며 숨을 헐떡거
리던 그는 신음 소리와 함께 소파 위로 쓰러졌다.

　그는 혼자가 아니었다. 뒤를 따라 스탁허스트가 모자도 쓰지 않은
채 숨을 헐떡이며 들어왔는데 마치 정신이 나간 듯했다.

　"브랜디!" 그가 소리쳤다. "그 사람은 죽기 직전입니다. 이리로 데
려오는 것 말고는 할 수 있는 일이 없었어요. 오는 도중에만도 두 번
이나 의식을 잃었습니다."

　술을 반 잔 마시자 환자의 상태는 몰라보게 좋아졌다. 한쪽 팔에 의

지해 몸을 일으키고는 어깨에 걸친 코트를 내려뜨렸다.

"하느님 맙소사! 기름, 아편, 진통제, 뭐라도 좀! 이 끔찍한 고통을 덜어 줄 만한 거라면 아무 거라도!" 그가 외쳤다.

경감과 나는 그의 상처를 보고 소리를 질렀다. 맨살이 드러난 어깨 위로 피츠로이의 치명상과 마찬가지로 붉게 충혈된 줄무늬 자국들이 그물 모양으로 덮여 이상한 모양으로 교차되어 있었다.

고통은 엄청났을 뿐더러 상처 부위에 국한된 것이 아니었다. 환자의 호흡이 일순간 멈추고 안색이 어두워지더니 크게 숨을 헐떡이며 심장을 움켜쥐었다. 이마에서는 땀이 뚝뚝 떨어졌고 금방이라도 죽을 것만 같았다. 점점 더 많이 브랜디를 들이켰고 한 번 마실 때마다 기운을 되찾곤 했다. 샐러드유에 적신 면 패드를 상처에 대자 고통도 많이 줄어든 듯했다. 이윽고 그는 쿠션 위로 머리를 툭 떨어뜨렸다. 지친 몸이 마지막 생명의 저장소에서 휴식을 찾은 것이었다. 절반은 잠에 취하고 절반은 의식이 없는 상태였지만, 적어도 고통에선 벗어나게 되었다.

그에게는 아무 질문도 할 수 없었다. 우리가 그의 상태를 확인하고 안심하자마자 스탁허스트는 내게 질문을 쏟아부었다.

"세상에! 이게 무슨 일입니까, 홈즈 씨? 뭐가 이런 겁니까?" 그가 외쳤다.

"어디에서 그를 발견했습니까?"

"해변에서요. 정확히 불쌍한 맥퍼슨이 당한 곳이었습니다. 이 사람의 심장이 맥퍼슨 정도만 약했더라도 지금 이곳에 있지 못했을 겁니다. 그를 데리고 오는 동안 죽었다고 생각한 적이 한두 번이 아니었어요. 게이블스까지 가기엔 너무 멀어서 이리로 온 겁니다."

"그가 해변에 있는 것을 보았습니까?"

"제가 해변가 벼랑 위를 걷고 있는데 그의 비명 소리가 들렸습니다. 그는 물가에 있었고, 마치 술에 취한 것처럼 휘청거리더군요. 아래로 달려가서 옷을 걸쳐 주고 이리로 부축해 왔습니다. 홈즈 씨, 부탁입니다. 당신의 모든 능력과 수고를 다해 이곳의 저주를 없애 주십시오. 여기서 사는 것이 점점 견딜 수 없습니다. 당신의 명성은 세상 사람이 다 아는데, 우리를 위해 해 줄 수 있는 일이 없나요?"

"있습니다. 스탁허스트 씨. 지금 저와 함께 갑시다. 그리고 경감도 같이 가시죠. 살인자를 당신 손에 넘길 수 있는지 한번 봅시다."

우리 셋은 의식이 없는 환자를 가정부에게 맡겨 두고 죽음의 초호로 향했다. 조약돌 위에 머독의 수건 몇 장과 옷가지들이 남아 있었다. 나는 천천히 물가를 둘러보았고, 두 사람은 내 뒤를 나란히 따라왔다. 웅덩이 대부분은 수심이 얕았지만 벼랑 아래쪽, 해변이 움푹 들어간 곳은 4, 5피트쯤 깊었다. 헤엄을 치다 보면 자연히 이곳까지 오게 되는데, 왜냐하면 이곳이 마치 수정처럼 깨끗하고 아름다우며 초록빛으로 투명하게 빛났기 때문이다. 그 위로는 벼랑이 솟아 있고, 벼랑 밑엔 바위들이 일렬로 늘어서 있다. 나는 이 바위들을 따라 이동하면서 발밑 깊은 곳을 열심히 들여다보았다. 수심이 가장 깊고 고요한 지점에 이르렀을 때, 드디어 찾고 있던 것을 포착했다. 나는 승리의 환호성을 질렀다.

"사이아네아다! 사이아네아! 저 사자 갈기를 보십시오!" 나는 소리쳤다.

내가 가리킨 그 이상한 물체는 정말 사자 갈기에서 뜯겨 뒤엉킨 덩어리 같이 보였다. 그것은 수면 아래 3피트 정도 되는 곳의 바위 턱 위에서 희한하게 넘실거리며 흔들리고 있었다. 그것의 노란색 털 사이로 은빛 실들이 보였다. 그것은 천천히 그리고 둔중하게 팽창과 수축을 번갈아 가며 고동쳤다.

"네놈의 악행은 이걸로 충분하다. 이제 너는 끝이다." 내가 소리쳤다. "도와주시오. 스탁허스트, 살인자를 완전히 끝장냅시다."

그것이 있는 바위 턱 바로 위에 커다란 돌이 있었고, 우리는 돌을 물속으로 밀어 넣었다. 돌이 떨어지면서 생긴 물결이 잠잠해진 뒤 아래를 보니 바위 턱 바로 위에 돌이 놓여 있었다. 노란색 얇은 막의 끝자락이 펄럭이는 것을 보고 그것이 바위 밑에 깔렸다는 것을 알았다. 바위 밑에서부터 뿌옇고 기름진 거품이 천천히 흘러나오더니 주변의 바다를 더럽히며 천천히 수면 위까지 올라왔다.

"아니, 이게 내 쪽으로 오네!" 경감이 소리쳤다. "홈즈 선생님, 그게 뭐였습니까? 이 고장에서 나고 자랐지만 그런 것은 한 번도 본 적이 없습니다. 서식스에는 그런 것은 살지 않습니다."

"서식스로서는 정말 다행인 일이죠." 내가 말했다. "아마 남서쪽에서 올라온 폭풍으로 인해 이곳까지 왔을 겁니다. 두 분 다 제 집으로 가시죠. 이놈과 같이 위험한 것을 바다에서 만난, 결코 잊을 수 없는 끔찍한 경험을 여러분께 들려 드리겠습니다."

우리가 서재에 도착했을 때, 머독은 많이 회복해서 의자에 앉아 있었다. 그러나 아직도 정신이 오락가락했고, 이따금씩 고통이 올 때마다 부르르 몸을 떨었다. 그가 더듬더듬 들려준 바에 따르면, 그는 자신에게 무슨 일이 벌어졌는지 전혀 모르고 있었다. 그저 엄청난 고통이 갑자기 몸을 관통했고, 온몸에 힘이 빠져 둑까지 헤엄쳐 갈 수 없더라는 것밖에는.

"이 책을 보세요." 나는 작은 책 한 권을 집으며 말했다. "영원히 어둠 속에 묻힐 뻔한 놈에게 최초로 빛을 비춘 책입니다. 바로 저명한 자연관찰가 J. G. 우드가 쓴 《야외에서(Out of Doors)》입니다. 우드 자신도 이 무서운 생물과의 접촉으로 인해 거의 죽을 뻔했기 때문에 놈에 대해 매우 정확하게 묘사하고 있습니다. 사이아네아 카필라타가 악당의 정식 이름이며, 놈에게 당하면 코브라에게 물렸을 때만큼이나 치명적이고 고통은 훨씬 더 심합니다. 여기 이 인용문을 들려 드리죠.

'만일 헤엄치던 중에 매우 커다란 사자 갈기와 은색 종이 다발 같은 것이 달린 얇은 황갈색 섬유 모양으로 된 동그랗게 흔들리는 덩어리를 보게 되면 반드시 피해야만 한다. 왜냐하면 그것은 사이아네아 카필라타 해파리(촉수 길이가 36미터나 되는 것도 있다고 한다)로 맹독을 쏘기 때문이다.'

우리가 이번 무서운 경험에서 얻은 정보를 무엇보다 정확하게 설명하는 말입니다.

계속해서 그는 켄트 해안으로부터 멀리 나가 수영하던 중에 이놈을 만났던 이야기를 합니다. 놈은 50피트 거리까지 투명한 선조를 방사했고, 치명적인 중심부로부터 사정거리 안에 들어온 사람은 죽음의 위험에 처하게 된다는 것을 알았답니다. 그 정도로 멀리 떨어져 있었는데도 우드가 입은 상처는 거의 치명적이었습니다.

'엄청나게 많은 줄들이 내 피부에 연한 주홍빛 자국을 냈으며, 그것을 자세히 조사해 보니 여러 개의 아주 작은 농포들로 이루어져 있었다. 그 점 하나하나는 마치 벌겋게 달군 바늘로 신경을 뚫은 것처럼 긴장되어 있었다.'

그가 설명하듯이 상처 부위의 고통은 극히 일부에 지나지 않았습니다.

'가슴이 찔린 듯 아프더니 마치 총에 맞은 것처럼 쓰러졌다. 심장 박동이 멈추었다가 다시 뛰기를 예닐곱 번, 마치 심장이 가슴 밖으로 터져 나올 것 같았다.'

그때 그가 놈을 만난 곳은 웅덩이처럼 좁고 고요한 곳이 아니라 파도가 일렁이는 바다였는데도 거의 죽을 뻔했죠. 사고 직후 얼굴이 너무나 창백하고 쭈글쭈글해져서 자기 얼굴을 못 알아봤다고 합니다. 그는 브랜디를 병째로 들이켰는데 그것이 자신의 생명을 구한 듯하다는군요. 이것이 그 책입니다. 경감, 당신에게 이 책을 맡기겠습니다. 그 책이 가엾은 맥퍼슨의 비극을 모두 설명해 줄 겁니다."

"그리고 우연하게도 제 결백을 밝혀 주는군요." 머독이 쓴웃음을 지으며 말했다. "경감님이나 홈즈 씨 누구도 원망하지 않습니다. 여러분이 저를 의심한 것도 당연했죠. 체포되기 직전 친구의 운명을 같이 나눔으로써 결백을 증명하게 되었다는 느낌이 듭니다."

"아닙니다. 머독 씨. 나는 이미 놈의 정체를 파악하고 추적에 나선 길이었습니다. 만일 내가 처음 계획한 만큼 빨리 나갔더라면 당신은 그런 끔찍한 일을 당하지 않았을지도 모릅니다."

"하지만, 홈즈 씨. 어떻게 그것을 아셨습니까?"

"나는 상당히 많은 분야의 책들을 가리지 않고 읽는 독서광인 데다 이상하게도 아주 세부적인 것들까지 모두 기억한답니다. '사자 갈기'라는 말이 내내 마음에 걸렸죠. 어딘가 책에서 이 말을 보았다는 생각이 들었거든요. 그 책에서 놈의 모습을 묘사해 놓은 부분을 여러분도 보셨죠. 틀림없이 맥퍼슨은 놈이 바다에 떠다니고 있을 때 만났던 겁니다. 그가 자신을 죽음에 이르게 한 녀석에 대한 경고로 '사자 갈기'란 말을 남긴 건 바로 그 때문입니다."

"그럼 적어도 전 결백하군요." 머독은 천천히 자리에서 일어나며 말했다. "수사 방향이 어디로 흐르고 있는지 알고 있는 이상 여러분께 설명을 해야 할 부분이 있습니다. 제가 그 여자를 사랑했던 것은 사실입니다. 하지만 그녀가 제 친구 맥퍼슨을 선택한 날부터 제 소망은 그녀가 행복해지도록 돕는 것뿐이었습니다. 그저 옆에 서서 중매인 역할을 하는 것으로 만족했죠. 가끔 둘의 편지를 전해 주기도 했었는데 그것은 그들이 나를 믿었고 또 그녀가 내게 친절히 대해 주었기 때문입니다. 그래서 누군가 다른 사람이 나를 앞질러 찾아가 아무런 배려도 없이 갑작스럽게 사건을 이야기할까 봐 서둘러 그녀에게 갔던 겁니다. 그리고 그녀가 우리의 관계에 대해 절대 말하려 하지 않은 것은 여러분이 저를 곤란하게 만들까 봐 염려해서입니다. 하지만 이제 여러분이 허락하신다면 게이블스로 돌아가렵니다. 제 침대가 몹시 그립군요."

스탁허스트는 손을 내밀며 말했다. "우리 모두 신경이 너무 날카로웠던 것 같네. 지난 일은 용서하게. 앞으로는 서로 더 잘 이해하도록 노력하세."

그들은 마치 친구처럼 팔짱을 끼고 함께 밖으로 나갔다. 바들 경감은 그 황소 같은 눈으로 조용히 나를 보고 있었다.

"결국 해내셨군요." 마침내 그가 외쳤다. "선생님에 대한 기사는 많이 읽었지만 긴가민가했었는데 정말 대단하십니다."

나는 고개를 가로저었다. 그런 칭찬을 인정하는 것은 곧 나의 기준을 떨어뜨리기 때문이다.

"출발이 늦었습니다. 돌이킬 수 없이 늦었죠. 시체가 바다에서 발견되었다면 착오가 없었을 겁니다. 수건이 문제였습니다. 그 불쌍한 친구는 몸을 닦을 생각을 한 적이 없는 듯했고, 결국 나는 그가 물에 들어간 적이 없었다고 믿게 되었던 겁니다. 그렇다면 바다생물의 공격에 대해선 고려할 이유가 없겠다 싶었는데 바로 거기서부터 어긋났던 거죠. 그건 그렇고 경감, 난 가끔 당신네 경찰들을 놀려 주곤 했는데 이번엔 벌로 내가 이 사이아네아 카필라타란 놈에게 당할 뻔했군요."

역주 —

　코난 도일은 자선 베스트 12에 《사건집》의 단편은 넣지 않았다(이것은 아직 단행본으로 출판되지 않았기 때문이다). 그러나 도일은 이 〈사자 갈기〉를 높이 평가한 기록이 남아 있다. 〈서식스 카운티 매거진〉에 그의 말이 인용되어 있다. "〈스트랜드〉를 위해 나는 홈즈 신작을 세 편 썼다. 모두 잘됐다고 생각한다. 그중에서도 〈사자 갈기〉는 가장 좋다고 생각한다. 그러나 그것은 독자가 판단할 일이다."

퇴직한 물감 장수

The Retired Colourman

1898년 7월 28일(목) ~ 7월 30일(토)

그 불쌍한 노인이 홈즈를 방문한 날 아침, 셜록 홈즈는 기묘한 사건 풀기를 체념한 듯 우울한 분위기에 휩싸여 있었다. 그의 현실적인 본성마저도 한풀 꺾인 듯이 보였다.

"왓슨, 그 노인을 보았나?" 그가 물었다.

"지금 막 문을 나간 노인 말인가?"

"그래."

"봤어. 문 앞에서 마주쳤지."

"어떻게 보이던가?"

"글쎄, 돈 한 푼 없이 나락으로 떨어진 측은한 노인 같은데."

"자네 말이 맞아, 왓슨. 측은하고 볼품도 없지. 그렇지만 인생이 다 그런 거 아닌가? 그 노인에게 일어난 일이 남의 일만은 아니지. 누구나 늙으면 깨닫게 되지. 인생의 마지막 순간 우리에게 남는 것이 무엇

일까 생각해 봤어? 빈껍데기뿐이지. 아니면 그보다 더한 불행이 우리를 기다릴 수도 있어."

"노인이 자네에게 사건을 의뢰했나?"

"그렇다고 볼 수 있지. 스코틀랜드 야드에서 나를 추천했더군. 마치 의사들이 가망 없는 환자를 돌팔이에게 보내는 것과 같아. 그 환자에게 엉터리 치료를 해도 현재 상태보다 더 악화될 수는 없을 거야."

"어떤 사건인데?"

홈즈는 테이블 위에 놓인 지저분한 명함을 집어 들었다. "노인의 이름은 조사이아 앰벌리야. 자기 말로는 미술용품을 만드는 '브릭폴 앤드 앰벌리' 사의 부사장이었다는군. 자네도 한 번쯤 그림물감 통에서 그 회사 이름을 보았을 거야. 어쨌든 그는 평생 모은 재산을 갖고 예순한 살의 나이로 은퇴했다더군. 그리고 루이셤에 저택을 구입했어. 지금껏 쉴 줄 모르고 힘들게 일하다 이제야 정착해서 안정된 노후를 즐기려 했다더군. 아마 사람들도 그의 노후가 그런대로 보장되었다고 생각했을 걸세."

"그 얘기만으로는 그렇게 들리는군."

홈즈는 편지봉투 뒷면에 갈겨쓴 메모를 슬쩍 보았다.

"노인은 1896년에 은퇴해서 1897년 초에 스무 살이나 어린 여자와 결혼했어. 음, 실물이 사진대로라면 굉장한 미인이군. 경제적인 능력에 젊고 아름다운 아내, 시간적인 여유, 말 그대로 그의 앞길은 탄탄대로였던 듯싶어. 하지만 자네도 보다시피 2년도 안 되어 태양 아래 비굴하게 살아가는 돈 한 푼 없는 비참한 노인이 되고 말았지."

"도대체 그 노인에게 무슨 일이 있었지?"

"그렇고 그런 얘기지, 왓슨. 역시 여기에도 배신한 친구와 변덕스러운 아내가 등장하는군. 앰벌리 노인이 즐기는 유일한 취미는 체스 같아. 루이셤에서 그리 멀지 않은 곳에 체스를 좋아하는 젊은 의사가 있어. 여기 내가 '레이 어니스트'라고 적어 놨군. 어니스트는 체스를 하러 노인의 집을 자주 방문했는데, 그러다 보니 자연스럽게 앰벌리 노인과 친분을 쌓게 되었지. 물론 앰벌리 부인과도 친해졌지. 앰벌리 노인이 실제로는 고매한 인격자인지는 모르겠지만 속물처럼 보이지 않던가? 어쨌든 그 젊은 남녀가 지난주에 사랑의 도피 행각을 벌였다는군. 그리고 지금 그들이 어디에 있는지는 아무도 몰라. 게다가 배은망

덕한 남녀가 노인의 채권증서 상자와 상당한 액수의 현금을 훔쳐 달아났어. 우리가 그의 젊은 부인을 찾을 수 있을까? 또 도둑맞은 돈을 되찾을 수 있을까? 지금까지의 사건 내용으로 봐서는 평범한 문제이지만, 앰벌리 노인에게는 인생이 걸린 문제지."

"그래, 앞으로 어떻게 할 셈인가?"

"왓슨, '어떻게 할 셈인가'라는 말이 바로 튀어나오다니, 자네가 내 대역을 해도 되겠어. 어쨌든 지금 나로선 콥트교 장로들 문제로 다른 일에 신경 쓸 여유가 없네. 오늘쯤 무슨 조치를 해야 해. 아무래도 루이섬에 갈 여유가 없을 듯하네. 더군다나 지금 정황만으로는 직접 가야 할 필요도 못 느껴. 물론 노인은 내가 직접 현장 조사를 해야 한다고 우기지만 곤란한 사정을 말했네. 아마 내가 다른 사람이라도 대신 보냈으면 하고 기대할 거야."

"알았어. 내가 도움이 될지 모르지만 최선을 다해 돕겠네." 내가 대답했다.

여름날 오후 나는 루이섬으로 출발했다. 그때 나는 이 사건이 일주일도 안 되어 온 영국을 떠들썩하게 만들 줄은 꿈에도 생각하지 못했다.

내가 베이커 가로 돌아왔을 때는 이미 한밤중이었다. 내가 홈즈에게 조사한 것을 상세히 말하는 동안 그는 앙상한 몸을 안락의자에 깊숙이 묻고 다리를 쭉 뻗고 있었다. 그의 파이프에서는 지독한 담배 연기가 동그라미를 그리고 있었다. 반면 홈즈의 눈꺼풀은 무겁게 내려앉아 마치 잠든 것처럼 보였다. 그러나 내가 설명을 멈추거나 미심쩍은 점이 있으면 두 눈을 게슴츠레 뜨고 나를 보았다. 그럴 때면 그의 영리해 보이는 회색 눈이 날카롭게 샅샅이 훑어보는 바람에 나는 얼어붙고 말았다.

"앰벌리 노인의 저택을 다들 '안식처'라고 부른다는군." 내가 설명했다. "자네가 흥미 있어 할 듯한 정보인데, 그 저택은 마치 평민 틈에 낀 인색한 귀족의 모습 같더군. 그 지역에는 단조로운 벽돌집이 늘어선 거리와 지루한 변두리 국도들만 있어. 그런데 바로 그 한가운데 동떨어진 작은 섬처럼 고전적인 취향과 안락한 분위기가 풍기는 노인의 저택이 있지. 태양에 그을린 높은 담은 이끼와 풀들로 뒤덮인 채 건물을 감싸 안고 있었네. 그 벽은—"

"시는 그만 읊어, 왓슨. 높은 벽돌담이 있다는 말로 알아듣지." 홈즈가 진지하게 말했다.

"자네 말이 맞아. 그리고 담배를 피우며 어슬렁거리는 남자에게 묻지 않았다면 그 노인의 집을 찾을 수 없었을 거야. 그 남자를 언급하는 이유는 따로 있어. 큰 키에 검은 얼굴과 덥수룩한 수염이 군인 같은 인상을 주는 사람이지. 그는 내 질문에 고개를 끄덕이더니 미심쩍은 눈빛으로 나를 바라보더군. 당시에는 잘 몰랐는데 얼마 후에 그 눈초리가 떠올랐어.

내가 정문을 들어서는데 앰벌리 노인이 현관에서 정문으로 난 길을 따라 내려오는 것이 보였어. 사실 아침에는 그를 슬쩍 보고 이상하다는 느낌이 들었지. 그런데 밝은 대낮에 다시 보니, 그의 외양이 정말 괴상해서 도저히 정상으로 보이지 않더군."

"물론 나도 그렇게 보았어. 자네가 나와 같은 견해를 갖고 있는 것이 흥미롭군."

"그는 말 그대로 계속 내게 굽실거렸어. 또 그의 등은 무거운 짐을

진 것처럼 휘었네. 하지만 내가 처음 상상했던 것처럼 그렇게 약골은 아닌 듯했어. 게다가 장정처럼 어깨와 가슴이 떡 벌어졌더군. 그런데 이상하게도 다리 쪽은 꼬챙이처럼 말랐고 절룩거리는 것 같았어."

"그의 왼쪽 신발은 쭈글쭈글하고 오른쪽은 팽팽했나?"

"그건 미처 보지 못했어."

"괜찮아. 난 이미 오른쪽 다리가 의족이라는 사실을 눈치챘지. 계속하게."

"낡은 밀짚모자 밑으로 희끗한 곱슬머리가 성난 듯 곤두서 있었지. 또 날카롭고 흥분한 표정과 깊게 팬 얼굴의 주름까지 모두가 내게는 충격이었어."

"정말 훌륭해, 왓슨. 그런데 그가 뭐라고 했나?"

"노인은 비통한 심사를 쏟아 내기 시작했어. 우리는 정문에서 자택까지 걸어갔지. 덕분에 주위를 잘 살펴볼 수 있었어. 그토록 형편없게 방치된 정원은 난생처음이야. 정원은 파종했는지 파헤쳐져 있었고, 화초들은 사람의 손이 닿지 않아 제멋대로 자란 듯싶더군. 손질하고 관리한 흔적이 전혀 없었네. 품위 있는 여성이라면 누가 그런 황폐한 곳에서 살 수 있겠나? 나로선 상상이 안 되더군. 또 저택도 최악의 상태였어. 하지만 그 불쌍한 노인이 이를 깨닫고 어떻게든 고치려 했던 것 같았어. 거실 중앙에 엄청나게 많은 녹색 페인트들이 놓여 있더군. 또 그가 거실의 나무 벽을 칠하다 마중을 나왔는지, 그의 왼손에 두꺼운 페인트 붓이 들려 있었지.

노인은 나를 우중충한 내실로 데리고 가서 한참 동안 이런저런 넋두리를 늘어놓았어. 물론 자네가 직접 오지 않아서 몹시 실망한 것처럼 보이더군.

'기대하지는 않았소. 나같이 보잘것없고, 재산마저 다 날린 마당에
셜록 홈즈 씨처럼 유명한 분이 제게 관심을 가질 리가 있겠소?'

나는 그에게 경제적인 것은 전혀 문제가 되지 않는다고 안심시켰지.

'물론 그렇겠지요. 홈즈 씨는 예술과 같이 정교한 범죄를 즐긴다고
들었소. 하지만 아무리 평범해 보이는 사건이라도 홈즈 씨가 연구할
거리가 있을 것 같소. 왓슨 씨, 바로 인간의 흑심 말이오! 언제 내가
그녀가 원하는 것을 거절한 적이 있는 줄 아시오? 도대체 그 어떤 여
자가 내 아내보다 더 대접 받고 살았단 말이오? 더군다나 그 젊은이
는 내 아들뻘이오. 그는 평소 우리 집을 제집처럼 드나들었소. 그런데
그들이 나에게 어떻게 했소? 왓슨 씨, 정말 세상살이가 두렵소. 끔찍
한 세상이오.'

그의 장광설을 한 시간 넘게 듣고 있으려니 곤혹스럽더군. 어쨌든
그가 다른 내막을 감추는 것 같지는 않았어. 그의 말로는 아침에 왔다
가 저녁 6시에 돌아가는 출퇴근 가정부를 제외하면 아내와 단둘이 살
았다고 해. 그리고 도피 행각이 벌어졌던 바로 그날 밤, 앰벌리 노인
은 아내를 기쁘게 해 주려고 헤이마켓 극장의 표를 두 장 구입했어.
그런데 외출하려는 찰나에 아내가 갑자기 두통을 호소하며 가지 않겠
다고 했지. 결국 노인 혼자 극장에 갔어. 그것은 의심할 여지가 없는
듯하네. 그가 쓸모없어진 아내의 좌석표를 보여 주기까지 했으니까."

"정말 비상하군, 대단해." 홈즈는 이 사건에 대해 관심이 솟구치는
듯 말했다. "계속하게, 왓슨. 자네 이야기는 정말 흥미진진하네. 자네
가 직접 좌석표를 살펴보았나? 혹시 좌석 번호를 적어 왔어?"

"외웠어." 나는 자랑스럽다는 투로 말했다. "우연히도 학교 다닐 때 내 번호와 같아서 굳이 외우려 하지 않아도 번호가 머릿속에 와 박혔지. 31번이야."

"정말 훌륭해, 왓슨! 그럼 그의 좌석은 30번이나 32번이겠군."

"그렇지. 그리고 B열이야." 나는 약간 어리둥절해하며 대답했다.

"정말 더 이상 바랄 게 없이 완벽해. 그가 다른 얘기는 안 하던가?"

"그는 내게 '금고실'이라고 부르는 방을 보여 주었어. 정말 은행처럼 강철 문에 셔터까지 있어서 어떤 강도의 침입도 막을 수 있다고 했지. 하지만 부인이 열쇠를 복사한 듯싶어. 그 둘이 도망가면서 7,000파운드 상당의 현금과 유가증권을 가져갔다더군."

"유가증권? 그것을 어떻게 처분하지?"

"노인 말에 따르면 경찰에 신고해서 리스트를 알려 줘 그 남녀가 처분하는 것을 막았다고 했어. 아무튼 그가 한밤중에 극장에서 돌아와 보니 금고실이 털렸다는군. 방과 창문도 열려 있고, 두 사람은 감쪽같이 사라졌다고 하네. 편지나 메모도 남기지 않았어. 그 노인은 즉시 경찰에 신고했지. 그 후 두 사람의 소식은 듣지 못했대."

홈즈는 몇 분 동안 곰곰이 생각에 잠겼다.

"그가 페인트칠을 했다고 했지? 그가 어디를 칠하고 있던가?"

"글쎄, 통로를 칠하고 있더군. 그리고 이미 내가 말한 금고실의 문과 나무 벽을 칠해 놓았어."

"자네가 보기에 그런 상황에서 좀 이상한 행동이라고 생각되지 않았나?"

"노인은 '아픈 상처를 어루만지기 위해서는 무엇이든 해야 했소'라고 설명하더군. 물론 이상하다는 데는 의심의 여지가 없어. 하지만 그가 원래 별난 사람이지 않은가? 그는 내 앞에서 부인의 사진을 찢었어. 매우 화가 나서 '다시는 그녀의 얼굴을 보지 않았으면 좋겠소!'라

며 울부짖더군.”

“왓슨, 다른 특이한 점은 없었나?”

“인상적인 일이 하나 더 있었지. 노인과 헤어진 후 나는 블랙히스 역으로 가서 기차를 탔어. 그런데 기차가 막 출발하려는데 웬 남자가 달려와 옆 칸에 올라타더군. 자네도 알다시피 나는 얼굴을 잘 기억하지. 루이섬에서 내가 말을 걸었던 가무잡잡한 얼굴에 키가 큰 남자가 분명했어. 그리고 런던 다리에서 그와 또 마주쳤지. 하지만 사람들 틈에 묻혀서 놓치고 말았어. 하지만 그가 나를 미행한 게 분명해.”

“당연하겠지! 틀림없군!” 홈즈가 소리쳤다. “큰 키에 수염이 덥수룩한 검은 얼굴의 남자라. 회색 안경을 꼈겠군.”

“홈즈, 자네는 정말 마법사야. 회색 안경은 말하지도 않았는데. 어쨌든 맞아. 그는 회색 안경을 꼈어.”

“그리고 프리메이슨 넥타이핀을 했겠지?”

“홈즈! 자네 정말……!”

“왓슨, 간단한 추리일 뿐이야. 하지만 일단 하던 이야기나 마저 끝내게. 처음 이 사건에 대해 들었을 땐 황당할 정도로 간단해서 내 주의를 전혀 끌지 않았는데, 점점 다른 국면이 보이기 시작하는군. 물론 자네가 중요한 조사를 많이 놓치긴 했지만 두드러진 몇몇 단서들만으로도 심각한 사건이 벌어졌던 것으로 추측되네.”

“도대체 내가 무슨 단서를 놓쳤지?”

“상처 입지 마, 친구. 내가 무심하게 말한다는 것을 잘 알지? 누구도 자네보다 나을 수는 없었을 거야. 보통 사람은 자네의 반도 따라가기 힘들 걸. 하지만 자네가 중요한 사항을 몇 가지 놓쳤다는 것은 분명해. 이웃 주민들이 앰벌리 노인과 그 부인을 어떻게 생각하는지, 그것은 분명히 중요한 문제야. 의사 어니스트는 또 어떤가? 그는 사람들이 말하는 것처럼 바람둥이인가? 자네의 타고난 매력을 이용했다면 모든 여성이 자네를 도와 공범이 됐을 걸세. 우체국 직원 아가씨나 채소 가게 아줌마는 어떤가? 나는 자네가 '블루앵커'의 아가씨와 별것 아닌 듯이 잡담하면서 결국에 중요한 것을 알아내는 모습을 충분히 그려 볼 수 있네. 그러나 자네가 이런 단서들을 놓쳤으니 아쉽군."

"지금이라도 할 수 있어."

"이미 내가 알아보았네. 전화(베이커 가의 방에도 전화가 있어 계속 사용한 것은 분명하다)라는 문명의 이기와 스코틀랜드 야드의 도움으로 평소처럼 이 방을 떠나지 않고도 중요한 사실들을 모두 알아낼 수 있지. 그런데 알아본 바로는 그 노인의 말은 모두 사실이야. 노인은 잔인하고 가혹한 남편일 뿐 아니라 구두쇠로 악명이 높더군. 금고실에 꽤 많은 돈이 있었던 것도 사실이고, 총각 의사 어니스트 역시 앰벌리 노인과 체스를 자주 두었다는군. 그리고 다들 그가 앰벌리 부인과 놀아났을 거라고 생각해. 이 모든 것이 판에 박힌 듯 돌아가서 더 이상 논할 가치도 없는 평범한 사건으로 들리지. 그렇지만 뭔가 석연치 않은 점이 있어."

"홈즈, 뭐가 문제지?"

"아마도 내 상상력 때문이겠지. 왓슨, 오늘은 그만하고 따분한 일과에서 벗어나 음악이 펼쳐진 세상으로 들어가 볼까? 오늘 밤 카리나(학자들은 이런 이름의 가수를 찾지 못했다)가 앨버트 홀에서 공연하네. 우린 아직 차려입고 만찬을 즐길 시간이 남아 있지 않은가? 좀 즐기세."

다음 날 아침, 나는 평소보다 일찍 자리에서 일어났다. 그러나 토스트 부스러기와 달걀 껍질을 보고 내 친구가 벌써 일어났다는 사실을 알았다. 홈즈가 갈겨쓴 메모가 테이블 위에 놓여 있었다.

왓슨, 조사이아 앰벌리 노인과 만나서 해결해야 할 문제들이 있어. 그 후에야 이 사건에서 손을 뗄 수 있겠어. 물론 그 반대일 수도 있겠지만. 오늘 3시쯤에 자네가 집에 있었으면 해. 자네가 필요해.

– 셜록 홈즈

하루 종일 홈즈를 볼 수 없었다. 그러나 그가 약속 시간에 무엇인가에 정신이 팔린 듯한 그 특유의 냉정하고도 심각한 표정으로 나타났다. 내 경험상 홈즈가 그런 표정일 때는 혼자 놔두는 편이 현명했다.

"앰벌리 노인이 오지 않았나?"

"오지 않았어."

"오! 이런. 난 그가 와 있을 줄 알았는데."

하지만 홈즈는 실망할 겨를이 없었다. 이때 노인이 근엄한 얼굴에 매우 걱정스럽고도 어리둥절한 표정을 지으며 도착했기 때문이다.

"홈즈 씨, 제가 전보를 한 장 받았는데 무슨 소린지 도무지 모르겠소."

노인이 홈즈에게 전보를 건넸고 그는 크게 소리 내서 읽었다.

즉시 올 것. 당신이 최근 본 손해에 대한 정보 있음.

– 목사관에서 엘먼

"리틀 펄링턴에서 2시 10분에 부쳤군요. 리틀 펄링턴은 에식스 지방에 있지요. 아마 프린턴에서 멀지 않을 겁니다. 당장 출발하세요. 분명히 책임감 있는 사람이 보낸 전보일 겁니다. 그 교구의 목사라지 않소. 내 인명록이 어디에 있지? 그래, 여기 찾았어. J. C. 엘먼, 문학 석사군요. 모스무어와 리틀 펄링턴 지구의 성직에 관계. 왓슨, 기차 시간표를 알아보게." 홈즈가 말했다.

"5시 20분에 리버풀 가 역에서 출발하는 기차가 있어."

"잘됐군. 왓슨, 자네도 동행하는 것이 좋아. 앰벌리 씨에게 도움이나 충고가 필요할 수도 있지. 우리는 이번 사건의 중요한 전환점에 도달한 것이 확실해."

그러나 우리의 의뢰인은 출발하고 싶은 마음이 전혀 없는 듯 했다.

"홈즈 씨, 이건 말도 안 되는 소리요. 이 남자가 사건과 무슨 관계가 있단 말이오? 괜히 시간에 돈 낭비까지 하게 될 거요." 그가 말했다.

"그가 아무것도 몰랐다면 당신에게 전보조차 칠 수 없었을 겁니다. 당장 출발한다고 전보를 치세요."

"꼭 가야 하는지 잘 모르겠소."

그가 완강히 거부하자 홈즈는 생각에 잠겼다.

"사건에 도움이 되는 단서를 당신이 쫓으려 하지 않는다면 경찰과 나는 당신에 대해 나쁜 인상을 갖게 될 거요. 우리는 당신이 이 사건에 적극 협조하지 않는다고 생각할 겁니다."

의뢰인은 홈즈의 말에 경악을 금치 못했다.

"당신이 그렇게 생각하신다면 가야겠지요. 겉으로는 그 목사가 뭘 안다는 것이 터무니없게 들리지만, 어쨌든 당신이 그렇게 생각한다면―"

"물론 당신이 당연히 가야 한다고 생각합니다." 홈즈는 강경하게 말했다.

그래서 노인과 나는 여행길에 올랐다. 우리가 방을 떠나기 전 홈즈는 나를 따로 불렀다. 그리고 내게 그가 이번 여행을 얼마나 중요하게 생각하는지 다시 강조했다.

"무슨 방법을 쓰든 그가 출발하도록 하게. 그가 도중에 마음이 변해서 가지 않거나 되돌아오면, 가장 가까운 전화국에 가서 하숙집으로 전화해 주게. '도망갔다'라고 한 단어로. 그럼 그 전화가 어떻게든 내게 전달될 수 있도록 여기서 손을 써 놓겠어."

리틀 펄링턴은 찾아가기 쉬운 곳이 아니었다. 우리는 기차를 도중에 갈아타야 했다. 그리고 그 여행은 그닥 즐겁지 못했다. 날씨는 찌는 듯이 더웠고, 기차는 느리게 움직였으며, 동반자는 잔뜩 찌푸린 채 말을 거의 하지 않았다. 그는 이따금씩 우리의 여행이 별 소득이 없을 것이라며 투덜댔다. 마침내 역에 도착한 뒤, 흔들리는 마차를 타고 2마일이나 달린 끝에 목사관에 도착했다. 근엄하고 점잔을 빼는 듯 보이는 목사가 서재에서 우리를 맞았다. 우리가 보낸 전보가 그 앞에 놓여 있었다.

"무엇을 도와 드릴까요?"

"우리는 당신이 보낸 전보를 받고 여기에 왔습니다." 내가 설명했다.

"내가 보낸 전보라고요! 그럴 리가요. 나는 당신들에게 전보를 보낸 적이 없소."

"조사이아 앰벌리 씨에게 보낸 도주한 아내와 돈에 대해 알고 있다

는 내용의 전보를 말하는 겁니다.”

“만약 농담이시라면 정말 수상하군요. 당신이 말하는 사람에 대해 들어 본 적도 없고 전보를 보낸 적은 더더욱 없소.” 목사가 화가 나서 말했다.

나와 앰벌리 노인은 너무 놀라서 서로 쳐다보았다.

“아마도 무슨 착오가 있었던 것 같습니다. 혹시 이 지역에 교구가 두 곳이 있는 것은 아닙니까? 여기 이 전보를 보세요. ‘목사관에서 엘먼’이라고 쓰여 있지 않습니까?” 내가 말했다.

“이곳에 목사관도, 목사도 나 하나뿐이오. 나를 중상모략하려는 가짜 전보가 틀림없소. 누가 이런 짓을 했는지 경찰이 반드시 밝혀야 할 것이오. 어쨌든 나는 더 이상 당신들과 대면할 이유가 없소.”

결국 앰벌리 노인과 나는 다시 길을 나섰다. 이 마을은 영국에서 가장 낙후된 곳처럼 보였다. 홈즈에게 전화를 하기 위해 전신국으로 갔지만 이미 문이 닫혀 있었다. 결국 작은 여관인 ‘레일웨이 암즈’에 전화기가 있어서, 간신히 그곳에 도착해 홈즈와 연락할 수 있었다. 홈즈는 내 말을 듣고 깜짝 놀랐다.

“정말 이상한 일이군!”

수화기를 통해 홈즈의 목소리가 희미하게 들렸다.

“왓슨, 더 기가 막힌 사실은 오늘 밤 안으로 돌아오는 기차가 없을 거야. 내가 본의 아니게 자네를 시골 여관에서 끔찍한 밤을 보내게 만들었어. 그러나 멋진 자연 풍경을 즐길 수 있겠지? 물론 앰벌리 씨와 함께 말일세. 둘이서 서로 심금을 터놓고 얘기나 나누게.”

전화를 끊으면서 쿡쿡 웃는 소리가 전화기를 통해 들려왔다.

얼마 지나지 않아 앰벌리 노인이 구두쇠라는 세간의 평을 직접 확인할 수 있었다. 그는 여행 경비로 계속 툴툴거렸고, 기차는 3등칸에 타자고 주장했다. 결국 여관 숙박 영수증을 보고는 수긍할 수 없다며 분통을 터뜨리기도 했다. 다음 날 아침 마침내 런던에 도착했을 때, 누구랄 것도 없이 우리 둘 다 기분이 최악의 상태에 있었다.

"지나는 길에 베이커 가에 들르는 것이 어떨까요? 홈즈가 새로운 지침을 줄 겁니다." 내가 말했다.

"그의 먼저 충고를 생각하면 그가 또 별 소용도 없는 정보를 주지나 않을지 모르겠소." 앰벌리 노인이 악의에 차서 으르렁거렸다.

그러나 그는 결국 나와 동행했다. 나는 이미 홈즈에게 전보로 우리가 도착할 시간을 알렸다. 그런데도 하숙에서 우리를 기다린 것은 홈즈가 아니라 책상 위에 놓인 메모였다. 그는 루이셤에 있고 우리가 그곳으로 오기를 바란다는 내용이었다. 앰벌리 노인의 저택에 도착했을 때 우리가 만난 사람은 홈즈뿐만이 아니었다. 엄격한 표정의 무뚝뚝해 보이는 남자가 홈즈 곁에 서 있었는데, 그는 놀랍게도 회색 안경에 프리메이슨 넥타이핀을 꽂고 있었다.

"내 친구 바커를 소개하지요. 바커는 개인적으로 당신 사건에 흥미를 갖고 나와는 별도로 사건을 조사했지요. 조사이아 앰벌리 씨, 그러던 중 우리 둘 다 같은 질문에서 막혀 버렸습니다." 홈즈가 말했다.

앰벌리 씨는 얼어붙은 듯이 앉아 있었다. 다가오는 위험을 감지한 것이다. 그의 긴장된 두 눈과 경련이 이는 얼굴을 보고 느낄 수 있었다.

"알고 싶은 것이 무엇이오, 홈즈 씨?"

"단 하나요. 도대체 시체들을 어디에 숨겼소?"

노인은 목쉰 비명을 지르며 벌떡 일어섰다. 그는 뼈가 불거진 손으로 허공을 움켜쥐려는 듯 바둥거렸다. 그 순간 그는 마치 사나운 한 마리의 굶주린 매처럼 무시무시해 보였다. 순간 우리는 조사이아 앰벌리의 정체를 보았다. 그는 몸만큼이나 영혼이 뒤틀린 기형적인 악마였다. 마침내 그가 다시 의자에 털썩 주저앉으면서 터져 나오는 기침을 참으려는 듯 손으로 입을 막았다. 순간 홈즈는 호랑이처럼 잽싸게 몸을 날려 그의 목을 잡고 얼굴을 바닥에 처넣었다. 그의 헉헉거리는 입술 사이로 하얀 알약이 하나 떨어졌다.

"도망칠 길은 없소. 조사이아 앰벌리, 우리는 항상 일을 깔끔하고 정확하게 처리하지. 그렇지 않은가, 바커?"

"마차를 밖에 대기시켜 놓았소." 우리의 과묵한 동행인이 대답했다.

"여기서 역까지는 100야드밖에 안 되네. 바커, 자네는 나와 함께 가도록 하세. 왓슨, 자네는 여기에 남아 있어. 30분 안으로 돌아오겠네."

그 늙은 물감 장수의 몸에서 솟구치는 힘은 사자처럼 대단했다. 그러나 범인 체포에 숙달된 두 장정의 손아귀에서 벗어날 수는 없었다. 몸부림치고 사지를 뒤틀었지만 결국 대기 중이던 마차로 질질 끌려갔다. 나는 그 불길한 집에서 외롭게 홈즈를 기다렸다. 잠시 후 홈즈는 예상보다 빨리 젊고 영리해 보이는 경찰 수사관과 함께 돌아왔다.

"바커에게 서류상의 절차를 맡기고 돌아왔어. 왓슨, 자네는 그 전에 바커를 만난 적이 없었지. 그는 '서리 해변 사건'에서 나의 철저한 경쟁자였지. 자네가 키가 크고 검은 남자를 보았다고 했을 때 그를 떠올리기 어렵지 않더군. 그가 공을 세운 사건이 몇 가지 있지. 그렇지

않소, 경감?"

　"그는 확실히 몇몇 사건에서 우리를 훼방 놓곤 했지요." 경감이 근
엄한 표정으로 대답했다.

　"그가 사건을 해결하는 방법은 확실히 일반적이지 않아. 나처럼 말
이야. 물론 정상적이지 않은 수사 방식이 통할 때가 있어. 예를 들면

경찰들은 그 노인에게 그가 진술하는 모든 것은 그에게 불리하게 이용될 수 있다는 경고를 의무적으로 해야 해. 하지만 그래 갖고는 경찰들이 이 악랄한 악당에게 아무리 허풍을 떨어 봐야 범죄 사실에 대한 자백을 받아 낼 수 없을 거야."

"아마도 그랬겠지요. 그러나 결국 우리도 자백을 받아 냈을 겁니다. 홈즈 씨, 이 사건에 대해 우리가 아무런 견해가 없다고는 생각하지 마세요. 그리고 우리의 수사망에 그 노인이 걸려들지 않았을 것이라고도 말입니다. 당신이 우리로선 쓸 수 없는 방법으로 성급하게 끼어들어 사건 해결의 공을 가로챈 것 같아 착잡한 기분이 든다는 것만 알아주세요."

"맥키논 경감, 그런 강도짓은 하지 않을 테니 염려 마시오. 지금부터 나는 표면적으론 이 사건에서 빠지겠소. 그리고 바커는 내가 그에게 일러 준 것 말고는 한 일이 없어요."

경감은 눈에 띌 정도로 안심하는 듯했다.

"정말 훌륭하십니다, 홈즈 씨. 칭찬이나 비난이 당신에게는 별것 아니겠지만 우리는 다릅니다. 특히 언론들이 득달같이 달려들어 질문을 퍼부을 때면 말입니다."

"이번에도 기자들이 질문 공세를 펼 텐데, 그에 대한 답을 미리 갖고 있어야 하지 않겠소? 예를 들면 똑똑하고도 야심 찬 기자가 당신에게 언제부터 그 노인을 의심했으며, 또 진실에 대한 확신을 갖게 되었는지 묻는다면 어떻게 대답하겠소?"

홈즈의 말을 듣고 수사관은 어리둥절해했다.

"홈즈 씨, 우리는 아직 사건의 실체에 접근하지 못했습니다. 당신

말대로 범인은 세 명의 목격자들 앞에서 자살을 시도함으로써 아내와 그 애인을 살해했다고 자백한 것이나 마찬가지입니다. 당신은 그 밖에 어떤 사실을 알고 계십니까?"

"이 사건을 조사하기 위해 구성된 경찰 팀이 있소?"

"지금 조사 중인 경관이 세 명 있습니다."

"그럼 오래지 않아 명백한 진실을 알게 될 것이오. 시체를 먼 곳에 은닉했을 리 없소. 지하실과 정원을 조사하세요. 또 깊이 파묻지도 않았을 겁니다. 이 집은 상수도관만큼이나 낡았소. 아마 어딘가에 폐기한 우물이 반드시 있을 것으로 생각됩니다. 그곳을 조사해 보세요."

"도대체 그것을 어떻게 알았습니까? 그리고 무슨 일이 있었지요?"

"먼저 어떤 일이 벌어졌는지 말하지요. 그런 다음 당신이 할 일을 설명하겠소. 이번 사건 내내 오랫동안 고생하면서 놀라운 일을 해낸 이 친구에게도 말이오. 그러나 먼저 우리는 이 노인의 정신 상태를 곰곰이 생각해 보아야 합니다. 그는 정말 특이한 사람이오. 너무나 특이해서 그를 교수대로 보내느니 차라리 정신병원에 보내는 편이 나을 듯싶소. 그의 정신 상태는 현대를 사는 영국인보다는 중세 이탈리아인과 같소. 그는 끔찍한 구두쇠에 너무도 쩨쩨해서 아내를 비참하게 만들었소. 앰벌리 부인은 아마도 그 의사가 아니라 어떤 남자와도 사랑의 덫에 걸릴 준비가 되어 있었을 것이오. 그러다가 체스를 좋아하는 그 의사가 걸려들었지. 앰벌리 씨는 체스를 잘 두었는데 그건 그가 치밀한 계획을 잘 세우는 성격이기 때문이오. 어쨌든 구두쇠들이 다 그러하듯이 그도 질투심이 많았는데, 두 사람에 대한 질투에 눈이 멀어 미치광이가 되었지. 그들이 서로 눈이 맞았든 아니면 노인의 착각이든 그는 두 사람 사이를 의심하고 복수를 결심하게 되었소. 그리고 몸서리칠 정도로 잔혹하고 영리한 계획을 세웠지. 이리 와 보시오!"

홈즈는 자신의 집처럼 우리를 복도로 안내했고 열린 금고실 앞에서 멈추었다.

"아, 페인트 냄새가 정말 지독하군요!" 경감이 소리쳤다.

"우리의 첫 번째 단서요. 당신들은 이 페인트의 의미를 추리하지 못했지만 주의 깊게 관찰한 왓슨에게 감사해야 할 거요. 그가 관찰한 덕에 내가 이 사건에 발을 들여놓았으니까 말이오. 왜 그가 그런 시점에서 집을 지독한 냄새로 채워야만 했을까? 분명히 감추고 싶은 다른 냄새가 있었기 때문일 거요. 미심쩍은 범죄의 냄새가 나는걸. 그리고 강철 문과 셔터까지 있는 금고실로 생각을 돌려 보았소. 이 단단하게 밀폐된 방 말이오.

이 두 가지 단서를 종합해 보면, 어떤 사실을 알 수 있을까? 난 이 집을 조사해야겠다고 결심했소. 그리고 헤이마켓 극장에 좌석표에 대해 문의했을 때, 이미 심상치 않은 사건임을 깨달았소. 왓슨이 기억한 좌석표 번호를 가지고 조사해 보니, 그날 밤 B 30번이나 32번 좌석은 손님이 없었다고 했소. 그러니 앰벌리 씨가 그날 밤 극장에 간 것은 명백한 거짓말이었고, 그의 알리바이는 더 이상 소용없게 된 것이오. 노인은 내 민첩하고 명민한 친구에게 부인의 극장표를 보여 주는 실수를 저지르고 말았소. 이제 문제는 내가 어떻게 이 집을 둘러볼 수 있느냐 하는 거였소. 엘먼 목사라는 가상의 인물을 만들어 그를 내가 아는 한 가장 먼 마을로 보냈소. 그리고 하루 만에 런던으로 돌아올 수 없는 시간대에 앰벌리 씨를 출발시켰지. 혹시 일이 잘못되는 것을 막으려고 왓슨에게 동행토록 만반의 준비를 했지요. 물론 내 인명록에서 찾은 적당한 목사 이름을 언급했지요. 어떻소, 이제 확실히 알겠소?" 홈즈가 말했다.

"더 이상 분명할 수는 없습니다." 경감이 존경에 찬 목소리로 말했다.

"나는 앰벌리 씨의 저택에 들어가는 데 어떤 장애물도 없다고 판단했소. 사실 가택 침입은 내 특기 중 하나라서 직업으로 삼아도 될 정도요. 워낙 간단해서 앞 현관문으로 들어가도 아무 문제가 없으리라 생각했소. 그리고 내가 무엇을 발견했는지 보시오. 벽 밑 가장자리를 따라 가스관이 있었소. 정말 훌륭했지. 벽이 꺾이면 가스관도 따라서 구부러지고, 또 그 구석진 곳엔 개폐 스위치가 있었소. 게다가 가스관은 금고실을 따라 들어가 안쪽 천장 중앙에서 끝났소. 물론 장식품으로 가리고 회칠해 놓았지만 말이오. 그리고 끝은 환하게 열려 있었소. 언제라도 밖에서 가스를 틀면 그 방은 가스로 꽉 찰 수밖에 없었지. 만약 누군가 나를 금고실에 가두고 강철 문과 셔터를 닫은 후 가스를 튼다면 몇 분이 되지 않아 의식을 잃었을 것이오. 그가 파 놓은 악랄한 함정에 그들이 어떻게 걸려들었는지 모르지만 일단 금고실 안으로 들어간 이상 그들 목숨은 노인의 손에 달려 있었겠지요."

경감은 가스관을 흥미롭게 관찰했다.

"수사관 한 명이 가스 냄새가 나는 것 같다고 했습니다. 그러나 그 당시는 방문과 창문이 모두 열려 있었고 페인트도 어느 정도 칠해져 있었습니다. 앰벌리 씨의 말에 따르면 전날 페인트칠을 했다고 했습니다. 그럼 그다음은 어떻게 되었습니까, 홈즈 씨?"

"그런데 예기치 못한 일이 벌어졌소. 내가 이른 새벽에 식료품 저장소 창문을 넘고 있는데 누군가 내 목덜미를 덜컥 붙잡았소. 그러면서 '이 불한당 같은 놈아, 여기서 뭘 하는 거야?' 하고 말하더군요. 고개를 돌리니 회색 안경 너머로 친구이자 경쟁자인 바커가 나를 쳐다보고 있었소. 너무나 기가 막힌 만남이라 우리 둘 다 빙그레 웃고 말았소. 의사 어니스트 가족이 그에게 조사를 의뢰한 것 같았소.

마침내 우리는 이 사건을 노인의 추잡한 연극이라고 결론 내렸죠. 그는 꽤 여러 날 그 저택을 감시했다고 하더군요. 그런데 그 집을 방문한 왓슨을 보고 수상쩍은 인물로 지목하게 되었소. 그는 증거가 없어서 왓슨을 체포할 수 없었다고 하오. 그런데 드디어 어떤 남자가 식료품 저장소 창문을 넘는 것을 포착하고 인내심의 한계에 도달했지. 물론 우리는 이 도주 사건의 문제점에 대해 의논했고 공동으로 이 사건을 해결하기로 했소."

"왜 하필 바커 씨하고 말입니까? 우리 경찰에게 협조를 요청할 수도 있지 않았습니까?"

"사실을 확인하기 위해서는 어느 정도 앰벌리 씨를 시험할 필요가 있다고 생각했으니까요. 그리고 그 결과는 감탄스러울 정도였소. 그런데 경찰들은 그렇게까지 하지 못할 거라는 의심이 들었소."

경감이 웃었다.

"아마도 그랬겠지요. 어쨌든 홈즈 씨, 이제부터는 이 사건에서 손 떼고 당신이 알고 있는 모든 정보를 넘긴다고 약속하신 것으로 아는데요?"

"물론이오. 그것이 내 오랜 방식이오."

"어쨌든 경찰을 대표해 당신에게 감사드립니다. 당신 말대로 이제 모든 것이 확실해졌으니 시체를 찾는 데도 큰 어려움이 없을 것 같습니다."

"당신에게 약간의 증거를 보여 드리겠소. 앰벌리 씨는 그것을 발견하지 못한 것 같소. 경감, 우선 당신이 약간의 상상력을 동원한다면 쉽게 알 수 있을 것이오. 항상 다른 사람의 입장이 되어 당신이라면 어떻게 했을까 생각해 보시오. 물론 약간의 상상력이 필요하지만 그만큼 보상받게 될 거요. 자, 우리 모두 지금부터 생각해 봅시다. 만약 우리가 작은 방에 갇혀 몇 분 안에 죽을 것이 확실하다면, 그리고 지금 이 방문 밖에서 비웃고 있는 저 교활한 노인에게 복수하고 싶다면 어떻게 하겠소?" 홈즈가 말했다.

"메모를 남기겠습니다."

"바로 그것이오. 사람들에게 어떻게 살해되었는지 알리고 싶겠지. 물론 종이로 남길 수는 없겠지요, 노인이 발견할 테니까. 그러나 만약 벽에 쓰면 누군가 보지 않겠소? 옳지! 여기 있군! 바로 벽 밑 테두리에 자주색 색연필로 갈겨쓴 것이 있군. '우리는 사……' 이게 전부로군."

"그것이 무엇을 뜻합니까?"

"바닥에서 그리 떨어지지 않는 곳에 쓰여 있군요. 불쌍한 의사가 죽어가면서 썼을 거요. 그리고 다 쓰기도 전에 의식을 잃었군요."

"그렇다면 '우리는 살해당했다'라고 쓰려 했겠군요."

"그렇게 보입니다. 만약 시체에서 펜을 찾을 수만 있다면……."

"찾게 될 겁니다. 하지만 도둑맞은 유가증권들은 어떻게 되었지요? 분명히 절도는 일어나지 않았을 텐데요. 앰벌리 씨가 어딘가에 숨겨 놓은 것이 분명합니다. 그건 증명할 수 있습니다.”

“그 노인이 안전한 장소에 숨겨 둔 것이 확실하지요. 이 떠들썩한 치정 사건이 과거로 묻힐 때쯤 그는 갑자기 증서들을 찾았다고 할 생각이겠지요. 도주한 남녀의 마음이 누그러져 노인에게 돌려보냈다거나 도망가다가 떨어뜨렸다는 식으로 말이오.”

“홈즈 씨, 모든 의문점을 한 치의 의혹도 없이 탁월하게 풀어주시는군요. 그런데 앰벌리 씨가 우리에게 신고한 것은 당연한 수순이지만 왜 스스로 당신에게까지 갔는지 이해가 되지 않는군요.” 경감이 말했다.

“순전히 자만심 때문이지요! 그는 자신이 너무 똑똑하다고 생각해서 완전 범죄를 확신했을 것이오. 아마도 의심하는 이웃들에게 이렇게 말하려 했겠지요. ‘내가 밟은 순서를 보라고. 난 경찰에 수사를 요청했을 뿐 아니라 심지어 셜록 홈즈에게도 이 사건을 의뢰했어. 내가 결백하지 않다면 어떻게 그럴 수 있겠나?’”

경감이 웃음을 터뜨렸다.

“‘심지어 셜록 홈즈에게도……’라며 우리 경찰력을 무시하는 말씀을 하신 것은 용서해 드리지요. 제가 알고 있는 한 정말 대단한 추리였습니다.” 경감이 말했다.

며칠 후 내 친구가 격주로 발행되는 〈노스 서리 옵저버〉를 내게 건네주었다. 나는 ‘안식처 저택의 공포’로 시작해 ‘빛나는 경찰의 조사’라고 맺은 머리말이 눈에 띄는 특집 기사를 볼 수 있었다. 특집 기사는 여러 칼럼에 걸쳐 이 사건의 내용을 실었다. 그러나 결론은 항상 다른 때와 같았다. 기사 내용을 살펴보면 다음과 같다.

수사관 맥키논의 비범한 판단력은 페인트 냄새에 다른 냄새, 예를 들면 가스 냄새를 숨기려 했다는 사실을 추리해 냈다. 또 금고실이 범행 장소였다는 대담한 추리와 연이은 조사로 폐기된 우물에서 두 구의 시체를 찾아냈다. 그 우물은 용의주도하게도 개집 밑에 숨겨져 있었다. 이 사건은 우리 경찰력의 높은 지적 수준을 보여 주는 탁월한 예가 될 것이며 범죄 역사에 길이 남을 것이다.

"맥키논은 정말 좋은 친구야." 홈즈는 웃음을 참으며 말했다. "왓슨, 이 사건을 우리의 문서에 기록해 두게. 언젠가 진실은 밝혀지기 마련이니까."

역주 —

본 원고는 1951년 아베이 하우스에서 열린 셜록 홈즈 전람회 때 진 코난 도일이 대여해 주었다. 현재도 도일 재단이 소장하고 있을 것이다.

수수께끼의 하숙인

The Veiled Lodger

1896년 10월 어느 날

셜록 홈즈가 23년 동안 활발하게 탐정 활동을 해 온 것과 내가 그를
도와 17년 동안 사건 내용을 기록해 온 사실을 감안해 보면, 홈즈의
사건 자료가 얼마나 많을지 쉽게 짐작할 수 있을 것이다. 그러나 항상
문제는 사건을 찾기가 어렵다는 점이 아니라, 무슨 사건을 선택하느
냐 하는 점이었다. 홈즈의 방에는 연감이 서가를 빼곡히 채우고 있었
고, 여기저기 놓인 상자에도 사건 관련 서류가 꽉 차 있었다. 이는 범
죄 사건뿐만 아니라 빅토리아 시대 후기의 사회적 · 정치적 스캔들을
망라한 완벽한 정보 공급원이라고 할 수 있다. 그리고 후자와 관련해
나에게 자기 가족의 명예나 유명한 조상의 명성에 해가 되지 않게 해
달라고 애타게 애원하는 편지를 보내는 사람들에게는 일단 걱정하지
말라고 말하고 싶다. 탐정 홈즈를 돋보이게 한 직업적인 명성과 명망
은 비망록에 실릴 사건의 선택과 기록에도 유감없이 발휘되어 한 치

도 빈틈이 없었기 때문이다. 그런데 최근 이 사건 관련 서류를 훔쳐 내려는 사건이 발생했다. 나는 서류를 없애려고 한 자들에게 엄중히 경고했다. 홈즈는 누가 이런 짓을 저질렀는지 잘 알고 있으며, 만약 한 번만 더 이런 무모한 짓을 한다면 정치인 관련 비리를 신문에 폭로 하겠다고 말이다. 누군가는 지금 내가 하는 말이 무슨 뜻인지 이해할 것이다.

독자 여러분은 사건마다 홈즈가 언제나 뛰어난 관찰력과 본능적 직감을 발휘했으리라 지레짐작하지 않는 편이 좋다. 나는 사건 비망록을 통해 홈즈의 월등한 능력을 제대로 묘사하려고 애쓰긴 했지만, 때로는 홈즈도 사건 해결이라는 열매를 얻기 위해 많은 노력을 기울였다. 반대로 사건이 아주 쉽게 해결되기도 했다. 그러나 안타깝게도 사건이 발생한 당시에는 홈즈에게 사건을 의뢰하지 않아 몇 년이 지나서야 수수께끼가 풀린 일도 종종 있었다. 지금 쓰려는 사건도 그와 같은 경우다. 이름이나 장소는 약간 바꾸었지만 내용은 모두 사실이다.

1896년 초의 어느 날 오전이었다. 홈즈가 급히 와 달라는 전보를 보냈다. 베이커 가의 방문을 열자 홈즈가 담배 연기가 자욱한 방 한가운데 앉아 나이 지긋한 부인과 마주 보며 이야기를 나누고 있었다. 시골집 안주인처럼 아주 뚱뚱한 여자였다.

"이분은 남부 브릭스턴에서 오신 메릴로 부인일세."

홈즈가 손짓하며 소개했다.

"메릴로 부인은 담배 연기가 괜찮다고 하니 자네도 평소대로 고약한 담배를 피우고 싶다면 그렇게 하게. 부인은 아주 흥미진진한 이야기를 하고 있었어. 앞으로 어떻게 일이 진행될지 모르지만 자네가 있는 게 좋을 듯해서 불렀네."

"내가 할 수 있는 일이라면 뭐든⋯⋯."

"메릴로 부인, 론더 부인을 만나러 갈 때 이 친구를 데리고 가도 되겠지요? 부인이 미리 론더 부인에게 말씀해 두셨으면 좋겠습니다." 홈즈가 말했다.

"그럼요, 그러고말고요. 홈즈 씨를 너무나 만나고 싶어 해요. 론더 부인에게는 큰 도움이 될지 모르지요." 메릴로 부인이 대답했다.

"그럼 내일 오후 일찍 찾아뵙지요. 출발하기 전에 말씀하신 내용을 다시 한 번 확인하겠습니다. 여기 있는 왓슨도 상황 파악에 도움이 될 테니까요. 7년 동안 론더 부인에게 방을 빌려 주었는데, 론더 부인의 얼굴을 본 것은 단 한 번뿐이라고 하셨죠?"

"차라리 안 보는 게 좋았을 뻔했어요!" 메릴로 부인이 소리쳤다.

"흉한 얼굴이었나요?"

"홈즈 씨, 그건 얼굴이라고 할 수도 없어요. 그런 얼굴은 생전 처음 봤어요. 우유 배달부가 2층 창문에서 밖을 내다보던 론더 부인의 얼굴을 흘깃 올려다보고는 우유 통을 엎지르는 바람에 앞마당이 우유 천지가 된 적도 있었답니다. 어쨌든 아주 흉측하게 생긴 얼굴이었어요. 저도 어쩌다 그 여자 얼굴을 한번 봤는데, 제가 보고 있다는 걸 눈치채고는 재빨리 베일로 얼굴을 가리더군요. 그러면서 '메릴로 부인, 제가 이 베일을 한 번도 벗지 않는 이유를 이제 아시겠지요?'라고 말하더군요."

"론더 부인의 과거에 대해서 알고 있습니까?"

"전혀 몰라요."

"처음 하숙을 구하러 왔을 때 신원보증 서류 같은 걸 갖고 오지 않았나요?"

"아니요, 그런 건 가지고 오지 않았어요. 대신 현금으로 뭉칫돈을 내놓았답니다. 석 달 치 집세를 선불로 내면서도 임대계약서에 대해서는 한마디도 언급하지 않았어요."

"부인의 집을 선택한 이유를 밝히던가요?"

"저희 집은 길에서 멀리 떨어져 있어 다른 집들보다 조용하고 한적해요. 아마 제가 혼자 살고, 다른 식구들도 없다는 점이 가장 맘에 들었던 모양이에요. 론더 부인이 원하는 것은 완전하게 사생활이 보장되는 집이었고, 그래서 선뜻 집세를 지불했던 것이지요."

"우연히 한 번 본 것 말고는 지금까지 한 번도 론더 부인의 얼굴을 못 보았다고 했는데, 참 특이하네요. 정말 특이해요. 단지 론더 부인의 사연이 궁금해서 제게 사건을 의뢰하는 겁니까?"

"그런 게 아니에요, 홈즈 씨. 전 집세만 받으면 다른 건 상관하지 않아요. 그리고 지금까지는 아주 만족스러웠어요. 론더 부인보다 더 조용한 하숙인도 없을 겁니다. 별문제도 없었고요."

"그럼 저를 찾아온 이유가 뭡니까?"

"론더 부인의 건강이 염려되어서요. 홈즈 씨, 론더 부인이 점점 쇠약해지는 것 같아요. 큰 걱정거리가 있는 게 분명해요. '살인자!'라고 소리를 지를 때도 있어요. 한번은 '이 잔인한 짐승! 괴물!' 하고 소리 지르는 걸 들은 적도 있어요. 한밤중이었는데 온 집 안에 다 울릴 만큼 큰 소리였어요. 너무나 놀라서 온몸이 떨릴 지경이었지요. 그래서 다음 날 아침 론더 부인을 만나러 가서 말을 꺼냈습니다. '론더 부인, 괴로운 일이 있으면 마을 신부님을 찾아가 보세요. 아니면 경찰에 맡기시든지. 도움을 받을 수 있을 거예요.' 그러자 '무슨 일이 있어도 경찰은 싫어요!' 하고 대답하더군요. '그리고 신부님이 과거를 바꿔 주실 수는 없잖아요. 단지 제가 죽기 전에 누군가에게 진실을 털어놓을 수 있었으면 좋겠어요. 그러면 마음이 한결 편할 것 같아요.' 이렇게 말하기에 제가 '글쎄요, 정상적인 방법이 정 싫으면 탐정을 고용할 수도 있지요'라고 권유했지요.

그렇게 말해서 죄송해요, 홈즈 씨. 어쨌든 론더 부인은 이 말에 귀가 솔깃한 모양이었어요. '맞아요, 그 사람이 있었군요. 그 탐정을 고용하면 되겠네요. 왜 그 생각을 미처 못했는지 모르겠어요. 그 사람을 이리로 데려오세요, 메릴로 부인. 만약 오지 않겠다고 하면 론더 맹수 서커스의 론더 부인이라고 말해 보세요. 그리고 압바스 파르바라고 말하세요'라고 하더군요. 여기 종이에 압바스 파르바란 이름을 적어 왔어요. 론더 부인은 자기가 제대로 봤다면 홈즈 씨가 자신을 만나러 올 거라고 하더군요."

"네, 그럴 것 같군요. 좋습니다. 메릴로 부인, 잠깐 왓슨과 점심때까지 얘길 해야겠습니다. 브릭스턴에 있는 부인 집에서 3시 전에 뵙지요." 홈즈가 대답했다.

메릴로 부인은 뒤뚱거리며 방을 나갔다. 뒤뚱거린다는 말 외에는 달리 표현할 단어가 없는 걸음걸이였다. 부인이 나가자 홈즈는 낡은 서류와 책들이 쌓여 있는 구석으로 달려가 앉았다.

한동안 이 책, 저 책의 책장을 넘기는 소리가 나더니 원하는 것을 찾았는지 홈즈가 나지막하게 탄성을 내뱉었다. 홈즈는 만족스러운 얼굴로 바닥에 앉은 채 마치 명상하는 부처처럼 생각에 잠겼다. 주위에는 온통 책들이 널려 있었고, 홈즈의 무릎 위에도 책장이 펼쳐진 책한 권이 놓여 있었다.

"사실 그때 당시에 사건에 신경이 쓰였어, 왓슨, 이것 보게. 개인적으로 그 사건을 알아보려고 수첩에 메모도 해 놓았어. 하지만 결국 사건은 해결되지 않았어. 틀림없이 당시 검시관이 뭔가 잘못 판단했다고 생각했지. 압바스 파르바란 이름을 기억하나?"

"아니, 전혀."

"그러면 설명이 조금 필요하겠군. 하지만 나 역시 그 사건의 경위를 추상적으로 짐작할 뿐이어서 내가 내린 결론은 개인적인 느낌일 뿐이야. 게다가 당시 경찰이나 사건 당사자가 내게 직접 사건을 의뢰한 것이 아니라서 조사하지 않았거든. 여기 있는 메모들을 한번 읽어 보겠나?"

"그냥 말로 하면 하면 안 되나?"

"그러지. 얘기하다 보면 금세 기억날 거야. 론더는 당대 최고의 서커스맨으로 새인저와 웜웰 서커스단의 강력한 라이벌이었는데 론더가 술을 마시기 시작하면서 서커스도 점점 내리막길을 걸었고, 결국 서커스단은 큰 비극으로 막을 내렸어. 그 당시 론더 서커스단은 버크셔의 작은 마을 압바스 파르바에서 하룻밤을 묵었지. 그 끔찍한 사건은 바로 여기서 일어났어. 서커스단은 윔블던으로 가는 도중에 압바스 파르바에서 하룻밤 야영할 작정이었어. 그 마을에서는 서커스 공연은 예정에 없었네. 워낙 작은 마을이라서 서커스 공연을 해도 수지가 맞지 않았으니까.

본론으로 들어가기 전에 할 이야기가 있
네. 론더 서커스단의 공연 중에
는 북아프리카 사자를
데리고 하는 인기가 많
은 맹수 공연이 하나 있
었는데, 그 맹수는 '사
하라 킹'이라는 이름이
붙은 사자였지. 론더 부
부가 사자 우리에 들어
가는 묘기를 보여 주는
쇼였어. 여기 그 사자 쇼를 찍
은 사진이 있네. 보면 알겠지만 론더는 덩
치가 크고 우락부락했고, 부인은 반대로 마른
편이었지. 사건 당시 사자가 매우 흥분한 상태였
지만, 맹수들은 보통 사나운 것이 당연하다고 여겨
아무도 그 사실은 신경 쓰지 않았을 거야.

밤에 사자 먹이를 주는 일은 보통 론더가 하거나 아니면 론더 부인
이 했지. 한 명이 주거나 부부가 같이 먹이를 줄 때도 있었지만, 어떤
경우에도 두 사람 외에 다른 사람이 그 일을 대신하지 못하게 했어.
왜냐하면 론더 부부가 사자에게 계속 먹이를 주었기 때문에, 이에 익
숙해진 사자가 그들 부부는 절대 해치지 않을 거라고 생각했기 때문
이지. 7년 전 사건이 발생했던 그날 밤도 론더 부부는 함께 먹이를 주

러 갔어. 그리고 비참한 일이 일어났지. 그런데 불행히도 자세한 경위를 밝혀내지는 못했어.

야영 중이던 자정 무렵에 서커스단 사람들이 모두 잠을 깼어. 사자의 사나운 울음소리와 찢어지는 듯한 여자의 비명소리가 들렸기 때문이지. 서커스단 원들이 모두 랜턴을 들고 텐트 밖으로 달려나왔어. 그리고 처참한 현장을 목격했네. 론더는 머리가 으스러진 채 땅에 쓰러져 있었고, 머리 뒤에 깊이 할퀸 사자 발톱 자국이 있었지. 우리 문은 열려 있었고, 10야드쯤 떨어진 곳에서 론더 부인을 발견했어. 끔찍하게도 사자가 부인을 움켜쥐고 앉아 사납게 으르렁대고 있었지. 얼굴이 심하게 뜯겨 나가 모두 부인이 숨을 거두었다고 생각했어. 잠시 후 곡예사 레오나르도와 광대 그릭즈가 막대기로 사자를 쫓아 우리에 몰아넣고 문을 잠갔지. 도대체 어떻게 우리 문이 열렸는지가 수수께끼였어. 론더 부부가 사자 우리 안으로 들어가려고 했는데, 문이 열리자 사자가 뛰쳐나와 이들 부부를 덮쳤다고 짐작할 뿐이었지. 비참한 사건이었지만 달리 이상한 점은 없었네. 들

것에 누워 실려 가던 론더 부인이 고통 속에 정신이 혼미한 상태에서 '겁쟁이, 비겁자'라고 계속 비명을 질렀다는 점 외에는. 론더 부인이 당시 상황을 설명할 수 있을 정도로 회복된 것은 그로부터 6개월 뒤였어. 하지만 이미 실수에 의한 참사라는 결론을 내리고 수사는 종결된 후였지."

"그 사건에 대해 달리 설명할 길이 있나?" 내가 물었다.

"뭐, 없을 수도 있지. 실수에 의한 참사라는 결론이 옳을지도 몰라. 하지만 버크셔 경찰서의 에드먼드 형사는 한두 가지 맘에 걸리는 점이 있다고 생각했지. 에드먼드는 꽤 똑똑해. 그는 나중에 알라하바드로 갔는데 그곳에서 나를 만났어. 그래서 내가 그 사건 이야기를 듣게 된 거야. 에드먼드 형사가 파이프 담배를 두 대 정도 피우면서 그 사건에 대해 이야기해 주었지."

"그 빼빼 마른 금발 머리?"

"맞아, 그 사람이야. 이제 기억이 나나 보군."

"사건의 어디가 껄끄럽다고 했나?"

"사실 껄끄럽긴 나도 마찬가지였어. 사건을 재구성하다 보니 어딘지 모르게 앞뒤가 맞지 않은 곳이 있었어. 사자의 눈으로 그때 상황을 한번 재연해 볼까? 우리 문이 열리고 자유로워진 사자는 앞으로 돌진해 론더를 덮쳤어. 론더는 달아나려고 했지. 사자가 할퀸 발톱 자국이 머리 뒤통수에 나 있었던 점으로 알 수 있지. 사자는 론더를 덮쳐 쓰러뜨렸어. 그런 뒤에도 도망가지 않고 우리 곁에 있던 론더 부인 쪽으로 방향을 틀어 그녀를 공격해 덮친 다음 얼굴을 물어뜯었어. 그렇다면 한번 생각해 보게. 론더 부인이 비명을 질렀다는 건 누군가에게 살려 달라고 소리쳤다는 뜻일 수도 있어. 그런데 이미 죽은 남편이 어떻게 도와줄 수 있지? 뭔가 이상하지 않나?"

"그렇군."

"이상한 점은 또 있어. 곰곰이 사건을 생각하다가 떠오른 건데, 당시 사자가 포효하는 소리와 론더 부인의 비명 소리 외에도 공포에 질린 남자의 고함 소리가 들렸다는 증언이 있었어."

"그야 당연히 남편 론더의 비명이었겠지."

"글쎄, 머리가 완전히 으깨진 상태에서 신음 소리를 낼 수 있을까? 론더 부인의 비명 소리와 함께 남자의 비명 소리를 들었다는 증인이 두 명이나 있네."

"야영하던 서커스단원들이 그걸 보고 놀라 소리를 지른 건 아닐까? 그렇게 생각하면 간단할 것 같은데."

"그렇게도 생각할 수 있겠군."

홈즈의 대꾸에 나는 설명을 계속했다. "두 사람은 사자 우리에서 떨어진 곳에 같이 있었는데, 사자가 우리에서 풀려나와 남편을 먼저 공격하자 부인은 우리 안으로 도망가려고 했겠지. 달리 도망갈 곳이 없었을 테니까. 그때 부인이 우리 안으로 도망가려던 찰나 사자에게 공격을 당한 거야. 그녀는 사자와 맞서 싸우지 않은 남편의 비겁한 태도에 분노했겠지. 두 명이 같이 싸웠다면 사자에게 겁을 주어 쫓았을 수도 있었을 테니까. 그래서 남편에게 '겁쟁이, 비겁자' 하고 악을 쓴 게 아닐까?"

"다이아몬드처럼 훌륭한 추리야, 왓슨. 흠집이 하나 있는 다이아몬드지만."

"그 흠집이 뭔가, 홈즈?"

"두 사람 모두 우리에서 멀리 떨어져 있었다면, 문이 어떻게 열렸을까? 이상하지 않나?"

"론더 부부를 미워하는 누군가가 두 사람 모르게 우리 문을 열었을까?"

"그렇다면 왜 사자가 난폭하게 공격했을까? 맹수이긴 하지만 먹이를 주는 론더 부부에게 익숙했을 텐데. 심지어 사자 우리 안으로 들어가는 공연을 할 정도였어."

"누군가 사자의 공격성을 부추기는 짓을 했겠지."

홈즈는 깊이 생각에 잠긴 얼굴로 한동안 침묵을 지켰다.

"흠, 자네의 이론을 뒷받침해 줄 이야기를 하지. 론더는 주위에 적이 많았어. 에드먼드 형사가 말하길 서커스단원 사이에서도 악명이 높았다더군. 성격도 난폭하고 자기 앞에서 얼쩡대는 사람을 때리거나 욕설을 퍼붓기 일쑤였대. 난 메릴로 부인이 얘기한 것처럼 한밤중에 론더 부인이 괴물, 짐승이라고 소리친 이유가 죽은 남편에 대한 나쁜 기억 탓이라고 생각하네. 그러나 사실을 모두 알기 전까지 이렇게 짐작만 한다고 해결될 일은 아무것도 없겠지. 찬장에 차가운 꿩고기와 몽라셰(프랑스 부르고뉴 지역의 코트 드 본에 있는 몽라셰 마을에서 생산되는 와인) 한 병이 있어. 출발하기 전에 식사를 하고 힘을 내야겠는걸."

우리가 탄 마차가 브릭스턴의 소박한 하숙집에 도착하자 뚱뚱한 메릴로 부인이 이미 나와서 문을 열어 놓고 기다리고 있었다. 메릴로 부인은 행여 론더 부인처럼 좋은 하숙인을 잃을까 너무 걱정한 나머지 우리에게 제발 론더 부인이 나가는 일은 생기지 않게 해 달라고 거듭 당부했다. 우리는 걱정하는 메릴로 부인을 안심시키고는 급경사인 데다 카펫이 대충 깔린 계단을 올라가 의문투성이 하숙인이 사는 방 문 앞에 이르렀다.

좁고 곰팡내가 나며 환기가 잘되지 않는 방이었다. 예상했던 대로 론더 부인은 거의 바깥출입을 하지 않는 듯했다. 맹수를 우리에 가두어 두던 여인에서 조롱에 갇힌 새의 신세가 된 듯했다. 그녀는 그늘진 방구석에 있는 부서진 의자에 앉아 있었다. 7년이란 오랜 세월 동안 꼼짝도 하지 않은 탓에 몸매가 변하긴 했지만 아직도 한때 아름다웠던 자태를 충분히 짐작케 했다. 론더 부인은 윗입술만 살짝 보일 정도로 두꺼운 검은 베일로 얼굴을 가리고 있었다. 검은 베일 아래로 드러난 단정한 입술이 아름다웠고, 역시 둥근 턱 선에서도 섬세함이 엿보였다. 한때 정말 미인이었으리라. 목소리 또한 차분해서 듣는 사람의 귀를 즐겁게 했다.

"제 이름은 알고 계시겠지요, 홈즈 씨. 오시리라 생각했습니다."

"예, 그렇습니다. 부인. 그런데 제가 부인 사건에 흥미를 갖고 있다는 걸 어떻게 아셨는지는 모르겠군요."

"몸이 회복되고 난 뒤 에드먼드 형사가 날 찾아와 이것저것 물어보다가 홈즈 씨 이야기를 했어요. 그분에게는 거짓말해서 미안하지만, 당시 상황에서 진실을 밝힌다는 건 현명하지 않은 처사였죠."

"보통은 진실을 말하는 것이 현명한 처사이긴 합니다만, 왜 에드먼드 형사에게 거짓말을 했나요?"

"누군가의 목숨이 달려 있었기 때문이에요. 전혀 쓸모없는 남자란 걸 알지만 내 양심 때문에 그 사람을 망치고 싶진 않았어요. 우리는 가까운 사이였어요. 정말 가까운 사이였지요."

"그런데 지금은 그 장애물이 사라졌나요?"

"네, 홈즈 씨. 그 사람은 죽었어요."

"왜 그때 경찰에 사실대로 밝히지 않았나요?"

"처지를 고려해야 할 사람이 한 명 더 있었어요. 바로 저 자신이었어요. 전 경찰 조사로 밝혀질 추문과 사람들의 따가운 시선을 견디지 못할 것 같았어요. 오래 살지는 않았지만 방해 없이 조용히 죽길 원했지요. 하지만 죽기 전에 모든 사실을 털어놓을 만한 믿을 수 있는 사람을 찾았으면 했어요. 제가 떠나고 난 후에 사람들이 사실을 이해할 수 있도록 말이에요."

"과찬의 말씀입니다, 부인. 만약 부인이 하실 이야기가 반드시 경찰에게 전달되어야 할 만한 것이라고 판단되면 책임감 있는 탐정으로서 제 임무를 다할 겁니다."

"홈즈 씨의 수사 방법이나 인격에 대해 잘 알고 있어요. 몇 년 동안 홈즈 씨가 해결한 사건에 대한 기사를 읽었으니까요. 운명이 나를 저버린 후로 독서는 유일한 기쁨이 되었지요. 하지만 바깥세상 이야기는 별로 듣고 싶지 않아요. 홈즈 씨가 제 이야기를 들으려고 오신 만큼 어떤 일이 있어도 전 이 기회를 꼭 잡아야겠어요. 이젠 마음 편하게 말할 수 있을 듯해요."

"기꺼이 들어 드리지요."

론더 부인은 자리에서 일어나 책상 서랍에서 사진을 한 장 꺼냈다. 사진 속의 남자는 체조 선수처럼 균형 잡힌 아름다운 체격의 소유자였다. 잘 발달된 가슴에 팔짱을 낀 자세가 자신감이 넘쳐 보였다. 짙은 콧수염 밑에는 시원스러운 미소가 흘렀다. 그는 많은 전투에서 승리를 거둔 당당한 장군의 모습이었다.

"그 사람은 레오나르도예요." 론더 부인이 설명했다.

"레오나르도라면 그 서커스단에 있던 사람이군요? 사건 현장으로 달려왔던."

"맞아요, 그 사람이에요. 그리고 이 사진에 있는 사람은 제 남편이고요."

다른 사진 속 남자는 인상이 고약했다. 거칠고 사나운 수퇘지 같다고 할까? 짐승처럼 잔인한 면모가 엿보이는 인상이었다. 야비한 입가에는 분노가 어려 있었고, 작고 교활한 두 눈은 악의로 가득 차 심술궂기 짝이 없었다. 두텁고 살찐 아래턱은 그가 욕심 많고 잔인한 악당임을 여실히 보여 주었다.

"이 사진 두 장을 보면 훨씬 이해가 잘될 거예요. 전 소녀 시절부터 가난한 서커스단원이었어요. 열 살이 되기도 전인 아주 어릴 때부터 후프 통과하기 같은 묘기를 배웠지요. 어느덧 더 이상 소녀가 아니라 여자라고 할 만큼 나이가 차자 론더가 저를 사랑하게 되었어요. 그의 짐승 같은 욕정도 사랑이라고 할 수 있다면요.

악마의 손에 놀아난 것인지 저는 어느 순간 그의 아내가 되어 있더군요. 그날부터 지옥이나 다름없는 생활을 했어요. 그는 끊임없이 절 고문하고 괴롭히는 악마였답니다. 서커스단원 중에 론더가 어떤 행패를 부렸는지 모르는 사람은 아무도 없었어요. 내가 반항이라도 하면 절 묶어 놓고 채찍질을 했지요. 서커스단원 모두 절 불쌍하게 여겼고,

남편을 역겨워했지만, 뭘 어떻게 할 수 있었겠어요? 모두 남편을 무서워했어요. 게다가 술을 마시기만 하면 사람을 죽일 듯 더욱 날뛰는 바람에 모두 꼼짝도 하지 못했지요. 행패는 날이 갈수록 심해져서 거의 짐승에 가까울 정도였지만, 그는 어쨌든 서커스단의 주인이고, 급여를 주는 사람이었어요. 남편은 결코 남을 배려하는 사람이 아니었지요. 결국 주위에 있던 좋은 사람들이 하나둘 떠나기 시작했고 서커스 공연은 점점 내리막길을 걸었어요. 서커스를 계속할 수 있었던 것은 그나마 저와 레오나르도가 남아 있었기 때문이었어요. 그리고 어릿광대 지미 그릭즈도 있었고요. 불쌍한 광대 그릭즈, 관객에게 웃음을 줄 만한 상황이 아니었지만 항상 최선을 다했지요.

그렇게 어렵고 비참한 상황에서 레오나르도가 내 생활 속으로 조금씩 다가왔어요. 사진을 보셔서 알겠지만, 외모가 무척 매력적이었지요. 사실은 패기 있게 잘생긴 겉모습과 달리 그만한 용기가 없는 사람이란 걸 지금은 알고 있지만, 남편과 비교해 보면 레오나르도는 그리스 신화에 나오는 훌륭한 신처럼 보였어요. 절 동정하고 도와주던 마음이 점점 깊어지더니 마침내 사랑으로 변했지요. 우리 둘은 아주 깊고 열정적인 사랑을 나누었어요. 항상 꿈에서 그려 온 사랑이었지만 현실로 이뤄지리라고는 감히 상상도 하지 못했던 일이었어요.

남편은 절 의심했지만 전 남편이 사나운 만큼 겁도 많은 사람이고, 레오나르도라면 잔인한 남편도 섣불리 대하지는 못하리라 생각했어요. 남편은 그 어느 때보다 더욱더 저를 가혹하게 학대하는 것으로 앙갚음을 했지요. 어느 날 밤 매를 맞는 제 비명 소리가 레오나르도가 잠든 마차까지 들렸는지 절 만나러 왔더군요. 사건이 일어나기 며칠

전이었어요. 그리고 그날 밤 우리는 더 이상 피하지 말자고 결심했어요. 론더는 살 가치가 없는 사람이었어요. 우리는 그를 죽일 계획을 짰어요.

레오나르도는 절대로 멍청하지 않았어요. 오히려 꾀가 많았죠. 모든 계획은 레오나르도 머리에서 나왔지만 전 그를 탓하고 싶지 않아요. 저 역시 레오나르도와 함께라면 어디든지 갈 준비가 되어 있었으니까요. 레오나르도에 비해 전 그런 계획을 짤 만큼 머리가 좋지는 않았어요. 우리는 방망이를 준비했어요. 레오나르도가 만들었지요. 그리고 납자루 끝에 긴 쇠못을 다섯 개 박았어요. 사자가 발톱으로 할퀸 것처럼 보이기 위해서였어요. 남편이 죽은 것은 사자 때문이 아니라 바로 그 흉기 때문이었어요. 우리는 론더를 죽인 후 사자가 한 짓이라는 증거를 남기려고 우리 문을 열어 사자를 풀어 주기로 했지요.

칠흑같이 어두운 밤 남편과 나는 사자 우리로 내려갔어요. 늘 하던 대로 사자 먹이를 주기 위해서요. 나와 남편이 통에 담긴 날고기를 들고 사자 우리 쪽으로 내려가는 길목에 레오나르도가 마차 뒤에 숨어 기다리고 있었어요. 우리로 가려면 반드시 그 마차를 지나가야 했지요. 그러나 레오나르도가 남편을 미처 때리기 전에 나와 남편은 그 길목을 지나쳐 갔어요. 레오나르도의 행동이 느렸던 거지요. 하지만 그는 우리 뒤를 몰래 살금살금 뒤따라와 남편의 머리를 방망이로 힘껏 내리쳤어요. 머리가 부스러지는 소리가 들렸어요. 제 심장은 기쁨으로 두근거렸고요. 전 재빨리 우리로 달려가 맹수가 갇혀 있는 문의 빗장을 올렸어요.

끔찍한 일이 일어난 건 바로 그 순간이었어요. 맹수가 인간의 피 냄새에 얼마나 빨리 반응하고 흥분하는지 알고 계실 거예요. 순간 사자는 죽은 사람의 피 냄새를 본능적으로 알아차렸어요. 우리의 빗장을 올리자마자 사자는 저를 덮쳤어요. 레오나르도가 절 구해 줬을 수도 있었지요. 재빨리 달려와 방망이로 위협했다면 사자가 겁을 먹고 도망쳤을 수도 있었을 거예요. 하지만 그는 겁에 질려 비명을 지르더니 몸을 돌려 도망가더군요. 그리고 사자의 하얀 송곳니가 제 눈앞에 닥쳐왔지요.

사자가 뿜어내는 더운 입김과 냄새에 정신이 아뜩해지더군요. 거의 고통을 느끼지도 못할 정도였어요. 전 손바닥으로 얼굴을 가리면서 사자를 막아 보려고 했어요. 피로 범벅된 사자의 송곳니를 피하려고 애쓰면서 도와 달라고 비명을 질렀지요. 그리고 얼마 뒤 사람들이 달려오는 소리를 들었어요. 레오나르도와 그릭즈, 그리고 다른 남자들이 사자의 입에서 저를 빼낸 일도 어렴풋이 기억나요. 그 후엔 정신을 잃었지요. 몇 달 동안 입원해 치료를 받다가 드디어 몸이 회복되어 거울 앞에 섰을 때 제 모습을 보고 그 사자를 저주했어요. 뜯겨 나간 아름다움이 안타까워서가 아니었어요. 사자는 차라리 제 생명을 앗아갔어야 했어요. 현실이 저주스럽게 느껴졌지요.

남은 소망은 단 하나였어요. 그리고 소망을 이룰 돈도 있었지요. 홈즈 씨, 전 제 얼굴을 누구에게도 보이지 않은 채 살고 싶었어요. 절 아는 사람이 찾지 못할 장소에 숨어 살겠다고 결정했지요. 제가 할 수 있는 일이란 그게 전부였어요. 그래서 저는 상처 입은 맹수가 죽을 장소를 찾는 것처럼 이곳까지 와서 살아온 거예요. 유지니아 론더의 삶, 내 삶의 마지막을 장식하려고요."

그녀의 이야기가 끝난 후에도 우리는 한동안 아무 말도 하지 못한 채 묵묵히 앉아 있었다.

홈즈가 팔을 내밀어 그녀의 손을 잡고 토닥거렸다. 깊은 동정심과 안쓰러움이 배어 있는 손길은 홈즈에게서 흔히 볼 수 없는 모습이었다.

"정말 안됐습니다. 정말 안타깝군요. 운명의 장난이 이렇게 얄궂을 수 있다니. 하늘이 보고 있다면 분명히 부인에게 상을 내릴 겁니다. 한데 레오나르도는 어떻게 되었나요?"

"다시는 소식을 듣지도, 얼굴을 보지도 못했어요. 그 사람을 원망하는 것이 잘못인지도 모르겠어요. 사자가 짓밟고 간, 흉측한 괴물 같은 저를 사랑하느니 차라리 재주넘는 원숭이를 사랑하는 편이 나았을 테니까요. 하지만 여자의 사랑은 쉽게 변하지 않나 봐요. 그는 저를 사자 앞에 내버려 둔 채 도망갔고, 제가 도움을 필요로 했을 때도 저버렸지만, 차마 교수형에 처하도록 만들고 싶진 않았어요. 제가 어떻게 될지는 전혀 신경 쓰지 않았어요. 어차피 더 심한 일을 당하진 않을 테니까요. 하지만 저는 당시 레오나르도의 운명을 좌우할 수 있었지요."

"그는 세상을 떠났습니까?"

"지난달 마게이트 지방 근처 해변에서 익사했다는 신문 기사를 보고 그가 죽었다는 걸 알았어요."

"대못 다섯 개 달린 방망이는 어떻게 했나요? 정말 기발한 아이디어였는데요."

"모르겠어요. 야영지 근처에 석회암을 캐는 갱이 있었는데, 그 깊은 구덩이 속에 던졌을 거예요. 아마 그 안 깊은 곳에 있겠지요."

"알겠습니다. 이제야 사건의 내막을 다 알겠군요. 사건은 모두 끝났습니다."

"네, 끝났어요. 정말 모든 사건이 끝난 거예요." 론더 부인이 대답했다.

우리는 집을 나서기 위해 자리에서 일어났다. 그러나 그녀의 말투가 어딘지 모르게 홈즈의 발걸음을 붙잡았다. 홈즈는 재빨리 그녀를 돌아봤다.

"생명은 당신 마음대로 할 수 있는 것이 아닙니다. 부인. 그만두세요."

"제가 살아간들 무슨 소용이 있나요?"

"왜 그런 말을 합니까? 그 긴 세월 고통을 참은 것만으로도 조급하고 참을성 없는 요즘 세상에 훌륭한 본보기가 됩니다."

론더 부인은 홈즈의 말에 아무런 대꾸 없이 조용히 얼굴에 쓴 베일을 걷어 올린 다음 잘 보이도록 햇빛이 드는 쪽으로 한 걸음 뒤로 물러섰다.

"이런 꼴도 참으실 수 있을지 모르겠군요." 그녀가 말했다.

그녀의 모습은 처참했다. 어떤 말로도 표현할 수 없을 만큼 비참했다. 거기에는 얼굴이라 할 만한 것은 모두 사라지고 하나도 남아 있지 않았다. 단지 슬프게 빛나는 아름다운 갈색 눈동자만 그 끔찍한 폐허 속에서 우리를 응시하고 있었다. 그 모습은 기괴함을 더할 뿐이었다. 홈즈는 동정과 연민 그리고 만류의 뜻이 담긴 손짓을 했다. 그리고 우리는 방을 나왔다.

　이틀 후, 홈즈를 만나러 갔을 때 그는 의기양양한 태도로 벽난로 위 선반에서 작은 파란색 약병을 손가락으로 가리켰다. 병에는 붉은색

독약 표시가 붙어 있었다. 뚜껑을 열자 달착지근한 아몬드 냄새가 풍겨 나왔다.

"청산가리?" 내가 물었다.

"맞아. 우편으로 왔더군. '저를 유혹하던 것을 보냅니다. 홈즈 씨의 충고를 따르겠습니다.'라고 쓰인 편지도 함께 말이야. 이걸 보낸 용감한 여성이 누군지 알 것 같지 않나?"

Sherlock Holmes

쇼스콤 올드 플레이스

Shoscombe Old Place

1902년 5월 6일(화)~5월 7일(수)

셜록 홈즈는 오랫동안 허리를 굽힌 채 저배율 현미경을 주시했다. 마침내 고개를 든 홈즈는 만족스러운 표정으로 나를 보았다.

"아교야, 왓슨. 의심의 여지없이 아교가 확실해. 자네도 여기에 흩어져 있는 모양을 보게."

나는 몸을 굽혀 현미경의 접안렌즈에 눈을 대고 초점을 맞추어 그것을 보았다.

"분명 트위드 코트에서 나온 실이야. 그리고 여기저기에서 보이는 회색 뭉치들은 먼지야. 왼쪽에는 상피세포가 있지. 중앙에 보이는 갈색 덩어리들은 아교가 확실해."(확실히 그것이 아교인지도 모른다. 그러나 이와 같은 방법으로는 홈즈든 다른 사람이든 아교라는 감정은 할 수 없다. 아교는 형태가 없는 불순한 젤라틴으로, 어떠한 형태나 크기도 될 수 있지만 화학적인 방법만으로 확실한 감정을 할 수 있다. 현미경으로 보아도 로진이나 셀

락같은 비슷한 물질과 구별되지 않는다.)

"글쎄, 자네 말이 맞는다고 하세. 이것이 무슨 관계가 있지?" 나는 웃으며 말했다.

"아주 멋진 증명 실험이지. 자네 세인트 판크라스(런던의 특별구. 200년 전까지 이곳에 광천수가 나와서 많은 사람이 모여들었다. 소화불량 환자, 나병, 괴혈병, 암에 걸린 사람들도 와서 치료했다.) 사건 때 죽은 경관 옆에서 발견된 모자를 기억하나? 피의자는 그 모자가 자기 게 아니라고 했지만 그는 아교를 많이 사용하는 액자 제작자였어."

"그 사건도 자네가 맡았나?"

"아니, 스코틀랜드 야드의 메리베일이 수사를 도와 달라고 부탁하더군. 내가 얼마 전에 소매 솔기에서 아연과 구리를 발견해 화폐를 위조한 범인을 잡은 이후로 경찰에서는 현미경의 중요성을 인식하고 있지."

홈즈는 조급

한 듯 시계를 보았다.

"의뢰인이 오기로 했는데 벌써 약속 시간이 지났군. 그건 그렇고, 왓슨. 자네 혹시 경마에 대해 아는 거 있나?"

"경마에 상이연금의 반을 투자하고 있는데 모를 리가 있겠나?"

"그렇다면 자네가 내 경마 안내인이 되어 주게. 로버트 노버튼 경이라는 이름을 들어 봤나? 혹시 로버트 경에 대해 아는 게 있나?"(《실버 블레이즈》를 보면 홈즈는 경마에 대해 잘 알고 있는 것 같은데, 여기에서는 '왕의 스포츠'에 대한 흥미가 전혀 없는 듯하다. 반대로 왓슨은 1890년, 즉 웨식스 컵 레이스 때 경마에 대해서 전혀 몰랐는데도 지금은 자신이 경마광이라는 사실을 인정할 정도가 되었다.)

"쇼스컴 올드 플레이스에 사는 로버트 경 말인가. 그분이라면 잘 알지. 전에 내 여름 별장이 그 저택 근처에 있었거든. 언젠가 로버트 경이 경찰 수사를 받을 뻔한 적이 있었어."

"어쩌다가?"

"커즌 가의 유명한 고리대금업자 샘 브루어를 뉴마킷 히스(케임브리지 주에 있는 유명한 경마장)에서 말채찍으로 호되게 때렸거든. 거의 죽일 뻔했다던데."

"그래? 재미있군. 로버트 경 성질이 원래 그런가?"

"다들 그를 위험한 사람이라고 하지. 아마 영국에서 경마를 제일 무모하게 즐기는 사람일 거야. 실제로 몇 년 전 그랜드 내셔널 대회에서는 2등을 차지했어. 그 가문에서 제일 도가 지나친 사람 중 하나로 꼽히지. 젊었을 때는 멋쟁이로 꽤 유명했어. 권투 선수, 육상 선수, 경마 기수에 여자들도 잘 유혹했다니까. 퀴어 가에서 아무나 붙잡고 물어봐도 모르는 사람이 없을 거야.”

“그래? 잘 알고 있군. 어떤 사람인지 알 만해. 그럼 이젠 쇼스컴 올드 플레이스에 대해서 얘기해 주게.”

“쇼스컴 공원 중앙에 있고 유명한 종마 사육장과 조교장이 있는 곳이지. 그 정도 알고 있네.”

“그 훈련장 수석 조련사는 존 메이슨이지. 내가 수석 조련사의 이름을 안다고 해서 그렇게 놀랄 건 없어, 왓슨. 지금 내가 들고 있는 편지가 바로 그 수석 조련사에게서 온 것이거든. 우선 쇼스컴에 대해서 좀 더 이야기해 보게. 슬슬 사건이 재미있어지는걸.”

“쇼스컴 스패니얼이라는 개가 있어. 모든 대회에 나오는 개로, 영국에서 가장 순수한 혈통을 지키고 있는 종이야. 쇼스컴 올드 플레이스의 여주인은 그 개에 대한 자부심이 대단하다던데.” 내가 말했다.

“로버트 노버튼 경의 부인 말인가?”

“로버트 경은 결혼한 적이 없어. 결혼할 사람이 아니거든. 지금 로버트 경은 홀로 된 누이 비아트리스 폴더 부인과 함께 살고 있네.”

“폴더 부인이 로버트 경에게 얹혀사나?”

“아니, 그 반대야. 그 저택은 작고한 부인의 남편 제임스 경의 소유라서 노버튼 집안사람은 그 집에 대한 권리가 없어. 폴더 부인도 살아 있는 동안만 영지에서 나오는 소작료를 받을 수 있지. 부인이 죽으면 제임스 경의 형제에게 집이 상속돼. 폴더 부인은 현재 매년 영지에서 나오는 소작료를 유일한 수입원으로 생활하고 있네.”

“동생 로버트 경이 그 소작료를 쓰고 있나?”

“그렇다고 볼 수 있지. 로버트 경이 보통 고약한 사람이 아니라서 폴더 부인이 무척 고생할 것 같은데, 내가 들은 바로는 폴더 부인이 로버트 경에게 헌신적으로 잘해 준다고 하더군. 그런데 쇼스컴에 무슨 문제라도 생겼나?"

"나도 무슨 문제가 생겼는지 알고 싶어. 아, 무슨 문제인지 말해 줄 사람이 지금 도착했군."

문이 열리자 휜칠한 키에 깔끔하게 면도를 한 남자가 보이의 안내를 받아 우리 방으로 들어왔다. 그의 표정은 심각한 듯 굳어 있었다. 경마에 출전하는 거친 말이나 고용인들을 다루는 사람에게서나 볼 수 있는 근엄한 표정이었다. 실제로 수석 조련사 존 메이슨은 수하에 말과 고용인을 많이 거느리고 있는데, 이들을 대할 때 언제나 이렇게 무서운 표정을 지을 게 분명했다. 그는 침착하게 몸을 숙여 인사한 뒤 홈즈가 손으로 가리킨 의자에 앉았다.

"제 편지를 받으셨죠, 홈즈 씨?"

"예, 하지만 편지에는 별다른 설명이 없더군요."

"서면으로 자세한 부분을 설명하기에는 사건이 매우 까다로워서요. 복잡하기도 하고요. 제대로 설명하려면 직접 만나는 수밖에 없다고 생각했습니다."

"그렇다면 잘 오셨습니다, 메이슨 씨."

"먼저 말씀드리고 싶은 건, 저를 고용한 로버트 경이 미쳤다는 겁니다."

홈즈는 눈을 치켜떴다.

"그게 문제라면 이곳 베이커 가가 아닌 일류 의사들이 사는 할리 가로 가셔야죠. 어쨌든 왜 그렇게 생각하십니까?"

"어떤 사람이 한두 가지 이상한 짓을 한다면 혹시 미친 게 아닌가 하는 생각이 들 수 있지요. 하지만 하는 짓이 모두 이상하다면 정말 미친 사람이라는 확신이 들기 마련입니다. 저는 쇼스컴 프린스와 더비 때문에 로버트 경이 미쳤다고 생각합니다."

"경마에 출전시키려고 당신이 훈련하고 있는 망아지 말씀입니까?"

"영국 최고의 말입니다, 홈즈 씨. 누구보다 내가 잘 알고 있습니다. 그럼 지금부터 왜 홈즈 씨를 찾게 되었는지 설명하겠습니다. 당신은 존경할 만한 신사 분이니 제 이야기를 외부로 누설하지 않으시리라 믿고 말하겠습니다.

로버트 경은 이번 더비에서 반드시 승리해야만 하는 처지에 있습니다. 최후의 궁지에 몰린 상태에서 이번 더비 경마가 마지막 기회이기 때문입니다. 로버트 경은 모은 돈, 빌린 돈 할 것 없이 모두 쇼스컴 프린스에게 걸었습니다. 그가 빌린 돈이, 49파운드를 빌렸어도 갚을 때는 100파운드를 내야 하는 엄청난 고리대금입니다."

"하지만 '쇼스컴 프린스'의 실력이 정말 뛰어나다면 어떻게 되는 겁니까?"

"얼마나 좋은 말인지 대부분의 사람들은 모릅니다. 로버트 경은 경마꾼으로 보통 영리한 사람이 아닙니다. 주인은 프린스의 배다른 형제 말을 준비해서 이를 교묘하게 이용하고 있지요. 겉으로 봐서 두 말을 구분할 수 있는 사람은 거의 없습니다. 하지만 두 말을 함께 질주시켜 보면 금방 알 수 있지요.

로버트 경의 머릿속에는 경마와 말 외에는 아무것도 없습니다. 인생 전부를 경마에 걸었으니까요. 이번 경마가 끝나면 빚쟁이들의 독축이 시작될 텐데, 이런 상황에서 만약 '프린스'가 진다면 주인의 인생은 완전히 끝나는 겁니다."

"들어 보니 사활을 건 도박이군요. 그건 그렇고 왜 로버트 경이 미쳤다는 겁니까?"

"주인을 만나 보면 금방 알 수 있습니다. 주인은 밤에도 잠을 자지 않습니다. 거기다 하루 내내 마구간에서만 보냅니다. 경마에 신경이 완전히 쏠린 나머지 눈도 미친 사람의 눈빛이 되었습니다. 또 폴더 부인을 대하는 태도만 봐도 제정신이 아니라는 것을 알 수 있습니다."

"어떻게 대하는데요?"

"두 분은 가장 좋은 친구였습니다. 취미까지 똑같아서 부인도 로버트 경 못지않게 경마를 좋아했습니다. 부인은 매일 같은 시간에 말을 보기 위해 외출합니다. 무엇보다 쇼스컴 프린스에 푹 빠져 있고요. 자갈밭을 굴러 오는 부인의 마차 바퀴 소리만 들어도 프린스가 이를 알아채고 귀를 쫑긋 세울 정도니까요. 또 매일 아침 프린스는 부인이 주는 각설탕을 먹으려고 부인의 마차로 다가가기도 했습니다. 지금은 끝난 일이지만."

"왜죠?"

"글쎄요, 폴더 부인이 경마에 흥미를 완전히 잃은 듯싶어요. 예전에는 마구간을 지날 때 '좋은 아침!'이라고 인사했는데, 최근 일주일 동안은 마구간을 지날 때 그런 인사를 하시는 걸 본 적이 없어요."

"두 분 사이에 다툼이 있었다면서요?"

"다툼 정도가 아니었죠. 아주 심하게 싸우셨죠. 그렇지 않다면 부인이 자식처럼 아끼고 사랑하는 애완견 스패니얼을 로버트 경이 갖다

버릴 이유가 없지요. 며칠 전 로버트 경은 그린 드래건의 주인 반스에게 부인의 애완견을 주었습니다. 그린 드래건은 여기서 3마일쯤 떨어진 크렌달에 있는 여관입니다."

"확실히 평소와는 다른 이상한 일이군요."

"그럼요. 부인은 심장도 약하고 지병으로 수종증(신체 조직의 틈 사이에 조직액이 괴는 병)을 앓고 있어서 외출이 자유롭지 못합니다. 그래서 로버트 경은 저녁마다 두 시간씩 부인의 방에서 함께 시간을 보냈지요. 로버트 경에게는 부인만 한 친구도 없어서 부인을 위해서라면 무엇이든 마다하지 않았지요. 하지만 이제는 모든 게 끝났어요. 지금 로버트 경은 폴더 부인 근처에 얼씬도 하지 않아요. 부인이 얼마나 서러워하는지 모릅니다. 요즘 부인은 정신 나간 사람처럼 매일 술만 마시고 있어요. 술을 얼마나 많이 마시는지 홈즈 씨는 상상도 하지 못할 거예요."

"두 분 사이가 틀어지기 전에도 부인이 술을 마신 적이 있습니까?"

"한두 잔씩 마시기도 했지요. 하지만 지금은 하루 저녁에 한 병을 다 마신 적도 있어요. 저택 집사 스티븐스가 저에게 이렇게 말하더군요. '모든 게 변했다, 뭔가 끔찍한 일이 벌어지고 있다. 주인님이 저 낡은 교회 지하실에서 밤마다 무엇을 하시는지 모르겠다, 교회 납골당에서 주인님이 만나는 사람이 도대체 누구냐?'고 말이에요."

홈즈는 손을 비볐다.

"계속하세요, 메이슨 씨. 사건이 점점 더 흥미롭게 진행되는군요."

"집사 스티븐스가 로버트 경이 밤에 외출하는 걸 봤다는 겁니다. 비가 억수같이 내리던 어느 날 밤 12시였다고 합니다. 그래서 다음 날 밤 제가 저택에 가서 지켜보았는데, 정말 로버트 경이 집을 나가더군요. 스티븐스와 저는 로버트 경을 따라갔지요. 로버트 경에게 들키지 않고 미행해야 했기에 상당히 힘들었어요. 주인은 일단 화가 나면 무시무시한 사람으로 돌변하니까요. 사람이든 짐승이든 걸리면 큰일 나지요. 그래서 로버트 경 가까이 다가갈 수 없었어요. 하지만 다행히 어디로 가는지는 알 수 있었지요. 주인이 가는 곳은 유령이 나온다고 다들 꺼리는 교회 납골당이었어요. 그 납골당에서 한 남자가 로버트 경을 기다리고 있었어요."

"왜 유령이 나오는 납골당이라고 합니까?"

"쇼스컴 영지 안에는 너무 낡아서 폐허가 된 교회가 하나 있어요. 워낙 오래된 건물이라 아무도 고치려 들지 않죠. 특히 교회 납골당은 유령이 나온다는 소문이 퍼져 있고요. 낮에 가 보면 그저 어둡고 습기 찬 지하실에 불과하지만, 납골당이기 때문에 밤에 그곳에 가겠다고 나서는 사람은 아마 한 사람도 없을 겁니다. 그런데 로버트 경만은 예외였어요. 로버트 경은 평생 무엇이든 무서워한 적이 없어요. 아무리 그래도 한밤중에 그곳에서 무얼 하는지 알 수 없어요."

"잠깐!" 홈즈가 말을 가로막았다. "납골당에 다른 남자가 있었다고 했는데, 그 사람은 로버트 경이 탄 마차를 몬 마부이거나 쇼스컴 저택 사람들 중 한 사람이 분명합니다. 당신은 그 사람이 누군지 확실하게 구분할 수 있었습니까? 저택 하인들 중에 의심이 가는 사람은 없습니까?"

"없어요."

"왜 없다고 생각하십니까?"

"홈즈 씨, 저는 그 사람 얼굴을 봤어요. 두 번째로 로버트 경을 따라 가던 밤이었지요. 로버트 경이 갑자기 방향을 바꾸어 우리, 그러니까 저와 스티븐스를 지나쳐 갔어요. 그때 저희 두 사람은 덤불 속에 숨어 놀란 토끼처럼 벌벌 떨면서 숨을 죽이고 있었지요. 사실 그날 밤은 달빛이 환해서 거의 들킬 뻔했어요. 그때 뒤에서 로버트 경이 아닌 다른 남자의 목소리가 들렸어요. 우리는 그 남자까지 무서워할 필요는 없었기에 로버트 경이 지나간 뒤 몸을 일으켜 달빛 아래에서 산책하는 사람처럼 행동했지요. 그래서 우리를 지나쳐 가는 그 남자의 얼굴을 봤어요. 정말 태연하게 그 옆을 지나치면서 말도 걸었어요. 제가 '안녕하세요, 누구시더라?' 하고 물었죠. 우리 발소리를 듣지 못한 남자는 깜짝 놀라면서 지옥의 악마라도 쫓아오는 듯한 표정으로 뒤를 돌아보더군요. 그리고 고함을 지르며 어둠 속으로 미친 듯이 달려갔어요. 정말 어찌나 빨리 달려가던지…… 순식간에 우리 시야에서 사라졌고 발소리조차 들리지 않았지요. 그렇게 해서 그가 누구인지, 거기서 무엇을 하고 있었는지 알아내지 못했죠."

"하지만 달빛에 비친 그 남자의 얼굴은 확실히 보았겠죠?"

"물론입니다. 그의 누런 얼굴, 꼭 비열한 개를 연상시키는 그 얼굴을 어떻게 잊을 수 있겠습니까? 로버트 경이 왜 그런 사람과 어울리는지 이해할 수 없어요."

홈즈는 자리에 앉아 잠시 생각에 잠겼다.

"폴더 부인을 옆에서 돌봐 드리는 사람이 있습니까?" 잠시 후 홈즈가 말했다.

"하녀 캐리 에반스가 있어요. 5년 동안 부인의 하녀로 지내고 있지

요."

"아주 헌신적인 하녀인가 보군요?"

메이슨은 멈칫하며 대답을 망설였다.

"헌신적이라고 할 수 있지요. 하지만 누구에게 헌신적인지는 말씀
드릴 수 없습니다."

"아, 그래요?"

"말씀드리기 곤란합니다."

"충분히 이해합니다, 메이슨 씨. 어떤 상황인지 알 만합니다. 여기
있는 제 친구 왓슨의 말에 의하면, 어떤 여자도 로버트 경 앞에서는
안전할 수 없다고 하더군요. 혹시 로버트 경과 폴더 부인이 다투게 된
원인이 그 하녀 때문이었다고 생각한 적은 없습니까?"

"글쎄요, 주인과 캐리 에반스 사이는 오래전부터 다들 알고 있는 사
실이어서요."

"하지만 부인만 모를 수도 있지 않을까요? 만약 부인이 어느 날 갑
자기 그 사실을 알았다고 가정해 봅시다. 부인은 분명 하녀를 쫓아내
고 싶었겠지요. 하지만 로버트 경은 이를 반대할 겁니다. 부인은 심장
도 약하고 건강도 좋지 않으니 자기 뜻대로 밀고 나갈 만한 능력이 없
었을 테고요. 그러니 아무리 하녀가 보기 싫어도 계속 옆에 두어야만
했겠죠. 당연히 화가 난 부인은 말도 하지 않고 기분도 우울해져서 술
만 마시고, 이를 노여워한 로버트 경이 부인이 아끼는 애완견을 멀리
보냈을 수도 있지 않습니까? 이런 경우도 충분히 있을 수 있지요?"

"그럴 수도 있겠군요. 현재까지의 상황으로 본다면."

"그렇습니다! 현재까지의 상황에서 말입니다. 그렇다면 그 일과 로
버트 경이 밤마다 낡은 교회 납골당으로 찾아간 건 어떤 관계가 있을
까요? 전혀 앞뒤가 맞지 않는데, 이해할 수 없군요."

"이해할 수 없는 일이 하나 더 있습니다. 로버트 경이 시체를 파낸

이유도 이해할 수 없습니다."

홈즈는 놀라 자리에서 벌떡 일어섰다.

"저희도 어제야 알았습니다. 당신에게 편지를 쓴 후의 일이지요. 어제는 로버트 경이 런던으로 가고 없었기 때문에 스티븐스와 저는 교회 납골당으로 갔지요. 지하실에 처음 들어섰을 때에는 별다른 특이한 점이 없다고 생각했는데, 한쪽 구석을 보니 사람 시체의 일부분이 있었어요."

"경찰에 신고했습니까?"

메이슨은 우울해 보이는 미소를 지었다.

"그게 말입니다, 경찰에 신고해 봐야 별 소용이 없다는 생각이 들었습니다. 사실 시체라고 해도 두개골과 미라에 가까운 뼛조각 몇 개뿐이었으니까요. 천 년은 지난 시체 같았어요. 이전에 그곳에 시체가 없었다는 것만은 확실합니다. 저도, 스티븐스도 확신합니다. 분명 누군가 시체를 지하실 구석까지 끌고 와서 판자로 덮어 놓은 겁니다. 전에 왔을 때에는 분명히 그곳에 아무것도 없었어요."

"시체를 본 후 어떻게 했습니까?"

"그대로 놔두고 납골당을 나왔어요."

"잘하셨군요. 조금 전에 로버트 경이 어제는 외출해서 집에 없다고 했는데, 지금은 돌아왔나요?"

"오늘 안으로 돌아오실 겁니다."

"로버트 경이 폴더 부인의 개를 남에게 준 것은 언제입니까?"

"오늘로 꼭 일주일 전입니다. 아침에 부인의 애완견이 우물가에서 짖고 있었는데, 그날 로버트 경은 기분이 좋지 않았던 모양입니다. 로버트 경은 개를 당장이라도 죽일 듯이 확 잡아 들었어요. 그러더니 기수 샌디 바인에게 개를 주면서 그린 드래건의 주인 반스에게 가져다 주라고 했어요. 두 번 다시 개를 보고 싶지 않다면서요."

홈즈는 잠시 아무 말 없이 앉아 생각에 잠겼다. 그는 가장 낡고 더러운 파이프('입술이 비뚤어진 남자'에 나오는, 홈즈가 애용하는 브라이어 파이프.)에 불을 붙였다.

오랜 침묵을 깨고 마침내 홈즈가 말했다. "메이슨 씨, 도대체 무슨 사건인지, 제가 무슨 문제를 해결해야 하는지 감을 잡을 수 없군요. 좀 더 명확하게 설명해 주실 수 없습니까?"

"아마 이 말씀을 드리면 명확한 설명이 될지도 모르겠군요."

메이슨은 주머니에서 종이 뭉치를 꺼내 조심스럽게 펼쳤다. 안에는 새까맣게 탄 뼛조각이 들어 있었다. 홈즈는 비상한 관심을 보이며 살펴보았다.

"이걸 어디서 가져왔습니까?"

"폴더 부인의 방 밑 지하실에 중앙난방용 아궁이가 있어요. 오랫동안 아궁이에 불을 피운 적이 없었는데, 어느 날 로버트 경이 춥다고 하셔서 아궁이에 불을 지피기 시작했지요. 제가 고용한 하인이 아궁이에 불을 피우는 일을 맡았어요. 그런데 오늘 아침에 하인이 아궁이를 치우다가 발견했다면서 제게 이걸 가져왔어요. 하인은 이걸 쳐다보기도 싫어했지요."

"저 역시 별로 유쾌하지는 않군요. 자네는 어떻게 생각하나, 왓슨?"

뼛조각은 완전히 검게 그을려 있었지만, 해부학적으로 사람의 뼈라는 사실만은 확실히 알 수 있었다.

"이건 사람 대퇴골의 상부 관절구("왓슨의 해부학 지식은 녹슨 듯싶다. 실제 이런 부분은 없다"고 새무얼 R. 미커 박사가 '의사 왓슨'에서 말했다.) 야." 내가 대답했다.

"그래, 맞아!"

홈즈의 표정이 점점 진지하게 바뀌었다.

"하비는 보통 언제 아궁이에 불을 피웠습니까?"

"매일 저녁 불을 피워 놓고 지하실을 나옵니다."

"그렇다면 밤중에 누군가 아궁이가 있는 지하실로 들어갔을 가능성이 있군요."

"그렇습니다."

"외부에서 지하실로 들어갈 수 있습니까?"

"외부에서 지하실로 연결된 문이 하나 있어요. 또 다른 문이 있긴 하지만 그 문은 폴더 부인의 방을 지나는 계단을 거쳐야 납골당으로 들어갈 수 있어요."

"알 수 없는 어떤 음모가 있군요. 메이슨 씨, 알 수 없는 흉측한 무언가가 있어요. 그날 밤 로버트 경이 집에 없었다고 했죠?"

"그렇습니다."

"그렇다면 이 뼈를 태운 사람은 로버트 경이 아니겠군요."

"그렇지요."

"아까 폴더 부인의 개를 보낸 여관 이름이 뭐라고 했죠?"

"그린 드래건입니다."

"그린 드래건이 있는 버크셔 지방은 낚시하기에 좋습니까?"

메이슨은 주인 말고 또 다른 미치광이가 있다는 사실에 놀라는 표정이었다.

"냇가 근처에는 송어가 많고 홀 호수 근처에는 창꼬치가 많이 잡힌다고 들었습니다."

"그 정도면 충분합니다. 왓슨과 저는 낚시를 좋아하거든요. 그렇지, 왓슨? 이제부터는 제게 연락하실 때 그린 드래건으로 편지를 보내세요. 우리는 오늘 밤 안에 그곳에 도착할 겁니다. 직접 오실 필요는 없고 편지로 연락하시면 됩니다. 만약 일이 생기면 반드시 제가 찾아가도록 하겠습니다. 이 사건을 좀 더 자세히 조사한 후에 그 결과를 알려 드리겠습니다."

쾌청한 5월의 어느 날 저녁, 홈즈와 나는 일급 마차를 타고 쇼스컴의 간이역으로 향했다. 우리는 선반 위에 낚싯대와 낚싯줄, 바구니 따위를 가득 올려놓았다. 잠시 후 목적지에 도착해서 오래된 여관에 들어갔다. 여관 주인 조사이아 반스는 호탕해 보이는 사람으로 우리가 근방의 물고기를 모두 낚을 수 있게 해 주겠다며 낚시 계획에 대해 신나게 이야기했다.

"홀 호수는 어떻습니까? 거기서 창꼬치를 잡을 수 있습니까?" 홈즈가 반스에게 물었다.

그러자 반스의 얼굴이 갑자기 굳었다.

"거기는 안 됩니다. 낚시는 고사하고 목숨이 위태로울 테니까요."

"왜죠?"

"로버트 경 때문입니다. 경마에 미친 사람이에요. 낯선 사람이 둘씩이나 훈련장 근처에 얼씬거리면 염탐꾼으로 몰아 당장에 죽이려고 달려들 겁니다."

"저도 그분이 더비에 출전할 말을 훈련시킨다는 얘기를 들은 적이 있습니다."

"예, 아주 좋은 말이지요. 저희도 전부 그 말에 돈을 걸었어요. 로버트 경도 돈을 전부 걸어 놓았습니다. 그건 그런데……."

반스는 수상쩍은 눈으로 우리를 훑어보았다.

"제가 보기에 두 분은 경마는 하시지 않을 것 같은데요."

"맞습니다. 우리는 단지 버크셔 주에서 낚시를 즐기고 싶어 하는 외로운 런던 시민일 뿐입니다."

"그렇다면 제대로 찾아오셨습니다. 낚시꾼을 기다리는 물고기가 가득하니까요. 하지만 로버트 경에 대해서 한 말은 절대 잊지 마세요. 말보다 주먹이 앞서는 사람이니까요. 절대 훈련장 주변에는 얼씬도 하지 마세요."

"잘 알았습니다, 반스 씨. 말씀대로 하지요. 그런데 현관에 보니 아주 멋진 스패니얼 한 마리가 낑낑거리고 있더군요."

"예, 정말 멋지죠? 진짜 쇼스컴 품종입니다. 영국에서 저 개보다 멋진 개는 없을 겁니다."

"저도 자칭 개 전문가라고 자부하는 사람인데, 실례되는 질문인지 모르겠습니다만 저 굉장한 개 값은 얼마나 됩니까?" 홈즈가 물었다.

"제 전 재산을 다 털어도 살 수 없을 겁니다. 실은 로버트 경이 제게 주셨어요. 그래서 개의 목에 줄을 묶어 놓았죠. 조금만 한눈을 팔면 순식간에 집으로 달아나거든요."

반스가 밖에 나가고 우리 둘만 남자 홈즈가 내 쪽으로 몸을 돌렸다.

"우리에게 카드가 몇 장 들어왔어, 왓슨. 이번 카드 게임은 쉽게 풀리지는 않을 거야. 하지만 하루 이틀이면 어떻게 게임을 풀어 나가야 할지 알 수 있겠지. 그건 그렇고 로버트 경이 아직까지는 런던에 있으니 오늘 밤에 그 금단의 구역에 접근할 수 있을 거야. 그 전에 확인해야 할 부분이 한두 가지 있네."

"사건이 어떻게 돌아가는지 정리는 됐나, 홈즈?"

"하나는 확실해, 왓슨. 우선 일주일 전에 발생한 어떤 사건이 쇼스컴 가족의 삶에 아주 중대하고 심각한 영향을 미쳤다는 것이지. 그 사건이 과연 무엇이냐? 현재는 사건의 결과를 보고 추측할 수 있을 뿐이야. 쇼스컴 가족은 아주 묘한 성격의 소유자들 같아. 하지만 그 점이 사건을 풀어 나가는 데 도움이 될 거야. 사실 정말 해결하기 힘든 사건은 특징이 없는 사건이거든.

우선 모은 자료부터 정리해 볼까. 현재 분명한 사실은 로버트 경이 그동안 잘 지내온 병약한 누이를 더 이상 만나지 않는다는 것. 갑자기 폴더 부인의 애완견을 남에게 주었다는 것. 왓슨, 맞아. 폴더 부인의 개! 자네, 뭐 떠오르는 거 없나?"

"로버트 경의 성격이 고약하다는 생각이 떠올라."

"그래, 고약한 사람이지. 하지만 그 반대일 수도 있어. 만약 두 사람이 정말 다투었다면, 다툰 때로 거슬러 올라가 그때 상황을 차근차근 생각해 보게. 화가 난 폴더 부인은 자기 방에서 나오지 않았겠지. 전에 하던 일도 중단하고, 하녀를 내쫓지 않는 이상 동생 로버트 경을 만나지 않겠다고 했을 거야. 물론 평소처럼 좋아하는 말을 보러 마구간에 들르지도 않았을 테고, 당연히 홧김에 술을 마시기 시작했겠지. 여기까지는 전체적인 사건과 일치하지?"

"교회 납골당 사건만 아니라면."

"그건 또 다른 사건이야. 지금 이 사건은 두 가지로 이루어져 있어. 이 둘을 혼동하면 안 되네. 우선 첫 번째 사건에는 확실하지 않지만 폴더 부인과 관련된 불길한 냄새를 풍기는 무언가가 있어. 그렇지?"

"난 도무지 모르겠어."

"그럼 두 번째 사건을 살펴보세. 두 번째 사건은 로버트 경이 관련되어 있어. 그는 더비 경마에서 승리하려고 거의 미친 상태야. 현재 유대인 채권자들의 손에 잡혀 있고 당장이라도 재산이 경매에 부쳐질 위기에 처해 있지. 거기다 채권자들은 경마에 출전할 말까지 빼앗을 권리를 갖고 있거든. 로버트 경은 그야말로 사생결단의 필사적인 상황에 처해 있다고 볼 수 있지. 그런데도 누이인 폴더 부인에게서 돈을 얻어 쓰면서 폴더 부인의 하녀를 앞잡이로 사용하고 있어. 여기까지는 꽤 명확한 근거로 추리를 했다고 볼 수 있지 않나?"

"하지만 납골당은?"

"그래, 납골당 건이야! 왓슨, 한 번 이렇게 생각해 보게. 이건 순전히 최악의 상황을 가정한 건데, 그러니까 추론을 위해서 가정을 세워 보는 거야. 로버트 경이 누이 폴더 부인을 죽였다는 가정은 어때?"

"홈즈, 그걸 말이라고 하나?"

"충분히 있을 수 있는 일이야. 왓슨, 로버트 경이 훌륭한 가문 출신이라는 건 나도 알아. 하지만 가끔은 독수리 사이에서 썩은 까마귀 시체를 발견할 때도 있지 않나.

로버트 경이 폴더 부인을 죽였다고 가정하고 잠시 생각해 보게. 그는 돈 문제를 해결하기 전까지는 이 나라를 떠날 수 없어. 돈 문제를 해결하는 유일한 방법은 쇼스컴 프린스가 경마에서 승리하는 거야. 아직까지는 채권자들에게 몰려 쫓겨나는 상황까지 가지 않았어. 하지만 현재 위치에서 더 밀려나지 않으려면 희생된 누이의 시체를 감쪽같이 처리하는 건 물론이고, 죽은 폴더 부인을 대신해 부인 행세를 할 사람도 필요해. 당연히 친하게 지내던 부인의 하녀 정도라면 부인 행세를 하게 할 수 있겠지. 그리고 부인의 시체는 드나드는 사람이 거의 없는 교회 지하실 납골당에 갖다 놓는 거야. 물론 그 전에 누군가 몰래 집 아궁이에서 시체를 태웠을 거야. 다 태우지 못한 뼛조각을 우리가 이미 증거로 보지 않았나? 자네 생각은 어떤가?"

　"만약 자네의 끔찍한 가정이 맞는다면 가능한 일이지."

　"왓슨, 우리는 내일 한 가지 실험을 해야 해. 이 사건의 비밀을 풀기 위해서 말이야. 그동안 낚시꾼 행세를 제대로 해 보지 않겠나? 우선 여관 주인에게 가서 포도주를 한 잔 사 마시고, 뱀장어나 황어 무리 따위에 대한 이야기를 잠시 하지. 그것이 반스의 호의를 얻는 최상의 방법이야. 이 근방 이야기를 나누면서 뭔가 쓸 만한 정보를 얻게 될지 혹시 아나."

　아침에 홈즈는 낚시에 쓸 낚싯바늘을 가져오지 않았다는 사실을 깨달았다. 그래서 그날 우리는 낚시를 갈 수 없었다. 11시쯤 우리는 산책을 했는데, 그때 검은 스패니얼을 데리고 나갈 수 있도록 주인에게 허락을 받았다.

"바로 여기야." 홈즈는 쇼스컴 가문의 영지 출입문에 다다랐을 때 말했다.

출입문 양쪽에는 쇼스컴 가문을 상징하는 커다란 그리핀(독수리의 머리와 날개에 사자 몸을 한 괴수. 숨은 보물을 지킨다고 한다.)문장이 새겨져 있었다.

"반스의 말이 맞다면, 정오쯤에 폴더 부인이 탄 마차가 여기를 지나갈 거야. 이 영지 출입문이 열릴 때까지 마차는 속도를 줄이고 여기서 기다릴 게 분명해. 마차가 문을 통과해서 속도를 내기 전에, 자네가 마부에게 말을 시켜서 마차를 세워 주게. 나는 신경 쓰지 말고. 나는 여기 가시나무 덤불 뒤에 숨어서 지켜보고 있을 테니."

우리는 오래 기다릴 필요가 없었다. 15분쯤 되었을까, 커다랗고 노란 바로슈 마차(좌석이 서로 마주 보게 되어 있고 덮개가 있는 사륜마차) 한 대가 지붕을 열고 달려오는 게 보였다. 마차 양쪽에는 멋진 회색 말이 빠른 속력으로 달리고 있었다.

홈즈는 재빨리 스패니얼과 함께 덤불로 숨었다. 나는 아무렇지도 않은 듯이 길가에 서서 지팡이를 흔들었다. 영지 문지기가 마차를 보고 달려 나와 출입문을 열었다.

출입문을 향해 달리던 마차는 점점 속도를 줄였고, 나는 마차에 탄 사람들을 분명히 볼 수 있었다. 마차 안 왼쪽에는 황갈색 머리카락의 젊은 부인이 화려하게 차려입고 거만한 표정으로 앉아 있었다.

오른쪽에는 한눈에 보기에도 병자임을 알 수 있을 정도로 등이 굽고 숄을 머리에서 얼굴까지 둘러쓴 나이 든 부인이 앉아 있었다. 도로 높은 쪽으로 마차가 도착하자마자 나는 손을 들어 마차를 세우라는 손짓을 했다. 마부가 마차를 세우자 나는 로버트 경이 지금 쇼스컴 저택에 있느냐고 물었다.

그 순간, 홈즈가 덤불에서 튀어나와 스패니얼의 목에 묶인 줄을 풀었다. 그러자 개는 기쁜 듯 소리를 지르며 단숨에 마차 계단으로 뛰어올랐다. 그러나 반가워하던 개의 울음소리는 순식간에 분노로 바뀌었고, 개는 계단 위에 드리운 부인의 검은 치마를 잡아 뜯었다.

"어서 마차를 몰아! 어서!" 누군가 거친 목소리로 소리쳤다.

그러자 마부는 채찍으로 말을 몰아 달려갔고, 나와 홈즈만 길에 남게 되었다.

"왓슨, 실험은 끝났어." 홈즈는 흥분한 스패니얼의 목에 줄을 단단히 매며 말했다.

"이 개는 자기 여주인인 줄 알고 달려갔다가 낯선 사람이라는 걸 알고는 화가 났어. 개가 주인을 잘못 보는 경우는 없거든."(개에 대해 조금이라도 아는 사람이라면 개가—그레이하운드를 제외하고—상당한 근시임을 알고 있을 것이다. 그리고 개는 후각과 청각에 의지한다. 예를 들면 거울에 비친 자신의 모습에 반응을 보이는 개는 없다. 냄새도, 소리도 나지 않기에 개에게는 거울에 아무것도 없는 것으로 비쳐진다. 때문에 이 스패니얼은 무언가다른 일로 화가 났거나 벌레에게라도 쏘였을 것이다.)

"게다가 부인의 목소리도 아니었어. 그건 남자 목소리였어." 내가놀라 소리쳤다.

"그래, 맞아. 그러니 우리 손에 카드 한 장이 더 들어온 셈이야, 왓슨. 그래도 계속 신중하게 게임에 임해야 해."

홈즈는 그날 더 이상의 계획이 없는 듯 나와 함께 물레방아용 수로

에 낚싯대를 풀고 낚시를 즐겼다. 그 덕분에 저녁 식사용으로 넉넉할
만큼의 송어를 낚았다. 저녁 식사를 마쳤을 때 홈즈는 다시 새로운 작
전을 시행할 시간이라는 신호를 내게 보냈다. 우리는 다시 아침에 방

문한 영지 출입문이 있는 곳으로 갔다. 그곳에는 키 큰 사람이 우리를 기다리고 있었다. 알고 보니 런던에서 이미 만났던 경마 조련사 존 메이슨이었다.

"안녕하셨습니까." 메이슨이 먼저 입을 열었다. "홈즈 씨의 편지는 받았습니다. 로버트 경은 아직 집에 돌아오지 않았지만, 오늘 밤 안으로 돌아오실 겁니다."

"교회 납골당은 집에서 얼마나 멉니까?" 홈즈가 물었다.

"4분의 1마일(약 400미터)은 될 겁니다."

"그렇다면 로버트 경에게 신경 쓰지 않고 함께 가실 수 있겠군요."

"나는 함께 갈 수 없어요, 홈즈 씨. 로버트 경은 돌아오자마자 쇼스컴 프린스의 상태를 물으려고 저를 찾으실 겁니다."

"그렇다면 당신과 함께 갈 수 없군요. 메이슨 씨, 교회 납골당까지만 저희를 안내하고 당신은 집으로 돌아가세요."

그날 밤은 달도 뜨지 않아서 칠흑같이 어두웠지만, 메이슨의 안내로 교회 납골당을 찾아갈 수 있었다. 잔디밭을 통과하자 어둠 사이로 낡은 교회 건물이 나타났다. 폐허가 된 현관의 갈라진 틈을 통해 교회로 들어갔다. 메이슨은 엉성하게 쌓여 있는 돌무더기를 헤치고 교회 건물의 한 모퉁이로 우리를 인도했다. 그곳에는 지하로 내려가는 가파른 계단이 있었다. 그는 성냥을 켜서 음침한 계단 안을 비추었다.

언뜻 보기에도 지하실은 음산하고 기분 나쁜 분위기가 감돌았다. 오래된 건물의 갈라진 벽 틈으로 거친 돌조각이 떨어져 내렸고, 사방에 납과 돌로 만든 관들이 있었다. 이 관들은 돔형으로 솟은 지하실 천장

꼭대기에 닿을 만큼 한쪽 벽에 높이 쌓여 있었다. 하지만 어두운 그림자 때문에 천장은 잘 보이지 않았다. 홈즈가 랜턴을 켜자, 밝은 노란색 불에 끔찍한 광경이 조금씩 드러났다. 불빛이 관의 금속 문장에 반사되었다. 관은 하나같이 쇼스컴 가문의 문장이 장식되어 있었다. 쇼스컴 가문은 죽음의 문 앞에서도 가문의 명예를 잊지 않은 듯했다.

"메이슨 씨, 이곳에서 뼈를 몇 개 봤다고 했는데, 돌아가시기 전에 그 뼈를 보여 줄 수 있습니까?"

"이쪽 구석이었습니다."

메이슨은 지하실을 지나 한쪽 구석으로 걸어갔는데, 우리가 등불로 그곳을 비추자 화들짝 놀라며 걸음을 멈추었다.

"뼈가 없어졌어요!"

"예상했던 대로군." 홈즈가 킥킥 웃었다. "아마도 지금쯤 저택의 아궁이에 가 보면 그 전처럼 뼈를 태우고 남은 재를 발견할 수 있을 겁니다."

"도대체 어느 누가 천 년 전에 죽은 시체의 뼈를 파내서 불에 태운다는 겁니까?" 존 메이슨이 물었다.

"그 이유를 알려고 여기에 온 게 아닙니까? 조사가 길어질 것 같습니다. 당신은 어서 돌아가세요. 아침이 되기 전에 결론을 낼 수 있을 듯합니다."

존 메이슨이 떠나자 홈즈는 관을 세밀하게 조사하기 시작했다. 고대 색슨 족의 관으로 보이는 아주 오래된 관부터 길게 늘어서 있는 노르만 족의 관까지 모두 조사했다. 마지막으로 18세기의 윌리엄 경과 데니스 폴더 경의 관까지 조사했다.

관을 조사한 지 한 시간이 조금 넘었을 때 홈즈는 지하실 입구 앞 맨 끝에 세워져 있는 납빛 관으로 다가갔다. 홈즈는 드디어 찾던 것을 발견했다는 기쁨의 숨을 내쉬었다. 그러고는 약간 서두르면서도 조심스럽게 관에 다가섰다. 홈즈는 돋보기를 들고 무겁게 닫혀 있는 관 뚜껑을 자세히 관찰했다. 그 후 주머니에서 조립식 쇠지레를 꺼내 뚜껑

틈새로 밀어 넣었다. 관 뚜껑은 꺾쇠 두 개만으로 잠겨 있었는데, 홈 즈는 틈 사이에 끼운 지렛대를 힘껏 들어올렸다. 관 뚜껑은 곧 열릴 듯 뿌지직 소리가 났지만 활짝 열리지는 않았다. 우리는 조금 열린 틈 사이로 관 속을 볼 수 있었는데, 순간 예상치 못한 누군가의 기척을 느꼈다.

머리 위로 누군가의 발소리가 들렸다. 힘 있고 재빠른 발소리였다. 누군지 몰라도 그는 우연히 이곳을 지나는 사람은 아닌 듯했다. 거기 다 자신의 발밑 지하에서 어떤 일이 벌어지는지 잘 알고 있는 듯했다. 그때 계단에 불빛이 비쳤다.

잠시 후, 등을 들고 있는 남자의 형상이 어두운 지하실 입구에 나타 났다. 그는 키가 아주 컸고 몸놀림이 거칠고 사나워 보였다. 그가 커 다란 마구간용 등을 얼굴 앞에 들고 있어서 그의 얼굴을 확실히 볼 수 있었다. 턱수염이 덥수룩한 그의 얼굴은 상당히 험악해 보였다. 지하 실에 들어와 지하실 구석구석, 천장까지 꼼꼼하게 빛을 비추던 그는 마침내 나와 홈즈를 발견하고는 무시무시한 눈빛으로 우리를 노려보 았다.

"도대체 당신들은 누구야? 내 사유지에서 뭘 하고 있지?" 그가 소 리쳤다.

그는 홈즈가 대답하기도 전에 우리 쪽으로 성큼성큼 다가와 손에 들고 있던 굵은 막대기를 번쩍 들어 올렸다.

"내 말 안 들려? 누구냐고 묻잖아! 여기서 뭘 하고 있었어?"

그는 막대기를 흔들었다.

놀랍게도 홈즈는 전혀 긴장한 기색도 없이 대담하게 그에게 다가

갔다.

"저도 당신에게 묻고 싶은 게 있습니다, 로버트 경."

홈즈의 말투는 엄숙하고 진지했다.

"이 관에 있는 사람은 누굽니까? 왜 이 관 속에 누워 있는 겁니까?"

홈즈는 몸을 돌려 조금 전의 납관 뚜껑을 활짝 열어젖혔다. 환한 등불 아래로 관 속에 누워 있는 시체가 보였다. 시체는 얼굴을 드러낸 채 머리에서 발끝까지 천으로 싸여 있었는데 구역질이 날 정도로 끔찍한 형상이었다. 코와 턱이 모두 한쪽으로 삐죽 튀어나왔고, 회색빛 얼굴은 일그러져 있었으며, 초점 없는 희미한 눈동자는 먼 곳을 바라보고 있었다.

로버트 경은 괴성을 지르며 뒤로 물러났다. 비틀거리던 그는 석관에 겨우 몸을 의지하고 섰다.

"당신이 어떻게 알고 있지? 당신이 무슨 상관이야?"

로버트 경은 여전히 거친 말투로 소리쳤다.

"나는 셜록 홈즈입니다. 제 이름을 들어 보신 적이 있을 겁니다. 법과 질서 유지에 일조하는 게 제 일이다 보니 이 사건과 관계를 맺게 되었습니다. 이 사건에 대해 하실 말씀이 있을 것 같은데요."

로버트 경은 잠시 우리를 노려보았지만, 홈즈의 차분한 목소리에 그의 태도도 차분해졌다.

"알겠습니다, 홈즈 씨. 거칠게 행동해서 죄송합니다. 잘못인 줄 알면서도 생각처럼 되지 않습니다." 로버트 경이 대답했다.

"그렇게 생각하신다니 다행이군요. 어쨌든 경찰서에 가서 이 일에 대해 해명해야 합니다."

　로버트 경은 넓은 어깨를 으쓱했다.

　"그래야 한다면 할 수 없지요. 우선 저택으로 가서 홈즈 씨가 이 일의 진상을 듣고 판단하시기 바랍니다."

　15분 후 우리는 저택의 총기실로 안내되었다. 그곳에는 벽장의 유리창 안으로 반짝반짝 윤이 나는 총들이 한 줄로 전시되어 있었는데, 전체적으로 편안한 느낌을 주었다. 로버트 경은 우리 둘만 남겨 놓고 나가서는 몇 분 뒤 다른 두 사람과 함께 돌아왔다. 한 사람은 전에 마차에서 본, 옷차림이 화려한 젊은 여자였고, 다른 사람은 몸집이 작고 얼굴이 쥐처럼 생긴 남자로 왠지 모르게 불쾌한 느낌을 주었다. 두 사람은 전혀 어떤 상황인지 모르겠다는 듯한 어리둥절한 표정을 짓고 있었다. 아마도 로버트 경은 일이 어떻게 됐는지 두 사람에게 설명할 시간이 없었던 듯싶었다.

로버트 경이 손을 흔들며 먼저 입을 열었다.

"이 사람들은 놀렛 부부입니다. 여기에서는 놀렛 부인을 부를 때 처녀 적 이름인 캐리 에반스로 부릅니다. 두 사람을 이곳에 데려온 이유는 제가 여러분께 사건의 진실을 말씀드릴 때 이 두 사람이 제 말의 진실 여부를 증명해 줄 유일한 사람들이기 때문입니다."

여자가 소리쳤다. "로버트 경, 왜 이러세요? 지금 자신이 무슨 짓을 하는지 아시는 거예요?"

"저는 이번 일에 전혀 책임이 없습니다. 정말입니다." 여자의 남편이 말했다.

로버트 경은 남자를 경멸하는 눈빛으로 보았다.

"책임은 전부 내가 지겠소. 홈즈 씨, 이제부터 사건을 설명하겠습니다. 이번 제 사건에 대해 이미 상당한 조사를 했으리라 생각합니다. 일이 이렇게까지 되지 않도록 했어야 했는데 모두 제 불찰입니다. 이미 다 알고 계시겠지만, 저는 현재 더비 경마를 위해 좋은 말을 훈련시키고 있습니다. 이번 경기는 제 인생이 걸려 있습니다. 이번에 승리한다면 모든 문제가 쉽게 풀리겠지만 만약 패배한다면…… 그건 생각하고 싶지도 않습니다!"

"충분히 이해합니다." 홈즈가 대답했다.

"저는 누이인 폴더 부인이 없으면 살 수 없는 상황에 놓여 있습니다. 모두 알고 있는 것처럼 이 영지에서 나오는 소작료에 대한 권리는 오직 누님만 갖고 있으며, 그것도 누님이 살아 있는 동안에만 유지됩니다. 현재 저는 빚 때문에 유대 인의 손에 완전히 붙잡혀 있어서, 누님의 유일한 수입원인 소작료에 의지해서 살고 있습니다. 만약 누이가 죽는다면 더 이상 기댈 곳 없는 저에게 빚쟁이들이 벌 떼처럼 달려들 것은 불을 보듯 뻔합니다. 그렇게 되면 모든 걸 빼앗기게 됩니다. 마구간이며 말들까지 전부 말입니다. 그런데 홈즈 씨, 누님이 그만 일주일 전에 세상을 떠났습니다."

"당신은 아무에게도 그 사실을 말하지 않았군요."

"어쩔 수 없었습니다. 누님의 사망 소식이 퍼지면 전 완전히 파산할 게 분명한데……. 어떻게 해서든 3주 동안만 사실을 숨길 수 있다면 모든 게 잘될 거라고 생각했습니다. 누님을 돌보던 하녀의 남편, 그러니까 저와 함께 온 이 남자는 배우입니다. 그래서 몇 주 동안만이라도 누님처럼 행동할 사람만 있으면 되겠다는 생각이 들었습니다. 게다가 마차를 탄 누님의 모습을 매일 한 번씩 세상에 보이면 그만이었습니다. 하녀 외에는 아무도 누님의 방에 들어가지 않았으니까요. 사실 그리 어려운 일도 아니었습니다. 누님의 사망 원인은 지병인 수종증이었습니다."

"그건 부검을 해 봐야 확실히 알 수 있겠죠."

"누님의 주치의는 몇 달 전부터 수종증 때문에 누이의 생명이 위태롭다고 경고했습니다."

"그래서 당신은 어떻게 했습니까?"

"누님의 시신은 지금 이곳에 없습니다. 누님이 죽은 날 밤, 놀렛과 저는 시신을 현재 아무도 사용하지 않는 오래된 우물가에 두었습니다. 문제는 누님의 애완견 스패니얼이었습니다. 스패니얼이 계속 우물 앞에서 짖어 대서 좀 더 안전한 장소가 필요했습니다. 우선 저는 스패니얼을 다른 사람에게 준 뒤 시체를 교회 지하 납골당으로 옮겼습니다. 교회에 시신을 두는 게 누님에 대한 예의에 어긋나지 않는다고 생각했습니다. 홈즈 씨, 교회 납골당으로 시신을 옮긴 게 죽은 누님을 모독했다고는 생각하지 않습니다."

"당신의 행동은 변명의 여지가 없는 그릇된 행동이었습니다."

로버트 경은 괴로운 듯 머리를 흔들었다.

"그럴지도 모릅니다. 하지만 저와 같은 처지였다면 그렇게 쉽게 말씀하시진 못할 겁니다. 아무 희망도 없고, 그나마 유일한 계획마저 마지막 순간에 물거품으로 돌아갔고, 무슨 수를 써도 소용없는 상황이라면 어떻게 하시겠습니까?

저는 교회 납골당에 있는 관 하나를 골라 잠시 동안 누님을 눕혀두어도 괜찮으리라 생각했습니다. 그곳의 관들은 아직까지 더럽혀지지 않은 신성한 관이었으니까요. 그래서 저희는 관을 하나 열고 그 안의 시신을 치우고 누님을 눕혔습니다. 누님의 시신은 아까 보셨을 겁니다. 그런데 관에서 꺼낸 시신을 그냥 교회 납골당 바닥에 버려둘 수 없었습니다. 그래서 놀렛과 제가 그 시신을 밤에 저택으로 가져와 아궁이에 태웠습니다. 홈즈 씨, 제 이야기는 여기까지입니다. 더 이상 말씀드릴 내용은 없습니다."

홈즈는 잠시 생각에 잠긴 채 말없이 앉아 있었다.

"설명하신 내용 중에 한 가지 걸리는 부분이 있습니다, 로버트 경." 한참 후 홈즈가 말했다. "경마가 유일한 돌파구이자 희망이라고 했지요. 만약 채권자들이 당신의 재산을 전부 빼앗아간다고 해도 경마에서 돈을 벌어 갚으면 되지 않습니까?"

"경마에 출전할 말 역시 제 재산의 일부이기 때문에 채권자들이 말을 빼앗아 가면 경마에 출전시킬 수 없습니다. 그들은 제가 경마로 돈을 벌어 빚을 갚을 수 있는 기회를 주지 않을 게 분명하니까요. 저와 제일 사이가 나쁜 샘 브루어가 주 채권자인데, 일전에 제가 뉴마킷 히스에서 말채찍으로 죽도록 후려갈긴 적도 있습니다. 그러니 조금이라도 제 사정을 봐줄 리가 없지요."

홈즈는 자리에서 일어나며 말했다. "로버트 경, 이 사건은 당연히 경찰이 해결해야 할 문제입니다. 제 의무는 사건의 진상을 밝히고, 밝힌 후에는 사건에서 손을 떼는 것입니다. 당신의 행동이 윤리적으로 품위와 예의를 지켰느냐의 문제에 대해서는 언급하고 싶지 않습니다. 벌써 자정이 다 되었군요. 왓슨과 저는 그만 집으로 돌아가겠습니다."

이 특이한 사건은 로버트 경의 부도덕한 행동에 비해 결말은 상당히 좋게 끝났다. 로버트 경의 희망인 쇼스컴 프린스는 더비에서 우승했다. 그리하여 쇼스컴 프린스의 소유자 로버트 경은 단번에 8만 파운드를 벌어들였고, 그는 채권자들에게 진 빚을 모두 갚을 수 있었다.

빚을 갚았을 뿐만 아니라 남은 돈으로 품위 있는 생활을 할 수 있는 저택까지 구입했다.

경찰과 검시관은 관 속의 시체를 바꾼 로버트 경의 행동에 대해 너그러운 조치를 취했고, 누이의 사망 신고를 늦게 한 부분에 대해서도 엄중히 책임을 묻지 않았다. 운 좋은 로버트 경은 괴상한 사건의 주인공이라는 오명을 뒤로한 채 평안한 말년을 보냈다.

역주 —

이 작품의 원고는 에이드리언 M. 코난 도일이 소장하고 있다. 원고를 보면 코난 도일은 처음에 제목을 '쇼스컴 아베이'라고 할 생각이었음을 알 수 있다. 그러나 '아베이 농장'과 혼동되는 것을 피하려고 제목을 바꾼 듯하다. 〈스트랜드〉의 편집자도 같은 생각을 한 듯하다. 그들은 이 이야기를 '검은 스패니얼'로 예고했었다.

Sherlock
Holmes

해설편

《셜록 홈즈의 사건》

《셜록 홈즈의 사건》은 코난 도일이 발표한 마지막 홈즈 단편집이다. 그런데 여기에 수록된 12편 중 여러 편이 코난 도일이 쓴 것이 아니라고 주장하는 연구가들이 있다. 그들은 각자 합당한 이유를 들어 도일이 아닌 다른 사람이 쓴 작품이라고 주장한다. 일반 독자들이 보아도 형식상 왓슨이 집필한 것이 아니라, 홈즈 자신이 1인칭으로 쓴 작품이 두 편(〈창백한 군인〉, 〈사자 갈기〉) 그리고 3인칭으로 쓰인 작품 한 편(〈마자랭의 보석〉)이 있다. 물론 도일이 독자에게 서비스하는 차원에서 색다른 형식으로 썼을 수도 있겠지만, 다른 사람이 썼을 수도 있다는 점을 부인할 수는 없다.

역자는 이 작품들이 코난 도일이 심령 현상에 심취하기 시작한 1916년 이후에 발표됐다는 점에 주목하고, 그것이 나름대로 관계가 있다는 것을 알게 되었다.

《셜록 홈즈의 사건》에 수록된 단편들을 발표한 순서는 다음과 같다. 발표된 시기와 잡지 이름을 같이 정리했다. (그런데 단편집으로 나왔을 때는 본서의 순서대로 편집이 되었다. 순서가 바뀐 이유에 대해서는 확실한 이유를 알 수 없지만 아마 영감에 의해서 순서를 정한 듯싶다)

마자랭의 보석(3인칭)	1921년 10월 〈스트랜드〉
＊ 소어 다리	1922년 2~3월 〈스트랜드〉
＊ 기어 다니는 남자	1923년 3월 〈스트랜드〉
＊ 서식스의 뱀파이어	1924년 1월 〈스트랜드〉, 〈하퍼즈 인터내셔널〉
＊ 세 명의 가리데브	1924년 10월 25일 〈콜리어즈〉
	1925년 1월 〈스트랜드〉
유명한 의뢰인	1924년 11월 8일 〈콜리어즈〉
	1925년 5월 〈스트랜드〉
세 박공의 집	1926년 9월 18일 〈리버티〉
	10월 〈스트랜드〉
창백한 군인(홈즈 1인칭)	1926년 10월 16일 〈리버티〉
	11월 〈스트랜드〉
사자 갈기(홈즈 1인칭)	1926년 11월 27일 〈리버티〉
	12월 〈스트랜드〉
＊ 퇴직한 물감장수	1926년 12월 18일 〈리버티〉
	1927년 1월 〈스트랜드〉
수수께끼의 하숙인	1927년 1월 22일 〈리버티〉

<table>
<tr><td></td><td></td><td>2월 〈스트랜드〉</td></tr>
<tr><td>쇼스컴 올드 플레이스</td><td>1927년</td><td>3월 5일 〈리버티〉</td></tr>
<tr><td></td><td></td><td>4월 〈스트랜드〉</td></tr>
</table>

역자는 코난 도일과의 영적 교감을 통해 * 표시한 다섯 작품만 코난 도일이 직접 썼다는 것을 알 수 있었다. 나머지는 동료 작가가 3편, 출판사 편집인이 4편을 썼다.

이 부분에 대해 의아하게 생각하는 독자도 있겠지만, 도일이 영매를 통해 죽은 사람과 대화를 했듯이 역자도 같은 방법으로 도일과 대화를 나누었다. 믿을 사람은 믿을 것이고 무시할 사람은 무시하면 된다.

코난 도일은 심령에 대한 강연회로 여행하기에 바빠 작품을 쓸 시간이 많이 없었을 것이고, 또 경비를 충당하기 위해 마지못해 홈즈 스토리를 썼는지도 모른다.

그럼, 가장 논리적이며 과학적인 사고방식을 가진 추리 소설 작가가 왜 심령주의에 심취하게 되었을까? 역자는 소년 시절 처음 저자의 약력을 보았을 때 이 점이 가장 알고 싶었다. 그러나 자료가 없어서 궁금증을 해소할 길이 없었다. 그러나 그의 전기 《회상과 모험》을 읽고 나름대로 이해할 수 있었다.

도일은 1916년 57세 때부터 숨을 거둔 1930년 71세까지 심령주의에 모든 열정을 쏟았다. 이 기간 동안 10권의 전문 서적을 집필하고, 북미, 오스트레일리아, 유럽, 아프리카로 선교 여행을 하면서 25만 파운드의 비용을 썼다. 무엇이 그를 이처럼 심령주의에 심취하게 한 것일까? 또 '홈즈 스토리'에는 어떠한 영향을 주었을까?

1916년 이전에도 심령주의에 관심을 갖고 있었던 홈즈는 《배스커빌 가의 개》, 《셜록 홈즈의 귀환》, 《공포의 계곡》에서 심령적인 부분을 약간 표현했었다.

《셜록 홈즈의 회상》 중 〈마지막 사건〉에서 홈즈는 "요즘은 감옥이나 형벌로 처벌할 수밖에 없는 범죄 사건을 해결하는 일보다는 자연 현상을 연구하고 싶다는 생각이 드네." 하고 왓슨에게 말하기도 했다. 그리고 이 작품에서 홈즈는 죽음을 맞는다. 아마 이때부터 도일에게 심리의 변화가 생겼는지도 모르겠다.

도일의 생애를 심령주의적인 측면으로 보면 크게 4기로 나눌 수 있다.

제1기는 1859년 탄생부터 1881년까지의 22년간이다. 소년 도일은 예수회 계열 학교에서 7년 동안 공부했지만, 가톨릭 교리는 공포뿐으로 사랑과 이성이 없다고 느껴 불가지론자가 되었다. 1880년에는 배의 담당의사로서 북극 항해에 참가했는데, 이때 처음으로 초자연 현상에 흥미를 가지게 된다. 그리고 도일은 1882년 가톨릭 신앙을 버린다고 가족에게 선언한다. 이때부터 1893년에 심령연구협회에 입회하기까지의 11년간이 제2기다. 1887년 말에 《주홍색 연구》가 발표되고, 이 기간에는 《네 사람의 서명》, 《셜록 홈즈의 모험》 12편이 간행되어 홈즈 시대가 시작된다. 도일은 심령주의와 동양철학을 계속 연구해 가톨릭을 대신할 신앙을 모색했지만, 이때까지는 회의적이었다.

1893년 34세 때 심령연구협회에 들어가지만, 그는 이해에 아버지를 잃고 아내 루이즈마저 중병에 걸린다. 제3기인 1915년까지의 22년 동안은 그의 공적 활동의 시기인데, 부인 루이즈가 죽자 진 레키와

1907년 48세 때에 재혼했다. 진 레키는 나중에 영매가 되었다. 그 밖에 1915년에 처남, 조카, 매제가 죽자 도일은 부인과 함께 죽은 사람과의 교령을 믿기 시작한다. 다음 해 1916년에는 그때까지 연구 대상에 머물렀던 심령주의에 대해 마음을 표명하게 된다.

존 딕슨 카는 "도일의 궁극적인 종교관은 '사후에도 영체는 살아 있고, 저세상에서 영적 향상을 거듭해 그리스도가 사는 최고의 영계에 도달하는데, 지상의 모든 생활은 심령의 단련 도장으로, 인격과 행동이 피안의 세계에서의 영혼의 지위를 결정한다'는 것이었다."라고 했다. 도일은 가톨릭과 결별했지만, 그의 심령주의는 그리스도교의 영향 아래에 있었다. 그러므로 홈즈 스토리에 그리스도교의 정신이 흐르고 있는 것은 이상한 일이 아니다. 그는 1918년에는 장남 킹슬리를, 다음 해에는 동생 이네스를 잃고는 《새로운 계시》, 《생명의 말》 등을 계속해서 출판했다. 그는 사후 영체의 존재를 증명하는 일과 영적 교감에 부인과 함께 몸과 마음을 모두 쏟았다. 정의와 사랑을 찾아 행동하는 도일을 심령주의에 심취하게 한 내면의 동기는 바로 가까운 사람의 죽음으로 인한 슬픔이고, 함께 비탄에 잠긴 사람들에게 희망을 주기 위한 것이었다.

제4기에 발표된 홈즈 스토리는 단편 〈마지막 인사〉와 《셜록 홈즈의 사건》의 12편이다. 1926년 간행한 《안개의 나라》 같이 직접 심령주의를 다룬 작품은 홈즈 스토리에는 없지만, 앞에서 말한 13편에는 저세상에 대한 기대와 그때까지 홈즈 스토리에서는 억제되었던 불륜 관계, 심신 장애, 원숭이의 체액으로 젊어지는 방법 등이 노골적으로 나오는 것이 특징이다. 여기에서 그의 심령주의를 엿볼 수 있다.

〈기어 다니는 사람〉에서 홈즈는 이렇게 말한다.

"사람이 자연 위에 올라서려 하면 자연 아래로 떨어져 버리는 법입니다. 아무리 고등한 인간이라 해도 자연의 섭리를 거스르면 다시 동물로 되돌아갈지 모릅니다."

"물질적, 감각적, 그리고 세속적인 사람들은 그들의 가치 없는 삶을 연장시키려 할 걸세. 하지만 정신적인 사람들은 자연의 뜻인 죽음을 거스르려 하지 않겠지."

독자는 본서를 잘 읽어 보면 도일의 작품이 그전의 것과 다르다는 사실을 알 수 있을 것이다. 직접 그 부분을 찾아보는 것도 홈즈를 읽는 또 하나의 기쁨이 될 것이다. 참고로 도일의 자서전 가운데 심령과 관계된 부분을 옮겨서 소개한다.

심령의 탐구

심령 문제는 세월과 함께 중요함을 더해 왔고, 내 일상의 모든 정력을 빨아들였다. 그렇다고 해서 나는 그것을 독자에게 강요하지는 않았다. 그러나 내 생애에서 가장 중대한 것이 된 이 문제에 대해 불완전하지만 여기에서 잠시 언급해야 할 것 같다.

나의 생애는 정말로 이 때문에 준비되었다고 해도 좋다. 종교심의 점진적 발전, 대중에게 이야기를 하는 길을 열어 준 책, 돈이 되지 않는 일에도 노력할 수 있게 허락해 준 재산, 생각을 전달하는 데 도움이 된 강연, 곤란한 여행에도 넓은 홀의 청중을 한 시간 반이나 끌어들일 수 있는 목소리를 지금도 낼 수 있는 육체상의 건강, 이 모든 것이 무의식적으로 준비된 것이다. 지난 30년 동안 나는 어디로 가고 있는가에 대해 조금도 의심하지 않고 이 주요 문제에 대해 스스로를 훈련해 왔다.

이 한정된 지면에서는 문제의 자세한 부분이나 완전한 논의를 전개할 수 없다. 그리고 나는 심령 연구의 여러 저서에서 어떻게 내가 현재의 지식에 도달했는가는 명쾌하게 썼기 때문에 여기에서 다시 말할 필요는 없다고 생각한다.

나를 찾아온 지식은 나의 위안을 위해서만이 아니고, 그것을 필요로 하는 세계에 전하라고 신이 특히 나를 선택한 것이라고 느꼈다.

나의 심령 연구를 믿지 않고 이에 반기를 드는 시끄러운 상대들과 싸우기 위해 나는 1916년에 운동을 하나 시작했는데, 이것은 상대가 모두 쓰러질 때까지 계속할 생각이다. 나는 커다란 원조를 하나 얻었다. 아내는 그때까지 나의 심령 연구를 위험하고 꺼림칙한 것으로 생각해 왔다. 그런데 아내도 얼마 후 그 반대의 경험을 하게 되었다. 몬스에서 전사한 처남이 살아생전의 모습으로 우리를 찾아온 것이다. 그때부터 아내는 그 관대한 성격을 모두 바쳐서 우리 앞에 놓여 있는 이 문제에 헌신하기 시작했다.

애정 넘치는 어머니였던 아내는 아이들과 떨어져 있어야 할 때가 자주 있었다. 가정을 사랑하는 아내도 때로는 몇 개월이나 집을 비울 수밖에 없었다. 바다를 무서워하는 아내가 즐거운 마음으로 나의 항해에 동행했다. 우리는 현재까지 심령을 찾는 여행을 5만 마일 이상했고, 25만 명과 직접 이야기했다. 아내의 사교성, 자애로움, 연단에서의 아름다운 모습, 그리고 개인적인 애정과 동정이 연결되어 내 일에 커다란 도움과 기쁨이 되어 주었다. 사랑하는 아이들이 동행한 적도 있어 우리 두 사람의 마음을 밝게 해 주기도 했다.

이 문제가 대중에게 알려진 것은 3년 동안 잉글랜드 전체를 돌며 강연을 하면서였다. 이 기간에 나는 중요한 도시를 거의 두세 번 방문했다. 어느 곳이나 청중은 당연히 비판적이었지만, 이치에 굴복하지 않는 것도 아니었다. 반대한 것은 내가 말하는 것을 잘 듣지 않은 무리들이었다. 반대 데모는 밖에서만 했는데, 강연장 안은 언제나 조용했다. 방해로 인해 강연을 못하게 된 적은 한 번도 없었다. 나는 강연 전에는 흔히 따분함을 느꼈고, 전쟁에 대해서 강연할 때는 가슴이 답답함을 느꼈지만, 심령 문제에 관해 강연할 때에는 조금도 그런 기분을 느끼지 못했으며 피로조차 느끼지 못했다.

1920년 8월 13일에 우리는 오스트레일리아를 향해 출발했다. 이번 전쟁에서는 오스트레일리아도 수많은 전사자가 나왔다. 그래서 내가 뿌린 씨가 커다란 성과를 맺기를 바랐다. 나는 오스트레일리아와 뉴질랜드의 모든 대도시에서 많은 청중에게 강연했다. 불행하게도 항만 스트라이크 때문에, 태즈메이니아(오스트레일리아 동남쪽의 섬)에는 갈 수 없지만, 다른 활동은 완전히 성공을 거두었다. 예상을 뒤엎고 나는 많은 일행(모두 7명)의 비용 전액을 얻었을 뿐만 아니라, 내가 뽑은 후계자에게 자금을 남겨 줄 수도 있었다.

1922년 3월 말에 나는 파리로 돌아가 대담하게도 그곳에서 심령 문제에 대해 프랑스 어로 강연했다. 그리고 고국으로 가지 못했다. 왜냐하면 이 운동이 약해진 미국에서 초청 의뢰가 왔기 때문인데, 1922년 4월 1일에 일행은 미국으로 출발했다. 그곳에서의 강연은 대성공이었고, 어떤 일이 일어났는지는 《아메리카의 모험》에 자세히 나와 있다. 또 보스턴, 워싱턴, 뉴욕, 시카고 등 여러 도시에서 강연을 하고, 1922년 7월 초에 잉글랜드로 돌아왔다.

그러나 이 여행에서 광대한 서부, 미래의 땅인 서부에 가지 못한 것은 아주 유감이다. 그곳에서 우리는 1923년 3월에 다시 출발해 8월에 돌아왔다. 이것은 심령적으로 아주 흥미로운 일로, 모든 것은 《나의 두 번째 아메리카의 모험》에 쓰여 있다. 그 여행에서 돌아왔을 때, 나는 3년 동안 5만 마일을 답파하고, 25만 명과 대화를 나누었다. 그래도 아직 남부 사람들에게 알리지 못해서 나는 만족하지 못한다. 언젠가는 세 번째 여행을 하고 싶다.

나는 우리의 경험을 기록해 왔는데, 그것이 일반 대중에게는 흥미가 없다는 것을 알고 있다. 그러나 지금 노력하고 있는 운동은 세계사 2천 년 가운데 가장 중요한 것이고, 대중에게 이해되는 날이 언젠가는 올 것이다. 인간 사상의 진보를 아는 현명한 사람들에게 이런 선구자들의 노력이 정말로 유익하다는 것을 알게 하는 날도 멀지 않았다.

나는 진리를 위해 일하는 많은 인자의 하나에 지나지 않는다. 그러나 적어도 이 문제에 적극적이고 전투적인 힘을 불어넣는 것은 우리라고 할 수 있다. 이 전투적 요소는 그때까지 완전히 빠져 있던 것으로 현재는 일반인에게 작용한 결과, 어느 신문을 보아도 독자는 거기에 분명히 무언가의 관련 기사나 비평을 볼 수 있을 것이다. 그런 신문 가운데는 정말로 무지와 편견에 가득 찬 것이 있지만, 진리를 위해서는 조금도 방해가 되지 않았다. 많은 심령가는 훌륭한 마음의 위안이 되는 이것을 갖고 있지만, 세상은 그것을 진실이라고 인정하지 않는다. 때문에 세상과 관계없이 자신들만 믿고 행복을 맛보면 좋은 것이라 한다.

그런데 나는 이 견해가 부도덕한 것이라고 생각한다. 만약 신이 이 땅에 위대한 새로운 기쁨의 가르침을 내려 준 것이라면, 그것을 명확하게 알고 있는 우리가 시간과 돈, 그리고 노력을 아끼지 않고 그것을 다른 사람에게 알려 주어야 할 것이다. 그것은 우리의 개인적 기쁨을 위해서 준 것이 아니고, 세상 사람들을 위로하기 위한 것이기 때문이다.

지금까지 이 전기를 읽어 온 독자는 내가 나름대로 건전하고 치우치지 않는 판단력을 유지해 온 것을 인정해 줄 것이다. 사실 나는 지금까지 극단적인 견해를 가진 적도 없고, 내가 말한 것은 모두 현실에서 일어난 사실의 확실한 증거를 갖고 있다. 하지만 지금까지 나의 사상이나 행동 중 이번만큼 강한 확신을 준 것은 없었다. 내가 새롭게 얻은 지혜를 지상에 퍼뜨리고, 근본 이론을 제외한 모든 인간 사상을 완전히 혁신해야 한다는 것이다. 이 확신만큼 강력한 것은 나의 과거에도 없었고, 앞으로도 없을 것이다.

당연한 일이지만 세상 사람들은 '어떻게 이것을 진실이라고 확신하는가?'라고 자주 질문한다. 내가 확신하는 것은 다음과 같은 단순한 사실이 분명히 말해 준다고 생각한다. 즉, 그 진실을 사람들에게 이해시키기 위해 내가 좋아하는 돈이 되는 일을 집어치우고, 오랫동안 집을 비우면서까지 불편과 손해와 모욕을 오래 감수했다는 사실이다.

이것을 자세히 쓴다면 한 권의 책이 될 것이다. 간단히 말하면, 두뇌뿐만 아니라 나의 육체적 감각까지도 영의 존재를 확신한다. 또 내가 경험한 영의 출현의 대부분에 대해서 그 적절한 설명은 하지 않는다. 베디넷 양을 영매로 하고 그 밖에 증인 몇 명 앞에서 나는 어머니와 조카 오스카 호닝을 마치 살아 있는 사람처럼 확실히 보았다. 어머니 얼굴의 주름이나 조카의 마마 자국을 셀 정도로 확실히 본 것이다.

어둠 속에서 어머니의 얼굴은 평화롭고 행복했으며, 두 눈을 감고 머리를 조금 기울인 채였다. 오른 쪽에 앉은 아내와 왼쪽의 부인은 모두 나만큼 확실히 그것을 보았다. 부인은 생전에 어머니를 몰랐지만 그녀는 이렇게 말했다. "어머니가 아들과 꼭 닮았군요." 이것은 그녀가 얼마나 확실히 보았는지를 말해 주고 있다.

다른 때에는 아들이 왔다. 여섯 명이 나와 아들의 대화를 들었는데, 나중에 사실이었다는 증명서에 서명을 했다. 그것은 아들의 목소리였고, 이야기 내용은 의자에 앉아 깊은 숨을 쉬고 있는 영매가 전혀 모르는 일이었다. 만약 훌륭한 여섯 명의 증인이 진실이라고 인정해 주지 않았다면, 누구도 인정하지 않았을 것이다. 어떤 날은 동생 도일 장군도 같은 영매에 돌아왔다. 그는 부인의 건강을 이야기했다. 도일 장군의 부인은 덴마크 인이어서 그는 부인을 코펜하겐의 마사지사에게 가도록 권유했다. 그는 마사지사의 이름도 말했는데, 내가 조사해 보니 분명히 그런 사람이 존재했다. 이 지식은 어디에서 온 것일까? 이 부인의 건강에 대해 이렇게도 걱정하는 것은 누구일까? 만약 그것이 죽은 남편이 아니라면 도대체 누구일까?

나는 구체적인 손을 몇 개나 현실에서 잡았다.

나는 그 사람의 목소리와 오래 대화를 나누었다.

나는 심령체 특유의 오존과 비슷한 향기를 맡았다.

내가 들은 예언의 몇 개는 즉시에 적중했다.

나만 만진 사진 건판에 '죽은 사람'의 희미한 모습이 나타나는 것을 보았다.

나는 아내의 손으로 아내가 알 리 없는 여러 가지 사실을 쓴 수첩을 받았다.

나는 무거운 물체가 누구의 손도 닿지 않았는데 허공을 떠다니고, 그것이 보이지 않는 조종자가 명령한 방향으로 움직이는 것을 보았다.

밝은 방에서 심령들이 걸어 다니고, 사람들의 대화에 끼어드는 것을 보았다.

나는 그림과 관계없는 부인이 예술가의 영혼에 의해 그림을 그린 것을 알고 있다. 그 그림은 지금 내 거실에 걸려 있는데, 그것은 현존하는 많은 화가들도 따라오지 못할 정도의 작품이다.

나는 위대한 사상가나 학자가 썼다는 책을 몇 권 읽었는데, 그것은 학식이 없는 사람이 자신보다 훨씬 우수한 보이지 않는 영에게 매개되어 쓴 것이었다. 나는 어느 작가의 독특한 문체를 읽었는데, 그것은 어느 작가도 흉내 내지 못하는 것으로, 그 자신의 필적으로 쓴 것이었다.

나는 이 세상의 성량을 넘은 노랫소리를 들었다. 또 숨을 들이키지 않고 불어 대는 휘파람 소리도 들었다. 문과 창을 닫은 방 안에서 멀리서 물체의 상이 투영되는 것을 보았다.

만약 많은 사람이 이 모든 것을 보고, 듣고, 느끼고도 자신의 주위에 있는 보이지 않는 영의 힘을 믿지 않는다면, 그 사람은 오히려 자신이 정상인지를 의심하는 게 좋을 것이다. 이처럼 많은 증거를 본 사람은 저널리스트의 무책임한 말이나, 경험이 부족한 과학자의 비웃음을 마음에 둘 필요가 없다. 그들은 이 일에 관해서는 갓난아이이기 때문이다.

그러나 이것은 베이컨 이론(셰익스피어의 작품이 프랜시스 베이컨의 작품이라고 하는 설)이나 아틀란티스(지브롤터 서쪽에 있었다고 플라톤이 말했는데 신의 벌로 바다에 가라앉았다는 대륙)의 존재 등을 논할 때와 같은 냉정하고 객관적인 어조로 말해야 할 문제는 아니다. 그것은 마지막 하나까지 개인적이고 본질적인 것이기 때문이다.

대재난의 예언에 관해서 우리는 주의해야 한다. 그리스도를 둘러싼 사람들마저도 속아서 세계는 그들 자신의 시대에 파멸할 것이라고 확실히 예언하고 있다. 또 기타 여러 신앙도 세계의 종말에 대해 공허한 예언을 해 왔다. 이 문제에 발을 디딘 적이 없는 사람은 질문할지도 모른다. "당신은 그곳에서 어떻게 나올 것인가? 어떻게 하면 안심할 수 있나?"

그것에 대해 우리는 이 결정적인 지식이 찾아온 이후, 우리의 인생이 완전히 변했다고 대답할 수밖에 없다. 어쩌면 우리는 죽음에 의해 갇히는 것이 아니다. 우리는 계곡을 올라 봉우리 위에 있고 앞에는 광대한 맑은 광경이 열려 있다. 죽음이 지상에서는 손에 넣을 수 없는 행복에의 입구라고 확신하는 우리에게 죽음이 왜 무서운 것인가? 곧 뒤를 따라 가까이 온다면 우리는 사랑하는 사람의 죽음을 왜 무서워할 것인가?

내 아들이 살아 있다고 해도 멀리 떨어진 곳에서 육군 의무대에 있다고 하면, 나는 그 옆에 있다고 할 수 없다. 지금은 한 달에 한 번, 아니 일주일에 한 번 나는 아들과 만나고 있다. 이와 같은 사실이 생명의 모든 양상을 바꾸고, 죽음의 회색 안개를 장밋빛 새벽으로 바꾸는 것은 당연하지 않은가? 이런 모든 확신은 그리스도교의 계시 중에 이미 존재하고 있다고 당신은 말할지도 모른다. 그것은 사실이다. 때문에 우리는 그들이 겸허하게 그리스도교를 전하는 한, 우리는 반그리스도교 주의는 되지 않는다. 과학 사상도 쫓아가 보면 결국 모든 힘의 원천으로서 물질적 원인보다도 정신적 원인을 찾는 것이 아닐까?

모든 종교는 평등하다. 그리스도교, 유태교, 불교, 회교 모두 그 특유의 교리를 버려야 한다. 각자의 고매한 교사에 따라 공통된 도의의 길로 나가 저주로 만들고 있는 모든 적대 감정을 잊고 즐거움을 주어야 할 것이다.

이상이 내가 본 미래의 모습이고, 이들 모든 것은 우리가 지금 이 엄하고 냉정한 세계에서 물을 뿌려 기르고 있는 씨앗에서 생겨날 것이다. 내가 이 운동에서 무언가 특별한 지도력을 자랑한다고는 생각하지 않았으면 좋겠다. 나는 내가 할 수 있는 일을 할 뿐으로, 그 밖에도 많은 사람이 각각 할 수 있는 일을 하고 있는 것이다. 또 고생이나 모욕을 참고 많은 경건한 일을 할 것이고, 언젠가 현대의 사도로서 인정받을 것이다. 이것이야말로 말이나 펜을 통해서 내 남은 생애를 바칠 일이다. 인간의 계획은 공허한 것으로 커다란 손이 그것을 다시 움직일 때까지 잠자코 기다리는 것이 현명하다.

– 《아서 코난 도일 자서전》 중에서